엄마

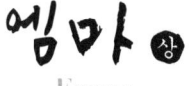

엠마 상
Emma

제인 오스틴 장편소설 이미애 옮김

EMMA
by JANE AUSTEN (1815)

이 책은 실로 꿰매어 제본하는 정통적인 사철 방식으로 만들어졌습니다.
사철 방식으로 제본된 책은 오랫동안 보관해도 손상되지 않습니다.

제1권

7

제2권

209

제1권

제1장

엠마 우드하우스는 예쁘고, 영리하고, 부유한 데다 집안이 안락하고 성격이 명랑해서 이 세상의 축복을 모두 누리는 것 같았다. 세상에 태어난 지 거의 21년이 되었어도 괴롭거나 화를 낼 일이 거의 없었다.

늘 다정하고 응석을 잘 받아 주는 아버지의 두 딸 가운데 막내딸로서 그녀는 언니가 결혼한 다음부터 일찍감치 집안의 안주인 노릇을 해왔다. 어머니는 너무 오래 전에 돌아가셨기에 어머니의 사랑을 받은 기억은 가물가물했다. 대신 그 자리를 메워 준 훌륭한 가정 교사가 어머니 못지않은 애정을 쏟아 주었다.

테일러 양이 우드하우스 씨 가족과 함께 살아온 지 16년이 지났다. 그녀는 가정 교사라기보다는 벗으로서 두 딸들을 모두 좋아했지만 특히 엠마를 좋아했다. 그들은 자매처럼 친하게 지냈다. 테일러 양은 명목상의 가정 교사 역할을 그만두기 이전에도 성격이 온유했기 때문에 무언가를 규제하는 일이 거의 없었다. 이제 이름뿐인 권위도 사라진 지 오래였으므로, 그들은 서로를 무척 사랑하면서 함께 살았다. 엠마는 테일러 양의 판단력을 높이 사기는 했지만 주로 자기 판단에 따라서 자기가 원하는 것만을 해왔다.

엠마의 처지에서 참으로 불운한 점은 자기 마음대로 할 수 있는 여지가 좀 많고 자신을 지나치게 좋은 사람으로 생각하는 경향이 있다는 것이었다. 이것이야말로 여러 가지 즐거움에 찬물을 끼얹을 수 있는 단점이었다. 그러나 현재로서는 그 위험이 눈에 띄지 않았으므로 그녀는 그런 것들을 조금도 불운이라고 여기지 않았다.

슬픈 일이 닥쳤다. 하지만 잔잔한 슬픔이었고, 불쾌한 일은 전혀 아니었다. 테일러 양이 결혼한 것이다. 테일러 양을 잃게 되어 엠마는 생전 처음으로 고통을 느꼈고, 이 사랑하는 벗의 결혼식 날 서글픈 생각에 잠겨서 한참 앉아 있었다. 결혼식이 끝나고 신랑 신부가 떠난 후, 긴 저녁 시간에 활기를 돋워 줄 다른 누구도 없이 그녀는 아버지와 단둘이 식탁에 앉았다. 아버지는 평소대로 저녁 식사가 끝난 후 편안히 졸았고, 그때야 비로소 그녀는 조용히 앉아서 무엇을 잃었는지를 생각할 수 있었다.

그 사건은 어느 모로 보나 그녀의 벗에게 행복을 약속하는 것이었다. 웨스턴 씨는 별나지 않은 성격에다 넉넉한 재산을 갖고 있었고 나이도 적절하며 매너도 유쾌했다. 엠마는 무척 희생적이고 너그러운 우정으로 그 혼사가 이루어지기를 늘 바랐고 또 자신이 그렇게 되도록 추진했음을 생각하면 스스로도 좀 흐뭇하기는 했다. 그러나 자신에게는 암담한 날들을 불러올 사건이었다. 테일러 양이 옆에 없다는 사실을 매일, 매시간 실감할 것이다. 엠마는 지난 16년간 테일러 양이 베풀어 준 친절과 애정을 떠올렸다. 테일러 양은 엠마가 다섯 살이었을 때부터 가르치고 함께 놀아 주었다. 엠마가 건강할 때는 온 정성을 다해 사랑하고 즐겁게 해주었고 어린 시절 갖가지 병치레를 하는 동안에는 헌신적으로 간호해 주었었다. 이것만으로도 고맙게도 큰 신세를 진 것이다. 그러나 이사벨라가 결혼하고 둘만 남게 된 이래로 서로 대등하고 허심탄회하게 쌓아 온 지난 7년간의 교류는 더더욱 소중하고 다정한 기억이었다. 그런 벗이자 동무를 얻은 사람은 없었을 것이다. 테일러 양은 영리하고 지식이 풍부하며 유능하고 온유한 사람으로, 그 집안의 생활 방식을 모두 알고 있었고, 그 가족의 온갖 관심사에 주의를 기울였으며 특히 엠마에게, 엠마가 즐거워할 일과 엠마가 세우는 계획에 진심 어린 관심을 기울였었다. 엠마는 생각나는 대로 무엇이든지 그녀에게 말할 수 있었고, 그녀는 엠마에게 절대로 흠잡을 줄 모르는 애정을 품고 있었다.

이제 이 변화를 어떻게 견딜 수 있을까? 그녀의 벗이 고작 반 마일 떨어진 곳으로 간 것은 사실이었다. 하지만 엠마는 집 안에 있는 테일러 양과 반 마일 떨어진 곳의 웨스턴 부인 사이에는 엄청난 차이가 있다는 것을 알고 있었다. 이제 엠마는 타고난 장점과 유복한 가정 환경에도 불구하고 지적 외로움을 겪을 위험에 처한 것이다. 그녀는 아버지를 무척 사랑했지만, 아버지는 딸의 동무가 되어 줄 수 없었다. 이성적인 대화이든, 장난기 어린 대화이든 간에 아버지는 딸의 대화 상대가 될 수 없었다.

이 불행한 상황은 부녀간의 나이 차이가 상당하기 때문(우드하우스 씨는 일찍 결혼하지 않았으므로)이기도 했지만, 그의 기질과 습관 때문에 더욱 악화되었다. 그는 건강을 지나치게 염려하면서 평생 신체적인 활동이나 정신적 활동을 하지 않았으므로 나이보다도 생활 방식에 있어서 더 늙어 버렸다. 친절한 마음씨와 다정한 기질로 어디에서나 사랑을 받았지만, 그 어느 때도 재능이 돋보이는 사람은 아니었다.

엠마의 언니는 기껏해야 16마일 떨어진 런던에서 살고 있으므로 결혼했어도 비교적 가까운 곳에서 살고 있다고 말할 수 있겠지만, 그렇다고 해도 매일 만날 수는 없는 일이었다. 크리스마스 시즌에 이사벨라와 그 남편과 아이들이 방문해서 온 집안을 채워 주고 유쾌한 시간을 보낼 수 있게 해줄 때까지 하트필드에서는 10월과 11월의 기나긴 저녁 시간을 애써 버텨 나가야 했다.

하트필드는 독자적인 잔디밭과 관목 숲, 그리고 이름이 있기는 해도 실제로는 하이버리에 속해 있었고, 소도시에 버금갈 만큼 크고 인구가 많은 그 마을에서 엠마의 집안과 대등한 집은 찾아볼 수 없었다. 우드하우스 집안은 그 마을의 첫째가는 가문이었고, 모두들 그 집안을 존경했다. 아버지는 누구에게나 친절했기에 그녀가 아는 사람들은 많았지만, 반나절이라도 테일러 양을 대신할 만한 사람은 단 한 명도 없었다. 그것은 우울한 변화였다. 엠마는 그 변화를 생각하며 한숨을 쉬고 불가능한 것들을 바라지 않을 수 없었다. 마침내 아버지가 잠깐 졸다가 깨어나자 쾌활하게 굴면서 아버지의 기분을 북돋워 드려야 했다. 그는 신경과민증인 데다 쉽사리 우울함을 느끼곤 했다. 언제나 낯익은 사람들을 좋아했고, 그들과 헤어지기를 싫어했으며, 변화를 일으킬 것이라면 어떤 종류이든 간에 죄다 싫어했다. 결혼은 변화를 가져오기 마련이므로 늘 불쾌한 일이었다. 그는 큰딸의 결혼에 대해서 아직도 불만스러워했고, 그 결혼이 순전히 사랑으로 맺어진 결합이었음에도 불구하고 큰딸에 대해서 이야기할 때마다 동정심을 표했다. 그런데 이제 또 테일러 양과 헤어져야 했던 것이다. 그는 친절하면서도 이기적인 습성을 갖고 있고 또 다른 사람들이 자신과 전혀 다르게 느낄 수 있다는 것을 알지 못했기 때문에, 테일러 양이 그들에게나 스스로에게나 통탄할 만한 일을 저질렀다고 생각했다. 테일러 양이 하트필드에서 여생을 마쳤더라면 그는 훨씬 더 행복했을 것이다. 아버지가 이런 생각을 하지 않도록 엠마는 될 수 있는 대로 쾌활하게 미소를 지으며 가벼운 이야기를 나누려 했다. 그러나 차를 마실 시간이 되자[1] 그는 정찬 중에 했던 이야기를 다시 되풀이하지 않을 수 없었다.

「가엾은 테일러 양! 그녀가 다시 여기 있으면 좋으련만. 웨스턴 씨가 그녀를 마음에 두다니, 정말이지 안된 일이야!」

「아빠, 저는 그 말씀에 동의할 수 없어요. 그럴 수 없다는 걸 아시잖아요. 웨스턴 씨는 아주 성격이 좋고 쾌활하고 훌륭한 분이에요. 좋은 아내를 맞을 자격이 있는 분이라고요. 그리고 테일러 양이 자기 집을 가질 수도 있는데 계속 우리와 함께 살면서 제 별난 성질을 다 참아 주기를 바라시지는 않겠죠?」

「자기 집이라고! 테일러 양에게 자기 집이 있다는 게 무슨 소용이 있겠니? 이 집이 세 배는 더 큰데 말이다. 게다가 너는 별난 성질을 부린 적이 한 번도 없단다, 아가.」

「우리는 그들을 만나러 자주 갈 거고, 그들도 우리를 보러 자주 올 거예요. 늘 만날 거예요! 우리가 먼저 시작해야죠. 곧

---

[1] 제인 오스틴의 시절에 하루 중 가장 중요한 식사인 정찬 dinner은 대개 해가 지기 전, 4시 전후에 시작했고 그 후 밤에 차를 마셨다.

결혼 축하 방문을 해야 하니까요.」

「아가, 내가 그 먼 곳을 어떻게 가겠니? 랜달스는 너무 멀어. 나는 그 절반도 걸어갈 수 없을 거란다.」

「아니, 아빠! 아빠가 걸어가시리라고는 누구도 생각하지 않아요. 물론 마차를 타고 가야지요.」

「마차라고! 그렇게 짧은 거리를 가자고 마차를 준비하라면 제임스가 좋아하지 않을 거야. 우리가 방문하는 동안에 그 가엾은 말들은 어디 있지?」

「웨스턴 씨의 마구간에 있을 거예요. 우리가 이런 문제들을 이미 다 정한 것을 알고 계시잖아요. 그리고 제임스는 자기 딸이 그곳의 하녀로 갔기 때문에 언제든지 가고 싶어 할 거예요. 저는 제임스가 그 외의 다른 곳에 우리를 태워다 주고 싶어 할지 그게 의심스러운데요. 그건 아빠가 하신 일이었잖아요. 한나에게 그 좋은 일자리를 얻어 주셨죠. 아빠가 한나에 대해서 말씀하실 때까지 누구도 그녀 생각을 하지 못했어요. 제임스가 아빠에게 무척 감사해하고 있어요!」

「그 애를 생각해 낸 것이 무척 기쁘단다. 운이 좋은 일이었지. 가엾은 제임스가 어떤 이유에서든지 소홀한 대접을 받았다고 느끼게 하고 싶지 않으니 말이다. 틀림없이 그 애는 좋은 하녀가 될 거야. 아주 예의 바르고, 귀엽게 말하는 아이거든. 나는 그 애를 아주 좋게 생각한단다. 나와 마주칠 때마다 그 애는 늘 귀엽게 절을 하고 어떻게 지내시느냐고 묻더구나. 그리고 네가 그 애를 여기 데려다가 바느질 일을 시켰을 때, 그 애는 늘 문을 제대로 돌려서 꼭 닫았고 한 번도 꽝 소리를 내지 않더라. 정말이지 훌륭한 하녀가 될 거야. 가엾은 테일러 양도 자주 보던 사람을 옆에 두면 큰 위안이 되겠지. 제임스는 딸을 만나러 갈 때마다 테일러 양에게 우리 소식을 들려줄 수 있겠고. 우리가 어떻게 지내는지 알려 줄 거야.」

엠마는 이 기분 좋은 생각들이 계속 이어지도록 한껏 노력했고, 아버지가 주사위 놀이를 하면서 저녁 시간을 그럭저럭 보낼 수 있기를 바랐다. 자신이 느끼고 있는 슬픔에 다른 한 탄까지 더해지는 것은 참기 어려웠다. 주사위 탁자가 마련되었다. 하지만 곧 손님이 들어오는 바람에 그것을 준비할 필요가 없었다.

나이틀리 씨는 서른일고여덟 살가량의 분별력이 있는 사람으로, 그 가족의 오랜 벗일 뿐 아니라 이사벨라 남편의 형으로서 각별한 인척이었다. 그는 하이버리에서 1마일쯤 떨어진 곳에 살고 있었고, 하트필드를 자주 방문했지만 늘 환영받는 손님이었다. 지금은 런던에 사는 그들 모두의 친척으로부터 막 돌아온 길이었기에 더욱 반갑게 맞아들여졌다. 며칠간 떠나 있다가 늦은 저녁 식사 시간에 집에 돌아와 브룬스윅 스퀘어[2]에 사는 친척들이 모두 건강하다는 안부를 전해 주려고 하트필드에 걸어온 것이다. 이 즐거운 소식에 우드하우스 씨는 잠시 활기를 띠었다. 나이틀리 씨의 쾌활한 태도는 늘 우드하우스 씨를 기분 좋게 해주었다. 〈가엾은 이사벨라〉와 그 아이들에 대해 여러 가지를 물어보고 더없이 흡족한 답변을 듣고 나서 우드하우스 씨가 고마운 마음으로 말했다.

「친절하게도 이 늦은 시간에 우리를 보러 와주었구려, 나이틀리 씨. 틀림없이 길이 진창이었을 텐데.」

「천만에요. 달빛이 비치는 아름다운 밤입니다. 게다가 날씨가 따뜻해서 저는 여기 활활 타오르는 난롯불에서 떨어져

---

[2] 지금은 런던의 블룸즈버리 지역으로, 사교계에서 인기 있는 곳.

앉아야겠어요.」

「하지만 길이 진창이고 더러웠을 거요. 감기에 걸리지 않으면 좋겠소.」

「더럽다니요! 제 구두를 보세요. 얼룩 한 점 없습니다.」

「그래! 정말 이상하군. 여기는 비가 아주 많이 왔거든. 아침 식사를 하는 도중에 비가 30분간 억수같이 쏟아졌지. 나는 결혼식이 연기되기를 바랐소.」

「그런데 아직 축하 인사를 드리지 못했군요. 두 분 모두 무척 기뻐하실 것을 잘 알고 있기에 서둘러 축하드리지 않았습니다. 결혼식이 잘 끝났기를 바랍니다. 모두들 어떻게 처신하셨나요? 누가 제일 많이 울었나요?」

「아, 가엾은 테일러 양! 몹시 슬픈 일이었소.」

「괜찮으시다면, 가엾은 우드하우스 씨와 가엾은 우드하우스 양이라고 해야겠지요. 〈가엾은 테일러 양〉이라고는 말할 수 없으니까요. 저는 어르신과 엠마를 대단히 존중하고 있습니다만, 의존적인 삶과 독자적인 삶 중에서 선택하는 문제가 걸려 있을 때는 말이죠, 어찌 되었건 두 사람보다는 한 사람만 즐겁게 해주는 편이 틀림없이 더 나을 겁니다.」

「특히 그 두 사람 중 한 사람이 변덕스러운 데다 골칫거리일 때는 말이죠.」 엠마는 장난스럽게 말했다. 「지금 당신이 그렇게 생각하시는 걸 알고 있어요. 아빠가 옆에 계시지 않으면 분명히 그렇게 말하셨을 거예요.」

「참으로 네 말이 맞아, 애야.」 우드하우스 씨가 한숨을 쉬며 말했다. 「유감스럽게도 내가 때로 무척 변덕스럽고 골치 아프게 굴지.」

「사랑하는 아빠! 제가 아빠를 뜻했다거나 나이틀리 씨가 아빠를 그렇게 생각하실 거라고 오해하시는 건 아니겠죠? 아, 무슨 그런 끔찍한 생각을! 아, 아니에요! 바로 저를 두고 한 말이에요. 아시다시피 나이틀리 씨는 제 흠을 잡는 것을 좋아하시거든요. 농담으로요. 전부 다 농담이에요. 우리는 늘 마음 내키는 대로 말을 하거든요.」

사실 나이틀리 씨는 엠마 우드하우스에게서 결함을 찾아낼 수 있는 극소수의 사람들 가운데 한 명이었고, 그 결함을 엠마에게 말해 준 단 한 사람이었다. 그것이 자신에게도 특별히 기분 좋은 일은 아니었지만 아버지에게는 더욱 불쾌하게 들릴 것을 알고 있었기에, 엠마는 모든 사람들이 자기를 완벽하게 여기는 것은 아니라는 사실을 아버지에게 굳이 드러내지 않으려 했다.

「엠마는 제가 결코 아부하지 않는다는 걸 잘 알고 있습니다.」 나이틀리 씨가 말했다. 「하지만 제 말은 어느 누구를 염두에 둔 것이 아니었어요. 테일러 양은 지금까지 두 사람을 즐겁게 해주었지만 이제는 한 사람만 즐겁게 해주면 된다는 것이지요. 그러니 그녀에게 득이 될 가능성이 크다는 뜻입니다.」

「자, 결혼식에 대해서 듣고 싶으셨지요.」 엠마는 그 이야기를 그만두려고 말을 돌렸다. 「즐겁게 얘기해 드릴 수 있어요. 우리 모두 잘 처신했거든요. 모두들 시간에 맞춰 왔고 가장 좋은 옷을 입었고요. 눈물 한 방울도 흘리지 않았고, 침통한 표정을 지은 사람도 없었어요. 아, 그럼요! 우리 모두 고작해야 반 마일만 떨어져 있는 거라고 느꼈어요. 그리고 매일 만날 거라고 믿고 있고요.」

「엠마는 아주 잘 견디고 있소.」 그녀의 아버지가 말했다. 「하지만 나이틀리 씨, 엠마는 가여운 테일러 양을 잃어서 참으로 섭섭할 거라오. 틀림없이, 자기가 생각하는 것보다 더 테일러 양을 그리워하게 될 거요.」

엠마는 눈물을 흘려야 할지 미소를 지어야 할지 몰라 얼굴을 돌렸다.

「엠마가 그런 벗을 그리워하지 않을 리 없겠지요.」 나이틀리 씨가 말했다. 「만일 그럴 거라고 가정할 수 있다면, 우리는 엠마를 지금처럼 많이 좋아할 수 없을 겁니다. 하지만 엠마는 그 결혼이 테일러 양에게 얼마나 큰 득이 되는지를 알고 있어요. 테일러 양의 나이에 자기 집에서 정착한다는 것이 얼마나 기쁜 일인지, 또 편안한 생활을 보장받는 것이 얼마나 중요한 일인지를 알고 있으니 고통보다는 기쁨이 훨씬 더 클 겁니다. 테일러 양의 벗이라면 누구나 다 그녀의 행복한 결혼을 기뻐해야겠지요.」

「그리고 즐거운 일이 또 있어요.」 엠마가 말했다. 「상당히 큰 기쁨이지요. 그 혼사를 내가 주선했다는 것 말이에요. 알다시피 4년 전에 그렇게 했거든요. 모두들 웨스턴 씨가 재혼하지 않을 거라고 말했을 때 내가 그 일을 성사시켰어요. 결국 내 예상이 옳았다는 것은 무엇보다도 큰 위안이 될 거예요.」

나이틀리 씨는 그녀를 바라보며 고개를 가로저었고, 아버지는 다정하게 대답했다. 「얘야, 혼사를 주선하거나 예상하는 일은 하지 않으면 좋겠구나. 네가 말한 일은 꼭 일어나니 말이야. 제발 더는 혼사를 주선하지 말아 다오.」

「제 혼사를 주선하지는 않겠다고 약속해요, 아빠. 하지만 다른 사람들을 위해서는 해야 해요. 그건 세상에서 가장 재미있는 일이거든요! 게다가 이렇게 성공했으니 말이에요! 모두들 웨스턴 씨가 재혼하지 않을 거라고 말했어요. 정말이지, 절대로 안 할 거라고요! 웨스턴 씨는 아주 오랫동안 홀아비로 지내 왔고 아내가 없어도 아주 편안해 보였으니까요. 런던에서 사업에 열중하거나 여기서 친구들과 어울리며 늘 바쁘게 지내고, 어디에서나 환영받고, 언제나 쾌활하고 말이죠. 웨스턴 씨는 본인이 원치 않는다면 1년 중에 단 하루도 저녁 시간을 혼자서 외롭게 보낼 필요가 없었어요. 아, 정말이지! 웨스턴 씨는 절대 재혼하지 않을 것 같았어요. 어떤 사람들은 심지어 그가 아내의 임종 때 약속했다고 말하기도 했고, 다른 이들은 그의 아들과 그 외삼촌이 그의 재혼을 허락하지 않는다고 했지요. 이 문제에 대해서 온갖 터무니없는 억측들이 진지하게 오갔지만 저는 그걸 전혀 믿지 않았어요. 약 4년 전에 테일러 양과 제가 브로드웨이 거리에서 그와 마주쳤을 때 갑자기 비가 내리자 웨스턴 씨가 용감하게 달려가서는 파머 미첼의 가게에서 우산 두 개를 빌려다 주었는데, 바로 그날 제가 그 문제에 대해서 마음을 정했어요. 그 순간에 그 혼사를 궁리했거든요. 그리고 이번에 이렇게 성공을 거두었는데, 제가 결혼 주선을 그만두리라고 생각하진 않으시겠지요, 아빠?」

「그 〈성공〉이라는 말이 무슨 뜻인지 모르겠소.」 나이틀리 씨가 말했다. 「성공에는 노력이 필요하거든. 지난 4년 동안 당신이 이 결혼을 성사시키려고 노력해 왔다면 당신의 시간을 적절히 섬세한 마음으로 써온 것이 되겠지. 젊은 아가씨의 마음에 적합한 일이기도 하고! 하지만, 내가 짐작하듯이, 당신 말대로 이 결혼을 주선했다는 것이 그저 한가한 날에 그 생각을 떠올리고는 〈웨스턴 씨가 테일러 양과 결혼한다면 그녀에게 매우 좋은 일일 텐데〉라고 혼자서 중얼거리고 그 후에도 이따금 혼잣말을 했다는 뜻이라면, 그걸 성공이라고 말할 이유가 어디 있겠소? 당신이 잘한 일이 어디 있어요? 당신이 무엇을 자랑스럽게 여길 수 있겠소? 어쩌다 운 좋게 맞춘 거요. 그 말밖에 할 수 없어요.」

「그런데 당신은 운 좋게 추측했을 때 즐겁고 의기양양한 기분을 느낀 적이 없었나요? 안됐군요. 당신은 더 현명한 줄 알았는데 말이에요. 운 좋게 맞추는 것이 그저 운만은 아니거든요. 재능도 약간 필요하니까요. 그리고 당신은 내가 〈성공〉이라는 단어를 썼다고 흠을 잡고 있는데, 그 단어를 쓸 권리가 내게 전혀 없다고는 생각하지 않아요. 당신은 두 가지 그림을 제시했지만 나는 세 번째도 있다고 생각하거든요. 아무 일도 하지 않는 것과 모든 일을 하는 것 사이에 말이에요. 만일 내가 웨스턴 씨에게 우리 집을 방문하도록 부추기지 않았거나, 여러 가지 점에서 고무하고 사소한 문제들을 해결해 주지 않았더라면, 결국에 아무 일도 일어나지 않았을 거예요. 당신은 우리 집 생활 방식을 잘 아실 테니까 그런 사정을 충분히 이해하실 거예요.」

「웨스턴처럼 직선적이고 솔직한 사람과 테일러 양처럼 합리적이고 가식이 없는 여성은 그냥 내버려 두어도 자기들 일을 잘 알아서 처리할 수 있어요. 당신이 간섭하면 그들에게 도움이 되기보다는 당신 자신에게 해가 되었을 거요.」

「엠마는 남들에게 도움이 되는 일이라면 자기 자신을 전혀 생각하지 않는다네.」 이야기를 조금밖에 알아듣지 못하고 우드하우스 씨가 말했다. 「하지만 애야, 더는 결혼을 주선하지 말아다오. 결혼이란 어리석은 일이고, 슬프게도 가족들을 헤어지게 하니까.」

「딱 한 번만 더 할게요. 엘튼 씨를 위해서요. 가엾은 엘튼 씨! 엘튼 씨를 좋아하시잖아요, 아빠. 엘튼 씨의 아내를 찾아 봐야겠어요. 그분은 여기 오신 지 벌써 1년이나 되었고 집을 안락하게 꾸며 놓았는데 계속 독신으로 지내신다면 부끄러운 일이에요. 오늘 그분이 결혼식을 집전하면서 신랑 신부의 손을 맞잡게 했을 때 본인에게도 그런 일이 일어났으면 하고 바라는 눈치 같았어요! 저는 엘튼 씨를 무척 존중하고 있는데, 그분에게 도움을 드릴 수 있는 방법은 이것뿐이에요.」

「엘튼 씨는 꽤 괜찮은 젊은이고 또 아주 선량한 젊은이지. 나도 그를 무척 존중한단다. 하지만 네가 그에게 관심을 보여 주고 싶다면, 얘야, 언젠가 그를 초대해서 함께 식사하는 편이 좋겠구나. 그쪽이 훨씬 더 나을 거란다. 나이틀리 씨도 친절하게 동석해 주시겠지.」

「언제라도 기꺼이 그렇게 하겠습니다.」 나이틀리 씨가 웃으며 말했다. 「그 편이 더 낫다는 의견에 전적으로 동감입니다. 엠마, 그를 정찬에 초대해서 제일 좋은 생선과 닭고기를 대접하고, 아내를 선택하는 문제는 그에게 맡겨 둬요. 맹세코, 스물 예닐곱이나 된 남자는 스스로 알아서 할 수 있으니 말이오.」

제2장

 웨스턴 씨는 하이버리의 토박이였고 점잖은 집안 출신이었다. 그의 집안은 지난 두세 세대를 걸치면서 점차 신분이 높아졌고 재산도 불어났다. 그는 훌륭한 교육을 받았지만 일찌감치 독자적인 재산을 약간 물려받게 되자 형제들이 종사하고 있던 평범한 사업이 내키지 않았다. 그래서 그는 활동적이고 쾌활한 마음과 사교적인 기질에 적합하게 그 당시 조직되고 있던 시민군[3]에 입대했다.

 웨스턴 대위는 어디서나 호감을 샀다. 군대 생활을 하던 중 우연히도 그는 요크셔의 대단한 가문 출신의 처칠 양을 알게 되었다. 처칠 양은 그를 사랑하게 되었고, 그 사실에 몹시 놀란 사람은 그녀의 오라버니 내외뿐이었다. 그들은 그를 본 적이 없을뿐더러 자만심과 자부심이 강한 사람들이었으므로 그 관계를 불쾌하게 여겼다.

---

3 시민군 militia은 당시 주로 해외에서 식민지를 보호하고 치안을 유지하던 정규군과 달리 국내에서 혁명기 프랑스와의 전쟁에 임박하여 국방 임무를 맡도록 긴급히 자원병을 모집하여 만든 보조 병력이었다. 웨스턴 씨는 영국이 프랑스에 전쟁을 선포한 1793년경에 입대했을 것이다.

하지만 처칠 양은 성년을 지나서 자기 재산 — 그녀의 재산은 오라버니가 물려받은 가문의 영지와는 비교도 할 수 없이 적었지만 — 을 마음대로 쓸 수 있었기에[4] 결혼을 만류하려는 설득을 듣지 않았고, 처칠 부부에게는 더없이 치욕스럽게도 그 결혼식이 거행되었다. 부부는 적절히 예의를 갖춰 그녀와 의절했다. 그 결혼은 서로 어울리지 않는 결합이었고 그리 큰 행복을 가져다주지 못했다. 결혼 생활에서 더 행복했던 사람은 웨스턴 부인이었을 것이다. 마음이 따뜻하고 성격이 친절한 남편은 그녀가 너무나 고맙게도 자기를 사랑해 준 데 대해 보답하기 위해서 으레 아내에게 모든 것을 베풀어 줘야 한다고 생각했다. 하지만 그녀는 용기가 있기는 해도 최상의 용기를 가진 사람은 아니었다. 처칠 양은 오빠의 반대를 무릅쓰고 자기 뜻을 관철할 만한 결단력이 있기는 했지만 그 결단력이 그리 강하지 못했기에 오빠의 지나친 분노를 매우 유감스러워했고 예전 집의 사치스러운 생활을 그리워했다. 그들은 늘 수입을 초과해서 분수에 넘치게 살았지만, 엔스콤에서의 생활과 비교하면 그것은 아무것도 아니었다. 그녀가 남편을 사랑하지 않은 것은 아니었다. 하지만 그녀는 웨스턴 대위의 부인이자 동시에 엔스콤의 처칠 양이 되고 싶었던 것이다.

놀라울 정도로 유리한 혼사를 맺었다고 처칠 부부가 생각

---

4 당시 성년은 만 21세였으며 이 나이가 되면 법적 권리를 행사할 수 있었다. 그러나 18세기와 19세기에는 부유한 집안의 아가씨라도 대개는 재산권을 행사할 수 없었고 상속된 재산이 있더라도 그 재산이 결혼과 동시에 남편에게 이양되는 것이 일반적이었다. 처칠 양 같은 경우는 예외적인 것이어서, 부모가 딸에게 재산을 물려주면서 그녀의 오빠에게 맡기지 않고 독자적으로 관리할 수 있도록 유서에서 특별히 명시했으리라고 짐작할 수 있다.

했던 웨스턴 대위는 실은 최악의 거래를 한 셈이었다. 3년에 걸친 결혼 생활 후 아내가 죽었을 때 그는 결혼 전보다 더 가난했고 또 아이를 키워야 했던 것이다. 하지만 오래지 않아 아이를 키우는 수고는 덜게 되었다. 모친이 병을 오래 앓게 되면서 오빠 내외의 마음이 누그러진 데다가, 그 사내애가 일종의 화해 수단이 되었던 것이다. 처칠 부부는 자식이 없었고 입양할 만한 가까운 친척의 어린애도 없었으므로, 어린 프랭크의 어머니가 사망한 후 곧 그 아이를 전적으로 돌보겠다고 제안했다. 홀아비가 된 그 아버지는 약간 망설이고 주저했을 것이다. 그러나 다른 점들을 고려해서 그런 감정을 극복하고는 아이를 처칠 부부의 보살핌과 재산에 내맡겼다. 그리고 그는 자신의 안락을 추구하고 가급적 형편이 나아지도록 애쓰기만 하면 되었다.

이제 생활 방식을 완전히 바꾸는 편이 바람직했으므로 그는 시민군에서 제대하고 사업을 시작했다. 형제들이 이미 런던에서 확고한 터전을 잡고 있었으므로 그가 창업을 잘할 수 있도록 도와주었다. 그 일은 적절한 노력을 바칠 만한 일거리였다. 그는 여가 시간을 대체로 아직 하이버리에 갖고 있었던 작은 집에서 보냈다. 이렇게 유용한 직업과 유쾌한 교제로 이후 18년 내지 20년을 즐겁게 살아왔고, 그 정도 시간이 흐르자 상당한 자산이 쌓였음을 알게 되었다. 늘 원했던 대로 하이버리에 인접한 곳에 작은 사유지를 구입할 수 있을 만큼, 그리고 테일러 양처럼 지참금이 없는 여자와 결혼할 수 있을 만큼이 되었고, 또 붙임성이 좋고 사교적인 자기 성향에 따라서 원하는 대로 살 수 있을 정도였다.

테일러 양이 그의 계획에 영향을 미치기 시작한 지도 꽤 시간이 지났다. 하지만 그 영향이란 젊은 아가씨가 젊은 청년에게 미칠 법한 불가항력적인 것이 아니었으므로, 랜달스를 구입할 수 있을 때까지 결혼하지 않겠다는 그의 결심은 흔들리지 않았다. 그리고 그는 랜달스를 구입할 수 있기를 오랫동안 고대해 왔고, 이런 목적들을 염두에 두고 이룰 수 있을 때까지 꾸준히 나아갔다. 이제 그는 재산을 모았고 저택을 샀고 아내를 얻었으므로, 지금까지보다 더 큰 행복을 누릴 가능성을 모두 갖춘 새로운 삶의 단계에 들어서고 있었다. 그는 한 번도 불행했던 적이 없었다. 자신의 기질 덕분에 심지어 첫 결혼에서도 불행한 감정에 빠지지 않을 수 있었다. 하지만 두 번째 결혼은 분별력이 뛰어나고 진정으로 사랑스러운 여자가 얼마나 큰 기쁨을 줄 수 있는지를 보여 줄 것이다. 그리고 선택받기보다는 선택하는 쪽이, 고마움을 직접 느끼기보다는 고마운 마음을 일으키는 편이 훨씬 낫다는 사실을 더없이 유쾌하게 입증할 것이다.

그가 선택하면서 고려해야 할 점은 오로지 자신의 기쁨뿐이었다. 그는 재산을 전부 혼자 소유할 수 있었다. 아들인 프랭크는 암묵적으로 외숙부의 상속자로 양육된 것이 아니었다. 성년이 되면 처칠이라는 성을 물려받기로 하고 공식적으로 입양된 것이다. 그러므로 프랭크가 혹시라도 부친의 도움을 바랄 가능성은 거의 없었다. 이 점에 대해서는 조금도 염려할 바가 없었다. 외숙모는 변덕스러운 여자였고 남편을 완전히 지배했다. 하지만 웨스턴 씨는 아무리 변덕이 죽 끓듯 하는 여자라도 그렇게나 소중한, 그리고 그가 생각하기로는 당연히 소중히 여길 만한 청년에게 악영향을 미칠 수 있으리라고는 전혀 상상할 수 없었다. 웨스턴 씨는 해마다 런던에서 아들을 만났고 그를 자랑스럽게 여겼다. 그가 아주 훌륭한 젊은이라고 웨스턴 씨가 애정에 넘치는 마음으로 말해 주었으므로 하이버리 사람들은 그 청년에 대해서 자부심을 느꼈다. 마치 그가 그 고장 사람이라도 되는 듯이 그의 미덕이나 앞날에 대해서 모두들 관심을 가졌다.

프랭크 처칠 씨는 하이버리의 자랑거리 가운데 하나였다. 그리고 모두들 그를 보고 싶어 했고 생생한 호기심을 느꼈지만, 그것에 대한 답례는 거의 없어서 그는 지금까지 그곳에 발을 들여놓은 적이 없었다. 그가 부친을 방문하러 온다는 이야기는 종종 있었지만 한 번도 실현되지 않았다.

이제 아버지의 결혼에 대한 더없이 적절한 배려로 그가 방문하리라는 말들이 널리 퍼졌다. 페리 부인이 베이츠 부인 및 그 딸과 함께 차를 마셨을 때도, 그 모녀가 답례차 방문했을 때도 그 점에 관해서 동의하지 않는 사람은 하나도 없었다. 지금이야말로 프랭크 처칠 씨가 당연히 그들을 방문해야 할 때였다. 그리고 그가 그 혼사에 즈음하여 새어머니에게 편지를 보냈다는 사실이 알려지자 그 기대는 더욱 커졌다. 그 후 며칠간 하이버리에서 오전 방문에 나선 사람들은 모두 웨스턴 부인이 받은 그 근사한 편지에 대한 얘기를 나눴다. 「프랭크 처칠 씨가 웨스턴 부인에게 보낸 그 멋진 편지에 대해서 얘기 들으셨지요? 정말이지 아주 멋진 편지라고 하더군요. 우드하우스 씨께서 그 이야기를 해주셨어요. 우드하우스 씨는 그 편지를 직접 보셨는데, 그렇게 멋진 편지는 평생 본 적이 없었다고 하시더라고요.」

그 편지는 실로 대단한 찬사를 받았다. 웨스턴 부인은 물론 그 젊은이에 대해서 매우 호의적으로 생각했다. 그리고 그처럼 기분 좋은 배려는 그가 무척 훌륭한 양식을 갖춘 청년이라는 사실을 여실히 입증했고, 결혼하면서 이미 온갖 사람들로부터 다양한 축하를 받았지만 더없이 기쁜 축하 인사를 보태 준 것이었다. 그녀는 자신이 무척 운이 좋다고 느꼈고, 남들이 그렇게 생각하는 것이 당연하다고 여길 정도로 세상 물정을 잘 알고 있었다. 단 하나 유감스러운 점은 자신에 대한 변함없는 애정을 갖고 있고 자기와 헤어지는 것을 견디기 어려워하는 벗들과 잠시라도 떨어지는 것이었다!

그녀는 때때로 벗들이 자기를 그리워하리라는 것을 알고 있었다. 동무가 없어서 엠마가 한 가지 즐거움을 잃고 권태로운 시간을 보낼 것을 생각하면 고통스럽지 않을 수 없었다. 그러나 사랑스러운 엠마는 성격이 연약한 아가씨가 아니었고, 바라건대, 사소한 어려움이나 결핍을 잘 견뎌 나갈 만한 분별력과 힘과 활기를 갖고 있었다. 게다가 랜달스가 하트필드에서 아주 가까워 여자 혼자서도 걸어갈 수 있을 거리라는 점은 큰 위안이 되었다. 또한 웨스턴 씨의 성향이나 형편으로 보아 다가오는 계절에 그들이 일주일의 절반은 저녁 시간을 다 함께 보내는 데 전혀 지장이 없으리라는 것도 고마운 일이었다.

전체적으로 보아 웨스턴 부인의 결혼은 몇 시간 동안 고마워하고 단 몇 분간만 유감스럽게 느낄 만한 상황이었으므로 그녀는 너무도 당연히 쾌활하고 즐거웠다. 그녀의 즐거운 기분이 명백히 드러났기에 엠마는 아버지를 잘 알고 있기는 하지만 아직도 그가 〈가엾은 테일러 양〉을 동정할 수 있다는 사실에 때로 놀라움을 금할 수 없었다. 가정의 안락함이 모두 구비된 랜달스 한가운데에 그녀를 두고 나올 때라든지 또는 그녀가 쾌활한 남편의 시중을 받으며 자기 마차로 걸어가는 모습을 볼 때마다, 우드하우스 씨는 조용히 한숨을 내쉬며 말했던 것이다.

「아, 가엾은 테일러 양, 우리 집에 머물 수 있으면 기뻐했을 텐데.」

테일러 양을 되돌려 놓는 것은 불가능했고, 그녀에 대한 동정심이 줄어들 가능성도 거의 없었다. 하지만 몇 주가 지나자 우드하우스 씨의 유감스러운 마음은 좀 누그러들었다. 이웃들의 축하가 끝났기에 이제는 더 이상 그처럼 슬픈 일에 축하 인사를 받으며 시달리지 않을 수 있었던 것이다. 그리고 그에게 큰 골칫거리였던 웨딩 케이크가 다 사라진 것이다. 그의 위는 기름진 음식을 배겨 낼 수 없었는데, 다른 사람들이 자기와 다를 수 있다고는 결코 생각할 수 없었던 그는 자기 건강에 좋지 않은 것은 무엇이든 다른 사람들에게도 적합치 않다고 생각했다. 그러므로 그는 웨딩 케이크를 한 입도 먹지 말라고 사람들을 진지하게 설득하려 했다. 그렇게 해도 소용이 없자, 그는 아무도 그 케이크를 먹지 못하게 막으려고 진지하게 노력했다. 그는 일부러 제약사인 페리 씨와 그 문제에 대해서 상의하기도 했다. 페리 씨는 영리하고 신사다운 사람이었고, 그의 빈번한 방문은 우드하우스 씨의 일상을 편안하게 해주는 즐거운 일들 가운데 하나였다. 웨딩 케이크에 대한 문의를 받자 그는 (사람들의 기호에 다소 맞지 않는 것 같지만) 케이크를 조금씩 먹는 경우가 아니라면 많은 사람들의 몸에, 어쩌면 대다수의 사람들에게 이롭지 않을 거라고 인정하지 않을 수 없었다. 자기 생각을 확인해 준 이 의견으로 우드하우스 씨는 그 신혼부부를 방문하는 사람들 모두를 설득하려 들었다. 그래도 사람들은 케이크를 먹었고, 그 케이크가 다 사라질 때까지 그의 자비로운 마음은 조금도 편안할 수 없었다.

페리 씨의 어린아이들이 웨스턴 부인의 웨딩 케이크를 손에 들고 먹고 있었다는 기이한 소문이 하이버리에 퍼졌지만, 우드하우스 씨는 그 소문을 절대로 믿지 않았다.

제3장

 우드하우스 씨는 자기 나름의 방식대로 사람들과 교류하는 것을 좋아했고, 벗들이 자기를 보러 오는 것을 무척 좋아했다. 하트필드에서 오래 살았고 성격이 좋고 또 재산과 저택과 딸이 있었으므로 이런저런 이유로 해서 그는 가까운 사람들 몇몇을 자기가 원하는 방식으로 불러 모을 수 있었다. 그는 그 무리에 속하지 않는 사람들과는 거의 교류하지 않았다. 저녁 늦게 열리는 파티나 대규모의 정찬 파티를 소름 끼치도록 싫어했기에, 그는 자기가 원하는 방식으로 자기를 방문하는 사람들을 제외하면 누구와도 친분을 맺지 않았다. 그에게는 다행스럽게도, 하이버리와 그 교구 안에 있는 랜달스, 그리고 인접한 교구에 있는 나이틀리 씨의 저택 돈웰 애비에 그런 식으로 그를 방문할 사람들이 많이 있었다. 엠마의 설득으로 그가 각별히 선정한 사람들 몇 명을 정찬 파티에 초대하는 일도 드물지 않았지만, 그는 이브닝 파티를 더 좋아했다. 아버지가 사람들과 어울릴 수 없을 정도로 몸이 불편하다고 상상하는 경우가 아니라면 거의 하루도 빼놓지 않고 엠마는 그를 위해 카드놀이를 함께 할 사람들을 초대할 수 있었다.

웨스턴 부부와 나이틀리 씨는 오랜 친분과 진심 어린 존중심으로 기꺼이 방문했다. 원치 않았겠지만 아직 미혼이었던 젊은이 엘튼 씨로 말할 것 같으면 혼자 쓸쓸히 저녁 시간을 보내는 대신 우드하우스 씨의 우아한 거실에서 친분을 나누고 그의 사랑스러운 딸의 미소를 볼 수 있는 특권을 마다할 이유가 전혀 없었다.

이들 다음으로 두 번째 무리에 속하는 사람들이 있었다. 그중에서 카드놀이에 가장 자주 초대되는 이들은 베이츠 모녀와 고다드 부인이었다. 이 세 숙녀는 하트필드의 초대에 언제라도 응할 준비가 되어 있었다. 마차로 이들을 모셔 오고 모셔다 주는 일이 너무나 빈번히 있는 일이라서 우드하우스 씨는 그것이 제임스나 그의 말들에게 전혀 성가신 일이 아니라고 생각했다. 그 일이 1년에 딱 한 번만 있었더라면 몹시 고민스러운 문제였을 것이다.

하이버리 교구의 예전 목사의 미망인인 베이츠 부인은 너무나 연로한 까닭에 차를 마시고 카드릴 게임[5]을 하는 것 외에는 할 수 있는 일이 없었다. 그녀는 외동딸과 근근이 살아가고 있었고, 그처럼 곤궁한 처지의 해롭지 않은 노부인에게 마땅한 존중과 존경을 받고 있었다. 그녀의 딸은 젊지도 않고, 예쁘거나 부유하지도 않고, 결혼도 하지 않은 여자치고는 놀랍게도 흔치 않은 인기를 누렸다. 베이츠 양은 사람들의 호감을 너무 많이 받았기에 오히려 가장 고약한 상황에 처해 있었다. 탁월한 지적 능력이 없었기에 스스로에 대한 자신감을 가질 수도 없었고, 자기를 싫어하는 사람들에게 겁을 주어서 겉으로 존경심을 표하게 만들 수도 없었다. 그녀는 아름답거

[5] 네 사람이 카드 40장을 가지고 하는 게임.

나 영리하다고 자랑할 수 있었던 적이 한 번도 없었다. 젊은 시절은 별일 없이 지나갔고, 중년이 되어서는 병든 어머니를 돌보고 적은 수입으로 될 수 있는 한 오래 버티도록 애쓰면서 지냈다. 하지만 그녀는 행복했고, 그녀에 대해서는 누구나 호의적으로 이야기했다. 이렇게 놀라운 일이 가능했던 것은 그녀 자신이 누구에게나 호의적이고 늘 만족하는 기질을 타고 났기 때문이다. 그녀는 사람들을 모두 좋아했고, 모든 사람의 행복에 관심을 갖고 있었으며, 사람들의 미덕을 재빨리 찾아냈다. 자신에 대해서는 더할 나위 없이 운이 좋다고 생각했고, 훌륭한 어머니와 많은 좋은 이웃들과 벗들, 부족한 것이 없는 집을 갖고 있어서 큰 축복을 받았다고 생각했다. 소박하고 쾌활한 성격과 늘 만족하고 고마워하는 기질 덕분에 그녀는 모든 사람들의 호감을 샀고 스스로는 넘치는 행복을 느낄 수 있었다. 그녀는 사소한 문제들을 무척 수다스럽게 얘기하곤 했으므로, 하찮은 얘깃거리들과 해롭지 않은 잡담을 좋아하는 우드하우스 씨에게 꼭 맞았다.

고다드 부인은 어느 학교의 교장이었다. 그곳은 새로운 교육 원칙들과 새로운 체계를 바탕으로 교양 교육을 격조 높은 도덕과 결합시켜서 제공한다고 터무니없는 세련된 말로 긴 문장들을 써가면서 주장하고 거금의 교육비를 받아 아가씨들을 쥐어짜서 건강을 해치고 허영심이나 갖게 하는 학교나 기관 같은 곳이 아니라, 적당한 가격에 적당한 소양을 제공하는 정직한 구식 기숙 학교였다. 집에서 거치적거리지 않도록 어린 소녀들을 그 학교에 보내서 그럭저럭 교육을 조금 받게 하더라도 신동이 되어 돌아올 위험은 전혀 없었다.[6] 고다드 부인의 학교는 평판이 좋았고 그것은 당연한 일이었다. 하이버리는 특히 건강에 좋은 지역으로 알려져 있었던 것이다. 그 부인은 넓은 집과 정원을 갖고 있었고 건강에 좋은 음식을 풍부히 제공했으며 여름철이면 아이들을 많이 뛰어다니게 했고 겨울에는 직접 자기 손으로 동상을 치료해 주었다. 그녀를 따라서 스무 쌍의 아가씨들이 줄을 지어 교회로 걸어가는 것은 이제 놀라운 광경이 아니었다. 그녀는 평범한 얼굴에 모성적이고 친절한 여자였고, 젊은 시절 힘겹게 일했으므로 이제는 이따금 차를 마시러 방문하는 여가를 누릴 자격이 있다고 생각했다. 또한 예전에 친절한 우드하우스 씨에게서 신세를 많이 졌었기에, 그의 난롯가에서 6펜스짜리 동전 몇 개를 따거나 잃도록 언제든지 시간 날 때마다 방문해 달라는 요청을 각별하게 생각했고, 수예품들이 걸려 있는 자기의 말끔한 응접실을 기꺼이 나설 수 있었다.

엠마는 이 숙녀들을 자주 초대할 수 있었고, 아버지를 위해서 그렇게 할 수 있다는 것이 기뻤다. 자신과 관련해서 보자면, 이 숙녀들이 웨스턴 부인의 빈자리를 채워 줄 수는 없었지만 말이다. 하지만 아버지가 편안해 보였기에 엠마는 즐거웠고 그렇게 일상을 잘 꾸려 나갈 수 있는 자신에게 만족했다. 그러나 이 세 숙녀의 조용하고 지루한 이야기를 들으면서 보내는 저녁 시간이야말로 실로 기나긴 시간이 되리라고 염려하지 않을 수 없었다.

어느 날 아침에 엠마가 바로 그런 식으로 하루를 마감하리

---

6 오스틴 시대에 여자들이 지적 교육을 받는 것은 불필요할 뿐 아니라 해롭다고까지 여겨졌다. 고다드 부인의 학교와 같은 기숙 학교에서 제공하는 프로그램은 영문학과 역사, 프랑스어 외에 에티켓과 그림 그리기, 악기 연주, 수예 등의 소양을 쌓는 데 초점이 맞춰져 있었다.

라고 예상하고 있었을 때 고다드 부인이 쪽지를 보내어 스미스 양을 데려가도 좋은지를 매우 정중하게 요청했다. 더없이 반가운 요청이었다. 스미스 양은 열일곱 살 먹은 아가씨였다. 엠마는 그녀를 본 적이 있었고 그녀의 미모 때문에 잘 기억하고 있었으며 오랫동안 관심을 느껴 왔었다. 그래서 아주 우아한 초대장을 보내고 난 다음에 그 저택의 아름다운 안주인은 더 이상 그날 저녁 시간을 걱정하지 않아도 되었다.

해리엇 스미스는 누군가의 사생아였다. 몇 해 전 누군가가 그녀를 고다드 부인의 학교에 입학시켰고, 최근에 그녀를 일반 학생에서 교장의 집에 거주하는 학생으로 올려놓았다. 그녀의 과거에 대해서 알려진 사실은 그것이 전부였다. 그녀는 하이버리에서 사귄 사람들 외에 다른 친지가 없었고, 최근에 학교 친구인 어떤 아가씨의 시골집을 한동안 방문하고 돌아온 참이었다.

그녀는 매우 예쁜 아가씨였고, 우연히도 엠마가 특히 좋아하는 미모를 갖추고 있었다. 키가 작고 통통하며 흰 피부에 섬세한 홍조가 돌았고, 푸른 눈에 금발인 데다 이목구비가 반듯했고 표정이 무척 상냥했다. 그날 저녁 시간이 다 가기도 전에 엠마는 그녀의 외모뿐 아니라 매너도 마음에 들어서 그 친분을 이어 가기로 마음먹었다.

엠마가 스미스 양과의 대화에서 깊은 인상을 받을 만한 영리한 말을 들은 것은 아니었다. 하지만 그녀가 대체로 무척 매력적이라고 생각했다. 스미스 양은 불편하리만큼 수줍어하지도 않았고, 말하기를 꺼리지도 않았으며, 그렇다고 해서 주제넘게 나서는 것도 아니었다. 그녀에게 매우 적절하고도 잘 어울리는 존경심을 드러냈으며, 하트필드에 초대되어 몹시 기쁘고 고맙게 생각했으며 자기에게 익숙한 것보다 훨씬 더 훌륭하고 세련되게 보이는 모든 것들에서 천진난만하게도 깊은 인상을 받았다. 그러니 그녀에게 분별력이 있음이 틀림없었고 격려를 받아 마땅했다. 그녀의 용기를 북돋워 줘야 한다. 그 부드러운 푸른 눈과 타고난 우아한 자태를 하이버리의 신분 낮은 사람들 사이에서 헛되이 낭비해서는 안 된다. 그녀가 지금까지 맺어 온 친분은 그녀에게 걸맞지 않았다. 그녀가 최근에 방문하고 돌아온 그 벗들은 매우 좋은 사람들이라 하더라도 그녀에게 해가 될 것이다. 그들은 마틴이라는 가족이었고, 엠마는 그들의 이름을 알고 있었다. 그들은 나이틀리 씨의 큰 농장을 임대해 농사를 지으며 돈웰 교구에서 살고 있었는데, 나이틀리 씨가 그 가족을 높이 평가하는 것으로 보아 그들의 평판이 아주 좋으리라고 엠마는 믿었다. 하지만 그들은 틀림없이 상스럽고 투박할 것이며, 지식과 세련미를 조금 보태기만 하면 실로 완벽해질 아가씨의 절친한 벗이 되기에는 매우 부적합할 것이다. 이제는 엠마 자신이 그녀에게 관심을 기울일 것이고, 그녀를 교양 있게 만들어 줄 것이며, 그녀를 나쁜 지인들에게서 떼어 내어 훌륭한 사람들에게 소개할 것이다. 그녀가 훌륭한 견해와 매너를 갖도록 가르칠 것이다. 그것은 재미있고도 분명 매우 친절한 일이며, 자신의 사회적 신분과 여가와 능력에 대단히 잘 맞는 일이 될 것이다.

엠마는 그 부드럽고 푸른 눈에 감탄하면서 말하기도 하고 듣기도 하면서 틈틈이 이런 계획을 세우느라 몹시 바빴기에 그날 저녁 시간은 평소와 달리 쏜살같이 지나가 버렸다. 그녀는 이런 이브닝 파티를 마무리하는 단계로 저녁 식사를 차릴 적절한 시간을 알아내려고 늘 앉아서 지켜보았지만, 이번에는 그녀가 알지도 못하는 사이에 식탁이 차려지고 준비되어 난롯가로 옮겨졌다. 그녀는 모든 일에 세심한 주의를 기울여 훌륭하게 해낸다는 평판에 무심하지 않은 마음의 일반적인 활기를 넘어서는 민첩함으로, 그리고 기발한 생각을 품고 있는 즐거운 마음에서 우러나오는 진심 어린 호의로 안주인 노릇에 정성을 다했다. 그래서 그녀는 손님들의 식사 시중을 들면서 잘게 썬 닭고기와 굴 요리를 간곡히 권했다. 초저녁에 정찬을 먹고 지금 체면치레하느라 망설이는 손님들에게 환영받을 음식이라는 것을 알고 있었다.

이런 경우에 가엾은 우드하우스 씨는 슬프게도 속으로 갈등을 벌였다. 그는 음식 대접하기를 좋아했는데, 젊은 시절에 그런 접대가 유행이었기 때문이다. 하지만 늦은 밤 시간의 식사가 건강에 좋지 않다고 믿었기에 식탁 위에 차려진 음식을 보면 퍽 유감스러운 마음이었다. 손님들을 대접하려는 마음이야 무엇이든 베풀어 주고 싶었겠지만, 건강에 대한 염려 때문에 그는 손님들이 음식을 먹는 것이 마음 아팠던 것이다.

그가 완전히 마음 놓고 권할 수 있는 음식은 자기가 늘 작은 사발에 담아서 먹는 묽은 죽뿐이었지만, 숙녀들이 편안하게 더 맛있는 음식들을 깨끗이 비우고 있는 동안에 그는 속마음을 억누르면서 이렇게 말했다.

「베이츠 부인, 이 달걀 하나를 드셔 보시구려. 아주 부드럽게 삶은 달걀은 건강에 해롭지 않으니 말이오. 서를은 달걀 삶는 법을 누구보다도 잘 알고 있어요. 다른 사람이 삶은 달걀이라면 권하지도 않을 거요. 그러니 걱정할 필요 없어요. 보시다시피 이 달걀들은 아주 작거든. 우리 집의 작은 달걀들은 해가 되지 않을 거라오. 베이츠 양, 엠마가 권해 드리는 작은 과일 파이 조각을 더 들어 봐요. 아주 작은 조각으로. 우리 집에서는 사과 파이만 만들거든. 여기에 해로운 방부제가 들어 있지 않을까 걱정할 필요가 없소. 커스터드는 권하지 않겠어요. 고다드 부인, 포도주를 반 잔만 마시는 게 어떻겠소? 작은 잔을 큰 컵 가득 물에 타서 말이지. 그건 건강에 해롭지 않을 거라오.」

엠마는 아버지가 이렇게 말하도록 내버려 두고, 손님들이 더욱 만족스러워할 방식으로 음식을 내놓았다. 그날 밤 엠마는 손님들을 행복한 기분으로 돌려보내면서 특히 즐거웠다. 스미스 양은 자신이 배려해 준 만큼 무척 행복해했다. 우드하우스 양은 하이버리에서 너무나 대단한 인물이었으므로 그녀에게 소개되리라는 기대에 기쁨만큼이나 두려움도 컸지만, 이 자그마한 아가씨는 겸손하고 고마운 마음으로 무척 흡족하게 느끼면서 돌아갔다. 우드하우스 양이 저녁 내내 상냥하게 대해 주었고 끝에 가서는 실제로 악수[7]까지 해주었기에 즐거웠던 것이다.

---

[7] 오스틴 시대에 악수는 형식적인 인사의 제스처가 아니라 친밀한 애정의 표시였다.

제4장

오래지 않아 해리엇 스미스는 하트필드에서 친숙한 존재로 자리 잡게 되었다. 엠마는 신속하고 단호하게 행동하는 아가씨였기에 시간을 낭비하지 않고 곧 그녀를 다시 초대하여 격려하면서 자주 방문하라고 말했다. 그들은 자주 만나면서 서로에 대해 더욱 만족했다. 엠마는 해리엇이 산책을 함께할 동무로서 큰 도움이 되리라고 일찌감치 생각했다. 그 점에서 웨스턴 부인을 잃은 상실감이 컸던 것이다. 그녀의 아버지는 관목 숲 너머로는 절대 나가지 않았고, 두 부분으로 나누어진 숲의 산책로에 맞춰서 계절에 따라 긴 산책을 나가거나 짧은 산책로를 걸었다. 웨스턴 부인이 결혼한 이후로 엠마가 산책할 수 있는 기회가 많이 줄어들었다. 한번은 과감하게 혼자서 랜달스까지 걸어가 보았지만 그리 유쾌한 일이 아니었다. 그러므로 언제라도 산책 가자고 부를 수 있는 해리엇 스미스 같은 아가씨는 더 특별한 대접을 받을 수 있는 소중한 존재가 될 것이다. 하지만 해리엇을 자주 볼수록 엠마는 모든 점에서 그녀가 좋은 아가씨라고 인정했고 자신의 친절한 계획을 확고하게 굳혔다.

해리엇이 영리한 아가씨가 아닌 것은 분명했다. 하지만 그녀는 상냥하고 유순하며 감사하는 성격을 지니고 있었고 자만심이 전혀 없으며 자기가 존경하는 사람에게서 인도받고 싶어 했다. 처음부터 엠마에 대한 사랑스러운 애정을 품었고, 훌륭한 사람들과 친분을 쌓고 싶어 했으며, 우아함과 현명함이 어떤 것인지를 느낄 수 있는 것으로 보아, 그녀에게 판단력이 부족한 것은 아니었다. 뛰어난 이해력을 기대할 수는 없지만 말이다. 전체적으로 보아 해리엇 스미스는 바로 자기가 원하던 친구라고 엠마는 확신했다. 정확히 말하자면, 자기 집에 꼭 필요한 존재라고 말이다. 웨스턴 부인 같은 벗은 절대로 다시 얻을 수 없었다. 그런 벗은 두 명이 있을 수 없다. 엠마는 그런 벗을 두 명 바라지 않았다. 그 감정은 종류가 전혀 다른 별개의 것이었다. 웨스턴 부인은 고마움과 존경심에서 우러난 존중을 바칠 대상이었다. 반면에 해리엇은 도와줄 수 있는 대상으로 사랑할 것이다. 웨스턴 부인을 위해서는 해줄 수 있는 것이 전혀 없었지만, 해리엇에게는 모든 것을 해줄 수 있었다.

엠마는 해리엇을 도와주기 위해서 제일 먼저 그녀의 부모가 누구인지를 알아내려고 시도해 보았다. 하지만 해리엇은 아는 바가 없었다. 해리엇은 자기가 알고 있는 것을 모두 말하려고 했지만, 이 문제에 관해서는 아무리 질문해 봐야 소용이 없었다. 엠마 마음대로 상상할 수밖에 없었다. 하지만 자기가 같은 상황에 처해 있더라면 진실을 알아내고야 말았으리라고 생각하지 않을 수 없었다. 해리엇은 통찰력이 전혀 없었다. 그녀는 그저 고다드 부인이 말해 준 것만 듣고 믿는 데 만족했고 더 이상 알아보려 하지 않은 것이다.

당연히 해리엇의 주된 화제는 고다드 부인과 교사들, 학생들, 학교에서 일어나는 일들이었다. 애비밀 농장의 마틴 가족과 친분을 맺은 이야기를 빼면 오로지 학교에 대한 이야기뿐이었을 것이다. 그러나 그녀는 마틴 가족을 많이 생각했다. 그들과 두 달을 함께 지내면서 무척 행복했고, 이제는 그 방문에서 즐거웠던 일들을 이야기하고 그곳의 여러 가지 안락함이나 놀라웠던 것들을 묘사하면서 기뻐했다. 엠마는 그녀가 말을 많이 하도록 고무했고, 자기와 다른 부류의 사람들에 대한 묘사를 재미있게 들었으며, 마틴 부인의 응접실이 두 개라고 감탄하는 그녀의 어리고 순진한 마음을 재밌게 여겼다. 「매우 멋진 응접실이 두 개나 있는데, 그중 하나는 고다드 부인의 거실만큼이나 컸어요. 마틴 부인의 우두머리 하녀는 25년이나 함께 살아왔대요. 암소가 여덟 마리나 있는데 두 마리는 앨더니 종이고, 하나는 작은 웨일스산 암소예요. 아주 예쁘고 작은 웨일스 암소였어요. 제가 그 암소를 무척 좋아했더니 마틴 부인은 그걸 제 암소라고 불러야겠다고 하셨어요. 그리고 정원에는 아주 멋진 정자가 있어요. 내년에 언젠가는 그들 모두 그곳에서 차를 마실 거예요. 아주 멋진 정자인데 열두 명은 들어갈 수 있으리만치 넓어요.」

한동안 엠마는 그 구체적인 이야기만 생각하면서 재미있게 들었다. 그러나 그 가족을 더 잘 알게 되면서 다른 감정이 일었다. 그 가족이란 어머니와 딸, 아들 내외라고 상상한 것이 착각이었던 것이다. 해리엇의 이야기에서 한 부분을 차지하고 있는 사람, 성품이 무척 좋고 이런저런 일을 해주었다고 늘 호의적으로 언급된 마틴 씨가 미혼이고, 여기에 젊은 마틴 부인, 즉 그의 아내가 없다는 사실을 알게 되었을 때, 엠마는 이 온갖 환대와 친절이 가엾은 자기 친구에게 위험한 것일지도 모른다는 의혹을 느꼈다. 그녀를 잘 보살피지 않으면 영원히 전락하고 말 것이다.

이런 생각에 호기심이 동해서 엠마는 더 깊은 의미를 담고 더 많은 질문을 던졌고 해리엇이 마틴 씨에 대한 이야기를 더 많이 하도록 각별히 유도했다. 해리엇은 그에 대해서 이야기하는 것이 싫지 않음이 분명했다. 달빛 아래 산책하면서 또는 저녁나절에 즐거운 게임을 하면서 그가 무엇을 했는지를 아주 즐겁게 이야기했고, 그가 무척 쾌활하고 마음씨가 자상한 사람이라고 한참 이야기했다. 「마틴 씨가 하루는 제게 호두를 갖다 주려고 3마일을 돌아다녔대요. 제가 호두를 무척 좋아한다고 말했기 때문에요. 그리고 다른 점에서도 무척 자상한 사람이었어요! 어느 날 밤에는 양치기의 아들을 응접실에 데리고 왔어요. 제게 노래를 불러 주도록 일부러 말이에요. 제가 노래를 무척 좋아하거든요. 그분도 노래를 조금은 부를 줄 알아요. 그분은 무척 영리하고 모르는 게 없어요. 그분의 양 떼는 아주 훌륭해요. 제가 그 가족과 지내는 동안 그분이 시장에 내놓은 양털이 그 지역의 어느 누구 것보다도 높은 가격에 입찰되었어요. 누구나 그분을 칭찬할 거예요. 그 어머니와 누이들도 그분을 무척 좋아하고요. 마틴 부인이 하루는 제게 말씀하셨어요. (이 말을 하면서 그녀의 얼굴이 붉어졌다) 마틴 씨보다 더 훌륭한 아들은 없다고요. 그래서 그분이 결혼하면 좋은 남편이 되리라 믿으신다고요. 마틴 씨가 결혼하기를 그 모친께서 바라신 건 아니었어요. 부인은 전혀 서두르지 않으셨어요.」

〈잘했군요, 마틴 부인.〉 엠마는 생각했다. 〈당신은 자신이

뭘 노리고 있는지 잘 알고 있군요.〉

「그리고 제가 떠나올 때 마틴 부인은 무척 고맙게도 고다드 부인에게 보내는 예쁜 거위 한 마리를 주셨어요. 고다드 부인이 지금껏 보지 못한 멋진 거위였어요. 고다드 부인은 어느 일요일에 그 거위를 요리해서 함께 식사하자고 세 분 선생님을, 그러니까 내쉬 양과 프린스 양, 리처드슨 양을 초대하셨어요.」

「아마도 마틴 씨는 자기가 하는 일 외에는 아는 것이 없겠지. 그 사람은 책을 읽지 않겠지?」

「아, 아뇨! 아니, 그래요. 전 잘 모르겠어요. 하지만 그분이 책을 꽤 많이 읽는다고 생각해요. 하지만 당신이 존중할 만한 책은 아닐 거예요. 그는 농경 보고서나 그런 책들을 읽거든요. 그 책들은 창가의 의자에 놓여 있어요. 그런데 그는 그 책들을 전부 속으로 읽어요. 하지만 때로는 밤에 카드놀이를 하기 전에 『격조 높은 초록Elegant Extracts』[8]에서 어떤 부분을 큰 소리로 읽어 주곤 했어요. 무척 재미있었어요. 제가 알기로는, 그분이 『웨이크필드의 목사』는 읽었어요. 그런데 『숲 속의 로맨스』는 읽지 않았어요. 『사원의 아이들』도 안 읽었고요.[9] 제가 제목들을 말할 때까지 그런 책들에 대해서 들어 본 적도 없었대요. 하지만 지금은 가급적 빨리 그 책들을 구해

---

8 바이스시머스 크녹스Vicesimus Knox(1752~1821)가 젊은이들을 대상으로 발췌한 명문집으로, 1790년대에 처음 출판되었다.

9 『웨이크필드의 목사The Vicar of Wakefield』(1766)는 올리버 골드스미스의 대중적인 감상 소설이고 『숲 속의 로맨스The Romance of the Forest』(1791)는 앤 래드클리프의 고딕 소설, 『사원의 아이들The Children of the Abbey』(1796)은 레지나 마리아 로체의 고딕 소설. 이 소설들은 중산층 여성 독자들이 특히 좋아한 작품들로서 당대의 대중적 취향을 드러낸다.

보겠다고 마음먹었어요.」

그다음 질문은 이러했다.

「마틴 씨는 어떻게 생겼어?」

「아! 잘생기지는 않았어요. 전혀 잘생기지 않았어요. 처음에는 무척 못생겼다고 생각했는데, 지금은 그렇게 못생겼다고는 생각하지 않아요. 아시다시피, 얼마간 시간이 지나면 그렇잖아요. 그런데 그를 본 적이 없으세요? 그는 이따금 하이버리에 오기도 하고, 매주 킹스턴에 가는 길에 틀림없이 말을 타고 여기를 지날 거예요. 그는 당신을 지나친 적이 많을 거예요.」

「글쎄, 그럴지도 모르지. 그를 쉰 번쯤 봤을 수도 있겠지. 이름도 전혀 모르면서 말이야. 말을 탔든 걸어가든 간에 젊은 농부에 대해서 나는 절대로 호기심을 느끼지 않아. 중류의 농민 계층에 대해서는 나와 전혀 관련이 없다고 느끼니까. 신분이 한두 등급 더 낮고 차림새가 훙하지 않은 사람이라면 홍미를 느낄지도 모르지. 이런저런 방법으로 그 가족에게 도움을 주고 싶을 거야. 하지만 농부들은 내 도움을 받을 일이 전혀 없거든. 그러니까 한 가지 점에서 보면 그는 내가 관심을 가질 만한 대상의 범주를 벗어난 거고 그 밖의 다른 점들에서 보면 관심을 둘 만한 가치가 없는 사람이지.」

「물론이에요. 아! 그래요. 아가씨가 그를 혹시라도 보셨을 리가 없어요. 하지만 그는 아가씨를 매우 잘 알고 있어요. 제 말은, 모습을 알고 있다는 뜻이에요.」

「나는 그가 존중받을 만한 젊은이라는 걸 의심하지 않아. 그가 실로 그렇다는 걸 알고 있으니까. 그리고 그런 사람으로서 그가 잘되기를 바라지. 그가 몇 살쯤 된 것 같아?」

「지난 6월 8일에 스물네 살이 되었어요. 제 생일은 23일이니까, 생일이 꼭 보름 차이예요. 무척 신기하지 않아요?」

「스물네 살밖에 안 되었다고? 결혼하기에는 너무 이르군. 그의 어머니가 서두르지 않는 건 너무도 당연한 일이야. 그들은 현재의 상태 그대로 지내는 것이 무척 편안할 거야. 만일 그 어머니가 아들을 결혼시키려고 혹시라도 애를 쓴다면, 아마도 후회하게 되겠지. 앞으로 6년 후에 그가 자기와 같은 계층 출신으로 돈이 좀 있는 좋은 여자를 만날 수 있으면 아주 바람직하겠어.」

「6년 후에요? 베넷 양, 그럼 그는 서른 살이 될 거예요.」

「글쎄, 독자적인 재산을 갖고 태어나지 못한 사람들이 결혼하려면 아무리 일러도 대개 그 나이는 되어야 해. 내가 생각하기에, 마틴 씨는 스스로 재산을 일구어야 할 테고, 현금은 전혀 없을 거야. 그의 아버지가 돌아가셨을 때 그가 재산을 얼마나 물려받았든, 가족의 전 재산에서 어떤 몫을 받았든 간에, 그건 전부 다 가축이나 그런 것들을 구입하는 데 이리저리 들어갔을 거야. 마틴 씨가 열심히 일하고 운이 따라 준다면 시간이 지나서 부유해지겠지만, 지금까지는 뭔가 이뤄 놓았을 리가 없어.」

「정말 그래요. 하지만 그들은 아주 편안하게 살고 있어요. 집안에서 일하는 하인이 없기는 하지만, 다른 점에서는 부족한 것이 없어요. 그리고 마틴 부인은 내년에 소년을 고용할 생각이세요.」[10]

10 18세기 말과 19세기 초에는 인건비가 대단히 싼 편이었으므로 일반 가정에서도 하인과 하녀를 고용했다. 마틴 가족은 넉넉한 살림의 농부 계층이므로 하녀들을 들일 수 있었지만, 집사나 시종처럼 실내에서 일하는 성인 남성을 고용하는 것은 더 높은 사회 계층에서나 가능했다. 그러므로 마틴 부인은 일종의 절충안으로 소년을 고용하려고 생각한다.

「언제든 그 사람이 결혼할 때 네가 곤란한 입장에 빠지지 않으면 좋겠어. 내 말은, 그의 아내와 친분을 맺는 일 말이야. 그의 누이들이야 교육을 더 잘 받았으니까 흠잡을 데가 없겠지만, 그와 결혼할 여자는 네가 관심을 보여 줄 만한 사람이 아닐 거야. 네 불운한 출생 때문에 너는 어떤 사람들과 어울릴지를 결정할 때 특히 조심해야 해. 네가 신사의 딸이라는 것은 의심의 여지가 없으니까, 그 신분에 대한 권리를 유지하기 위해서 할 수 있는 일을 모두 다 해야지. 그렇지 않으면 네 지체를 떨어뜨리면서 기뻐할 사람들이 많을 테니까.」

「네, 물론이지요. 그런 사람들이 있을 거예요. 하지만 제가 하트필드를 방문할 수 있고 당신이 제게 너무나 친절하게 대해 주시는 한, 우드하우스 양, 저는 누가 어떤 일을 하더라도 두렵지 않아요.」

「상류층의 영향력에 대해서 꽤 잘 알고 있구나, 해리엇. 하지만 나는 네가 하트필드와 우드하우스 양의 도움을 받지 않고도 훌륭한 집단에 확고히 정착하도록 만들고 싶어. 네가 훌륭한 사람들과 영원한 인척 관계를 맺은 것을 보고 싶고. 그리고 이런 목적을 위해서는 네가 기묘한 사람들과 가급적 어울리지 않는 편이 바람직할 거야. 그러니까 내가 하려는 말은, 마틴 씨가 결혼할 때 네가 이 지방에서 살고 있다면 네가 그의 누이들과 가깝다고 해서 그의 아내와 어울리게 되지는 않기를 바란다는 거야. 그 아내는 아마 교육을 받지 못한 농부의 딸에 불과할 테니까.」

「그럼요, 네. 마틴 씨가 교육을 못 받고 가정 교육도 받지 못한 여자와 결혼하리라고 생각하는 건 아니지만요. 하지만 당신 의견에 반대하려는 건 아니에요. 정말이지 저는 그의 아내와 사귀고 싶지 않을 거예요. 마틴 양들, 특히 엘리자베스에 대해서는 늘 아주 좋게 생각할 거예요. 그들을 만날 수 없게 된다면 무척 섭섭할 테고요. 그들은 저와 똑같이 교육을 잘 받았으니까요. 하지만 마틴 씨가 아주 무식하고 천박한 여자와 결혼한다면 그녀를 방문하지 않는 게 좋겠죠. 피할 수만 있다면요.」

해리엇이 이렇게 오락가락하면서 말하는 동안 엠마는 그녀를 유심히 관찰했다. 우려할 만한 사랑의 징후는 보이지 않았다. 그 젊은이는 해리엇에게 관심을 보여 준 첫 번째 사람이었지만 그 외의 다른 점에서 그녀에게 영향을 미치는 것은 아니고, 엠마 자신이 친절하게 나서서 조정해 줄 때 해리엇이 심각하게 저항하며 문제를 일으키지는 않을 거라고 믿었다.

바로 다음 날 그들은 돈웰 거리를 걷는 도중에 마틴 씨와 마주쳤다. 그는 걸어가고 있었고, 매우 존중하는 태도로 엠마를 바라본 후에 조금도 가식 없이 흐뭇한 표정으로 그녀의 동무를 바라보았다. 이렇게 관찰할 수 있는 기회가 생기다니, 엠마에게는 정말 기꺼운 일이었다. 그래서 두 사람이 이야기를 나누는 동안에 그녀는 몇 미터쯤 앞으로 걸어가서 예리한 눈으로 로버트 마틴 씨를 샅샅이 살펴보았다. 무척 말끔한 외모에다 분별력이 있는 젊은이처럼 보였다. 하지만 그의 용모에 다른 장점은 찾아볼 수 없었다. 그를 신사들과 비교해 보면 해리엇이 이미 품고 있었던 호감은 다 사라질 거라고 그녀는 생각했다. 해리엇은 매너에 대해서 둔감하지 않은 편이었다. 우드하우스 씨의 세련된 매너에 놀라워하면서 자발적으로 찬탄한 적도 있었다. 그러나 마틴 씨는 매너가 뭔지도 모르는 사람 같아 보였다.

우드하우스 양을 기다리게 해서는 안 되었기에 그들의 대화는 단 몇 분 만에 끝났다. 그런 다음 해리엇은 만면에 웃음을 띤 채 들뜬 기분으로 엠마에게 달려왔고, 우드하우스 양은 그 기분을 당장 차분하게 가라앉히고 싶었다.

「이렇게 우연히 그를 만나다니! 정말 신기한 일이지요? 그가 랜달스 쪽으로 돌아가지 않은 것은 순전히 우연이었대요. 우리가 이 길로 산책하리라고는 생각도 못 했고요. 우리가 거의 매일 랜달스 쪽으로 산책 가는 줄 알았대요. 그는 『숲 속의 로맨스』를 아직 구하지 못했대요. 지난번에 켄싱턴에 갔을 때 너무 바빠서 까맣게 잊어버렸다는 거예요. 하지만 내일 다시 갈 거래요. 이렇게 우연히 만나다니 정말이지 너무 신기해요! 우드하우스 양, 그 사람이 예상하신 바와 같은 가요? 그를 어떻게 생각하세요? 아주 평범하다고 생각하세요?」

「의심할 바 없이 평범한 사람이야. 눈에 띄게 못생겼고. 하지만 매너가 전혀 세련되지 못한 데 비하면 외모는 아무것도 아니야. 나는 많은 걸 기대할 권리도 없고, 많은 걸 기대하지도 않았어. 하지만 그가 그렇게나 촌스럽게 보이고, 세련된 분위기가 없을 줄은 몰랐어. 사실 솔직히 고백하자면, 나는 그가 신사 계층에 한두 등급 더 가까울 거라고 상상했었어.」

「물론이에요.」 해리엇이 수치심을 느끼는 목소리로 말했다. 「그는 진짜 신사들처럼 세련되지 못해요.」

「네가 우리와 알게 된 후로, 해리엇, 진정한 신사들과 거듭 동석해 왔으니까 너 스스로도 마틴 씨에게서 그들과 다른 점을 보고 놀랐을 거야. 너는 하트필드에서 매우 훌륭한 교육을 받고 가정 교육을 잘 받은 사람들의 훌륭한 실례들을 보아 왔어. 그런 신사들을 본 후에 네가 마틴 씨를 다시 보면서 그가 대단히 저급한 사람이라고 느끼지 않는다면, 그리고 그를 조금이라도 유쾌한 사람으로 여겼던 일에 대해서 의아한 마음이 들지 않는다면 나는 무척 놀랍게 생각할 거야. 이제는 그렇게 느끼게 되지 않았니? 놀라지 않았어? 그의 어줍은 표정과 무뚝뚝한 태도에 놀랐을 거야. 그 거친 목소리에도 말이지. 여기 서 있는 내게도 그 목소리는 음조의 변화가 전혀 없이 단조롭게 들렸어.」

「물론이에요. 그는 나이틀리 씨와 전혀 비슷하지 않아요. 나이틀리 씨처럼 멋진 몸가짐과 걸음걸이도 없고요. 이제 그 차이를 분명히 알 수 있겠어요. 하지만 나이틀리 씨는 너무나 훌륭한 분이시잖아요!」

「나이틀리 씨의 매너는 유난히 훌륭하기 때문에 마틴 씨를 그분과 비교하는 것은 온당하지 않은 일이야. 나이틀리 씨처럼 신사라는 것이 확연히 드러나는 사람은 백 명 중 한 명도 될까 말까 하니까. 하지만 네가 최근에 만난 신사가 나이틀리 씨만 있는 건 아니었지. 웨스턴 씨와 엘튼 씨는 어떻게 생각해? 마틴 씨를 그중 한 분과 비교해 봐. 그분들의 몸가짐과 걸음걸이, 말하는 태도, 침묵할 때의 태도를 비교해 보라고. 그러면 뭐가 다른지 차이를 알 수 있을 거야.」

「아, 네! 큰 차이가 있어요. 하지만 웨스턴 씨는 거의 노인이시잖아요. 마흔에서 쉰 사이일 거예요.」

「그러니까 그분의 훌륭한 매너가 더욱 가치 있는 거야. 사람이 나이를 먹을수록 매너가 좋다는 것이 더욱 중요하거든, 해리엇. 시끄럽거나 거칠거나 어줍은 매너는 나이가 들수록 더욱 고약해지고 더욱 혐오스러워지지. 젊은 시절에는 그럭저럭 봐줄 만한 태도라도 나이가 들면 몹시 고약해지고. 마틴 씨는 지금도 거칠고 퉁명스러운데 웨스턴 씨의 나이가 되면 과연 어떻게 될까?」

「정말이지, 그건 모르겠어요!」 해리엇이 다소 엄숙하게 말했다.

「그건 꽤 정확하게 추측할 수 있어. 그는 상스럽고 천박한 농부가 될 거야. 외모에는 전혀 신경 쓰지 않고 오로지 이윤과 손실만 생각하겠지.」

「그렇게 된다면, 정말이지, 몹시 나쁠 거예요.」

「그가 벌써 자기 일에 얼마나 정신이 팔려 있는지는 네가 권한 책들을 찾아보지 않았다는 사실에서 확실히 알 수 있어. 그의 머리는 매매에 관한 생각으로 꽉 차 있기 때문에 다른 생각이 들어설 틈이 없는 거야. 사업이 번창하는 사람이야 당연히 그래야지. 그가 책하고 무슨 상관이 있겠어? 시간이 지나면 그가 일을 잘해서 부자가 되리라는 것은 의심하지 않아. 그러니 그가 무식하고 상스럽다는 것 때문에 우리 마음이 불편해질 필요는 없어.」

「그가 그 책을 기억하지 못했다는 것이 이상해요.」 해리엇은 이렇게만 대답했다. 다소 심각하고 불쾌한 어조였기에 엠마는 그 말에 대답하지 않는 편이 더 신중하다고 생각했다. 그래서 그녀는 한참 아무 말도 하지 않다가 다시 이렇게 말을 꺼냈다.

「한 가지 점에서는 아마 엘튼 씨의 매너가 나이틀리 씨나 웨스턴 씨보다도 훌륭할 거야. 그분의 매너는 더 부드럽거든. 그분의 매너를 모범으로 삼아도 괜찮을 거야. 웨스턴 씨는 솔직하고 민첩하지. 무뚝뚝하다고 볼 수 있는 면이 있지만, 모두들 그분을 좋아하는 것은 무척 쾌활한 기분으로 그런 면을 감싸기 때문이야. 하지만 그런 면을 모방해서는 안 될 거야. 나이틀리 씨의 직선적이고 단호하고 명령하는 듯한 매너도 마찬가지야. 그분에게는 그런 매너가 잘 어울리지만 말이지. 그분의 용모나 생김새, 사회적 지위가 그런 매너를 용인해 주는 것 같아. 하지만 그분의 매너를 흉내 내려는 젊은이가 있다면 도저히 참아 줄 수 없을걸. 오히려, 젊은이들은 엘튼 씨를 모델로 삼는 편이 바람직할 거야. 엘튼 씨는 명랑하고 쾌활하고 사근사근하고 부드러우니까. 최근에 그분의 태도가 특히 더 부드러워진 것 같았어. 그분이 더욱 다정하게 대하면서 우리들 중 한 사람의 환심을 사려는 생각인지 어떤지는 모르겠어, 해리엇. 하지만 그분의 매너가 전보다 더 부드러워졌다는 생각이 들었어. 혹시라도 그분에게 어떤 의도가 있다면 너를 기쁘게 해주시려는 걸 거야. 엘튼 씨가 얼마 전에 너에 대해서 뭐라고 말했는지 얘기해 주지 않았니?」

그런 다음 엠마는 자기가 엘튼 씨에게서 유도했던 외모에 대한 열렬한 찬사를 되풀이했고, 이제 그 찬사에 대해 한참 이야기했다. 얼굴을 붉히고 미소를 지으면서 해리엇은 엘튼 씨를 매우 유쾌한 분으로 생각했다고 말했다.

해리엇의 머릿속에서 그 젊은 농부를 몰아내기 위해 엠마가 선택한 사람은 바로 엘튼 씨였다. 엠마는 그것이 훌륭한 결합이 되리라고 생각했다. 그 혼사가 바람직하고 자연스럽고 가능성이 높다는 점은 너무나 명백하므로 자신이 그 결합을 예상했다고 해도 큰 공이 될 것 같지 않았다. 누구나 다 그 일을 생각하고 예측할 것이 걱정스러웠다. 하지만 그 계획을 세운 시기에 있어서는 누구도 자신을 능가할 것 같지 않았다. 그 생각이 머리에 떠오른 것은 바로 해리엇이 하트필드에 처음 왔던 날 저녁이었으니까. 그 결합에 대해서 생각해 볼수록, 그것이 더없이 좋은 계획이라는 확신이 들었다. 엘튼 씨의 상황으로 보아도 더할 나위 없이 적절했다. 그는 신사였고 신분이 낮은 친척이 없었지만, 그렇다고 해도 해리엇의 수상쩍은 혈통에 대해서 반대하고 나설 만큼 대단한 가문 출신은 아니었다. 해리엇이 살 만한 편안한 집도 있었고, 수입도 꽤 넉넉하리라고 엠마는 예상했다. 하이버리 목사직의 수입은 많지 않았지만 그에게 따로 독자적인 재산이 있다고 알려져 있었다. 그리고 그는 명랑하고 호의적이며 점잖은 젊은이고, 유용한 지식이나 세상살이에 대한 식견도 부족하지 않다고 엠마는 생각했다.

그가 해리엇을 예쁜 아가씨로 생각하고 있음을 엠마는 이미 확인했다. 그러므로 하트필드에서 해리엇을 자주 만나게 되면 이를 기반으로 관계가 발전되리라고 믿었다. 의심의 여지 없이 해리엇에게는 그의 호감을 사고 있다고 말해 주기만 해도 영향을 줄 수 있고 효과가 있을 것이다. 그리고 그는 정말로 매우 기분 좋은 젊은이였고, 까다롭지 않은 여자라면 누구나 좋아할 만한 청년이었다. 그는 매우 잘생긴 사람이라고 여겨졌으며, 대체로 많은 이들이 그의 외모를 칭찬했다. 하지만 엠마는 아니었다. 그의 외모에는 그녀가 꼭 필요하다고 생각하는 세련미가 결핍되어 있었기 때문이다. 하지만 로버트 마틴 같은 남자가 호두를 주워 주려고 말을 타고 시골을 돌아다니는 것을 기뻐할 수 있는 아가씨라면 엘튼 씨의 흠모에 당연히 넘어갈 것이다.

제5장

「웨스턴 부인, 당신은 어떻게 생각하시는지 모르지만.」 나이틀리 씨가 말했다. 「나는 엠마와 해리엇 스미스가 친하게 지내는 것이 좋지 않은 일이라고 생각합니다.」

「좋지 않은 일이라고요? 정말로 그렇게 생각하세요? 왜 그러시죠?」

「서로에게 조금도 도움이 되지 않을 거라고 생각해요.」

「놀라운 말씀이군요. 엠마는 틀림없이 해리엇에게 도움을 주고 있어요. 그리고 해리엇도 엠마가 새롭게 관심을 쏟을 수 있는 대상이 되었으니 도움을 준다고 말할 수 있지요. 저는 그 두 사람이 친하게 지내는 것을 더없이 기쁘게 생각해 왔어요. 우리의 생각이 무척 다르군요! 그들이 서로에게 도움이 되지 않을 거라고 생각하시다니! 확실히 이 점은 우리가 엠마를 놓고 말다툼할 거리가 되겠네요, 나이틀리 씨.」

「어쩌면 내가 당신과 말다툼을 하려고 일부러 찾아왔다고 생각하시겠군요. 웨스턴이 외출했으니 부인 혼자 맞서야 한다는 걸 알고 말이지요.」

「웨스턴 씨가 여기 있었으면 틀림없이 제 생각을 지지했을 거예요. 그 문제에 대해서 남편과 제 생각은 똑같으니까요. 바로 어제 우리는 그 얘기를 나누면서 하이버리에 엠마가 사귈 아가씨가 있다는 것이 엠마에게 무척 다행스러운 일이라는 데 동의했었어요. 나이틀리 씨, 이 문제에 있어서는 당신의 판단이 공정하다고 인정할 수 없겠어요. 당신은 혼자서 생활하는 데 너무나 익숙하기 때문에 동무의 소중함을 모르실 거예요. 그리고 어떤 남자도 여자들이 동성의 벗에게서 느끼는 편안함을 제대로 짐작할 수 없을 테고요. 그것도 동성의 벗과 늘 어울려 살아온 후에 말이죠. 당신이 왜 해리엇 스미스에 대해서 반감을 느끼는지는 짐작할 수 있어요. 엠마의 친구가 되기에 적합한 탁월한 아가씨라고는 할 수 없으니까요. 하지만 다른 점에서 생각하면, 엠마는 그 친구가 지식을 갖추기를 바라고 있으니까 스스로도 책을 더 많이 읽게 될 거예요. 그들은 함께 책을 읽겠지요. 제가 알기로는 엠마가 그렇게 하려고 생각하고 있어요.」

「엠마는 열두 살 이후로 늘 책을 읽을 생각이었어요. 꾸준히 읽어 가겠다고 작정한 책들의 목록을 많이 만들어서 여러 차례 내게 보여 주었습니다. 아주 훌륭한 목록들이었어요. 책들을 매우 잘 선정했고 무척 말끔하게 정리했었지요. 어떤 때는 알파벳 순서로 정리하고, 때로는 다른 규칙에 따라서 했고요. 엠마가 겨우 열네 살이었을 때 만든 목록을 보고 그녀의 판단력이 돋보인다고 생각했던 기억이 나는군요. 그래서 나는 그 목록을 한동안 보관했었어요. 아마 지금도 그녀는 꽤 훌륭한 목록을 만들었을 겁니다. 하지만 엠마가 꾸준히 체계적으로 독서를 해나가리라는 기대는 이미 접었습니다. 부지런함과 인내심이 필요하고, 분별력을 발휘하며 상상력을 억제해야 하는 일을 엠마는 절대로 하지 않을 겁니다. 테일러 양이 지적 자극을 주지 못한 마당에, 해리엇 스미스가 할 수 있는 일은 전혀 없다고 분명히 단언할 수 있어요. 당신은 엠마에게 읽히고 싶었던 책들의 절반도 읽히지 못했지요. 그녀를 설득하지 못했다는 점을 인정하시겠죠.」

「아마도.」 웨스턴 부인은 미소를 지으며 대답했다. 「그 당시에는 그렇게 생각했을 거예요. 하지만 우리가 떨어진 후로는, 제가 원했지만 엠마가 하지 않았던 일이 조금도 기억나지 않아요.」

「그런 기억을 다시 일깨우고 싶은 욕구가 거의 없겠지요.」 나이틀리 씨는 다감하게 말하더니 잠시 말이 없었다. 「하지만 나는,」 그가 곧 말을 덧붙였다. 「내 감각은 그런 마법에 걸려 있지 않으니 끊임없이 보고, 듣고, 기억해야 합니다. 엠마는 자기 식구들 중에서 제일 영리하기 때문에 버릇이 없어졌어요. 열 살 때 불행히도 엠마는 열일곱 살 먹은 자기 언니가 쩔쩔맸던 문제들에 대답할 수 있었죠. 엠마는 늘 머리가 영리하고 자신감이 있었어요. 반면에 이사벨라는 이해가 느리고 소심했지요. 그리고 엠마는 열두 살이었던 때부터 안주인이 되어서 당신들 모두를 좌지우지해 왔어요. 그녀를 상대할 수 있을 유일한 사람이었던 어머니를 잃었죠. 엠마는 어머니의 재능을 이어받았고, 틀림없이 어머니에게는 순종했을 겁니다.」

「제가 우드하우스 씨의 집을 떠나서 다른 일자리를 구하려 했더라면, 당신의 추천에 매달려야 했을 경우 무척 유감스러웠을 거예요. 당신은 저를 위해서 누구에게도 좋은 말을 해주지 않으셨을 테니까요. 틀림없이 제가 임무를 수행하는 데 적합치 않다고 늘 생각하셨겠지요.」

「그래요.」 그가 미소를 지으며 말했다. 「당신은 여기 있는 편이 더 낫습니다. 아내로서는 매우 적합하니까요. 가정 교사로서는 그렇지 않지만 말이죠. 당신은 하트필드에서 살아오는 동안 훌륭한 아내가 되도록 준비해 온 겁니다. 당신은 당신의 능력으로 가능했을 완벽한 교육을 엠마에게 제공한 것이 아니라, 오히려 엠마에게서 매우 훌륭한 교육을 받았어요. 의지를 굽히고 명령받은 대로 행동하는, 결혼에 있어서 매우 중요한 미덕을 닦아 온 것이죠. 만일 웨스턴이 신붓감을 추천해 달라고 내게 청했다면, 나는 테일러 양이라고 서슴없이 말했을 겁니다.」

「고마워요. 웨스턴 씨 같은 사람에게 좋은 아내가 되는 것은 공로라고 부를 수도 없을 거예요.」

「글쎄요, 솔직히 말하자면, 나도 당신의 능력이 헛되이 낭비될 것이 유감입니다. 인내심을 완벽히 갖추고 있는데 참아야 할 일이 전혀 없어 보이니 말이지요. 하지만 낙심할 필요는 없어요. 웨스턴이 안락함에 겨워서 성질을 부릴 수도 있고, 아니면 그의 아들이 그를 괴롭힐 수 있으니까.」

「그런 일은 없기를 바라요. 그럴 것 같지도 않고요. 아뇨, 나이틀리 씨, 그 부분에서 고통스러운 일을 예상하지 말아 주세요.」

「물론, 예상하는 게 아닙니다. 그저 있을 수도 있는 일을 말하는 거지요. 나는 엠마처럼 예언하고 추측하는 재능이 있다고 자부하지 않습니다. 그 젊은이가 미덕에 있어서는 웨스턴의 혈통을 이어받고, 재산에 있어서는 처칠 집안을 이어받기를 진심으로 바랍니다. 그런데 해리엇 스미스에 대한 얘기를 절반도 끝내지 못했군요. 나는 엠마가 사귈 수 있는 친구들 중에서 해리엇이 최악의 부류에 속한다고 생각해요. 그녀는 스스로가 무지하기 때문에 엠마를 모르는 것이 없는 사람으로 우러러봅니다. 그러니 그녀의 행동은 온통 아부가 되는 거지요. 의도적으로 아부하는 것이 아니기 때문에 더욱 나쁩니다. 매 순간 그녀의 무지가 아부하고 있으니까요. 해리엇이 그렇게 기분 좋게 지적 열등함을 드러내고 있는데, 어떻게 엠마가 더 배워야겠다는 생각을 할 수 있겠어요? 그리고 해리엇도 그 관계에서 얻을 것이 없다고 말할 수 있습니다. 하트필드에 익숙해지면 자신이 속하는 다른 곳들에 정나미가 떨어지게 될 뿐이에요. 그저 우아한 매너를 갖추고는, 자신의 출생과 처지로 인해 마땅히 어울려야 할 사람들 사이에서 불편함을 느낄 테니까요. 엠마의 가르침을 받아서 어떤 아가씨가 강인한 마음을 갖게 된다든지 자기 처지의 잡다한 일에 합리적으로 처신할 수 있게 된다면, 그렇다면야 내 생각이 잘못된 거지요. 하지만 엠마의 가르침이란 그저 약간 세련된 태도를 더해 줄 뿐이거든요.」

「저는 엠마의 분별력을 당신보다 더 많이 믿든지 아니면 엠마가 편안하게 지내기를 더 많이 바라고 있는 모양이에요. 그 친분을 유감스럽게 여길 수 없으니까요. 어젯밤에 엠마가 얼마나 보기 좋았던지!」

「아, 엠마의 마음보다는 그녀의 외모에 대해서 이야기하고 싶으신 모양이군요. 좋습니다. 엠마가 예쁘다는 것은 부정하지 않겠어요.」

「예쁘다고요! 아름답다고 하셔야죠. 얼굴과 몸매를 다 합쳐서 엠마보다 더 완벽하게 아름다운 아가씨를 상상할 수 있으세요?」

「내가 뭘 상상할 수 있을지는 모르겠습니다. 하지만 그녀보다 더 보기 좋은 얼굴과 몸매는 본 적이 거의 없었다고 인정해요. 하지만 나는 오랜 벗으로서 편견을 갖고 있지요.」

「그런 눈! 그렇게나 반짝이는 진짜 담갈색의 눈! 반듯한 이목구비에 솔직한 표정과 얼굴빛! 오, 건강미가 넘치는 발그레한 색깔! 예쁘게도 적절한 키와 몸매, 그리고 단단하고 곧은 자태. 발그레한 피부뿐 아니라 그녀의 자세와 머리, 눈빛에도 건강미가 넘치죠. 〈건강의 화신〉이라 불리는 아기에 대한 이야기를 이따금 듣는데, 엠마는 늘 건강한 어른의 완벽한 화신이라는 생각을 떠올리게 하거든요. 엠마는 사랑스러움 그 자체예요. 그렇지 않아요, 나이틀리 씨?」

「나는 그녀의 외모를 흠잡는 게 아닙니다.」 그가 대답했다. 「그녀의 외모는 당신이 묘사한 그대로라고 생각해요. 그녀를 바라보는 것은 즐거운 일이에요. 그리고 엠마가 외모에 대한 허영심이 없다는 찬사를 덧붙이기로 하죠. 매우 예쁜 아가씨인데도 불구하고 엠마는 자기 외모에 대해서는 거의 생각하지 않는 것 같아요. 그녀의 허영심은 다른 부분에 있지요. 웨스턴 부인, 당신이 아무리 설득하셔도 나는 그녀와 해리엇 스미스의 친분에 대한 반감이나 그 관계가 그 둘 다에게 해로우리라는 걱정을 떨칠 수 없습니다.」

「그런데 저는, 나이틀리 씨, 그 관계가 그들에게 전혀 해롭지 않으리라고 굳게 믿고 있어요. 사랑스러운 엠마는 온갖 사소한 결함에도 불구하고 탁월한 아가씨예요. 우리가 어디서 애정이 더욱 지극한 딸과 더 친절한 자매와 더 진실한 벗을 찾을 수 있겠어요? 아뇨, 아니에요. 엠마에게는 신뢰할 만한 자질이 있어요. 그녀가 누군가를 정말 그릇된 길로 이끌어 갈리는 없어요. 큰 실수를 계속해서 저지르는 일은 절대 없을 거예요. 엠마가 한 번 실수를 저지른다면, 백 번은 올바른 일을 하거든요.」

「좋습니다. 더 이상 당신을 괴롭히지 않겠어요. 엠마는 계속 천사로 남고, 나는 크리스마스에 존과 이사벨라가 올 때까지 내 심술을 혼자 간직하기로 하지요. 존은 엠마를 온당하게, 그러므로 맹목적이지 않은 애정으로 사랑합니다. 이사벨라는 늘 존의 생각에 따라서 생각하고요. 그가 아이들에 대해서 겁먹지 않을 때만 제외하고 말이지요. 반드시 그들의 의견을 들어 볼 겁니다.」

「당신들 모두 엠마를 진심으로 극진히 사랑하시기 때문에 부당하거나 불친절하게 판단하지 않으시리라는 것은 알고 있어요. 하지만 제가 좀 무람없이 굴어도(저는 엠마의 모친께서 누리셨을 특권을 조금 누리면서 하고 싶은 말을 좀 할 수 있다고 생각하거든요) 용서해 주세요, 나이틀리 씨. 실례를 무릅쓰고 말하자면, 저는 해리엇 스미스와의 친분이 당신들 사이에서 특별한 논란거리가 되었을 때 실로 좋은 결과가 생기리라고는 생각하지 않아요. 죄송하지만, 그 친분에서 약간 불편한 일이 염려된다고 가정하더라도, 엠마가 그 관계에서 즐거움을 얻는 한은 그 친분을 끝내리라고 기대할 수 없다는 거죠. 엠마는 오로지 부친께만 자기 행동을 설명할 의무가 있을 텐데, 부친께서는 이미 그 교제를 전적으로 허락하셨고요. 아주 오랫동안 제가 해온 일이 조언을 하는 것이었으니, 이렇게 조금 남은 임무를 수행한다 하더라도 놀라지 않으시겠지요, 나이틀리 씨?」

「물론입니다.」 그가 큰 소리로 말했다. 「조언을 해주셔서 고맙습니다. 아주 좋은 충고예요. 그리고 이 말은 지금까지 당신이 해온 그 어떤 조언보다 더 나은 운명을 맞을 겁니다. 소중히 귀담아들을 테니까요.」

「존 나이틀리 부인은 쉽사리 불안해하기 때문에 동생에 대해서 몹시 걱정할 거예요.」

「걱정 마세요.」 그가 말했다. 「떠들썩하게 반대하지 않을 테니까요. 내 언짢은 기분을 혼자 간직하도록 하죠. 나는 엠마에 대해서 진정한 관심을 갖고 있어요. 그녀에 비하면 이사벨라는 제수씨이지만 더 가깝게 느껴지지도 않고, 더 흥미로웠던 적도 없었어요. 그렇게 큰 관심을 일으킨 적이 없었죠. 엠마에 대해서는 어떤 불안감이나 호기심을 느끼게 되지요. 그녀가 과연 어떻게 될지 궁금하거든요!」

「저도 그래요.」 웨스턴 부인이 부드럽게 말했다. 「저도 무척 궁금해요.」

「엠마는 절대로 결혼하지 않겠다고 늘 주장하지만, 그거야 물론 아무 의미도 없는 말이지요. 하지만 그녀가 한 번이라도 관심을 느낄 만한 남자를 본 적이나 있는지 모르겠어요. 그녀가 적절한 상대와 깊은 사랑에 빠진다면 나쁘지 않을 겁니다. 엠마가 사랑에 빠지고, 그 보답이 불확실한 상태에 처한 것을 보고 싶어요. 그런 일이 그녀에게 도움이 될 거예요. 하지만 이 근방에는 그녀가 애정을 느낄 만한 사람이 없지요. 그녀가 집을 떠나는 일도 거의 없고요.」

「현재로서는 엠마가 결혼하지 않겠다는 결심을 깨뜨리도록 유혹할 만한 일이 실로 거의 없는 것 같아요.」 웨스턴 부인이 말했다. 「엠마가 하트필드에서 아주 행복하게 지내고 있는 한, 저는 그녀가 사랑에 빠지기를 바라지 않아요. 그건 가

없은 우드하우스 씨에게 무척 괴로운 일이 될 테니까요. 현재로서 저는 엠마에게 결혼을 권하지 않겠어요. 물론 결혼을 등한시하는 것은 전혀 아니에요.」

이 말에는 이 주제에 관해서 자신과 웨스턴 씨가 즐겨 떠올리는 생각을 가급적 숨기려는 의도가 일부 담겨 있었다. 랜달스에서는 엠마의 운명과 관련해서 바라는 바가 있었지만, 다른 사람들이 그 소망을 눈치채는 것은 바람직하지 않았다. 이내 나이틀리 씨가 조용히 화제를 바꿔서 〈웨스턴이 날씨가 어떨 거라고 생각하던가요? 비가 올까요?〉라고 물었기에 그가 하트필드와 관련해서 더 하고 싶은 말이나 짐작하는 바가 없으리라고 그녀는 믿었다.

제6장

 엠마는 해리엇의 상상력이 적절한 방향으로 나아가도록 유도했고, 고마워하는 그녀의 어린 허영심을 끌어올려 매우 훌륭한 목적을 품게 만들었음을 의심치 않았다. 엘튼 씨의 남달리 잘생긴 외모와 더없이 유쾌한 매너를 해리엇이 전보다 더 분명히 의식하고 있음을 알 수 있었던 것이다. 엠마는 주저하지 않고 곧이어 즐거운 암시를 통해 그가 해리엇을 좋아하고 있다는 확신을 심어 주었으므로 곧 해리엇에게서 그 상황에 필요한 만큼 호감을 만들어 냈다고 자신했다. 엘튼 씨에 대해서 말하자면, 그가 이미 사랑에 빠진 것이 아니라면 곧 사랑에 빠질 것이 확실하다고 믿었다. 엘튼 씨에 대해서는 의심할 까닭이 조금도 없었다. 그가 해리엇에 대해 이야기하면서 너무나 열렬히 칭찬했기에, 엠마는 그의 감정에서 부족한 점이 전혀 없다고 생각했고 시간이 지나면 그 감정이 더 커지리라고 예상할 수 있었다. 해리엇이 하트필드에 소개된 후 그녀의 매너가 몰라보게 훌륭해졌다는 그의 말은 점점 커지는 애정을 드러내는 유쾌한 증거들 가운데 하나였다.
 「당신은 스미스 양에게 필요한 것을 모두 채워 주셨어요.」

엘튼 씨가 말했다. 「당신은 그녀를 우아하고 침착하게 만들었어요. 그녀가 당신에게 왔을 때는 그저 예쁜 아가씨였지만, 당신이 더해 준 매력은 그녀가 자연에서 받은 것보다 훨씬 더 우월했어요.」

「제가 해리엇에게 도움이 되었다고 생각하시다니 기쁘군요. 하지만 그녀가 이미 갖고 있던 것을 그저 끌어내기만 하면 되었어요. 그리고 몇 가지 암시만 해주면 되었고요. 그녀의 상냥한 기질과 가식 없는 태도는 타고난 거예요. 제가 한 일은 거의 없었어요.」

「숙녀의 말에 반박할 수만 있다면…….」 여자들에게 특히 친절하게 구는 엘튼 씨가 말했다.

「어쩌면 제가 그녀에게 확고한 성격을 조금 불어넣었을 거예요. 그녀가 이전에 경험하지 못했던 점들에 대해서 생각하도록 가르쳤고요.」

「바로 그렇습니다. 바로 그 점에서 제가 깊은 인상을 받았고요. 성격이 무척 확고해졌지요! 대단한 솜씨를 발휘하셨어요.」

「무척 즐거운 일이었어요. 그보다 더 사랑스러운 성격은 본 적이 없거든요.」

「그 점에 대해서는 조금도 의심하지 않습니다.」 이 말을 하면서 깊이 내쉰 한숨은 사랑에 빠진 사람의 태도를 유감없이 드러냈다. 또 어느 날엔가 해리엇의 초상화를 그리겠다는 엠마의 갑작스러운 생각에 그가 찬성한 태도도 그에 못지않게 만족스러웠다.

「혹시 초상화를 그린 적이 있었어, 해리엇? 네 초상화를 그리도록 포즈를 취한 적이 있었어?」

해리엇은 방을 나서려던 참이었는데, 걸음을 멈추고는 매우 놀라울 정도로 천진난만하게 말했다.

「어머나! 아뇨, 전혀요. 한 번도 없었어요.」

그녀가 방을 나가자마자 엠마는 큰 소리로 말했다.

「해리엇을 제대로 그린 초상화라면 무척 훌륭한 소장품이 될 거예요! 저라면 돈을 얼마든지 내고 그 그림을 사겠어요. 직접 그려 보고 싶을 정도예요. 잘 모르시겠지만 2, 3년 전에는 제가 초상화를 그리는 데 열중했었어요. 몇몇 벗들의 초상화를 그려 보았는데, 대개 웬만큼 안목이 있다는 평가를 받았었죠. 그런데 이런저런 이유 때문에 정떨어져서 포기하고 말았어요. 하지만 해리엇이 포즈를 취해 준다면, 시도해 볼 생각도 있어요. 그녀의 초상화를 갖게 되면 무척 기쁠 거예요.」

「제발 간청합니다.」 엘튼 씨가 큰 소리로 말했다. 「그건 진정 즐거운 일이 될 겁니다. 당신 친구를 위해서 당신의 매력적인 재능을 발휘해 달라고 간청하고 싶습니다. 우드하우스 양. 당신의 그림 솜씨를 잘 알고 있으니까요. 어떻게 제가 모를 거라고 생각하실 수 있어요? 이 방에도 당신이 그린 풍경화와 꽃 그림들이 많이 걸려 있지 않아요? 그리고 랜달스에 있는 웨스턴 부인의 응접실에도 비길 데 없는 인물화가 몇 편 걸려 있지 않은가요?」

정말이지 선량한 사람이야! 엠마는 생각했다. 하지만 그런 이야기가 초상화를 그리는 것과 무슨 상관이 있지? 당신은 그림에 대해서 아무것도 몰라요. 내 그림에 열광하는 척하지 마세요. 당신의 열광은 해리엇의 얼굴을 위해 간직해 두세요. 「글쎄요, 그렇게 친절하게 격려해 주신다면, 엘튼 씨, 제가 뭘 할 수 있을지 한번 해보겠어요. 해리엇의 얼굴은 무척 섬세하기 때문에 초상화를 그리기가 쉽지 않을 거예요. 눈의 생김새와 입술 선의 독특한 점을 포착해야 하거든요.」

「바로 그렇습니다. 눈의 모양과 입술의 선. 당신의 성공을 의심치 않습니다. 제발, 제발, 초상화를 시도해 주세요. 당신이 그린다면 그 그림은 실로, 당신의 표현대로, 훌륭한 소장품이 될 겁니다.」

「하지만 해리엇이 포즈를 취하지 않으려 할 거예요, 엘튼 씨. 그녀는 자기 미모를 너무 하찮게 생각하거든요. 아까 제 말에 대답할 때 그녀의 태도를 못 보셨어요? 그 태도는 바로 이런 의미였어요. 〈왜 제 초상화를 그려야 하지요?〉」

「아, 네, 저도 물론 봤습니다. 제가 느끼지 못한 것은 아니었어요. 하지만 그녀를 설득할 수 없으리라고는 생각하지 않습니다.」

곧 해리엇이 돌아왔다. 그녀는 들어서자마자 제안을 받았고, 두 사람의 진지한 간청에 단 몇 분도 망설이지 않고 승낙했다. 엠마는 곧장 시작하려 했다. 그래서 해리엇에게 가장 적합한 초상화의 크기를 결정하려고, 예전에 다양하게 시도했던 초상화들이 들어 있는 화첩을 가져왔다. 그중에 완성된 초상화는 하나도 없었다. 시작만 해놓은 그림들이 펼쳐졌다. 세밀화, 반신 초상화, 전신 초상화, 연필, 크레용, 수채화 등이 모두 차례로 시도되어 있었다. 엠마는 늘 무엇이나 다 해보고 싶어 했고, 그림과 음악에서 그녀처럼 변변치 않은 노력을 들인 많은 사람들보다는 그래도 나은 수준이었다. 그녀는 피아노를 연주했고 노래를 불렀고 거의 모든 스타일로 그림을 그렸다. 그러나 언제나 꾸준함이 부족했다. 그리고 그 어느 것에서도 자신이 기꺼이 도달하고 싶었을 탁월한 수준에는 이르지 못했고 도달하지 못해서는 안 될 수준에도 이르지 못했다. 그녀는 자신의 그림 솜씨나 음악 솜씨에 대해서 스스로를 속이지는 않았다. 하지만 다른 사람들이 속는 것은 싫지 않았고, 자신의 소양에 대한 평가가 실제보다 종종 더 높다는 것을 알아도 유감스럽게 여기지 않았다.

적어도 완성된 그림에는 장점이 있었다. 아마 완성했다는 것이 가장 큰 장점이었을 것이다. 그녀의 스타일에는 활기가 넘쳤다. 하지만 장점이 더 적었든 아니면 열 배나 더 많았든 간에, 그 두 벗이 드러낸 기쁨과 찬사는 똑같았으리라. 그들 둘 다 황홀경에 빠져 있었다. 초상화란 누구에게나 즐거움을 주는 것이고, 우드하우스 양의 작품은 최고 수준임에 틀림없었다.

「보시다시피, 얼굴들이 그리 다양하지 않을 거예요.」 엠마가 말했다. 「내가 연구할 수 있는 대상이 우리 가족밖에 없었으니까요. 여기 있는 건 아버지의 초상화이고, 이것도 아버지의 초상화예요. 하지만 초상화를 위해 포즈를 취하고 있다는 생각에 너무 불안해하셔서 몰래 그릴 수밖에 없었어요. 그래서 이 그림들 모두 아주 비슷하지는 않아요. 보시다시피 이것과 이것, 이것은 웨스턴 부인의 초상화고요. 사랑하는 웨스턴 부인! 늘 언제라도 가장 친절한 벗이었죠. 내가 부탁할 때마다 언제나 자세를 취해 주곤 했어요. 거기 있는 건 언니의 초상화인데, 자그마하고 우아한 자태가 실로 잘 드러나 있죠! 얼굴도 다르지 않고요. 언니가 조금만 더 오래 자세를 잡고 있었더라면 매우 흡사하게 그릴 수 있었을 거예요. 그런데 네 아이의 초상화를 그리게 하려고 마음이 급해서 가만히 있으려고 하지 않았어요. 그다음에, 여기 있는 것은 네 조카들 중 세 명이에요. 거기, 그림의 한쪽 끝에서 다른 쪽 끝까지 헨리,

존, 벨라가 차례로 그려져 있어요. 그 아이들 중 한 명을 다른 아이로 그려도 괜찮았을 거예요. 언니가 아이들의 초상화를 너무나 바랐기 때문에 거절할 수 없었지만, 알다시피 서너 살 먹은 애들을 가만히 서 있게 하는 일은 불가능하거든요. 그리고 아이들의 분위기와 안색을 표현하는 것을 넘어 더 흡사하게 그리는 것은 결코 쉬운 일이 아니에요. 얼굴이 특별히 거칠게 생긴 경우가 아니라면 말이죠. 이건 네 번째 조카, 아기를 스케치한 거예요. 이 애가 소파에서 자고 있을 때 그렸어요. 모자에 달린 모표가 아주 흡사하게 그려져 있죠. 아기가 머리를 대고 누워 있는 자세가 그림을 그리기에 아주 좋았거든요. 이 그림은 아주 비슷해요. 나는 어린 조지의 그림을 좀 자랑스럽게 생각해요. 소파의 모서리도 아주 잘 그렸고요. 그다음으로 여기 있는 마지막 그림은 (작은 사이즈의 전신 초상화로 신사를 그린 예쁜 스케치를 펼치면서) 내 마지막 그림이자 최고의 그림인데, 형부인 존 나이틀리 씨예요. 이 그림은 완성 단계에서 멀지 않았는데 그때 화가 나서 그림을 치워 버리고 다시는 초상화를 그리지 않겠다고 맹세했죠. 화를 내지 않을 수 없었어요. 무척 노력을 기울여서 정말로 아주 흡사하게 초상화를 그렸는데(웨스턴 부인과 나는 이 그림이 매우 흡사하다는 데 동의했죠) 다만 너무 잘생기게 그린 점이 흠이라면 흠이었을 뿐이죠 — 실제보다 나아 보였는데 그건 좋은 쪽으로 실수한 거였어요 — 그런데 이사벨라가 냉정하게 이렇게 말한 거예요. 〈그래, 그 그림은 약간 비슷해. 하지만 분명 실물보다 못해.〉 초상화를 그리도록 포즈를 취해 달라고 나이틀리 씨를 설득하는 데 꽤 애를 먹었거든요. 대단한 호의를 베풀듯이 승낙해 주었죠. 어떻든 간에, 브룬스윅 스퀘

어에 이 그림이 걸렸을 때 방문객들에게 그림이 실물을 제대로 표현하지 못했다고 변명을 늘어놓을 걸 생각하면 참을 수 없었어요. 그래서 그 그림을 완성하지 않기로 했죠. 이미 말했듯이, 그때 다시는 누구의 초상화도 그리지 않겠다고 맹세했어요. 하지만 해리엇을 위해서, 아니 나 자신을 위해서, 그리고 지금 이 경우에는 남편들과 아내들이 없으니까, 일단 내 결심을 깨뜨릴 거예요.」

엘튼 씨는 이 말에 매우 큰 인상을 받고 즐거워하는 것 같았다. 그러고는 〈당신 말씀대로, 지금 이 경우에는 남편들과 아내들이 없지요. 바로 그렇습니다. 남편들과 아내들이 관련되어 있지 않지요〉라고 되풀이하면서 매우 흥미로워하는 듯한 마음을 드러냈다. 그래서 엠마는 당장 그들 두 사람만 내버려 두고 자리를 피해 주는 편이 좋지 않을까 생각했다. 그러나 그녀는 그림을 그리고 싶었으므로, 그 사랑 고백은 조금 더 기다릴 수밖에 없었다.

엠마는 곧 초상화의 크기와 종류를 결정했다. 존 나이틀리 씨의 초상화처럼 전신 크기의 수채화로 그릴 것이고, 자기 마음대로 할 수 있다면, 그 초상화는 벽난로 선반 위의 명예로운 자리를 차지하게 될 것이다.

포즈를 취하는 일이 시작되었다. 해리엇은 자세와 표정이 흐트러질까 걱정되어 미소를 지으면서 얼굴을 붉혔고, 침착한 화가의 눈앞에 매우 귀엽게도 여러 감정이 뒤섞인 젊은 아가씨의 표정을 드러냈다. 하지만 엠마는 엘튼 씨가 뒤에서 서성이며 한 획을 그을 때마다 지켜보는 상태로는 아무것도 할 수 없었다. 그가 계속 바라보아도 불쾌하지 않을 곳에 자리를 잡았다고 생각했지만, 실로 이제는 그만 좀 바라보고 다른 곳에 자리를 잡도록 그에게 요청하지 않을 수 없을 정도였다. 바로 그때 그에게 책을 읽어 달라는 일거리를 맡기자는 생각이 떠올랐다.

「책을 읽어 주실 수 있으면 정말 고맙겠어요. 제 어려움을 즐겁게 달랠 수 있고, 스미스 양도 지루함을 덜 수 있을 테니까요.」

엘튼 씨는 너무나 기뻐했다. 해리엇은 귀를 기울였고, 엠마는 평온하게 그림을 그렸다. 그가 여전히 자주 다가와서 바라보았지만 그 점은 허용해야 했다. 그 정도도 하지 않는다면 사랑에 빠진 사람의 태도로는 너무나 미흡했을 것이다. 연필이 잠시 멈추기만 하면 그는 당장에 달려와서 진척된 상태를 바라보고는 황홀해했다. 이처럼 고무적인 사람에게 불쾌감을 느낄 수는 없었다. 그 그림이 실물과 비슷해 보이기도 전에 그는 경탄하면서 유사성을 찾아낼 수 있었으니까. 엠마는 그의 안목을 존중할 수 없었지만, 그의 사랑과 사근사근한 태도에 대해서는 나무랄 수 없었다.

초상화를 그리는 일은 전체적으로 매우 만족스러웠다. 엠마는 첫날의 스케치에 꽤 만족했기에 계속 그리기를 바랐다. 유사한 점이 없지 않았고, 운 좋게도 자세를 잘 포착했다. 그녀는 형체를 조금 더 나아 보이게 그리고 키를 약간 늘리고 세련미를 상당히 보탤 생각이었으므로, 결국 그 초상화는 어느 모로 보아도 예쁜 그림이 될 것이고 정해진 곳에 걸려서 그들 두 사람에게 명예가 될 거라고 확신했다. 한 사람의 미모와 또 다른 한 사람의 솜씨, 그리고 그 두 사람의 우정을 영원히 기념할 것이고, 엘튼 씨가 품고 있을 애정 덕분에 다른 유쾌한 것들을 많이 연상시키리라.

이튿날 해리엇은 다시 포즈를 취하기로 했고, 엘튼 씨는, 당연히 그래야 한다는 듯, 자기도 동석해서 다시 책을 읽어 주겠노라고 간청했다.

「물론이죠. 목사님을 저희의 일원으로 간주하면 무척 기쁠 거예요.」

그다음 날도 초상화를 그리는 일이 신속하고 행복하게 진척되는 동안 똑같이 예의 바르고 정중한 말들이 오갔고, 똑같이 성공적이고 만족스러웠다. 그 초상화를 본 사람들 모두 즐거워했지만 엘튼 씨는 끊임없이 황홀해했고 그 어떤 비판에도 끝끝내 그림을 옹호했다.

「우드하우스 양은 친구에게 부족했던 한 가지 아름다움을 더해 주었어요.」 웨스턴 부인이 사랑에 빠진 사람에게 말을 건네고 있다는 사실을 전혀 알아차리지 못한 채 엘튼 씨에게 말했다. 「눈의 표정은 더없이 정확하지만 스미스 양의 속눈썹과 눈썹은 저렇지 않아요. 그녀의 얼굴에 결점이 있다면 바로 그 점에서 부족했거든요.」

「그렇게 생각하세요?」 그가 대답했다. 「저는 그 의견에 동의할 수 없습니다. 이목구비가 더할 나위 없이 똑같게 보이거든요. 제 평생 이렇게 실물과 닮은 초상화는 본 적이 없습니다. 아시다시피 색조의 차이가 주는 효과를 인정해야지요.」

「키를 너무 크게 그렸소, 엠마.」 나이틀리 씨가 말했다.

엠마는 사실 그랬다는 것을 알고 있었지만 인정하려 들지 않았고, 엘튼 씨가 열렬히 덧붙여 말했다.

「아, 아닙니다! 전혀 그렇지 않아요. 지나치게 크다고는 할 수 없습니다. 생각해 보세요. 그녀는 앉아 있거든요. 그렇다면 당연히 다르게 보이지요. 요컨대, 정확히 알려 주지요. 그리고 알다시피 비율을 유지해야 하고요. 비율과 축소. 아, 아니에요. 이 그림은 스미스 양의 키를 정확히 드러내 줍니다. 실로 똑같아요.」

「아주 예쁘구나.」 우드하우스 씨가 말했다. 「아주 예쁘게 그렸어! 네 그림이 늘 그렇듯이 말이지, 엠마. 너처럼 그림을 잘 그리는 사람은 본 적이 없단다. 그런데 마음에 들지 않는 것 한 가지는 그녀가 어깨에 그저 얇은 숄만 걸치고 야외에 앉아 있는 것처럼 보이는 거란다. 틀림없이 감기에 걸릴 거라는 생각이 들거든.」

「하지만 아빠, 이건 여름철이라고 가정한 거예요. 따뜻한 여름날이요. 저 나무를 보세요.」

「그래도 집 밖에 앉아 있는 건 절대 안전하지 않단다, 얘야.」

「우드하우스 씨께서는 그렇게 말씀하실 수 있겠지요.」 엘튼 씨가 큰 소리로 말했다. 「하지만 제가 보기에, 스미스 양의 배경으로 야외를 설정한 것은 더없이 적절한 생각이라고 말씀드려야겠어요. 그리고 저 나무는 비길 데 없이 힘 있게 그려져 있고요! 다른 배경이었더라면 그 특색이 훨씬 드러나지 않았을 겁니다. 스미스 양의 천진난만한 태도며 — 그리고 전체적으로 — 아, 더없이 경탄스러운 그림입니다! 그림에서 눈을 뗄 수가 없군요. 이렇게 비슷한 초상화는 본 적이 없습니다.」

그다음에 해야 할 일은 그림의 액자를 맞추는 것이었다. 여기에 약간 난관이 있었다. 이 일은 즉시, 그것도 런던에서 해야 했다. 그리고 믿을 만한 취향이 있는 영리한 사람을 통해서 주문해야 했다. 이런 임무를 늘 도맡아서 처리해 온 이사벨라에게는 부탁할 수 없었다. 12월이었고, 우드하우스 씨로서는 그 계절의 짙은 안개 속에서 이사벨라가 집 밖에 나서는 것을 생각도 할 수 없기 때문이었다. 그러나 이 고충을 엘튼 씨가 알게 되자 문제는 즉시 해결되었다. 「그 임무를 제게 맡겨 주신다면, 무한히 기쁜 마음으로 수행할 겁니다! 그런 일을 할 수 있어서 얼마나 기쁜지 이루 말로 다 할 수 없습니다!」

「너무 친절하세요. 하지만 그건 생각도 할 수 없는 일이에요. 그런 성가신 일을 부탁드릴 수는 없어요.」 이렇게 말하자, 바랐던 대로 그는 되풀이해서 간청하고 장담했으며, 그래서 그 문제는 몇 분 만에 결정되었다.

엘튼 씨는 그 그림을 런던으로 가져가서 액자를 선택하고 지시 사항을 전할 것이다. 그리고 엠마는 그가 그리 불편해하지 않도록 안전하게 그림을 포장할 수 있다고 생각했다. 하지만 그는 불편을 충분히 겪지 못하게 될까 봐 걱정하는 것 같았다.

「더없이 소중한 위탁물이군요!」 초상화를 받으면서 그는 부드럽게 한숨을 쉬며 말했다.

〈이 남자는 여자들의 비위를 너무나 잘 맞추기 때문에 사랑에 빠질 수 없을 사람처럼 보여.〉 엠마는 이렇게 생각했다. 〈사랑에 빠지는 방법이 수백 가지나 있다는 걸 모른다면 정말 그렇게 생각했을 거야. 그는 훌륭한 청년이고 해리엇에게 딱 맞을 거야. 그가 늘 말하듯이 《바로 그렇습니다》이겠지. 하지만 한숨 쉬고 간절한 표정을 짓고 찬사를 늘어놓으려고 애쓰는 건 내가 당사자라도 참아 주기 어렵겠어. 옆에서 도와주면서 나도 그런 것을 꽤 많이 봐야 하지만, 그건 해리엇 때문에 내게 고마워서 그러는 거지.〉

제7장

 엘튼 씨가 런던으로 출발한 바로 그날 엠마가 친구를 도와줄 또 다른 일이 벌어졌다. 해리엇은 늘 그렇듯이 아침 식사 직후에 하트필드에 들렀고, 정찬에 맞춰서 돌아오겠다고 하고는 집으로 돌아갔다. 그녀가 돌아왔다. 원래 예정보다 더 빨리, 흥분하고 조급한 표정으로 들어서서는 무척 특별한 일이 일어났음을 알리며 서둘러 말하고 싶어 했다. 1분도 채 안 되어 그 사건의 전모가 드러났다. 고다드 부인의 집으로 돌아갔을 때 해리엇은 마틴 씨가 1시간 전에 그곳에 왔었고, 그녀가 집에 없고 곧 돌아오지 않으리라는 말을 듣자 그의 누이가 보내는 작은 꾸러미를 놓고 갔다는 말을 들었다. 꾸러미를 펼치자, 엘리자베스에게 복사하도록 빌려 주었던 노래 악보 두 장 옆에 자기에게 보낸 편지가 있었다. 이 편지는 그 사람, 마틴 씨가 보낸 것이었는데, 단도직입적으로 청혼하는 내용을 담고 있었다. 「그런 일을 누가 생각이나 할 수 있었겠어요! 전 너무 놀라서 뭘 어떻게 해야 할지 모르겠어요. 네, 정말로 청혼 편지예요. 그리고 아주 잘 쓴 편지예요. 적어도 저는 그렇게 생각해요. 그는 정말로 저를 무척 사랑하는 것처럼 썼어요. 하지만 잘 모르겠어요. 그래서 어떻게 해야 할지를 여쭤 보려고 최대한 빨리 돌아왔어요.」 엠마는 친구가 몹시 기뻐하는 데다 마음이 정해지지 않은 듯이 보여서 부끄러울 지경이었다.

「정말이지…….」 그녀가 큰 소리로 말했다. 「그 젊은이는 요청하지 않아서 손해 보는 일은 하지 않을 작정인 모양이지. 그는 할 수만 있다면 인척 관계를 잘 맺겠어.」

「편지를 읽어 보시겠어요? 제발 그렇게 해주세요. 그렇게 해주시면 좋겠어요.」 해리엇이 큰 소리로 말했다.

엠마는 재촉당하는 것이 유감스럽지 않았다. 그녀는 편지를 읽었고, 놀라움을 느꼈다. 그 편지의 문체는 예상보다 훨씬 나았다. 문법적인 실수가 없을 뿐 아니라 전체적으로 봐서 신사에게도 부끄럽지 않을 문장이었다. 언어가 비록 평이하기는 했지만 강렬하고 가식이 없었고, 그 언어로 전달된 감정은 글쓴이를 대단히 돋보이게 해주었다. 짧은 편지였지만 분별력과 따뜻한 애정, 너그러움, 예의 바름, 더욱이 섬세한 감정까지 담고 있었다. 그녀는 편지를 보며 주저했고, 해리엇은 옆에 서서 걱정스럽게 그녀의 의견을 기다리면서 〈저, 그런데〉 하다가 마침내 덧붙이지 않을 수 없었다. 「잘 쓴 편지인가요? 아니면 너무 짧은가요?」

「그래, 아주 잘 쓴 편지야.」 엠마가 다소 천천히 대답했다. 「아주 훌륭한 편지야. 그러니 모든 점을 고려해 볼 때, 그의 누이가 도와주었음이 틀림없어. 일전에 너와 얘기를 나눴던 그 청년이 이렇게 자기 생각을 잘 쓸 수 있으리라고는 상상할 수 없어. 자기 능력껏 쓰도록 내버려 뒀다면 말이야. 하지만 이건 여자의 문체가 아닌데. 아니, 분명 이 문체는 너무 힘차고 간결해. 여자들에게 흔히 어울리는 산만한 문장도 아니고. 그가 분별력이 있는 사람이라는 것은 의심할 여지가 없어. 아마 타고난 글재주가 있을지도 모르지. 생각이 강렬하고 명료해서 손에 펜을 잡으면 생각이 자연스럽게 적절한 단어를 찾아낼지도 몰라. 어떤 남자들은 그렇거든. 그래, 그런 부류의 심성을 알고 있어. 활력적이고 과단성이 있고 어느 정도는 감수성도 있고 상스럽지 않고. (편지를 돌려주며) 내가 기대했던 것보다는 훨씬 잘 쓴 편지야, 해리엇.」

「저, 저……」 해리엇이 아직도 기다리며 말했다. 「저, 그런데, 어떻게 해야 할까요?」

「어떻게 하다니! 어떤 점에서? 이 편지에 대해서 말이야?」

「네.」

「뭘 망설이고 있어? 물론 답장을 해야지. 그것도 빨리.」

「네. 그런데 뭐라고 말해야 할까요? 우드하우스 양, 조언을 해주세요.」

「아, 아니, 아니야! 그 편지는 너 혼자서 쓰는 편이 훨씬 낫지. 물론 매우 적절하게 네 의사를 밝혀야겠지. 가장 중요한 것은, 네 뜻이 이해되지 못할 위험이 없어야 한다는 거야. 의도가 모호하지 않아야 해. 의혹이나 이의가 있어서는 안 돼. 그리고 예의에 맞는 표현으로 고맙다는 말과 실망을 주게 되어 유감이라는 말이 자연스럽게 네 마음에 떠오르겠지. 나는 그렇게 믿어. 네가 그의 실망에 대해서 슬퍼하는 기색을 드러내며 쓸 필요는 없어.」

「그럼 그를 거절해야 한다고 생각하시는군요.」 해리엇은 아래를 내려다보며 말했다.

「그를 거절해야 한다고? 사랑하는 해리엇, 무슨 말을 하고 있는 거야? 그 점에 대해서 조금이라도 의혹이 있었어? 내 생각에는……. 아니, 미안해. 내가 착각하고 있었나 봐. 네가 답장의 내용에 대해서 의혹을 느꼈다면, 내가 분명 널 오해하고 있었던 모양이야. 나는 네가 그저 표현에 대해서 묻고 있는 줄 알았어.」

해리엇은 잠자코 있었다. 엠마는 약간 자제하며 말을 이었다.

「긍정적으로 답장할 생각인 모양이지?」

「아뇨, 그렇지 않아요. 그러니까, 제 의도는……. 아니, 어떻게 해야 할까요? 어떻게 하라고 충고하시겠어요? 제발, 우드하우스 양, 제가 뭘 해야 할지 말해 주세요.」

「어떤 충고도 하지 않겠어. 나는 이 문제에 조금도 관여하지 않을 거야. 이건 네가 네 감정으로 결정할 문제야.」

「그가 저를 그렇게 좋아하는지 몰랐어요.」 해리엇은 편지를 찬찬히 바라보며 말했다. 잠시 엠마는 잠자코 있었지만, 환심을 사는 그 편지의 매혹이 너무 강렬할지도 모른다는 우려가 들기 시작했기에 이렇게 말했다.

「해리엇, 만일 어떤 여자가 어떤 남자를 받아들여야 할지 말지에 대해서 의혹을 느낀다면 당연히 거절하는 것이 일반적인 원칙이라고 생각해. 〈네〉라는 대답을 하는 데 망설이게 된다면, 당장 〈아니요〉라고 말해야 해. 의혹을 품고 반신반의하면서 시작하는 결혼은 안전할 수 없어. 이 정도로 말해 주는 것이 너보다 나이가 많은 벗으로서 내 의무라고 생각해. 하지만 내가 네게 영향을 미치려 한다고는 생각하지 말아 줘.」

「아, 아뇨. 당신은 너무 친절하셔서 그렇게……. 하지만 제가 어떻게 하는 것이 제일 좋을지를 조언해 주신다면……. 아니, 아니에요, 그런 뜻이 아니라 당신 말씀대로, 마음을 확실히 정해야겠지요. 망설여서는 안 되고요. 아주 심각한 문제니까요. 어쩌면 〈아니요〉라고 대답하는 편이 안전하겠지요. 제가 〈아니요〉라고 말하는 편이 낫다고 생각하세요?」

「절대로.」 엠마가 우아하게 미소 지으며 말했다. 「나는 어느 쪽으로도 충고하지 않을 거야. 네 행복을 가장 잘 판단할 수 있는 사람은 바로 너니까. 네가 다른 사람들보다 마틴 씨를 더 좋아한다면, 네가 지금까지 만난 사람들 중에서 마틴 씨가 가장 기분 좋은 사람이라고 생각한다면, 망설일 필요가 전혀 없겠지. 얼굴을 붉히는구나, 해리엇. 지금 이 순간 그런 정의에 맞는 다른 사람이 떠오르니? 해리엇, 자신을 속이지 마. 고마운 마음과 동정심에 이끌리지 마. 바로 지금 누구를 생각하고 있지?」

바람직한 조짐이 드러나고 있었다. 아무 대답도 없이 해리엇은 당황하여 돌아서서는, 난롯가에서 생각에 잠겨 서 있었다. 편지를 아직 손에 들고 있었지만 이제는 무심하게 무의식적으로 구기고 있었다. 엠마는 조급히 결과를 기다렸지만, 강력한 희망이 없는 것은 아니었다. 마침내 약간 주저하면서 해리엇이 말했다.

「우드하우스 양, 당신이 의견을 말씀해 주시지 않으니까 저 혼자서 잘 결정해야겠지요. 이제 완전히 결정했어요. 정말로 마음을 거의 정했어요. 마틴 씨를 거절하기로요. 제 결정이 옳다고 생각하세요?」

「완벽하게 옳은 일이야, 사랑하는 해리엇. 그게 바로 네가 해야 할 일이지. 네가 망설이는 동안에는 내 마음을 숨겼지만, 이제는 완전히 결정했으니까 주저 없이 마음껏 찬성할게. 사랑하는 해리엇, 내게도 이건 기쁜 일이야. 너와 친분을 끊으면

난 몹시 슬펐을 테니까. 네가 마틴 씨와 결혼한다면 틀림없이 그런 결과가 빚어졌을 거야. 네가 조금이라도 망설이고 있는 동안에는 네게 영향을 주고 싶지 않았기 때문에 한마디도 말하지 않았어. 하지만 그렇게 되었더라면 나는 친구를 잃었을 거야. 나는 애비밀 농장의 로버트 마틴 부인을 방문할 수 없을 테니까. 이제 너를 영원히 내 옆에 둘 수 있게 되었어.」

해리엇은 자기가 어떤 위험에 처했었는지를 짐작하지 못했지만, 이제 거기에 생각이 미치자 깜짝 놀랐다.

「저를 방문하실 수 없을 거라고요!」 그녀는 소스라치게 놀라서 소리쳤다. 「아, 물론, 그랬겠지요. 전 그 생각을 전혀 못 했어요. 그건 너무 슬픈 일이었을 거예요. 아슬아슬하게 피했군요. 친애하는 우드하우스 양, 세상에 어떤 일이 있더라도 저는 당신과 친하게 지내는 기쁨과 명예를 포기하지 않을 거예요.」

「정말이지, 해리엇, 너를 잃는다면 내게 무척 괴로운 일이었을 거야. 하지만 그럴 수밖에 없었겠지. 너는 훌륭한 사람들과의 교제를 박차고 나갔겠지. 나는 너를 포기해야 했을 테고.」

「맙소사! 제가 그런 일을 어떻게 견딜 수 있겠어요? 하트필드에 다시 올 수 없다면 저는 괴로워서 죽었을 거예요!」

「다정하고 사랑스러운 친구! 네가 애비밀 농장으로 추방된다고! 네가 평생 무식하고 천박한 사람들의 무리에 갇혀 버린다고! 그 젊은이는 어떻게 뻔뻔스럽게도 그런 요청을 할 수 있는지 모르겠어. 그는 자기 자신을 꽤 좋게 생각하는 것이 분명해.」

「대체로 그가 자만심이 강한 사람은 아니라고 생각해요.」 해리엇은 그런 비난에 대해서 양심적으로 반대하며 말했다.

「적어도 성격이 무척 좋은 사람이에요. 그리고 저는 늘 그에게 무척 고맙게 느낄 거예요. 큰 호감을 느낄 거고요. 하지만 그건 전혀 다른 문제지요. 아시다시피, 그가 저를 좋아한다고 해서 반드시 제가 좋아해야 하는 건 아니니까. 그리고 분명히 말씀드리면 제가 여기를 방문한 후로 신사들을 보았고, 또 그분들의 외모와 매너를 비교한다면, 비교 자체가 완전히 불가능해요. 한 분은 대단히 잘생기셨고 유쾌하시지요. 하지만 저는 정말로 마틴 씨가 무척 호감을 주는 젊은이라고 생각하고 그를 대단히 좋게 생각해요. 그리고 그가 저를 그처럼 사랑하는 것은…… 그런 편지를 쓴 것은…… 하지만 무슨 일이 있더라도 당신을 떠나는 일은 결코 없을 거예요.」

「고마워, 고마워, 내 사랑스러운 작은 친구. 우리는 헤어지지 않을 거야. 여자는 그저 청혼을 받았기 때문에, 아니면 어떤 남자가 자기에게 애정을 느끼고 있고 봐줄 만한 편지를 썼다고 해서 그 사람과 결혼해서는 안 돼.」

「아, 그럼요. 게다가 그 편지는 아주 짧았어요.」

엠마는 친구의 저급한 취향을 느꼈지만 이렇게 말하고 그냥 넘어갔다. 「정말 맞는 말이야. 자기 남편이 훌륭한 편지를 쓸 수 있다는 것을 알고 있더라도 매시간 불쾌감을 주는 남편의 상스러운 매너에 대해 위안을 얻기에는 턱없이 부족할 거야.」

「아, 그럼요! 정말 그래요. 아무도 편지 같은 것은 신경 쓰지 않아요. 중요한 것은 유쾌한 벗들과 늘 행복하게 지내는 거죠. 저는 그를 거절하기로 완전히 결심했어요. 그런데 어떻게 해야 할까요? 뭐라고 말해야 하죠?」

엠마는 답장을 쓰는 일이 전혀 어렵지 않을 거라고 장담했고, 당장 써야 한다고 조언했다. 해리엇은 그녀의 도움을 기대하면서 그 말에 동의했다. 도와 달라는 말에 엠마는 계속 거절했지만, 실은 모든 문장이 그녀의 도움을 받아서 작성되었다. 편지를 부치기 전에 내용을 훑어보면서 해리엇의 마음이 다시 약해졌으므로, 몇 가지 단호한 표현으로 그녀의 용기를 북돋워 줄 필요가 있었다. 해리엇은 그가 몹시 불행하게 느낄 거라며 너무나 걱정했고, 그의 모친과 누이들이 뭐라고 생각하고 말할지에 대해 무척 고민했고, 자기를 은혜를 모르는 사람으로 생각할 거라고 무척 염려했다. 그래서 만일 그 순간에 그 젊은이가 그녀를 만나러 왔더라면 결국은 받아들여졌으리라고 엠마는 생각했다.

하지만 그 편지를 다 썼고, 봉인했고, 보냈다. 그 일이 끝났으므로 해리엇은 안전했다. 그녀는 저녁 내내 다소 침울했다. 하지만 엠마는 정이 많은 해리엇이 유감스러운 기분을 느끼는 것을 참작해 줄 수 있었기에 자기의 애정을 표현하거나 때로 엘튼 씨에 대한 이야기를 꺼내서 그 울적한 기분을 덜어 주었다.

「저는 애비밀에 다시는 초대받지 못할 거예요.」 다소 슬픔에 잠긴 목소리로 해리엇이 말했다.

「네가 그곳에 초대를 받는다면 나는 너와 헤어지는 걸 참기 어려웠을 거야, 해리엇. 너는 하트필드에서 너무나 필요한 사람이 되었기 때문에 애비밀에 보내 줄 수 없어.」

「정말이지 저는 절대로 그곳에 가고 싶지 않을 거예요. 하트필드가 아닌 다른 곳에서는 행복하지 않으니까요.」

잠시 후에는 이렇게 말했다. 「고다드 부인이 이 일을 알면 무척 놀라실 거예요. 틀림없이 내쉬 양도 그럴 테고요. 내쉬 양은 자기 자매가 결혼을 아주 잘했다고 생각했거든요. 그런데 고작해야 리넨 상인에게 시집간 거였어요.」

「학교 선생이 자만심이 많거나 품위가 있다면 유감스러운 일이겠지, 해리엇. 내쉬 양은 네게 이처럼 결혼할 기회가 생긴 것을 부러워할 거야. 이처럼 남자의 마음을 사로잡을 일도 그녀의 눈에는 굉장한 일로 보이겠지. 네게 일어날 더 멋진 일에 대해서 그녀는 전혀 알지 못할 거야. 어떤 사람의 특별한 관심이 아직은 하이버리 사람들의 잡담에 오르내리지 않았을 테니까. 지금까지 그의 표정과 매너의 의미를 분명히 알아챈 사람은 너와 나뿐일 거야.」

해리엇은 얼굴을 붉히며 미소를 지었고, 사람들이 자기를 그렇게나 좋아하는 것이 놀랍다고 말했다. 엘튼 씨를 생각하며 기분이 좋아지는 것이 분명했다. 하지만 잠시 후에는 퇴짜를 맞은 마틴 씨 생각에 또다시 마음이 약해졌다.

「지금쯤은 그가 제 편지를 받았을 거예요.」 해리엇이 조용히 말했다. 「그들 모두 무엇을 하고 있을지, 그의 누이들도 알고 있을지 궁금해요. 그가 불행하면 그들도 불행할 거예요. 그가 그것을 그리 개의치 않으면 좋겠어요.」

「지금 이 자리에 없는 벗들 중에서 더 즐거운 일을 하고 있을 사람들을 생각해 보자.」 엠마가 큰 소리로 말했다. 「어쩌면 바로 이 순간에 엘튼 씨는 네 초상화를 자기 어머니와 누이들에게 보여 주면서 실물이 훨씬 더 예쁘다고 말하고 있을 거야. 그리고 대여섯 번이나 질문을 받은 후에야 네 이름을 들려주겠지. 네 사랑스러운 이름을.」

「제 초상화라고요! 하지만 그분은 그 그림을 본드 가[11]에 맡겼을 거예요.」

11 런던의 유명한 쇼핑 구역으로 상점들이 즐비한 거리.

「설마! 만일 그렇다면 내가 엘튼 씨를 전혀 알지 못하는 거야. 아니, 겸손하고 사랑스러운 아가씨, 정말이지 그가 내일 말에 오르기 전까지는 그 그림이 본드 가에 있지 않을 거야. 네 초상화는 오늘 밤새껏 그의 벗이고 위안이자 기쁨이 되겠지. 그의 가족들은 그 초상화 때문에 그의 의도를 짐작할 테고, 너를 알게 되고, 인간의 본성에서 가장 유쾌한 감정인 열렬한 호기심과 따뜻한 호감을 느끼게 될 거야. 그들은 얼마나 즐겁고 활기차게 의혹을 품고 신속히 상상력을 발휘하고 있을까!」

해리엇은 다시 미소를 지었고, 미소는 점점 더 선명해졌다.

제8장

그날 밤 해리엇은 하트필드에서 잤다. 그녀는 지난 몇 주간 절반 이상의 시간을 그곳에서 보냈으므로 사용할 침실을 차차 갖게 되었다. 그리고 엠마는 현재로서는 그녀와 가급적 함께 지내는 편이 어느 모로 보더라도 최선이고 가장 안전한 방법이며 친절한 일이라고 판단했다. 해리엇은 다음 날 아침 한두 시간을 고다드 부인의 집에서 보내야 했지만 그러고 나서 하트필드로 돌아와서는 며칠간 정식으로 머물기로 결정되었다.

해리엇이 없는 사이에 나이틀리 씨가 방문했고, 잠시 우드하우스 씨와 엠마와 함께 이야기를 나누었다. 이전에 산책을 나가기로 마음먹었던 우드하우스 씨는 자기의 예절 관념에 어긋나는 일이기는 했지만 산책을 미루지 말라는 딸의 말에 설득되었고 두 사람이 간곡히 권했기에 나이틀리 씨를 두고 산책을 나가겠다고 생각했다. 사과의 뜻을 누누이 늘어놓으며 예의 바르게 망설이는 우드하우스 씨의 말은 격식을 전혀 차리지 않는 나이틀리 씨의 짧고 단호한 대답과 재미있게 대조를 이루고 있었다.

「글쎄, 내 생각으로는, 나를 너그러이 봐준다면, 나이틀리 씨, 내가 매우 무례하게 행동한다고 생각하지 않는다면, 엠마의 조언에 따라서 30분간 산책을 하는 편이 좋겠소. 이제 해가 나왔으니 그동안에 세 바퀴를 도는 것이 좋겠군. 격식을 차리지 않고 당신을 대하는구려, 나이틀리 씨. 우리 같은 환자들은 특권이 있다고 생각한다오.」

「어르신, 저를 낯선 사람처럼 대하지 말아 주십시오.」

「훌륭한 대리인으로 내 딸을 남겨 두겠소. 엠마는 당신을 대접하게 되어 기쁠 거요. 그러므로 이제 실례를 무릅쓰고 세 바퀴를 돌아오도록 하겠소. 겨울 산책이지.」

「그보다 더 나은 일은 없을 겁니다.」

「동무해 달라고 청하고 싶소만, 나이틀리 씨, 내 걸음이 무척 느리다오. 당신에게는 무척 지루할 게요. 게다가 당신은 돈웰 애비까지 또 먼 길을 걸어가야 하고.」

「감사합니다, 어르신. 저도 곧 갈 겁니다. 빨리 나가실수록 더 좋을 거라고 생각합니다. 외투를 갖다 드리고, 정원 문을 열어 드리지요.」

우드하우스 씨가 마침내 밖으로 나갔다. 그러나 나이틀리 씨는 마찬가지로 즉시 나가기는커녕 다시 자리에 앉았고, 이야기를 더 나누고 싶어 하는 것 같았다. 그는 해리엇에 대한 이야기를 꺼냈고, 엠마가 예전에 듣지 못한 찬사를 덧붙이며 말했다.

「나는 당신처럼 그녀의 미모를 높이 평가할 수는 없소. 하지만 작고 예쁘장한 아가씨라고 생각해요. 그리고 그녀의 성격을 좋게 생각하고 싶소. 그녀의 성격은 그녀와 함께 지내는 사람들에게 달려 있어요. 좋은 사람들과 살아가면 가치 있는 여자가 될 거요.」

「그렇게 생각해서서 기뻐요. 그 좋은 사람들이 부족하지 않기를 바라요.」

「자, 당신이 칭찬을 바라고 있으니 이렇게 말해 주겠소. 당신이 그녀를 더 낫게 만들었다고 말이지. 여학생처럼 낄낄거리는 습관을 고쳐 주었으니까. 그건 당신의 공이오.」

「고마워요. 제가 좀 도움이 되었다고 믿을 수 없었다면 정말이지 부끄러웠을 거예요. 하지만 모두들 칭찬할 수 있는 부분에서 칭찬을 해주는 건 아니죠. 당신이 저를 칭찬으로 압도하는 일은 흔치 않고요.」

「그녀가 오늘 오전에 올 거라고 예상하고 있소?」

「곧 들어올 거예요. 돌아오겠다고 말한 시간보다 벌써 한참 지났거든요.」

「어떤 일이 일어나서 지체되었겠지. 어쩌면 손님들이 와서 얘기가 길어질 수도 있고.」

「하이버리의 잡담이란 참! 성가시고 한심한 사람들!」

「해리엇은 당신이 성가시다고 생각하는 사람들을 다 성가시다고 생각하지는 않을 거요.」

너무나 옳은 말이라서 반박할 수 없었기에 엠마는 잠자코 있었다. 그는 곧 미소를 띠며 덧붙였다.

「시간과 장소를 정확히 말할 수야 없지만 당신의 작은 친구가 곧 유익한 이야기를 듣게 되리라고 믿을 만한 근거가 있소.」

「그래요! 어떻고요? 어떤 종류의 일이에요?」

「매우 진지한 종류이지.」 그가 여전히 미소를 지었다.

「매우 진지한 일이라고요! 저는 단 한 가지밖에 생각할 수 없어요. 누가 그녀를 사랑하나요? 누가 당신에게 털어놓았어요?」

엘튼 씨가 슬쩍 암시했으리라는 기대감에 부적 엠마의 마음이 부풀었다. 나이틀리 씨는 누구와도 친하게 지내며 조언을 잘 해주었고, 엘튼 씨가 그를 존경한다는 것을 그녀는 알고 있었다.

「해리엇 스미스가 곧 청혼을 받으리라고 생각할 만한 이유가 있소. 비길 데 없이 좋은 사람에게서. 바로 로버트 마틴이오. 올여름에 그녀가 애비밀을 방문하고 나서 그의 마음이 확고해진 모양이더군. 그는 그녀를 무척 사랑하고 그녀와 결혼할 생각이오.」

「무척 친절한 사람이군요.」 엠마가 말했다. 「그런데 해리엇이 자기와 결혼할 생각이 있을 거라고 믿고 있나요?」

「글쎄, 그래서, 그녀에게 청혼할 생각이오. 그러면 되겠소? 그가 이틀 전에 돈웰 애비에 왔었어요. 그 문제에 대해 상의하려고 일부러 찾아왔더군. 내가 그와 그의 가족을 대단히 존중한다는 것을 알고 있고, 내가 생각하기로는, 나를 자기의 가장 좋은 벗들 중 한 사람으로 여기고 있소. 그는 젊은 나이에 정착하는 것이 경솔하다고 생각하지 않는지를 물어보려고 왔었소. 또 그녀가 너무 어리다고 생각하지 않는지, 간단히 말해서, 내가 그의 선택을 전적으로 찬성하는지 말이오. 어쩌면 그녀가 (특히 당신이 그녀에게 지나친 관심을 보인 이후로) 자기보다 상위 계층에 속한다고 여겨지지나 않는지를 좀 걱정하고 있었소. 나는 그의 이야기에 아주 기분이 좋았소. 로버트 마틴의 이야기는 누구보다도 훌륭한 분별력을 드러내니까. 그는 항상 요령 있게 말하지. 솔직하고 직선적이고 판단력이 뛰어난 사람이오. 자신의 현재 상황과 앞으로의 계획, 그리고 그가 결혼할 경우 가족들이 어떻게 하겠다고 제안했는지 등 모든 것을 털어놓았소. 그는 아들로서나 오라비로서 탁월한 청년이오. 나는 주저하지 않고 결혼하라고 권했소. 그가 결혼할 능력이 있음을 입증했으니 그렇게 하는 것이 제일 좋겠다고 확신했지. 그 예쁜 아가씨에 대해서도 칭찬했고. 그래서 그는 아주 행복한 기분으로 돌아갔소. 만일 그가 예전에 내 의견을 존중하지 않았더라도, 그때는 나를 높이 평가했을 거요. 나를 최고의 벗이자 최고의 조언자라고 생각하면서 집을 나선 것 같았으니까. 그저께 밤에 그 일이 있었소. 그러니 이제 그가 시간 낭비를 하지 않고 그녀에게 청혼하리라고 생각해도 무방하겠지. 어제는 청혼하지 않은 것 같으니 오늘 그가 고다드 부인의 집에 들렀을 가능성이 없지 않소. 그녀는 손님을 맞아 성가시고 한심한 사람이라고 생각하지 않으면서 그의 이야기를 듣느라 지체되고 있을 거요.」

「자, 나이틀리 씨.」 그의 말이 이어지는 동안 혼자 미소를 짓고 있던 엠마가 말했다. 「마틴 씨가 어제 얘기를 꺼내지 않았는지 어떻게 아세요?」

「물론.」 그는 놀란 표정으로 대답했다. 「확실히 아는 건 아니오. 그렇게 짐작할 뿐이지. 그녀가 어제 온종일 당신과 함께 있지 않았소?」

「자.」 그녀가 말했다. 「당신 이야기에 대한 보답으로 저도 이야기를 들려 드릴게요. 그는 어제 청혼했고, 말하자면, 편지를 보냈고, 거절의 답장을 받았어요.」

이 말을 처음 들었을 때 나이틀리 씨는 도무지 자기 귀를 믿지 못하는 것 같았다. 그러더니 놀랍고 불쾌한 감정에 얼굴을 붉히며 자리에서 일어나 분개한 목소리로 말했다.

「그렇다면 그녀는 내가 생각했던 것보다 더 바보 천치로군. 그 바보 같은 아가씨가 대체 뭘 생각하고 있는 거지?」

「아, 물론.」엠마가 큰 소리로 말했다.「여자가 청혼을 거절하는 것은 남자들에게 늘 이해할 수 없는 일이죠. 남자들은 언제나 여자들이 청혼을 받기만 하면 받아들일 거라고 생각하니까요.」

「허튼소리! 어떤 남자도 그렇게 생각하지 않소. 그런데 대체 무슨 말이지? 해리엇 스미스가 로버트 마틴을 거절한다고? 정말로 그렇다면 정신 나간 짓이군. 당신이 잘못 알고 있기를 바라오.」

「그녀의 답장을 봤어요. 그보다 더 명료할 수는 없었어요.」

「당신이 답장을 봤다고! 당신이 그 답장을 쓰기도 했겠지. 엠마, 이건 당신이 저지른 일이군. 그를 거절하라고 그녀를 설득했겠지.」

「만일 그랬더라도 (그렇다고 결코 인정할 수 없지만) 내가 잘못했다고 느끼지 않을 거예요. 마틴 씨는 존중을 받을 만한 젊은이지만, 그가 해리엇과 대등하다고는 생각할 수 없어요. 그가 감히 그녀에게 청혼을 했다는 사실이 오히려 놀라워요. 당신의 설명에 따르면 그가 실제로 약간 주저했었던 것 같으니까요. 그런 망설임을 넘어섰다는 것이 유감이에요.」

「해리엇과 대등하지 않다고!」나이틀리 씨는 화가 나서 큰 소리로 외쳤다. 그러고는 잠시 후에 더 차분하고 신랄하게 덧붙였다.「그래, 대등하지 않지. 지위로 보나 분별력으로 보나 그가 훨씬 더 우월하니까. 엠마, 당신은 그 아가씨를 좋아하면서 눈이 먼 거요. 출생이나 성격이나 교육이나 그 무엇을 놓고 보더라도 해리엇 스미스가 로버트 마틴보다 더 지체 높은 사람과 혼인할 권리가 어디 있소? 그녀는 누구의 자식인지도 모르는 사생아이고, 아마 물려받을 재산이나 점잖은 친척도 분명 없을 거요. 그녀는 그저 평범한 학교에서 교장 집에 머무는 학생으로 알려져 있소. 게다가 분별력도 없고 무지하기 짝이 없는 아가씨요. 유용한 것을 배운 적도 없고, 너무 어리고 무식해서 스스로 뭔가를 습득한 적도 없소. 그 나이에 경험을 쌓았을 리도 없고, 게다가 똑똑지 않아서 앞으로 도움이 될 만한 경험을 쌓을 수도 없을 거요. 그녀는 예쁘장하고 성격이 좋지. 그게 전부요. 내가 그 혼인에 대해 조언하면서 망설였던 것은 마틴 때문이었소. 그에게 격이 떨어지는 혼사이고 바람직하지 않은 인척들이 생길지도 모른다는 점이 걱정스러웠소. 그리고 재산을 놓고 보더라도 십중팔구 그는 훨씬 더 나은 혼사를 맺을 수 있소. 또한 이성적인 벗이나 유용한 내조자라는 점에서 본다면 그보다 더 나쁜 혼사를 맺을 수는 없을 거요. 하지만 사랑에 빠진 남자를 그런 식으로 설득할 수는 없었지. 그래서 그녀에게 해로운 면이 없으리라고 믿으려 했고, 그녀가 마틴처럼 좋은 사람을 만나면 올바른 길로 쉽게 이끌릴 수 있고 결국에는 괜찮은 사람이 될 자질을 갖고 있다고 믿으려 했소. 그 혼사에서 득을 보는 사람은 오로지 그녀라고 느꼈지. 모두들 그녀가 대단히 운이 좋다고 생각하리라고 믿어 의심치 않았고 지금도 그렇소. 심지어 당신도 만족하리라고 믿었지. 그녀가 그렇게 좋은 집안에 정착하도록 하이버리를 떠난다면 당신도 섭섭해하지 않으리라고 생각했소. 혼자서 이렇게 말했었지. 〈해리엇을 편애하고 있기는 하지만 엠마도 이것을 좋은 혼사라고 생각할 거야.〉」

「그렇게 말씀하실 정도로 엠마를 모르시다니 놀랍기 짝이 없네요. 아니! 일개 농부가(아무리 분별력과 장점이 많더라도 그래 봐야 마틴 씨는 농부에 불과하니까요) 내 친한 친구에게 좋은 남편감이라고 생각한다고요! 내가 절대로 교류하지 않을 사람과 결혼하기 위해서 그녀가 하이버리를 떠나는 것을 섭섭하게 여기지 않을 거라고요! 내가 그렇게 느낄 수 있다고 생각하시다니 놀랍군요. 분명 나는 전혀 다르게 느끼고 있거든요. 당신의 말은 공정하지 않다고 생각해요. 당신은 해리엇의 권리를 공정하게 평가하지 않아요. 나뿐 아니라 다른 사람들도 그 권리를 전혀 다르게 평가할 거예요. 두 사람 중에서 마틴 씨가 더 부유할지 모르지요. 하지만 사회적 지위로 볼 때 의심할 바 없이 그는 그녀보다 신분이 낮아요. 그녀가 속한 계층은 그의 계층보다 훨씬 더 높아요. 해리엇에게는 격이 낮아지는 혼사예요.」

「서출 신분과 무식함으로 격이 낮아지는 일이지. 존중받는 영리한 농장 경영주가 그녀와 결혼한다면 말이오!」

「출생에 대해서 따져 보자면, 그녀가 법적인 의미에서는 보잘것없을지 모르지만 상식적으로는 그렇게 여겨지지 않을 거예요. 함께 성장한 아가씨들보다 그녀가 수준이 낮다고 여김으로써 다른 사람들이 저지른 위법 행위에 대한 대가를 그녀에게 치르게 해서는 안 돼요. 그녀의 부친이 신사라는 점은 의심할 여지가 없어요. 재산이 많은 신사일 거예요. 그녀에게 용돈도 넉넉하게 주고 있고, 그녀의 발전이나 안락을 위한 일에 인색하게 거절한 적이 없어요. 그녀가 신사의 딸이라는 점은 분명해요. 그녀가 신사의 딸들과 어울린다는 점을 누구도 부정하지 않을 거예요. 그녀는 로버트 마틴 씨보다 높은 신분이에요.」

「그녀의 부모가 누구이든 간에……」 나이틀리 씨가 말했다. 「그녀의 부양을 책임지는 사람이 누구이든지 간에, 그들은 당신이 소위 상류 사교계라고 부르는 데에 그녀를 데뷔시킬 계획이 전혀 없었던 것 같소. 그녀는 매우 불충분한 교육을 받은 후에 자기 능력껏 헤쳐 나가도록 고다드 부인에게 맡겨졌소. 간단히 말해, 고다드 부인의 무리에 속하면서 그 부인이 아는 사람들과 어울리게 한 거요. 그것으로 그녀에게 충분하다고 생각한 거지. 그리고 실로 그것으로 충분했소. 그녀 스스로 더 나은 것을 바라지도 않았고. 당신이 그녀를 선택해서 친구로 삼을 때까지 그녀는 자기가 속한 집단에 전혀 불만이 없었고 그 이상의 야심도 없었소. 그녀는 지난 여름에 마틴 가족과 함께 지내면서 더없이 행복해했소. 그때는 우월감이 전혀 없었지. 만일 지금 그녀가 우월감을 갖고 있다면, 그건 당신이 불어넣은 거요. 엠마, 당신은 해리엇 스미스에게 진정한 벗이 아니었소. 그녀의 마음이 자기에게 기울었다고 믿지 않았더라면 로버트 마틴은 그 정도로 일을 진척시키지 않았을 거요. 나는 그를 잘 알아요. 진정한 감정을 느낄 줄 아는 사람이기에 자기의 이기적인 정념에 따라서 아무렇게나 여자에게 청혼하지 않을 거요. 그리고 자만심으로 따져 보더라도, 그는 내가 아는 어떤 남자보다도 자만심이 없는 사람이오. 그녀가 그를 고무했음에 틀림없소.」

이런 주장에 대해서는 직접적으로 논박하지 않는 쪽이 훨씬 편했다. 그래서 엠마는 그 대신 자기 논지를 다시 주장하는 쪽을 선택했다.

「당신은 마틴 씨에게는 아주 다정하지만, 이미 말했듯이, 해리엇에게는 공정하지 않아요. 해리엇이 결혼을 잘할 수 있는 권리는 당신이 생각하듯 그렇게 하찮은 것이 아니에요. 그녀가 영리한 아가씨는 아니죠. 하지만 당신이 생각하는 것보다는 훨씬 나은 분별력을 갖고 있기 때문에 그녀의 이해력이 그렇게 모멸적인 평가를 받을 이유가 없어요. 하지만 그 점은 제쳐 두고, 그녀가 당신이 묘사하듯이 그저 예쁘고 착한 여자라 하더라도 그녀에게 풍부한 그 자질들이 세상 사람들에게 하찮은 장점으로 여겨지는 건 아니라고 말할 수 있어요. 그녀는 사실 아름다운 아가씨이고, 백 명 중에 아흔아홉 명은 그녀를 그렇게 생각할 거예요. 그리고 남자들이 아름다움이라는 주제에 관해서 일반적으로 예상할 수 있는 것보다 더 철학적으로 생각할 수 있을 때까지는, 예쁜 얼굴이 아니라 지식이 풍부한 마음을 사랑할 때가 되기 전까지는, 틀림없이 해리엇처럼 사랑스러운 아가씨에게 찬사를 바치고 서로 끌어가려고 할 거예요. 그러니 그런 아가씨는 많은 남자들 가운데서 까다롭게 굴며 선택할 권리가 있는 거죠. 그리고 그녀의 선량한 성격도 하찮은 권리라고 할 수 없어요. 그 성격은 더없이 상냥한 기질과 매너, 스스로에 대한 겸손함, 다른 사람들을 기꺼이 즐겁게 수용하려는 마음을 내포하고 있으니까요. 남자들이 대개 그런 아름다움과 그런 성질을 여자의 최고 권리라고 생각하지 않는다면, 내 생각이 잘못된 것이겠죠.」

「맹세코, 엠마, 당신의 판단력을 그렇게 잘못 사용하는 것을 듣고 있자니 나 역시 그렇게 생각하게 되겠소. 당신처럼 분별력을 오용하느니 차라리 없는 편이 낫지.」

「정말이지!」 그녀가 장난스럽게 소리쳤다. 「남자들 모두가 그렇게 느낀다는 걸 잘 알고 있어요. 어떤 남자든지 해리엇 같은 여자를 좋아한다는 것 말이지요. 남자들의 감각을 매료시키면서 동시에 남자들의 판단력을 충족시켜 주니까요. 아, 해리엇은 자기 마음대로 선택할 수 있어요. 당신이 혹시 결혼하신다면, 그녀야말로 당신에게 딱 적합한 여자예요. 그런데 열일곱 살에, 인생을 막 시작한 시점에서, 이제 사람들에게 알려지기 시작한 그녀가 첫 번째 청혼을 받아들이지 않았다고 해서 놀라워해야 할까요? 아뇨, 그녀가 천천히 주위를 돌아볼 수 있게 내버려 두세요.」

「나는 당신이 맺은 그 친분이 아주 어리석은 것이라고 늘 생각했었소.」 곧 나이틀리 씨가 말했다. 「내 생각을 혼자 간직했지만 말이오. 그런데 이제 보니 해리엇에게는 몹시 불행한 친분이 되겠군. 당신은 그녀의 미모와 권리에 대한 이야기로 그녀를 우쭐하게 만들어서 오래지 않아 그녀 주위에는 그녀에게 걸맞은 사람이 하나도 없게 될 거요. 모자라는 머리에 허영심만 가득하면 온갖 해악을 만들어 내지. 젊은 아가씨가 기대치를 너무 높이는 것처럼 쉬운 일도 없소. 해리엇 스미스 양은 무척 예쁜 아가씨이더라도 바라는 만큼 빨리 청혼이 밀려들지 않는 걸 알게 될 거요. 당신이 뭐라 말하든 간에, 분별력이 있는 남자라면 어리석은 아내를 원하지 않소. 집안이 좋은 남자라면 출생이 모호한 여자와 결혼하는 것을 그리 좋아하지 않을 거요. 신중한 남자라면 그녀의 부모가 밝혀질 때 불편하고 수치스러운 일에 연루될 것을 염려할 테고. 그녀가 로버트 마틴과 결혼하게 내버려 둬요. 그러면 그녀는 안전하고, 존중받고, 영원히 행복할 거요. 하지만 당신이 그녀를 부추겨서 대단한 사람과 결혼하기를 기대하게 만든다면, 그래서 사회적 신분이 높고 재산이 많은 사람이 아니라면 만족하지 못하도록 가르친다면, 그녀는 평생 고다드 부인의 집에서 살아가게 되겠지. 아니면 (해리엇 스미스는 누군가와는 결혼을 할 아가씨니까) 자포자기에 빠져서 옛 작문 선생의 아들이라도 기꺼이 붙잡으려고 할 때까지 말이오.」

「이 점에 대해서는 우리의 생각이 전혀 다르기 때문에 더 얘기해 봐야 소용이 없겠어요, 나이틀리 씨. 그저 서로를 더 화가 나게 만들 거예요. 하지만 그녀가 로버트 마틴과 결혼하도록 내버려 두는 것은 불가능한 일이에요. 그녀는 이미 그를 거절했고, 아주 단호하게 거절했기 때문에, 두 번 다시 청혼할 수 없을 거예요. 그를 거절했으니 그 결과로 해악을, 어떤 해악이든 간에, 견뎌야 하겠지요. 그리고 그 거절에 대해서 말하자면, 내가 그녀에게 조금도 영향을 주지 않았다고는 하지 않겠어요. 하지만 정말이지 나뿐 아니라 다른 누구라도 영향을 주고 말고 할 게 없었어요. 그의 외모가 너무나 불리한 데다 매너까지 매우 나쁘기 때문에 그녀가 혹시 예전에 그에게 호감을 느꼈더라도 지금은 그렇지 않으니까요. 그녀가 더 우월한 사람을 보기 전에는 그를 너그러이 봐줄 수 있었을지 모르죠. 그는 친구의 오빠인 데다 그녀를 즐겁게 해주려고 애를 썼고요. 요컨대, 그녀가 더 나은 사람을 본 적이 없었기 때문에(그것이 그에게 가장 유리한 점이었지요) 애비밀에 있는 동안에는 그를 불쾌하게 여기지 않았을 거예요. 하지만 이제는 사정이 달라졌어요. 이제는 신사가 어떤 사람인지 알게 되었으니 교육이나 매너에 있어서 신사인 사람만이 해리엇을 얻을 기회가 있어요.」

「터무니없는 소리, 이런 헛소리는 들어 본 적도 없소!」 나이틀리 씨가 말했다. 「로버트 마틴은 분별력과 진지함, 명랑함이 돋보이는 매너를 갖고 있소. 그의 마음에는 해리엇 스미스가 이해할 수 없는 진정한 고상함이 있다고.」

엠마는 아무 대답도 하지 않았고, 쾌활하고 태연하게 보이려 했다. 하지만 사실 속으로는 몹시 불편한 심정이라서 그가 가버리기를 바랐다. 그녀는 자기가 한 일을 후회하지 않았고, 여자들의 권리와 우아함 같은 점에 있어서는 그보다는 자신이 더 잘 판단한다고 생각했다. 하지만 그의 전반적인 판단력을 습관적으로 존중해 왔기에 그 판단력이 자기에 대해서 그렇게 큰 소리로 항의하는 것이 싫었고, 그가 화를 내면서 바로 맞은편에 앉아 있는 것도 무척 불쾌했다. 서로 불쾌한 침묵 속에서 몇 분이 지나갔다. 엠마가 날씨에 대한 얘기를 한번 꺼내 보았지만 그는 아무 대답도 하지 않았다. 그는 생각에 잠겨 있었다. 마침내 그 생각의 결과가 이런 말로 드러났다.

「로버트 마틴은 그리 잃을 것이 없소. 그가 그렇게 생각할 수만 있다면 말이지. 오래지 않아 그렇게 생각하기를 바라고 있소. 해리엇에 대한 당신의 생각은 당신이 제일 잘 알겠지. 그런데 당신이 중매하기를 좋아한다고 스스럼없이 밝혔으니까 마땅히 당신에게 어떤 생각이나 계획이나 복안이 있으리라고 생각할 수 있겠지. 당신이 염두에 두고 있는 사람이 엘튼이라면 죄다 헛수고일 거라고 벗으로서 귀띔해 주겠소.」

엠마는 웃으면서 그 말을 부정했다. 그는 말을 이었다.

「틀림없소. 엘튼은 절대 안 될 거요. 그는 좋은 사람 축에 들고 하이버리의 목사로서 존중받을 만하지만, 경솔한 결혼은 절대 하지 않을 거요. 큰 수입의 가치를 어느 누구보다도 잘 알고 있는 사람이니까. 엘튼이 말은 감상적으로 할지 몰라도 행동은 합리적으로 할 거요. 당신이 해리엇의 권리를 잘 알고 있듯이 그도 자기의 권리를 잘 알고 있소. 자기가 잘생긴 사람이고 어디서나 인기가 있다는 것도 알고 있소. 그리고 남자들끼리 있을 때 그가 솔직히 말하는 방식으로 판단하건대, 그는 자신을 헐값에 내던질 생각이 없는 사람이오. 그가 어떤 대가족에 대해 무척 신이 나서 이야기하는 것을 들은 적이 있소. 그 집의 아가씨들이 자기 누이들과 친한 사이인데 각자 2만 파운드를 갖고 있다더군.」

「무척 고맙습니다.」 엠마가 다시 웃으며 말했다. 「제가 엘튼 씨와 해리엇을 결합시키려고 마음먹었더라면, 매우 친절하게도 제 눈을 뜨게 해주셨을 거예요. 하지만 지금으로서는 해리엇을 독차지하려는 생각뿐이에요. 중매하는 일은 정말로 끝났어요. 랜달스에서 이룬 것 같은 성과는 바랄 수 없거든요. 제 평판이 아직 괜찮은 동안에 그만두겠어요.」

「좋은 아침 보내시오.」 그는 이렇게 말하고 갑자기 일어나서 나가 버렸다. 그는 무척 화가 나 있었다. 그 젊은이의 실망을 절실히 느낀 데다 그 결혼을 권장하면서 결국 실망감을 일으키도록 거들었기에 부끄러웠고, 엠마가 틀림없이 그 일에 관여했을 부분을 생각하면 화가 치밀었다.

엠마도 화가 나 있었다. 하지만 그녀가 화가 난 이유는 그의 이유보다 불분명했다. 나이틀리 씨와 달리 그녀는 늘 자기 자신에 대해서 절대적으로 확신할 수 없었고, 자기 의견이 옳고 상대의 의견이 틀리다고 완전히 믿을 수 없었다. 그 집을 나설 때 그의 확신은 뒤에 남은 그녀의 확신보다 더 완벽했다. 하지만 그녀가 몹시 의기소침해진 것은 아니어서 조금 시간이 지나고 해리엇이 돌아오면 기분이 적절히 나아질 것이다. 해리엇이 너무 오랫동안 돌아오지 않기에 그녀는 불안해지기 시작했다. 그날 아침에 그 청년이 고다드 부인의 집을 방문해서 해리엇을 만나 자기의 목적을 역설할지도 모른다는 걱정이 들었다. 결국 그렇게 되어 실패할까 봐 두려웠다. 그러나 해리엇은 무척 쾌활한 기분으로 돌아왔고 늦게 돌아온 데 대해서 그런 식으로 변명하지 않았기에 엠마는 만족스러운 기분으로 마음을 정하고 확신했다. 즉, 나이틀리 씨가 어떻게 생각하고 뭐라고 말하든 간에, 자신은 여자의 우정과 감정으로 정당화할 수 없는 일은 저지르지 않았다고 말이다.

엘튼 씨에 대한 나이틀리 씨의 말에는 약간 겁이 났다. 하지만 나이틀리 씨가 엘튼 씨를 자기만큼 세밀히 관찰할 수는 없었을 것이다. 나이틀리 씨는 그 문제에 관해서 자기처럼 관심을 기울이면서(나이틀리 씨가 뭐라고 주장하든 간에 자신에 대해서 이 점만큼은 인정해야 한다) 자기처럼 예리한 관찰력으로 살펴볼 수는 없었을 것이다. 그는 화가 나서 성급히 그렇게 말했을 뿐이다. 이렇게 생각하자, 그가 분개한 상태에서 내뱉은 말은 실제로 알고 있는 것이라기보다는 사실이기를 바란 것이라고 믿을 수 있었다. 물론 그는 그녀가 듣지 못한 솔직한 이야기를 엘튼 씨에게서 들었을 수도 있다. 그리고 엘튼 씨는 돈 문제에 있어서 경솔하거나 무분별한 성격이 아닐 수도 있다. 엘튼 씨가 돈 문제에 천성적으로 민감하게 반응할 수도 있다. 하지만 설사 그렇다고 하더라도, 이해타산적인 마음과 갈등을 벌이는 강렬한 열정의 힘을 나이틀리 씨는 충분히 참작하지 못한 것이다. 나이틀리 씨는 그런 열정을 경험한 적이 없으니 당연히 그 영향력을 전혀 고려하지 않았다. 하지만 그녀는 그 열정을 너무나 많이 보아 왔기에 그것이 합리적인 이해타산에서 비롯될 초반의 망설임을 모두 극복하리라는 것을 의심치 않았다. 그리고 엘튼 씨가 금전적인 문제에 민감하더라도 적절하고 합리적인 정도를 넘어서지 않을 거라고 그녀는 믿었다.

해리엇의 쾌활한 얼굴과 태도 덕분에 그녀도 쾌활해졌다. 해리엇은 마틴 씨를 생각한 것이 아니라 엘튼 씨에 대해서 말했다. 그녀는 몹시 즐거워하며 내쉬 양이 들려준 이야기를 당장 엠마에게 들려주었다. 내쉬 양은 아픈 아이를 진찰하려고 고다드 부인의 학교에 들렀던 페리 씨에게서 들었다는 것이다. 그가 전날 클레이턴 파크에서 돌아오는 길에 엘튼 씨와 마주쳤는데 놀랍게도 엘튼 씨는 런던에 가는 길이었으며 이튿날까지 돌아오지 않을 예정이었다. 그가 한 번도 빠진 적이 없었던 휘스트 카드놀이 모임이 있는 날이었지만 말이다. 페리 씨는 엘튼 씨가 모임에 빠지는 것에 대해서 항의했고, 그들 중 카드놀이를 가장 잘하는 사람이 빠진다면 무척 고약한 일이라고 말하면서 여행을 하루만 미루도록 설득하려 했다. 하지만 안 될 일이었다. 엘튼 씨의 결심은 확고했고, 세상에 어떤 권유가 있더라도 미루지 못할 일이 있어서 가는 거라고 매우 각별한 어조로 말했다. 그리고 아주 부러워할 만한 부탁을 받았으며 지극히 소중한 것을 가져가고 있다고도 말했다. 페리 씨는 그의 말을 다 이해할 수는 없었지만 틀림없이 이 일에 어떤 숙녀가 관련되어 있으리라 생각하고는 그렇게 말했다. 엘튼 씨는 그저 겸연쩍은 표정으로 웃음을 머금고는 매우 기운차게 말을 몰고 가버렸다. 내쉬 양은 이 이야기를 해리엇에게 들려주고 엘튼 씨에 대해서 더 얘기한 다음 그녀를 매우 의미심장한 눈으로 바라보면서 말했다. 「엘튼 씨의 일이 무엇인지 잘 알고 있는 건 아니지만, 그가 좋아할 여자라면 세상에서 가장 운이 좋은 여자라고 생각할 거야. 멋진 외모나 쾌활함에 있어서 엘튼 씨를 능가할 사람이 없다는 건 의심할 여지가 없으니까.」

제9장

 나이틀리 씨는 엠마와 말다툼을 벌일 수 있어도, 엠마는 스스로와 말다툼을 벌일 수 없었다. 그는 몹시 기분이 상했기에 평소보다 더 오랜 시간이 지나서야 다시 하트필드를 방문했다. 다시 만났을 때 그의 침울한 표정을 보고 그녀는 그가 자기를 용서하지 않았음을 알 수 있었다. 그녀는 유감스러웠지만, 후회는 할 수 없었다. 오히려 다음 며칠간의 전반적인 상황으로 그녀의 계획과 행동은 더 정당해졌고, 더욱 소중해졌다.

 엘튼 씨가 돌아온 직후, 우아한 액자에 끼워진 그 초상화는 안전하게 하트필드에 도착했다. 그것이 공동 거실의 벽난로 선반 위에 걸렸을 때 그는 일어서서 바라보았고, 당연히 그래야 하듯이, 한숨을 쉬듯 말을 끊어가면서 감탄사를 연발했다. 해리엇의 감정은, 그 어린 마음에 품을 수 있는 가장 강렬하고 한결같은 애정으로 커가는 것을 볼 수 있었다. 오래지 않아 그녀는 엘튼 씨와 대조하면서 엘튼 씨를 한층 돋보이게 언급할 때 외에는 마틴 씨를 기억하지 않았기에 엠마는 완전히 마음을 놓았다.

유용한 독서와 대화를 통해서 어린 벗의 마음을 향상시키려는 엠마의 의도는 아직 처음 몇 장(章)을 넘어서지 못했고, 다음 날 계속하겠다는 생각만 남겼을 뿐이다. 공부보다는 잡담하는 편이 훨씬 더 쉬웠다. 그리고 해리엇의 이해력을 넓히거나 있는 그대로의 사실에 관한 이해력을 훈련하려고 애쓰기보다는, 자기의 상상력을 이리저리 배회하게 하면서 해리엇의 운명에 대해 궁리하는 편이 훨씬 더 즐거웠다. 현재 해리엇이 몰두하고 있는 문학적 연구는 그녀가 노년의 삶을 위해 비축하고 있는 유일한 정신적 양식으로서, 매끄러운 종이를 엮은 얇은 4절판 공책에 온갖 종류의 수수께끼들을 적는 일이었다. 엠마는 그 공책을 만들었고 예쁘게 도안한 글자와 무늬들로 장식해 주었다.

이처럼 문학이 융성한 시대에, 수수께끼를 방대한 규모로 수집하는 것은 드물지 않은 일이었다. 고다드 부인 학교의 수석 교사인 내쉬 양은 적어도 3백 개는 적어 놓았다. 내쉬 양에게서 처음 그 이야기를 들은 해리엇은 우드하우스 양의 도움을 받아서 그보다 더 많이 수집하고 싶어 했다. 엠마는 발명의 재주와 기억력과 취향을 총동원해서 도와주었다. 해리엇의 글씨체가 매우 예뻤으므로, 그것은 분량에 있어서나 모양새에 있어서나 최고 수준으로 수수께끼를 정리한 책이 될 것 같았다.

우드하우스 씨는 두 아가씨 못지않게 그 일에 흥미를 느꼈고, 공책에 적을 만한 수수께끼를 기억해 내려고 자주 노력했다. 「내가 젊었을 때는 기발한 수수께끼들이 아주 많았는데, 도통 기억이 나지 않으니 놀랍기 그지없구나! 하지만 조금 있으면 기억이 나기를 바란단다.」 그리고 그것은 늘 〈키티, 예쁘지만 냉혹한 아가씨〉[12]로 끝났다.

우드하우스 씨가 좋은 벗인 페리에게 그 이야기를 했을 때 그도 그때는 수수께끼를 하나도 기억하지 못했다. 하지만 우드하우스 씨는 페리에게 늘 관심을 기울이라고 당부했고, 페리가 사방팔방 돌아다니기 때문에 그에게서 뭔가를 얻을 수 있으리라고 생각했다.

그의 딸이 하이버리의 지식인들 모두에게 수수께끼를 알려 달라고 청하려 했던 것은 결코 아니었다. 그녀는 엘튼 씨에게만 도움을 요청했고, 그가 기억할 수 있는 훌륭한 수수께끼나 제스터,[13] 혹은 재치 문답을 보태 달라고 청했다. 그가 수수께끼를 기억해 내려고 몹시 열중하며 애쓰는 모습을 보고 엠마는 즐거웠다. 동시에 그가 구애에 관련되지 않은 것이나 여성에게 찬사를 바치는 내용이 아니라면 입에 올리지 않으려고 몹시 진지하게 고심하고 있음을 알아차릴 수 있었다. 엘튼 씨 덕분에 그들은 가장 세련된 수수께끼 두세 개를 얻었다. 마침내 그는 유명한 제스터를 기억해 내면서 몹시 기뻐했고, 다소 감상적으로 그것을 암송했다.

첫 번째는 고통을 뜻하네,
두 번째는 고통을 느낄 운명에 처해 있지.
그 전체는 최고의 해독제,
그 고통을 줄이고 치유한다네.[14]

12 배우이자 작가인 데이비드 개릭David Garrick(1717~1779)이 쓴 수수께끼로 1757년 「런던 신문」에 처음 발표되었다.
13 팬터마임에서 제스처를 보고 한 글자나 한 음절씩 알아맞히는 놀이로, 여기서는 시의 한 행이나 한 연에서 한 음절씩 맞추어 연결하는 놀이를 뜻한다.

엠마는 몹시 유감스러워하면서 그것이 이미 몇 페이지 앞에 적혀 있다고 말해야 했다.

「저희를 위해서 직접 써주시는 게 어떨까요, 엘튼 씨?」 그녀가 말했다. 「새로운 것을 얻으려면 확실한 방법은 그것밖에 없거든요. 당신에게는 그보다 더 쉬운 일이 없을 테니까요.」

「아, 아뇨! 저는 그런 것을 평생 한 번도 써본 적이 없습니다. 몹시 우둔해서 말이지요! 유감스럽지만 심지어 우드하우스 양도……」 여기서 그는 한순간 말을 멈추었다. 「아니면 스미스 양도 제게 영감을 주실 수 없을 겁니다.」

그러나 바로 이튿날 그는 영감을 받았음을 보여 주는 증거를 제시했다. 몇 분간 잠깐 들러서는 탁자 위에 종이 한 장을 올려놓았고, 그의 친구가 흠모하던 젊은 숙녀에게 보낸 제스터가 적혀 있다고 말했다. 그러나 그의 태도로 보건대 그 제스터는 바로 그가 쓴 것이 틀림없다고 엠마는 즉시 확신했다.

「그것을 스미스 양의 공책에 포함시키도록 보여 드리는 것은 아닙니다.」 그가 말했다. 「제 친구의 것이므로 저는 그것을 대중에게 공개할 권리가 없거든요. 하지만 어쩌면 그것이 마음에 드실 겁니다.」

그는 이 말을 해리엇이 아니라 엠마에게 건넸는데, 엠마는 그 사정을 이해할 수 있었다. 엘튼 씨는 몹시 당황한 상태라서 그녀의 친구보다는 그녀의 눈을 바라보는 편이 한결 편안했던 것이다. 바로 다음 순간에 그는 돌아서서 가버렸다. 엠마는 잠시 가만히 있다가 말했다.

「이걸 가져가.」 엠마가 미소를 짓고는 그 종이를 해리엇에

---

14 이 제스터의 답은 여자 *woman*이다. 첫 번째 음절 고통 *woe*과 두 번째 음절(*man*)을 합치면 여자가 된다.

게 밀면서 말했다. 「이건 널 위한 거야. 그러니 네 것을 가져야지.」

하지만 해리엇은 온몸을 떨고 있었기에 그것을 집을 수 없었다. 누구보다도 먼저 대접받는 것을 한 번도 마다한 적이 없었던 엠마는 그것을 집어서 읽어 보지 않을 수 없었다.

_____ 양에게

제스터

첫 번째는 왕, 지상의 군주들의
부와 화려함을 나타낸다! 그들의 사치와 안락을.
두 번째는 또 다른 인간의 모습을 드러낸다,
저기 그를 보라, 바다의 왕!

그러나 아! 그것이 결합될 때, 어떤 반전이 일어나는가!
남자가 자랑하던 권력과 자유, 그 모든 것이 날아가 버리고,
땅과 바다의 군주인 그는 굴복하여 노예가 되고
여자, 아름다운 여자가 홀로 군림한다.

그대의 영민한 기지는 곧 그 단어를 밝혀 낼 것이니,
그 부드러운 눈으로 승인의 빛을 발하기를!

엠마는 이 제스터를 훑어보고 깊이 생각한 후 그 의미를 포착했으며 완전히 확인하기 위해서 다시 한 번 훑어보고는 그

행들의 의미를 속속들이 파악한 다음, 해리엇에게 종이를 넘겨주고 행복한 마음으로 미소 지었다. 해리엇이 희망과 아둔함이 뒤섞인 마음으로 그것을 들여다보며 어리둥절해하고 있는 동안 엠마는 속으로 생각했다. 〈아주 좋아요, 엘튼 씨, 정말 잘하셨어요. 이보다 못한 제스터도 본 적이 있으니까. 구애courtship라! 아주 훌륭한 암시군요. 이렇게 암시하다니 대단하다고 생각해요. 당신은 이렇게 느끼고 있다는 말이죠. 아주 명확하게 말하고 있군요. 《제발 스미스 양, 당신에게 구애할 수 있도록 허락해 주세요. 한 번의 눈길로 내 제스터와 내 의도를 동시에 인정해 주세요.》

그 부드러운 눈으로 승인의 빛을 발하기를!

바로 해리엇이 맞아. 《부드러운》, 이 단어야말로 그녀의 눈에 딱 맞는 표현이니까. 붙일 수 있는 온갖 형용사들 중에서 가장 정확한 단어야.

그대의 영민한 기지는 곧 그 단어를 밝혀 낼 것이니,

흠, 해리엇의 영민한 기지라! 이럴수록 더 낫겠지. 그녀를 이렇게 묘사할 수 있으려면 실로 맹목적인 사랑에 빠져 있지 않으면 안 될 테니까. 아, 나이틀리 씨! 당신도 이것을 볼 수 있었더라면 좋았을 텐데. 이것을 보면 당신도 납득할 수 있었을 거예요. 난생처음으로 당신은 당신의 판단이 틀렸다고 인정해야 할 거라고요. 정말이지 훌륭한 제스터야! 목적에도 딱 맞고. 이제 오래지 않아 절정에 이르겠군.〉

해리엇이 궁금해하면서 자꾸 묻는 바람에 엠마는 이 유쾌한 생각에서 벗어나야 했다. 그렇지 않았더라면 그 생각은 꽤 오래 이어졌으리라.

「우드하우스 양, 이 답이 대체 뭘까요? 무엇을 말하는 걸까요? 저는 전혀 모르겠어요. 조금도 짐작이 가지 않아요. 과연 답이 뭘까요? 그걸 알아내 주세요, 우드하우스 양. 좀 도와주세요. 이렇게 어려운 것은 본 적이 없어요. 답이 왕국*kingdom*일까요? 그 친구가 누구인지, 그 젊은 숙녀가 누구일지 궁금해요! 이 제스터가 훌륭하다고 생각하세요? 답이 여자*woman*일까요?

여자, 아름다운 여자가 홀로 군림한다.

답이 넵튠*Neptune*일까요?

저기 그를 보라, 바다의 왕!

아니면 삼지창*trident*일까요? 아니면 인어*mermaid*? 아니면 상어*shark*? 아, 아니! 상어는 한 음절밖에 되지 않지. 이건 정말이지 무척 기발한 문제예요. 그렇지 않으면 그분이 이걸 가져오지 않으셨겠죠. 아! 우드하우스 양, 우리가 이 답을 찾아낼 수 있을까요?」

「인어와 상어라고! 말도 안 돼! 해리엇, 대체 무슨 생각을 하고 있는 거야? 엘튼 씨가 인어나 상어에 대해서 친구가 만든 제스터를 우리에게 갖다 주실 일이 뭐가 있겠어? 그 종이를 이리 주고 들어 봐.

〈_____ 양에게〉 이건 스미스 양을 뜻하는 거야.

첫 번째는 왕, 지상의 군주들의
부와 화려함을 나타낸다! 그들의 사치와 안락을.

이건 궁정 *court*을 뜻하는 거야.

두 번째는 또 다른 인간의 모습을 드러낸다,
저기 그를 보라, 바다의 왕!

이건 배 *ship*를 뜻하는 거야. 두말할 것 없이 분명해. 자, 이제 절정에 이르자면,

그러나 아! 그것이 결합될 때(그러면 구애 *courtship*가 되는 거야), 어떤 반전이 일어나는가!
남자가 자랑하던 권력과 자유, 그 모든 것이 날아가 버리고,
땅과 바다의 군주인 그는 굴복하여 노예가 되고
여자, 아름다운 여자가 홀로 군림한다.

아주 적합한 찬사지! 그다음은 간청하는 부분이야. 그 부분은 이해하기 어렵지 않겠지, 해리엇. 혼자서 편안하게 읽어봐. 너를 위해서, 너에게 쓴 것임은 의심할 여지가 없으니까.」
해리엇은 이렇게나 즐거운 설득에 오래 저항할 수 없었다. 그녀는 결말의 두 행을 읽었고, 넘치는 행복에 가슴이 두근거렸다. 그녀는 말을 할 수 없었다. 말할 필요도 없었다. 느끼는

것만으로도 충분했다. 엠마가 그녀 대신 말했다.

「이 찬사에는 대단히 명백하고 특별한 의미가 담겨 있어.」 그녀가 말했다. 「그래서 엘튼 씨의 의도에 대해서는 조금도 의심할 수 없지. 그가 마음에 둔 사람은 바로 너야. 그리고 곧 너는 그 완벽한 증거를 보게 될 거야. 이렇게 되리라고 나는 생각했었어. 내가 큰 착각을 할 리가 없다고 생각했지. 그런데 이제 명료하게 드러난 거야. 그가 자기 마음을 분명하고 명확하게 보여 준 거지. 널 알게 된 후로 그 문제에 대해서 내가 늘 바랐던 대로 말이야. 그래, 해리엇, 지금 일어난 바로 이런 일이 일어나기를 난 무척 오랫동안 바라 왔어. 너와 엘튼 씨의 애정을 더없이 바람직하다고 해야 할지 아니면 더할 나위 없이 당연하다고 해야 할지 알 수 없었어. 그 가능성과 적합성은 실로 막상막하였으니까! 정말 기쁘다. 온 마음으로 축하해, 사랑하는 해리엇! 이런 애정을 끌어낸 여자는 자부심을 느끼는 게 당연해. 이 결합에서는 오로지 좋은 일만 있을 테니까. 네가 원하는 것이 모두 생길 거야. 존중받는 독립적인 생활이며 적절한 집이며 그 모든 것이. 그리고 하트필드와 나에게서 가까운 곳, 네 진정한 벗들 사이에서 정착할 수 있고 우리의 다정한 관계가 영원히 지속될 거야. 이런 혼사야말로 우리 둘 다 수치심으로 얼굴을 붉힐 이유가 없는 결합이야, 해리엇.」

여러 차례 다정하게 포옹한 후에 해리엇이 제일 먼저 할 수 있었던 말은 〈친애하는 우드하우스 양〉과 〈소중한 우드하우스 양〉뿐이었다. 그러나 그들이 차차 이야기를 나눌 수 있게 되자, 그녀가 마땅히 해야 하는 대로 보고 느끼고 기대하고 기억한다는 것을 그녀의 친구는 분명히 알 수 있었다. 그녀는 엘튼 씨의 탁월함을 넘치도록 인정했다.

「당신의 말씀은 무엇이든 언제나 옳아요.」해리엇이 큰 소리로 말했다. 「그래서 저는 그것이 틀림없으리라 생각하고 믿고 바라요. 그렇지 않았더라면 그런 일은 상상도 할 수 없었을 거예요. 제게 너무나 과분한 일이니까요. 엘튼 씨는 어떤 여자와도 결혼하실 수 있을 테니까요! 그분에 대해서는 달리 생각할 수 없어요. 너무나 훌륭하시니까요. 이 아름다운 시를 생각해 보세요. 〈_____ 양에게〉. 어쩌면 이렇게도 재치가 있을까요! 이 말이 정말로 저를 뜻하는 걸까요?」

「그 점에 대해서는 의문을 품을 수도, 질문을 들어 줄 수도 없어. 그건 확실하니까 말이야. 내 판단을 믿고 받아들여. 그건 연극의 프롤로그와 같은 거야. 책의 각 장(章) 앞에 붙는 제사(題詞) 같은 거고. 곧 이어서 현실적인 산문이 나올 거야.」

「이런 일은 누구도 예상할 수 없었을 거예요. 정말이지 한 달 전만 해도 저는 전혀 생각지 못했어요. 더할 나위 없이 신기한 일이 일어나고 있어요!」

「스미스 양과 엘튼 씨가 서로를 알게 될 때 ─ 실로 서로를 알게 되고 ─ 그건 정말 신기한 일이지. 누가 봐도 너무나 명백하게 바람직한 혼인, 다른 사람들이 모두 수긍할 만한 혼인이 이렇게 당장 적절한 방식으로 실현되는 것은 흔히 있는 일이 아니거든. 사회적 지위로 봐도 너와 엘튼 씨는 잘 맞아. 각자의 가정 환경을 살펴보더라도 어느 모로 보나 두 사람은 서로에게 적합해. 네 결혼은 랜달스의 결혼에 못지않을 거야. 하트필드의 공기에는 사랑을 정확히 올바른 방향으로 보내고 바로 그 수로로 흘려보내는 뭔가가 있는 모양이야.

진실한 사랑의 흐름은 순조롭게 흘러간 적이 없으니⋯⋯.[15]

하트필드에 있는 셰익스피어 책의 그 문장에는 긴 주석을 붙이게 될 거야.」

「엘튼 씨가 저를 진심으로 사랑하시다니⋯⋯. 모든 사람 중에서 저를, 미카엘 축일[16] 때만 해도 그분을 알지 못했고 그분께 말도 해본 적이 없는 저를 좋아하시다니! 게다가 누구보다도 멋지게 생기셨고, 나이틀리 씨처럼 모두들 우러러보는 분이! 모두들 그분과 어울리기를 바라서, 그분이 원하기만 한다면 단 하루도 혼자 식사하실 필요가 없다고들 하던데요. 초대를 너무 많이 받으셔서 날짜가 모자랄 지경이라고요. 그리고 교회에서도 너무나 훌륭하시고! 내쉬 양은 그분이 하이버리에 오신 후 설교하신 성서의 구절들을 모두 다 적어 놓았어요. 맙소사! 그분을 처음 보았을 때를 돌이켜 보면! 전혀 생각지도 못했어요! 그분이 지나가신다는 말을 듣고는 애보트 자매와 저는 앞방으로 뛰어가서 블라인드 사이로 몰래 내다보았어요. 내쉬 양이 들어와서 저희를 꾸짖어 물러나게 하고는 자기가 거기 서서 내다보더라고요. 하지만 곧 저를 다시 부르더니 저도 보게 해주었어요. 무척 친절한 일이었죠. 우리는 그분이 무척 멋지다고 생각했어요! 콜 씨와 팔짱을 끼고 계셨죠.」

「이 혼사는 네 친척들에게도, 그들이 누구이고 무슨 일을 하는 사람들이든지 간에 기쁜 일일 거야. 적어도 그들에게 분별력이 좀 있다면 말이지. 바보들에게는 우리가 한 일을 알려

---

15 셰익스피어의 「한여름 밤의 꿈」 제1막 제1장 123행.
16 9월 29일. 영국의 4분기 지급일 중의 하나.

줄 필요가 없고. 만일 그들이 네 행복한 결혼을 바란다면, 여기 있는 남자야말로 상냥한 성격으로 그것을 전적으로 보장하고 있어. 만일 그들이 자기네가 선택해 준 지역과 사람들 사이에서 네가 정착하기를 바란다면, 지금 이 혼사로 그들의 소망이 이뤄질 거야. 만일 그들의 유일한 목적이 흔히 말하듯 결혼을 잘하는 거라면, 여기 넉넉한 재산과 존중받는 생활과 신분 상승에 그들은 만족할 거야.」

「네, 정말 맞아요. 너무 멋진 말씀이에요. 당신의 말을 듣는 것이 너무 좋아요. 당신은 모르는 것이 없으시고요. 당신과 엘튼 씨는 똑같이 영리하세요. 이 제스터! 저는 열두 달간 노력해도 이런 것을 만들어 낼 수 없을 거예요.」

「그분이 어제 거절하는 태도를 보고는 자기 솜씨를 시험해 볼 작정일 거라고 느꼈어.」

「지금까지 본 제스터 중에서 단 하나의 예외도 없이 이것이 최고라고 생각해요.」

「물론 이보다 더 목적에 잘 부합되는 건 없어.」

「또 우리가 이미 갖고 있는 것들만큼 길어요.」

「길이가 그것의 특별한 장점이라고는 할 수 없어. 그런 것들은 대개 너무 짧을 수 없거든.」

해리엇은 그 제스터에 몰두하고 있어서 듣지 못했다. 엠마의 마음속에서 대단히 만족스러운 비유가 떠오르고 있었다. 이내 그녀는 기쁨으로 얼굴을 발갛게 붉히며 말했다.

「다른 사람들처럼 평범한 분별력으로 할 말이 있으면 앉아서 편지를 쓰고 꼭 해야 할 말을 짧게 쓰는 것과, 시를 쓰거나 이런 제스터를 쓰는 것은 전혀 별개의 일이야.」

엠마는 마틴 씨의 산문을 이보다 더 신나게 무시할 수 있는 방법은 찾을 수 없었을 것이다.

「너무나 아름다운 행들이에요!」 해리엇이 말을 이었다. 「이 마지막 두 행은! 그런데 이 종이를 어떻게 돌려 드릴까요? 답을 알아냈다고 어떻게 말하지요? 오! 우드하우스 양, 이걸 어떻게 해야 할까요?」

「내게 맡겨 둬. 너는 아무것도 하지 않아도 돼. 엘튼 씨가 오늘 저녁에 틀림없이 오실 거야. 그러면 내가 그걸 돌려 드리면서 무의미한 얘기들을 나눌 거야. 너는 그 대화에 낄 필요 없어. 네 부드러운 눈이 빛을 발할 시간을 선택하면 되는 거야. 나에게 맡겨 둬.」

「아, 우드하우스 양, 이 아름다운 제스터를 제 공책에 쓸 수 없다니 무척 유감이에요! 제가 가진 것들 중에 이 절반만큼도 좋은 것이 없는데요.」

「마지막 두 행만 빼면 네 공책에 적지 않아야 할 이유는 없어.」

「오! 하지만 그 두 행은……」

「가장 좋은 부분이란 말이지. 그래, 인정해. 사적인 기쁨에는 그렇지. 혼자만 즐기기 위해서 그것을 간직해 둬. 그것을 떼어 낸다고 해도 내용이 줄어드는 건 아니야. 그 두 행이 없어지는 것도 아니고, 의미가 달라지지도 않아. 하지만 그 부분을 빼버려. 그러면 다른 사람의 제스터를 완전히 전유하는 것도 아니고, 어느 수수께끼 모음집에나 적합한 근사하고 유쾌한 제스터가 남게 되지. 정말이지 엘튼 씨는 자기의 열정이 무시당하는 것 못지않게 자기의 제스터가 무시되는 것을 좋아하지 않을 거야. 사랑에 빠진 시인의 두 가지 재능을 다 북돋워 줘야 해. 아니면 둘 다 하지 않든지. 공책을 이리 줘봐. 내가 써줄게. 그러면 혹시라도 널 비난할 일이 없겠지.」

해리엇은 마음속으로 그 부분을 나눌 수 없었지만 순종했고, 친구가 사랑의 선언을 옮겨 적지 않았음을 확인했다. 그것은 너무나 소중한 구애라서 남들에게 조금도 보여 줄 수 없었다.

「저는 이 공책을 절대로 제 손에서 놓지 않을 거예요.」 그녀가 말했다.

「그래.」 엠마가 말했다. 「더없이 자연스러운 감정이야. 그 감정이 오래 지속될수록 나는 더욱더 기쁠 거야. 그런데 아버지께서 오시는구나. 그 제스터를 아버지께 읽어 드려도 괜찮겠지. 아버지께서 무척 즐거워하실 거야. 그런 종류라면 무엇이든지 좋아하시거든. 특히 여자에게 찬사를 바치는 내용이라면 그 무엇이든 말이야. 아버지께서는 모든 여자에게 한없이 다정하고 친절한 마음을 갖고 계시니까! 내가 그걸 읽어 드리게 해줘.」

해리엇은 심각한 표정이었다.

「사랑하는 해리엇, 이 제스터에 대해 너무 유난을 떨어서는 안 돼. 너무 당황해하거나 민감하게 반응하고 여기에 너무 많은 의미를 — 붙일 수 있는 온갖 의미라도 — 붙이는 듯이 보이면 네 감정이 부적절하게 드러날 거야. 그렇게 사소한 연모의 말에 너무 압도되지 마. 엘튼 씨가 그것을 비밀로 하고 싶었으면, 내가 옆에 있을 때 그 종이를 남기지도 않았을 거야. 그리고 그는 그 종이를 네 쪽이 아니라 오히려 내 쪽으로 밀어 놓았어. 이 문제에 대해서 너무 진지하게 굴지 말자. 우리가 이 제스터에 대해 한숨을 쉬면서 감정을 드러내지 않아도 그는 이미 계속해서 나아갈 만큼 충분히 고무를 받았어.」

「오! 저런. 제가 너무 우스꽝스럽게 굴지 않기를 바라요.

좋으실 대로 하세요.」

우드하우스 씨가 들어와서는 늘 물어보듯이 곧 〈음, 아가씨들, 책이 어떻게 되어 가고 있지? 새로운 것을 얻었어?〉라고 다시 물어보며 그 주제를 꺼냈다.

「네, 아빠, 읽어 드릴 게 있어요. 아주 새로운 거예요. 오늘 아침에 탁자 위에서 종이 한 장을 발견했어요. (어떤 요정이 떨어뜨렸을 거예요) 아주 근사한 제스터가 적혀 있기에 방금 베껴 썼어요.」

아버지는 무엇이든지 읽어 주는 것을 좋아했기에 그녀는 그것을 천천히 또박또박 읽었고, 두세 번 되풀이하면서 각 부분에 대한 설명을 덧붙였다. 그는 매우 재미있어했고, 그녀가 예상했듯이, 찬사를 표현한 마지막 부분에서 특히 깊은 인상을 받았다.

「아, 실로 지당한 말이야. 매우 적절한 표현이구나. 진정한 마음을 담고 있고, 〈여자, 아름다운 여자〉라. 이 제스터가 무척 훌륭해서 그것을 가져온 요정이 누구인지 쉽게 짐작할 수 있단다, 얘야. 이렇게 예쁘게 쓸 수 있는 사람은 너밖에 없으니까, 엠마.」

엠마는 그저 고개를 끄덕이며 미소를 지었다. 우드하우스 씨는 잠시 생각한 후에 아주 조용히 한숨을 쉬며 덧붙였다.

「그래! 네가 누구를 닮았는지는 쉽게 알 수 있어. 네 어머니는 재기가 넘쳐서 이런 것들을 무척 잘했지. 나도 네 어머니처럼 기억력이 좋았더라면! 그런데 기억나는 것이 없구나. 얼마 전에 말했던 그 제스터도 첫 번째 연밖에 기억나지 않으니. 그런데 연이 여러 개 있었거든.

키티, 예쁘지만 냉혹한 아가씨,
그녀가 일으킨 불꽃을 한탄하면서
나는 도와달라고 눈가리개를 한 소년을 불렀지,
이미 내 구애에 너무나 치명적이었던
그 소년이 가까이 오는 것이 두려웠지만.

내가 기억할 수 있는 것은 이게 전부란다. 하지만 그 수수께끼는 끝까지 재치 있었어. 그런데 애야, 네가 이미 그것을 갖고 있다고 말한 것 같구나.」
「네, 아빠, 그건 두 번째 페이지에 적혀 있어요. 『격조 높은 발췌문』에서 베껴 썼어요. 아시다시피, 그건 개릭이 만든 것이었어요.」
「아, 그래. 그걸 더 많이 기억할 수 있으면 좋을 텐데.

키티, 예쁘지만 냉혹한 아가씨.

그 이름 때문에 가여운 이사벨라가 생각나는구나. 그 애가 세례를 받을 때 그 애 조모의 이름을 따라서 이름을 캐서린이라고 붙일 뻔했었거든. 이사벨라가 다음 주에 무사히 도착하면 좋으련만. 그 애의 방을 어디로 할지, 아이들에게는 어느 방을 줄지 생각해 보았니, 애야?」
「아, 그럼요! 언니는 물론 언니 방을 쓸 거예요. 언니가 늘 쓰는 방 말이에요. 그리고 아이들은 아이들 방에서 재울 거예요. 늘 그렇듯이 말이죠. 달리 바꿀 필요가 있을까요?」
「난 모르겠다, 애야. 그런데 이사벨라가 여기를 다녀간 지 너무 오래되었어! 지난 부활절 이후로 오지 않았으니. 그때도 며칠밖에 머물지 않았고. 존 나이틀리 씨가 변호사라는 건 무척 불편한 일이야, 가여운 이사벨라! 슬프게도 우리 모두와 떨어져 있으니! 여기 도착해서 테일러 양을 보지 못해 얼마나 섭섭해할까!」

「적어도 언니가 놀라는 일은 없을 거예요, 아빠.」

「글쎄, 모르겠다, 얘야. 테일러 양이 결혼할 거라는 이야기를 처음 들었을 때 나는 정말이지 무척 놀랐으니.」

「이사벨라가 여기 있는 동안 웨스턴 부부에게 정찬을 함께 하자고 청해야지요.」

「그래, 시간이 있으면. 그런데 (매우 풀이 죽은 목소리로) 그 애가 일주일밖에 머물지 않을 테니 모든 일을 다 할 시간이 없을 거야.」

「언니네 가족이 더 오래 머물 수 없다는 건 참 유감이에요. 하지만 그건 어쩔 수 없는 일인 것 같아요. 존 나이틀리 씨가 28일에는 다시 런던으로 돌아가야 하니까요. 그리고 언니 가족이 시골에서 머물 수 있는 시간을 전부 우리 집에서 지내는 것을 고맙게 여겨야겠지요, 아빠. 2~3일간을 돈웰 애비에서 머물지 않고 말이죠. 이번 크리스마스에는 자기의 권리를 포기하겠다고 나이틀리 씨가 약속하셨어요. 아빠도 아시다시피, 언니네 가족이 나이틀리 씨의 저택에서 머문 지는 더 오래 되었어요.」

「가엾은 이사벨라가 하트필드 외의 다른 곳에서 머물러야 한다면 정말이지 몹시 괴로울 거란다, 얘야.」

우드하우스 씨는 이사벨라에 대한 자신의 권리를 제외하면 그 누구의 권리도, 동생에 대한 나이틀리 씨의 권리도 절대 인정할 수 없었다. 그는 잠시 생각에 잠겨 있더니 말했다.

「하지만 가여운 이사벨라가 왜 그렇게 빨리 돌아가야 하는지 모르겠구나. 그 애 남편이 돌아가더라도 말이지. 우리와 더 오래 지내도록 설득해 볼 생각이란다, 엠마. 이사벨라와 아이들은 여기서 아주 잘 지낼 수 있을 거야.」

「아, 아빠! 지금까지 그런 일이 한 번도 없었잖아요. 앞으로도 그럴 거예요. 이사벨라는 남편을 보내고 남아 있는 것을 참을 수 없어 하거든요.」

이 말이 너무나 옳았으므로 반박할 수 없었다. 달갑지 않았지만 우드하우스 씨는 그저 체념의 한숨을 내쉴 수밖에 없었다. 자기 남편에 대한 큰딸의 애정을 생각하면서 아버지가 침울해지는 것을 보고 엠마는 즉시 그 기분을 북돋워 줄 만한 화제를 꺼냈다.

「언니 부부가 여기에 머무는 동안 해리엇은 될 수 있는 대로 우리와 함께 지내야 해요. 틀림없이 해리엇은 아이들을 보고 기뻐할 거예요. 우리는 그 아이들을 무척 자랑스럽게 여기니까요, 그렇지 않아요, 아빠? 해리엇이 누구를 가장 잘생겼다고 생각할지 궁금해요. 헨리일까요, 존일까요?」

「그래, 누구라고 생각할지 궁금하구나. 가엾은 아이들, 여기 와서 무척 좋아할 거야. 그 애들은 하트필드에서 지내는 것을 무척 좋아하거든, 해리엇.」

「틀림없이 그럴 거예요. 어떤 아이든지 그럴 거라 믿어요.」

「헨리는 훌륭한 소년이지. 하지만 존은 제 엄마를 무척 많이 닮았어. 헨리가 장남인데, 제 아비가 아니라 내 이름을 따서 붙였지. 차남인 존은 제 아비의 이름을 따서 붙였고. 어떤 사람들은 장남에게 아버지 이름을 붙이지 않았다고 놀랐지만, 이사벨라가 그 아이를 헨리라고 부르겠다며 고집을 부렸어. 그래서 이사벨라를 무척 기특하게 생각했지. 그런데 그 손자는 정말이지 아주 영리한 소년이야. 손자들이 모두 놀랍도록 영리하고 아주 귀엽게 행동하지. 애들은 내게 와 의자 옆에 서서는 이렇게 말하지. 〈할아버지, 끈을 좀 주실 수 있으세요?〉 한번은 헨리가 내게 칼을 달라고 하기에 칼이란 할아버지가 쓰도록 만들어진 거라고 말했지. 그런데 애들 아비가 애들을 너무 거칠게 다루는 것 같아.」

「형부가 거칠게 보이는 건 아빠가 너무나 부드러우시기 때문이에요.」 엠마가 말했다. 「하지만 다른 아이들의 아버지들과 비교해 보면, 형부가 거칠다고 생각하지 않으실 거예요. 형부는 아이들이 활동적이고 강인하기를 바라죠. 애들이 버릇없이 굴면 이따금 호되게 나무라고요. 하지만 애정이 많은 아버지예요. 분명 존 나이틀리 씨는 애정이 풍부한 아버지라니까요. 아이들 모두 자기들 아버지를 좋아하고요.」

「그런데 그 애들의 삼촌은 무시무시하게도 애들을 공중으로 던져 올리잖니!」

「하지만 애들은 그걸 좋아해요, 아빠. 애들이 그렇게 좋아하는 것도 없어요. 애들에게는 너무나 재밌는 일이라 삼촌이 순서대로 한다는 규칙을 세우지 않았더라면 시작하고 나서 절대로 양보하지 않을 거예요.」

「글쎄다, 나는 그걸 이해할 수 없구나.」

「우리 모두 마찬가지예요, 아빠. 세상 사람들의 절반은 나머지 절반이 즐거워하는 일을 이해할 수 없어요.」

으레 오후 4시에 시작되는 정찬을 준비하기 위해서 그날 오전 늦게 아가씨들이 각자 자기 방으로 가려 할 때, 그 비길 데 없는 제스터의 주인공이 다시 찾아왔다. 해리엇은 외면했지만 엠마는 평소처럼 미소를 지으며 그를 맞을 수 있었다. 엠마의 예리한 시선은 이내 그의 눈빛에서 한 번 밀어붙였고 주사위를 던졌다는 의식을 간파할 수 있었다. 그 일로 어떤 결과가 빚어질지를 알아보기 위해 왔으리라고 그녀는 상상했다. 하지만 그가 겉으로 내세운 이유는 그날 저녁 우드하우스 씨의 파티에 빠져도 괜찮을지, 아니면 자신이 하트필드에 조금이라도 꼭 필요할지를 알아보려는 것이었다. 만일 그렇다면 그 밖의 다른 일을 모두 양보할 것이다. 그러나 그렇지 않으면, 콜 씨가 정찬을 함께하자고 자주 초대했고 꼭 참석해야 한다고 강력하게 주장했기에 조건부로 약속했다는 것이다.

엠마는 그에게 감사의 뜻을 표했고, 자기들 때문에 그의 친구를 실망시킬 수는 없다고 말했다. 아버지는 카드놀이를 하실 것이다. 엘튼 씨는 다시 주장했고, 엠마는 다시 거절했다. 그러고 나서 그가 인사를 하고 나가려 할 때 엠마는 탁자에서 그 종이를 집어 돌려주었다.

「아, 감사하게도 저희에게 맡겨 주신 제스터예요. 이걸 보여 주셔서 감사해요. 우리는 이 제스터에 무척 감탄했어요. 제가 감히 스미스 양의 공책에 적어 놓았고요. 친구분께서 그렇게 해도 괜찮다고 생각하시면 좋겠네요. 물론 처음 8행만 적었어요.」

엘튼 씨는 뭐라고 대답해야 할지 잘 모르겠다는 표정이었다. 다소 주저하는 듯이 보였고, 좀 어리둥절한 얼굴이었다. 그는 〈영광〉이라고 중얼거리고는 엠마와 해리엇을 바라본 후 탁자에 펼쳐져 있는 공책을 들어서 매우 자세히 살펴보았다. 난처한 순간을 넘길 생각으로 엠마는 미소를 지으며 말했다.

「친구분께 죄송하다는 말씀을 전해 주세요. 하지만 그처럼 훌륭한 제스터를 한두 사람에게만 보여 줘서는 안 되겠지요. 그 친구분이 여성에게 그렇게 구애하는 글을 쓰신다면 모든 여자들에게서 인정을 받으리라고 믿으셔도 될 거예요.」

「주저 없이 말할 수 있습니다.」 하지만 엘튼 씨는 상당히 주저하면서 대답했다. 「망설이지 않고 말할 수 있습니다. 제 친구가 적어도 저처럼 느낀다면, 그가 자신의 서투른 감정 표현이 이처럼 명예로운 대접을 받는 것을 저처럼 볼 수 있다면, (공책을 다시 바라보고 탁자에 놓으면서) 자기 인생의 가장 자랑스러운 순간으로 여길 것이 틀림없다고요.」

이렇게 말한 뒤 엘튼 씨는 가급적 재빨리 돌아서서 가버렸다. 엠마에게는 그 순간이 그렇게 빠르다고 여겨지지 않았다. 선량하고 유쾌한 자질이 있는 사람이지만 그의 말에는 과시적인 데가 있어서 엠마는 웃음을 터뜨리고 싶은 충동을 억누를 수 없었던 것이다. 부드럽고 고상한 기쁨은 해리엇의 몫으로 남기고, 그녀 자신은 그 충동을 마음껏 해소하려고 다른 곳으로 뛰어갔다.

제10장

12월 중순이었지만 아직 아가씨들이 규칙적으로 산책하지 못할 정도로 날씨가 나쁜 것은 아니었다. 다음 날 엠마는 하이버리에서 약간 떨어진 곳에 사는 가난하고 병든 가족을 방문하러 나섰다.

외진 곳에 있는 그 오두막으로 가려면 목사관이 있는 오솔길을 따라가야 했다. 그 지역의 넓고 들쑥날쑥한 큰 도로에서 직각으로 꺾여 이어진 오솔길에, 이미 짐작할 수 있듯이, 엘튼 씨의 축복받은 거처가 있었다. 먼저 누추한 집 몇 채를 지나가야 했다. 그러고 나서 오솔길을 따라 4백 미터쯤 걸어가면 목사관이 나왔다. 매우 훌륭하다고는 할 수 없는 낡은 저택이었고 길가에 바짝 붙어 있어 위치로 보아서는 장점이 전혀 없었지만 현재의 소유자가 꽤 말쑥하게 꾸며 놓았다. 어떻든 두 친구는 목사관을 지나가면서 걸음을 늦추고 그곳을 자세히 관찰하지 않을 수 없었다. 엠마가 말했다.

「자, 저기 있군. 너와 네 수수께끼 공책이 조만간 저기로 갈 거야.」

「아! 너무나 예쁜 집이에요. 정말로 아름다워요! 내쉬 양이 무척이나 감탄하는 노란색 커튼이 저기 걸려 있어요.」해리엇이 말했다.

「지금은 내가 이 길을 지나다닐 일이 별로 없지만……」 걸음을 옮기면서 엠마가 말했다. 「그때가 되면 이쪽으로 오고 싶은 마음이 절로 들 거야. 그리고 차차 이 지역의 산울타리와 대문들, 연못들, 사슴들을 잘 알게 되겠지.」

해리엇은 목사관에 들어가 본 적이 없었기에 그곳을 무척이나 보고 싶어 했다. 외적인 상황과 가능성을 고려하건대 엠마는 그런 호기심을 사랑의 증거로 간주할 수밖에 없었다. 엘튼 씨가 그녀에게서 영민한 기지를 본 것과 마찬가지로 말이다.

「방법을 궁리해 낼 수 있으면 좋을 텐데.」 엠마가 말했다. 「그런데 안으로 들어갈 그럴 듯한 핑곗거리가 떠오르지 않아. 그의 가정부한테 어떤 하인에 대해서 물어볼 수도 없고. 아버지의 전갈도 없고 말이지.」

그녀는 열심히 생각했지만 도무지 방법을 찾을 수 없었다. 잠시 둘 다 입을 다물고 있다가 해리엇이 말을 꺼냈다.

「우드하우스 양, 당신이 결혼하지 않는 것이, 아니 결혼하지 않으시려는 게 너무 이상해요. 너무나 매력적이신데 말이에요!」

엠마가 웃으며 대답했다.

「내가 매력적이라고 해서 결혼할 마음이 드는 건 아니야. 매력적으로 느낄 만한 다른 사람이 있어야 하니까. 적어도 한 사람에 대해서는 그렇게 느껴야지. 지금도 결혼할 마음이 없을 뿐 아니라, 앞으로도 결혼할 생각이 거의 없어.」

「아, 그렇게 말씀하셔도 저는 믿을 수 없어요.」

「결혼하고 싶은 유혹을 느끼려면 지금까지 보았던 사람들보다 더 탁월한 사람을 만나야 할 거야. 엘튼 씨는, 알다시피 (문득 정신을 차리면서) 논외이고. 그리고 나는 그런 탁월한 사람을 만나고 싶지 않아. 유혹을 받지 않는 편이 더 낫겠어. 사실 결혼한다고 해도 상황이 더 나아질 수 없거든. 난 틀림없이 후회하게 될 거야.」

「어머나! 여자에게서 그런 말을 듣다니 너무 이상해요!」

「여자들이 결혼을 하는 일반적인 이유가 내게는 전혀 해당되지 않거든. 내가 사랑에 빠진다면 그건 전혀 다른 문제겠지! 하지만 나는 사랑에 빠져 본 적이 없어. 그건 내 방식에도, 내 본성에도 맞지 않아. 앞으로도 사랑에 빠질 일이 없을 거야. 사랑하지도 않으면서 내 상황을 바꾸려 한다면 그야말로 어리석은 일이지. 재산이 부족한 것도 아니고, 일거리나 사회적 지위가 부족한 것도 아니니까. 내가 하트필드를 좌지우지하는 것의 절반만큼이라도 자기 남편의 집을 휘두를 수 있는 여자는 거의 없어. 게다가 내가 지금처럼 진심으로 사랑받고 존중받으리라고는 절대로 기대할 수 없을 거야. 우리 아버지처럼 늘 나를 첫 번째로 생각하고 언제나 옳다고 생각하는 남자는 없을 테니까.」

「하지만 그러면 결국 베이츠 양처럼 노처녀가 되잖아요.」

「네가 상상할 수 있는 가장 무시무시한 모습이 바로 그거겠지, 해리엇. 만일 내가 베이츠 양처럼 그렇게나 어리석고, 늘 만족해하고, 언제나 웃고, 항상 지루한 이야기를 늘어놓고, 분별력도 까다로운 취향도 없고, 주위의 온갖 사람들에 관한 갖가지 얘기를 떠벌리고 싶어 할 거라는 생각이 들면 당장 내일이라도 결혼하겠어. 하지만 우리끼리 얘긴데, 미혼이라는 점 외에는 나와 베이츠 양의 공통점이 하나도 없으리라고 믿어.」

「그래도 당신은 노처녀가 될 거예요. 그건 너무 끔찍한 일이에요!」

「걱정하지 마, 해리엇, 나는 가난한 노처녀가 되지 않을 테니까. 사람들이 독신 생활을 경멸하는 것은 오로지 가난 때문이야. 입에 겨우 풀칠이나 하는 노처녀라면 우스꽝스럽고 불쾌할 뿐이지! 어린애들에게 놀림거리나 되고. 하지만 재산이 많은 독신 여자라면 늘 존경받고, 누구보다도 분별력이 있고 유쾌한 사람일 거야. 이런 차이는, 얼핏 보면 그렇게 보이더라도, 실은 세상의 공정함이나 상식에 그리 어긋나지 않는 일이야. 수입이 적으면 마음이 편협해지고 성격이 심술궂어지니까 말이야. 근근이 먹고살 수밖에 없고 아주 궁핍한 환경에서 매우 천박한 이들과 어울려 살아가는 사람들은 당연히 옹졸해지고 성마르게 될 수밖에 없어. 베이츠 양은 이런 경우에 해당되지 않지만. 하지만 그녀는 너무나 성격이 좋고 너무나 어리석어서 내게는 맞지 않아. 하지만 일반적으로 보면 그녀는 독신이고 가난하지만 사람들의 취향에 잘 맞지. 가난 때문에 그녀가 옹졸해지지 않은 것은 사실이야. 그녀는 단돈 1실링만 남았더라도 그중 6펜스를 남에게 주고 싶어 할 거라고 나는 진심으로 믿어. 그리고 그녀를 무서워하는 사람이 없어. 그 점이 큰 매력이지.」

「어머나! 하지만 당신은 뭘 하실 건데요? 나이가 들면 어떻게 소일하시겠어요?」

「내가 스스로를 잘 알고 있다면, 해리엇, 내 마음은 재간이 무척 많고 활동적이고 부지런하거든. 내 생각으로는, 마흔이나 쉰 살이 되었다고 해서 스물한 살 때보다 할 일이 훨씬 줄

어들 이유는 없어. 그 나이가 되어도 여자들이 눈과 손과 마음으로 하는 일들을 지금처럼 잘할 수 있을 테니까. 그렇지 않더라도 큰 변화는 없을 거야. 그림을 덜 그린다면 책을 더 많이 읽겠지. 음악을 포기한다면 양탄자를 짜게 되겠고. 사실 결혼을 하지 않을 때 피해야 할 큰 불행은 관심과 애정을 기울일 대상이 부족하다는 것이고, 이 점이 열악한 상황을 만들어 내는 중요한 문제이지. 나는 사랑하는 언니의 아이들을 돌봐 주면서 매우 잘 지낼 거야. 십중팔구 조카들이 많이 생길 테니까 늙어 가는 시절에 필요한 온갖 사건들이 부족하지 않을 거야. 기대할 일도, 걱정할 일도 많을 테니까. 그 애들에 대한 내 애정이 부모의 사랑보다야 못하겠지만, 더 뜨겁고 맹목적인 사랑보다는 그런 애정이 내가 생각하는 안락함에 더 적합해. 내 조카들과 조카딸들! 종종 조카딸을 데려다가 함께 지낼 거야.」

「베이츠 양의 조카딸을 아세요? 아마 그녀를 수백 번은 보셨겠죠. 그런데 그녀를 잘 아시나요?」

「아, 그래. 그녀가 하이버리에 올 때마다 늘 어쩔 수 없이 어울려야 하니까. 말이 나왔으니 말이지, 그걸 생각하면 조카딸이라면 정나미가 떨어질 정도야. 그런 일이 절대 없기를! 적어도 베이츠 양이 제인 페어팩스에 대해서 야단법석을 떠는 것의 절반만큼이라도 내가 나이틀리 집안의 애들에 대해 수선을 떨어서 사람들을 지루하게 만드는 일이 없기를! 제인 페어팩스라는 이름만 들어도 지긋지긋해. 그녀의 편지를 40번은 되풀이해서 들어야 하거든. 그녀가 벗들에 대한 안부를 물었다면 그 얘기가 끝없이 돌고 돌지. 그녀가 그 이모에게 가슴받이 패턴을 보내거나 할머니에게 양말대님이라도 짜서 보내는 날이면 한 달간은 그 얘기만 들어야 한다니까. 나는 제인 페어팩스가 잘되기를 바라지만, 그녀 때문에 지겨워 죽을 지경이야.」

그들은 이제 오두막에 이르렀고, 한가한 이야기들은 중단되었다. 엠마는 대단히 인정이 많은 아가씨였다. 가난한 사람들은 그녀의 지갑뿐 아니라 그녀의 개인적 관심과 친절함, 조언과 참을성에서 자기들의 고충에 대한 위안을 얻으리라고 믿을 수 있었다. 그녀는 그들의 행동 방식을 이해했으며, 그들의 무지와 그들이 받을 유혹을 참작할 수 있었고, 교육의 혜택을 거의 받지 못한 그들에게 특별한 미덕이 있으리라는 낭만적 기대를 조금도 품지 않았다. 그녀는 신속히 공감을 드러내면서 그들의 어려운 사정을 들어 주었고, 선의와 이해심을 갖고 늘 그들을 도와주었다. 이번에 그녀가 방문한 곳은 환자가 있는 가난한 집이었다. 그녀는 위로와 조언을 해줄 수 있는 만큼 머물다가 오두막을 나섰고, 그 비참한 상황에 깊은 인상을 받았기에 걸음을 옮기며 해리엇에게 말했다.

「이 광경은 우리에게 도움이 될 거야, 해리엇. 이런 상황을 보면 다른 일들은 죄다 하찮게 보이니까. 이제 하루 종일 저 불쌍한 사람들 외에는 다른 생각을 할 수 없을 것 같아. 그 생각이 내 마음에서 곧 사라질 거라고는 누구도 말할 수 없을 거야.」

「정말 그래요.」 해리엇이 말했다. 「불쌍한 사람들! 다른 건 생각할 수도 없어요.」

「정말이지 그 인상은 금방 사라지지 않을 거야.」 엠마는 나지막한 산울타리를 건너가며 말했다. 그들은 오두막의 뜰에 나 있는 좁고 미끄러운 길에서 비틀거리며 걸음을 옮겼고 그 길이 끝나자 다시 오솔길로 들어섰다. 「그 인상은 사라지지 않을 거야.」 그녀는 걸음을 멈추고 그 추레한 광경을 다시 한 번 돌아보았고 그 안의 더욱 비참한 광경을 다시금 떠올렸다.

「오! 그럼요.」 그녀의 벗이 말했다.

그들은 계속 걸어갔다. 오솔길의 약간 굽은 곳을 돌아가자 바로 눈앞에 엘튼 씨가 나타났다. 그가 꽤 가까운 곳에 있었으므로 엠마는 이 말밖에 할 시간이 없었다.

「아! 해리엇, 우리가 계속 좋은 생각을 할 수 있는지를 시험하려고 갑자기 시련이 나타났구나. 자, (미소를 지으며) 동정심을 발휘해서 고통받는 사람들에게 위안을 주었으니 참으로 중요한 일은 다했다고 인정되면 좋겠어. 가엾은 사람들을 위해서 할 수 있는 일을 다할 정도로만 동정심을 느끼면 돼. 그 이상의 동정심은 공허한 것이라서 그저 스스로를 괴롭힐 뿐이니까.」

그 신사가 다가오기 전에 해리엇은 그저 〈오! 정말 그래요〉라고만 대답할 수 있었다. 하지만 그들이 만났을 때 처음 나눈 이야기는 그 가난한 가족의 고통과 그들에게 필요한 물품에 관한 것이었다. 엘튼 씨는 그 오두막을 방문하려고 나선 참이었고 이제 그 방문을 미룰 생각이었다. 하지만 그들은 그 가족을 위해서 무엇을 할 수 있고 또 해야 하는지에 대해 매우 흥미롭게 이야기를 나눴다. 그런 다음에 그는 아가씨들을 데려다 주려고 돌아섰다.

〈이런 일로 우연히 마주치다니.〉 엠마가 생각했다. 〈자선을 베푸는 일을 하면서 서로 만나게 되다니! 이번 일로 양쪽 다 사랑이 무척 깊어질 거야. 사랑의 고백으로 이어지더라도 놀랍지 않을걸. 내가 이 자리에 없으면 틀림없이 그렇게 될 텐

데. 다른 곳에 있었더라면 좋았을걸.〉

가급적 그들에게서 멀리 떨어져 있으려고 곧 엠마는 그들을 오솔길에 남겨 두고 자신은 한쪽 위의 약간 도드라진 좁은 길에 올라섰다. 하지만 2분도 채 되지 않아 해리엇이 엠마에게 의존하고 모방하는 습관 때문에 좁은 길로 올라서고 있었다. 간단히 말해서, 그들 둘 다 그녀를 따라오고 있었다. 이래서는 안 될 일이었다. 그녀는 즉시 걸음을 멈추었고, 구두 끈을 다시 매야겠다는 핑계를 대고는 몸을 숙여 그 일에 몰두한 채 그들에게 먼저 가라고 요청하고서 곧 따라가겠다고 말했다. 그들은 그 말에 따랐다. 신발 끈을 고쳐 묶는 데 필요한 적절한 시간이 지났다고 생각했을 때 다행히도, 하트필드에 가서 고깃국을 가져오려고 양동이를 들고 심부름을 나온 그 오두막의 꼬마가 다가왔으므로 조금 더 지체할 수 있었다. 그 아이와 함께 걸으면서 말을 걸고 질문을 던지는 것이 세상에서 가장 자연스러운 일일 테니까. 사실 그녀에게 그때 아무런 꿍꿍이도 없었더라면, 그것이 가장 자연스러운 일이었으리라. 이 꼬마 덕분에 다른 이들은 그녀를 기다려야 할 의무가 전혀 없이 계속 앞에서 걸을 수 있었다. 하지만 꼬마의 걸음이 빠르고 그들은 천천히 걷고 있었기에 의도치 않게 그들을 곧 따라잡게 되었다. 그리고 그들이 분명 자기들한테 흥미로운 대화에 몰두하고 있는 것 같았으므로 엠마는 더욱 유감이었다. 엘튼 씨는 아주 활기차게 이야기를 하고 있었고 해리엇은 매우 즐겁게 귀 기울여 듣고 있었다. 엠마는 아이를 보낸 후에 어떻게 하면 조금 더 지체할 수 있을지를 생각하기 시작했지만 바로 그때 그들이 돌아보았기 때문에 어쩔 수 없이 가까이 다가갔다.

엘튼 씨는 아직도 열심히 무언가를 흥미진진하게 묘사하고 있었다. 하지만 그는 어제저녁 친구인 콜 씨의 집에서 열린 파티에 대해 그 예쁜 동무에게 말해 주고 있었다. 그녀가 다가갔을 때 스틸튼 치즈, 북부 윌트셔 치즈, 버터, 셀러리, 홍당무, 온갖 디저트에 대한 이야기가 한창 이어지고 있음을 알고 엠마는 좀 실망했다.

〈물론 이러다 보면 곧 더 나은 이야기가 나오겠지.〉 엠마는 이렇게 생각하며 위안을 삼았다. 〈사랑하는 사람들 사이에서는 무슨 이야기라도 흥미로울 테니까. 어떤 이야기라도 실마리가 되어 마음속에 있는 말을 꺼내게 될 거야. 내가 좀 더 오래 떨어져 있을 수만 있다면!〉

그들은 이제 조용히 함께 걸었고 목사관이 보이는 곳에 이르렀다. 그러자 갑자기 해리엇에게 적어도 목사관을 보여 줘야겠다는 생각이 들었기에 엠마는 구두끈이 다시 잘못되었다고 말하고는 뒤처져서 그것을 만지작거렸다. 그러고는 구두끈을 짧게 끊어서 재빨리 도랑에 던져 버린 다음 곧 그들에게 걸음을 멈춰 달라고 청했다. 구두끈을 제대로 묶을 수 없어서 집으로 돌아가기 어렵겠다고 말했다.

「구두끈 한쪽이 떨어져 나갔어요.」 그녀가 말했다. 「어떻게 해야 할지 모르겠어요. 정말이지 당신들 두 분에게 무척 성가시게 굴고 있네요. 이렇게 채비를 갖추지 못한 때가 흔치 않기를 바라지만요. 엘튼 씨, 목사관에 들러서 신발을 맬 수 있도록 리본이나 끈 같은 것을 가정부에게 달라고 할 수 있게 해주시면 좋겠어요.」

엘튼 씨는 이 제안에 그지없이 행복해 보였다. 그는 민첩하게 관심을 기울이며 그들을 집 안으로 안내했고, 모든 것이 돋보이게 하려고 애썼다. 그들이 들어선 방은 그가 주로 사용하는 곳이었는데 정면을 향하고 있었고, 그 뒤로 다른 방이 곧바로 연결되었다. 두 방 사이의 문은 열려 있었고, 엠마는 편히 도움을 받을 수 있도록 가정부와 뒷방으로 들어갔다. 문을 그대로 열어 둘 수밖에 없었지만, 그녀는 엘튼 씨가 문을 닫으리라고 생각했다. 하지만 문은 닫히지 않고 계속 열린 채로 있었다. 어쩔 수 없이 엠마는 가정부와 끊임없이 얘기를 나눔으로써 옆방에서 그가 원하는 이야기를 마음대로 나눌 수 있게 해주려고 했다. 그러나 10분간 들려오는 이야기는 오로지 그녀 자신에 관한 것이었다. 더 이상 오래 끌 수는 없었다. 그래서 그녀는 별수 없이 그 방으로 들어가야 했다.

연인들은 한쪽 창가에 서 있었다. 그 광경은 더없이 순조로운 분위기를 띠고 있었기에 엠마는 바라던 바를 이루었다고 30초간 의기양양해했다. 하지만 아직은 아니었다. 그는 결정적인 말을 꺼내지 않은 것이다. 엘튼 씨는 아주 유쾌하고 무척 상냥했다. 그는 그들이 지나가는 것을 보고 일부러 따라갔다고 해리엇에게 말했고, 여자들의 호감을 사는 말을 하거나 넌지시 암시하기도 했지만, 진지한 말은 하지 않았다.

〈신중하고, 또 신중한 사람이야.〉 엠마는 생각했다. 〈조금씩 조금씩 나아가고 있어. 확실하다고 믿을 수 있을 때까지 위험을 무릅쓰지 않으려는 거야.〉

자신의 교묘한 술책으로 모든 일이 성사된 것은 아니었지만, 그래도 두 사람에게 현재 큰 즐거움을 줄 수 있었고 이 일이 장차 그들을 중요한 사건으로 이끌어 가리라고 여기며 엠마는 우쭐해하지 않을 수 없었다.

제11장

 이제는 엘튼 씨가 스스로 알아서 하도록 내버려 둬야 한다. 엠마는 더 이상 그의 행복을 보살펴 주거나 그가 어떤 방안을 취하도록 고무해 줄 수 없었다. 언니 가족이 곧 방문할 것이므로 처음에는 그 방문을 기대하면서, 나중에는 실제로 언니 가족에게 큰 관심을 쏟아야 했다. 그들이 하트필드에 머무는 열흘 동안 그 연인들은 우연히 이따금 도와주는 것 이상을 기대해서는 안 되고, 그녀 자신도 도와줄 수 있으리라고 예상하지 않았다. 하지만 자기들이 원한다면 신속히 진척시킬 수도 있을 것이다. 원하든 원치 않든 간에 어떻든 그들의 관계는 이럭저럭 진척될 수밖에 없을 것이다. 그녀는 그들을 위해 더 많은 시간을 할애해서 관심을 쏟고 싶지 않았다. 어떤 사람들은 남들이 자기들을 위해 더 많이 해줄수록 스스로는 더 안 하려고 드니까.
 존 나이틀리 부부는 예전에 서리 주를 다녀간 이래 평소보다 더 오랜 시간이 지나서 방문한 차였기에 보통 때보다 더 관심을 일으키고 있었다. 결혼한 후 금년까지 그들은 긴 휴가 기간을 하트필드와 돈웰 애비에서 나누어 보냈었다. 그러나

올가을의 휴가 기간에는 아이들을 위해서 해수욕을 하러 갔었기 때문에 서리 주의 친척들이, 아니 우드하우스 씨가 그들의 정규적인 방문을 받은 지 몇 달이 지난 것이다. 우드하우스 씨는 런던처럼 먼 곳을 직접 방문하라는 권유를 절대 받아들일 수 없었고, 아무리 가엾은 이사벨라를 위해서라도 런던을 방문하는 일은 생각도 할 수 없었다. 그러므로 이제 너무나 짧은 그들의 방문을 기대하면서 한편으로는 더없이 불안하고 걱정스러운 마음으로 행복해하고 있었다.

그 여행이 이사벨라의 건강에 해로울까 봐 무척 염려스러웠고, 일행의 일부를 태워 절반 정도의 거리를 실어 오기로 되어 있는 자기 말들과 마부의 피로에 대해서도 적잖이 걱정스러웠다. 그러나 그의 염려는 기우에 불과했다. 다행히도 16마일의 거리를 완주하고 존 나이틀리 부부와 다섯 아이들, 그리고 적절한 인원의 보모들이 모두 안전하게 하트필드에 도착했다. 그들의 도착은 떠들썩하고 유쾌했다. 그 많은 사람들에게 말을 걸고 환영하고 무언가를 권하고 그들을 여러 곳으로 분산시키면서 일일이 적소에 배치하는 일은 상당히 시끌벅적하고 혼란스러웠다. 다른 경우라면 우드하우스 씨의 신경이 그런 소음을 참을 수 없었을 텐데, 심지어 이번에도 아주 오래 참을 수는 없었을 것이다. 그러나 존 나이틀리 부인은 하트필드의 방식과 아버지의 감정을 대단히 존중했다. 그러므로 아이들의 욕구를 즉시 들어주고 애들이 원하는 대로 지체 없이 먹고 마시고 잠자고 놀이를 할 수 있도록 돌봐 주려는 모성적 배려에도 불구하고, 아이들 때문에 혹은 아이들에게 쉴 새 없이 관심을 기울이는 일로 아버지가 오랫동안 고통받지 않도록 조심했다.

존 나이틀리 부인은 예쁘고 우아하며 자그마한 여성으로, 부드럽고 조용한 태도에 유난히 상냥하고 애정이 풍부한 성격을 갖고 있었다. 자기 가족에게 온 관심을 쏟는 헌신적인 아내이자 응석을 잘 받아 주는 엄마였고 아버지와 동생에게 극진한 애정을 품고 있어서, 이 고귀한 가족의 유대에 그 누구보다도 열렬한 사랑을 바치는 것 같았다. 그녀는 가족들 누구에게서도 결함을 보지 못했다. 그녀는 이해력이 뛰어나거나 영리한 여자는 아니었다. 이런 점에서 아버지를 닮았을뿐더러 그의 체질도 많이 이어받았기에 몸이 허약했고 자식들의 건강을 지나치게 염려했으며 늘 걱정하고 불안해했다. 아버지가 페리 씨를 좋아하듯이 그녀도 런던에 있는 자신의 주치의 윙필드 씨를 무척 좋아했다. 또한 대체로 성격이 너그럽고 옛 지인들을 존중하는 습성이 강한 점에서도 아버지를 닮았다.

존 나이틀리 씨는 키가 크고 신사답고 매우 영리한 사람이었다. 직업에 있어서도 두각을 나타내고 있었고, 가정적이며, 존중받을 만한 성격을 갖고 있었다. 그러나 과묵한 태도 때문에 어디서나 호감을 사지는 못했고, 때로 언짢은 기분을 드러내기도 했다. 그렇긴 해도 성질이 고약한 사람은 아니었고, 그런 비난을 받을 만큼 터무니없이 까다롭게 구는 일이 자주 있는 것도 아니었다. 하지만 그의 기질이 완벽한 것은 아니었다. 그리고 실로 아내의 숭배를 받고 있었기에 그의 타고난 기질적 결함이 더 커지지 않을 수 없었을 것이다. 극도로 상냥한 아내의 기질이 분명 그의 상냥한 기질을 손상시켰을 터이다. 그는 아내에게 결핍된, 명석하고 영리한 마음을 갖고 있었고 때로 무례하게 행동하거나 가혹하게 말하기도 했다.

그의 아름다운 처제는 그에 대해서 그리 호감을 느끼지 못했다. 그의 결함으로 보이는 것이라면 어느 하나도 그녀의 예리한 눈을 피해 갈 수 없었다. 엠마는 이사벨라가 전혀 느끼지 못하는 사소한 모욕들을 예리하게 느꼈다. 만일 존 나이틀리 씨가 이사벨라의 여동생을 치켜세워 주었더라면, 그녀는 더 심한 모욕이라도 너그러이 봐주었을 것이다. 그러나 차분하고 친절한 형부이자 벗으로서 그는 처제에게 찬사를 조금도 늘어놓지 않았고 맹목적인 애정이 전혀 없이 대했을 뿐이다. 하지만 그의 찬사를 아무리 많이 받았더라도 엠마는 자기가 보기에 그가 종종 드러낸 가장 나쁜 결함, 즉 그녀의 아버지에 대한 존경심과 인내심이 부족하다는 사실을 간과할 수 없었을 것이다. 그 부분에서 그의 참을성이 늘 바람직한 수준에 미친 것은 아니었기 때문이다. 우드하우스 씨의 기묘한 버릇이나 조바심에 때로 화가 나면 그는 논리적으로 따지거나 신랄하게 말대꾸했고, 그 두 가지 다 똑같이 고약한 성미를 드러냈다. 그런 일이 자주 일어난 것은 아니었다. 사실 존 나이틀리 씨는 장인을 무척 존중했고, 자신에게 합당한 태도가 어떤 것인지를 대체로 잘 알고 있었으니까. 하지만 엠마가 너그럽게 참고 넘기기에는 그런 일이 너무 자주 일어났다. 그런 불쾌한 일이 실제로 일어나지 않았더라도 일어날 것을 예상하면서 고통을 겪어야 하는 일이 종종 있었기에 더욱 그러했다. 하지만 어떤 방문에서든지 처음에는 모두들 더없이 예의 바르게 대하기 마련이고, 그 시간이 당연히 무척 짧을 수밖에 없으므로 오점 없이 얼룩을 남기지 않고 다정한 분위기에서 지나가기를 바라게 된다. 그들이 편안히 자리에 앉은 지 얼마 되지 않아 우드하우스 씨는 울적하게 고개를 젓고 한숨을 쉬면서 이사벨라의 지난번 방문 이후로 하트필드에 일어난 슬픈 변화에 대해서 딸의 관심을 끌었다.

「아, 얘야.」 그가 말했다. 「가여운 테일러 양 말이다. 그건 무척 슬픈 일이었단다!」

「오! 그래요, 아빠.」 그녀는 금세 공감하면서 큰 소리로 말했다. 「테일러 양이 없어서 무척 서운하시죠! 엠마도 그럴 테고! 그 상실감이 무척 견디기 어려우셨을 거예요! 저는 아빠를 생각하고 몹시 가슴이 아팠어요. 테일러 양 없이 아빠가 어떻게 지내실지 상상할 수 없었거든요. 정말이지 슬픈 변화예요. 하지만 그녀가 아주 잘 지내기를 바라요.」

「아주 잘 지낸단다. 잘 지내기를 바라지. 그곳이 그녀에게 잘 맞는지는 모르겠더라만.」

이 부분에서 존 나이틀리 씨는 랜달스에 무슨 문제라도 있는지를 조용히 엠마에게 물었다.

「아, 아뇨! 전혀 없어요. 웨스턴 부인이 지금보다 더 건강하게 보인 적은 한 번도 없었어요. 어느 때보다도 보기 좋아요. 아빠는 그저 유감스러운 마음에 그렇게 말씀하시는 거예요.」

「두 분의 명예를 매우 높여 주는군.」 멋진 대답이었다.

「그런데 테일러 양을 자주 만나시나요, 아빠?」 이사벨라가 호소하듯이 물었고, 그 어조가 아버지의 마음에 딱 들었다.

우드하우스 씨는 망설였다. 「내가 바라는 만큼 그렇게 자주라고는 할 수 없단다.」

「아니, 아빠! 그들이 결혼한 후로 우리가 하루 종일 그 부부를 만나지 못한 날은 딱 하루뿐이에요. 단 하루를 제외하고는 매일 아침이나 저녁에 웨스턴 씨나 웨스턴 부인을 보았고, 대개는 두 사람을 랜달스나 우리 집에서 만났어요. 언니도 짐작하겠지만, 대개는 우리 집에서 만났고요. 그들은 매우 친절하게도 우리를 자주 방문해 주었어요. 웨스턴 씨는 정말이지 그의 부인 못지않게 친절하고요. 아빠가 그렇게 우울하게 말씀하시면, 이사벨라는 우리 모두에 대해서 잘못 생각하게 될 거예요. 테일러 양이 없어서 서운해하리라는 것은 잘 알고 있겠지만, 우리가 예상했던 만큼 그녀를 아쉬워하지 않도록 웨스턴 씨 부부가 여러 모로 마음을 써주고 애써 준다는 것을 모두들 분명히 알아야 해요. 그것이 사실이니까요.」

「마땅히 그래야지.」 존 나이틀리 씨가 말했다. 「처제의 편지를 보고 내가 바랐던 바대로군. 하트필드에 관심을 쏟으려는 웨스턴 부인의 마음이야 의심할 수 없겠고, 웨스턴 씨가 한가하고 사교적인 사람이니까 그런 일이 모두 용이할 거요. 당신이 걱정하듯이 그 변화가 하트필드에 그리 큰 영향을 미치지는 않을 거라고 내가 늘 말했었지, 여보. 이제 엠마의 설명을 들었으니 당신이 마음을 놓으면 좋겠소.」

「그렇지, 확실히.」 우드하우스 씨가 말했다. 「그렇지, 분명히, 웨스턴 부인, 가엾은 웨스턴 부인이 우리를 꽤 자주 보러 온다는 건 부정할 수 없다네. 하지만 그다음에는 늘 다시 돌아가야 하거든.」

「그녀가 돌아가지 않으면 웨스턴 씨가 무척 곤란할 거예요, 아빠. 가엾은 웨스턴 씨를 전혀 생각해 주시지 않았어요.」

「저는 실로……」 존 나이틀리 씨가 유쾌하게 말했다. 「웨스턴 씨에게 권리가 약간 있다고 생각합니다. 처제와 나는 용감하게 가엾은 남편의 편을 들어야겠소, 엠마. 나는 남편이라서, 처제는 아직 아내가 아니기 때문에 남편의 권리를 강력하게 느낄 테니 말이지. 이사벨라로 말할 것 같으면, 결혼 생활을 이미 오래 해왔기 때문에 웨스턴 씨의 권리를 마음대로 제쳐 놓는 것이 편리하다고 생각할 테고.」

「나 말이에요, 여보?」 남편의 말을 조금밖에 알아듣지 못하고 그의 아내가 큰 소리로 말했다. 「나에 대해서 말하고 있어었요? 나는 누구보다도 결혼을 옹호하는 사람이라고 믿어요. 웨스턴 부인이 하트필드를 떠나야 하는 괴로운 일만 아니었다면 나는 그녀를 세상에서 가장 운 좋은 여자라고 생각했을 거예요. 그리고 웨스턴 씨를, 그 훌륭한 웨스턴 씨를 소홀히 대하는 것에 대해 말하자면, 정말이지 그는 무엇이든지 얻을 자격이 있는 분이라고 생각해요. 그분은 이 세상 누구보다도 성격이 좋은 사람들 중 하나이니까요. 당신과 당신 형님을 제외하고 성격이 그처럼 좋은 분은 본 적이 없어요. 작년 부활절에 바람이 몹시 거세게 불었는데 그분이 헨리를 위해서 연을 날려 준 일을 절대 잊지 못할 거예요. 그리고 작년 9월에 각별히 친절하게도 나를 안심시켜 주려고 콥햄[17]에 성홍열이 돌지 않았다고 밤 12시에 쪽지를 써서 보내 주신 후로, 그분보다 마음이 더 다정하거나 더 훌륭한 사람은 없다고 믿었어요. 그분에게 걸맞은 사람이 있다면, 그건 테일러 양이에요.」

「그 아들은 어디 있소?」 존 나이틀리 씨가 말했다. 「이번 결혼식에 참석했었소? 아니면 오지 않았나?」

「아직 오지 않았어요.」 엠마가 말했다. 「결혼식 직후에 그가 올 거라고 기대를 많이 했었는데, 결국은 아무 일도 없었어요. 최근에는 그에 관한 이야기를 듣지 못했어요.」

「하지만 그 편지에 대해서 얘기해야지, 얘야.」 그녀의 아버지가 말했다. 「그 아들이 가여운 웨스턴 부인에게 편지를 보

---

17 런던에서 남서쪽으로 20마일 떨어진, 서리 주의 작은 마을.

냈는데, 아주 예의 바르고 멋진 편지였다네. 그녀가 편지를 내게 보여 줬지. 그렇게 편지를 보낸 것은 퍽 훌륭한 행동이라고 생각했네. 스스로 생각해 낸 일인지 어떤지는 알 수 없지만 말이지. 그는 아직도 어리고, 그의 외삼촌은 아마……」

「아빠, 그는 스물세 살이나 되었어요. 세월이 많이 흘렀다는 걸 잊으셨어요.」

「스물세 살이라고? 정말로 그렇단 말이냐? 글쎄, 그건 몰랐구나. 그가 그 가엾은 모친을 잃었을 때 두 살밖에 되지 않았거든! 정말이지 시간이 쏜살같이 흘러가는구나! 그런 데다 내 기억력이 아주 나빠졌고 말이지. 어떻든 그건 아주 훌륭하고 멋진 편지였어. 웨스턴 부부를 무척 기쁘게 해주었지. 웨이머스에서 9월 28일에 쓴 편지였는데 〈친애하는 마담〉으로 시작했지. 그런데 그다음에 어떤 말이 나왔는지 기억나지 않는구나. 그리고 〈F. C. 웨스턴 처칠〉이라고 서명되어 있었어. 그건 분명히 기억해.」

「그는 무척 호감이 가는 예의 바른 사람이에요!」 선량한 존 나이틀리 부인이 큰 소리로 말했다. 「매우 붙임성이 있는 젊은이라고 믿어요. 하지만 그가 자기 아버지와 함께 살지 못했다는 건 너무나 슬픈 일이에요! 어린애를 자기 부모에게서, 원래의 자기 집에서 떼어 내어 데려가다니 충격적이에요! 웨스턴 씨가 어떻게 자기 자식과 헤어질 수 있었을지 도무지 이해할 수 없어요. 자기 아이를 포기하다니! 그런 일을 제안한 사람도 절대로 좋게 생각할 수 없어요.」

「내가 생각하기로, 처칠 씨 부부를 좋게 생각하는 사람은 없었소.」 존 나이틀리 씨가 냉정하게 말했다. 「하지만 당신이 헨리나 존을 포기하면서 느꼈을 감정을 웨스턴 씨가 느꼈으리라고는 생각할 필요가 없어요. 웨스턴 씨는 감정을 강렬하게 느끼는 사람이라기보다는 느긋하고 쾌활한 성격을 가진 사람이오. 상황을 있는 그대로 받아들이고 거기서 이럭저럭 즐거움을 찾지. 내가 생각하기로는, 안락함을 가족간의 애정이나 가정에서 얻기보다는 소위 〈사교〉라는 것에서, 즉 일주일에 다섯 차례나 이웃들과 함께 먹고 마시고 휘스트 게임을 하는 데서 얻는 사람이지.」

웨스턴 씨에 대한 비난처럼 들리는 이 말이 마음에 들지 않았기에 엠마는 항의할까 하는 생각이 들었지만 약간 갈등을 느끼다가 그냥 넘기기로 했다. 그녀는 가급적 평화로운 분위기를 지킬 것이다. 또한 사람들의 빈번한 사교 모임과 그런 사교를 중시하는 사람들을 경멸하는 형부의 강한 가정적 습성, 자기에게는 가정만으로도 더할 나위 없이 충분하다고 여기는 마음에는 뭔가 명예롭고 귀중한 점이 있었다. 거기에는 인내심을 요구할 만한 숭고한 권리가 있었다.

제12장

 나이틀리 씨는 그들과 정찬을 함께하기로 되어 있었다. 우드하우스 씨에게는 그리 내키지 않는 일이었다. 이사벨라가 도착한 첫날 다른 사람이 끼어들어서 함께 보내는 일이 마음에 들지 않았던 것이다. 하지만 엠마는 그렇게 하는 편이 옳다고 결정했다. 두 형제에게 지당한 대접을 해야 할 뿐 아니라 최근에 나이틀리 씨와 불화가 있었기 때문에 그를 마땅히 초대하면서 그녀는 특히 즐거운 기분이었다.
 엠마는 이제 나이틀리 씨와 다시 친해지기를 바랐다. 화해할 때가 되었다고 생각했다. 진정한 화해는 가능하지 않으리라. 분명 자신은 잘못한 점이 없었고, 그는 자기가 잘못했음을 절대로 인정하지 않을 테니까. 둘 다 양보는 불가능했다. 하지만 자기들이 다투었다는 사실을 잊은 듯이 보일 때가 되었다. 그가 집에 들어섰을 때 여덟 달 된 가장 어리고 귀여운 조카딸과 함께 있던 엠마는 아기 덕분에 자기들의 우정이 회복될 수 있기를 바랐다. 그 아기는 이번에 처음으로 하트필드를 방문한 참이었고, 이모의 팔에 안겨 흔들리면서 무척 즐거워하고 있었다. 그것은 실로 큰 도움이 되었다. 그는 침통한 표정으로 들어와서 짤막한 인사를 던졌지만 오래지 않아 평소와 같은 표정으로 말하게 되었고, 격식을 차리지 않고 친근하게 그녀의 팔에서 아기를 넘겨받았다. 엠마는 그들이 다시 벗이 되었다고 느꼈다. 그런 확신이 들자 처음에는 무척 만족스러웠지만 조금 후에는 약간 빈정거리고 싶어졌기에 그가 아기를 보며 찬탄하고 있을 때 이렇게 말하지 않을 수 없었다.

「조카들에 대한 우리의 생각이 똑같다는 것은 정말이지 기쁜 일이에요. 어른 남자들과 여자들에 대해서는 때로 전혀 다르게 생각하는데 말이죠. 하지만 이 아이들에 대해서는 의견이 절대 다르지 않아요.」

「당신이 이 아이들에 대해서 그렇듯이 남자들과 여자들을 판단할 때도 자연의 인도를 받고 그들과의 관계에서 당신의 공상과 변덕에 휘둘리지 않는다면, 우리는 언제나 똑같이 생각할 거요.」

「물론 그렇겠죠. 우리가 말다툼을 할 때는 언제나 내 잘못이니까요.」

「그래요.」 그가 미소를 지으며 말했다. 「거기에는 타당한 이유가 있소. 당신이 태어났을 때 나는 열여섯 살이었으니까.」

「그때는 대단한 차이였겠죠.」 그녀가 대답했다. 「의심할 바 없이 그때 당신의 판단력은 나보다 훨씬 우월했었지요. 하지만 21년이 지나면서 우리의 판단력이 무척 가까워지지 않았을까요?」

「그렇소. 아주 가까워졌지.」

「하지만 우리 생각이 서로 다를 때 내 생각이 옳을 가능성이 있을 만큼 그렇게 가까운 것은 아니군요.」

「나는 16년간의 경험으로 아직 당신보다 유리해요. 게다가 예쁜 아가씨도 아니고 버릇없는 아이가 아니었다는 것도 유리한 점이지. 자, 엠마, 이제 화해하고 그 일에 대해서 더 이상 얘기하지 맙시다. 네 이모에게 말해 주렴, 어린 엠마야. 이모가 예전의 분노를 돌이키는 것보다는 더 나은 모범을 네게 보여 줘야 한다고. 그리고 이모가 전에 잘못하지 않았다면 지금 잘못하고 있다고 말이야.」

「맞는 말이에요.」 그녀가 큰 소리로 말했다. 「사실이에요. 어린 엠마야, 자라서 이모보다 더 나은 여자가 되어라. 더 영리하되 너무 우쭐해하지는 말고. 자, 나이틀리 씨, 한두 마디만 더 하고 끝낼게요. 선의를 갖고 있다는 점에서는 우리 둘 다 옳았어요. 그리고 내 주장이 잘못이라고 입증하는 결과는 아직 나오지 않았고요. 다만 마틴 씨가 몹시 쓰라린 실망감을 느끼지 않았기를 바라요.」

「그보다 더 실망할 수는 없었을 거요.」 그가 짧고 의미심장하게 대답했다.

「아! 정말 매우 유감이에요. 자, 나와 악수하세요.」

진심으로 악수를 나누고 있을 때 존 나이틀리가 들어왔고, 〈어떻게 지냈어, 조지?〉라든가 〈존, 어떻게 지내?〉 같은 인사말이 충실하게 영국식으로, 무관심하게 보일 정도로 진정한 애정을 숨기며 차분히 이어졌다. 그 애정은, 필요하다면, 서로를 위해서 무슨 일이라도 마다하지 않도록 그들 두 사람을 이끌어 갔을 것이다.

그날 저녁 시간은 조용히 대화를 나누는 가운데 지나갔다. 우드하우스 씨가 사랑하는 이사벨라와 편안히 이야기를 나누려고 카드놀이를 하지 않았기에 그 작은 집단은 자연스레 두 무리로 나뉘었다. 한쪽에는 우드하우스 씨와 큰딸이, 다른 쪽에는 나이틀리 형제가 있었다. 그들의 화제는 전혀 달랐고 어쩌다 간혹 뒤섞였다. 엠마는 이쪽에 끼다가 저쪽에 끼곤 했다.

그 형제들은 자기들의 관심사와 추진하는 일에 대한 이야기를 나누었고, 기질적으로 말하기를 즐기고 언제나 말을 잘하는 형이 주로 이야기를 끌어갔다. 지역 치안 판사[18]로서 그는 존과 상의할 만한 법적인 문제가 늘 있었고, 아니면 적어도 기묘한 일화를 들려줄 수 있었다. 또한 돈웰의 대규모 농장을 경영하는 농부로서 그는 이듬해 각 들판에 어떤 작물을 심을 것인지를 말해 주거나 그와 비슷한 지역 소식을 모두 알려 줄 수 있었다. 형과 마찬가지로 오랜 시간을 고향에서 살아왔고, 고향에 대한 강한 애정을 갖고 있는 동생에게 그 소식들은 흥미롭지 않을 리 없었다. 배수 시설을 만드는 계획이나 산울타리를 교체하고 벌목하는 일, 각 들판에 밀과 순무, 봄철 곡물을 할당하는 문제에 존은 보다 차분한 태도로 형 못지않게 강렬한 관심을 느끼며 빠져들었다. 형이 이야기를 꺼내 놓고 혹시라도 의문점을 남겨 두면, 그는 열성적으로 물어보았다.

그들이 그렇게 편안하게 대화에 열중하고 있는 동안 우드하우스 씨는 딸과 함께 넘쳐흐르는 행복한 한탄과 걱정 어린 애정을 만끽하고 있었다.

「가엾은 이사벨라.」 그는 딸의 손을 다정하게 잡고는, 다섯 아이들 중 하나를 돌보느라 분주한 그녀를 잠시 방해하며 말했다. 「전에 왔던 이후로 얼마나 오래만이냐! 무척이나 오랜

---

18 각 교구의 대지주가 맡은 직책으로, 교구에서 일어나는 형사, 민사 사건을 재판했으며 치안이나 위생, 도로 보수, 빈민 문제 등 공동의 문제들을 해결하기도 했다.

시간이 지났지! 긴 여행을 했으니 얼마나 피곤할까! 일찍 잠자리에 들어야 한단다, 애야. 잠자러 가기 전에 묽은 죽을 조금 먹는 것이 좋겠구나. 나와 함께 죽을 한 그릇씩 먹기로 하자. 엠마, 우리 모두 죽을 조금씩 먹으면 어떨지 생각해 보렴.」

엠마는 그것을 생각조차 할 수 없었다. 사실 자신도 그렇지만 나이틀리 씨 형제에게 묽은 죽을 먹도록 설득할 수 없다는 것을 알고 있었으니까. 그래서 죽을 두 그릇만 가져오도록 시켰다. 우드하우스 씨는 모두들 밤마다 죽을 먹지 않는 것을 놀랍게 여기면서 죽에 대한 찬사를 조금 더 늘어놓고는, 심각하게 비난하는 기색으로 말을 이었다.

「네가 가을에 여기로 오지 않고 사우스엔드[19]에서 휴가를 보낸 것은 좋지 않은 일이었단다, 애야. 나는 바닷가의 공기를 좋다고 생각한 적이 없었어.」

「윙필드 씨가 그렇게 하라고 권했어요, 아버지. 그렇지 않았더라면 가지 않았을 거예요. 그분은 아이들을 위해서, 특히 어린 벨라가 인후가 약하기 때문에 바닷바람과 해수욕을 권하셨어요.」

「아, 그래! 그렇지만 페리는 그 애가 바다에 가서 좋아질 수 있을지 무척 의심스러워하더구나. 아마도 전에는 말한 적이 없겠지만, 나는 바다가 사람들에게 유익하지 않다고 오랫동안 확신하고 있었단다. 한번은 바다에 갔다가 죽을 뻔했던 적이 있었지.」

「저, 그런데……」 엠마는 안전하지 못한 화제라고 느끼면서 큰 소리로 말했다.「바다에 대한 이야기는 하지 않으시면 좋겠어요. 그 얘기를 들으면 부럽고 비참한 기분이 들거든요.

[19] 런던의 동쪽으로 42마일 떨어진 에식스 주의 작은 마을.

전 바다를 한 번도 보지 못했으니까요! 괜찮으시다면, 사우스엔드에 대한 이야기는 그만두기로 해요. 이사벨라, 언니는 페리 씨의 안부를 묻지 않았지. 그분은 언니를 결코 잊지 않으시는데.」

「오, 선량한 페리 씨, 그분은 어떠세요, 아버지?」

「꽤 잘 지내고 있단다. 하지만 완전히 건강해진 건 아니야. 가엾은 페리는 담즙에 이상이 있는데 자기 몸을 돌볼 시간이 없단다. 스스로를 돌볼 시간이 없다고 말하더구나. 무척 안쓰러운 일이지. 그렇지만 이 지역 어디서나 사람들이 그를 늘 찾으니 말이다. 의술이 그렇게 훌륭한 사람은 어디에도 없을 거야. 더욱이 그렇게 영리한 사람은 아무 데도 없지.」

「페리 부인과 아이들은 어떻게 지내나요? 아이들이 많이 자랐어요? 저는 페리 씨를 무척 존경해요. 그분이 곧 오시기를 바라요. 우리 아이들을 보면 무척 기뻐하실 거예요.」

「그가 내일 오기를 바란단다. 좀 중요한 일로 내가 물어볼 것이 한두 가지 있거든. 그리고 애야, 그가 오거든 벨라의 목을 진찰해 보라고 하는 편이 좋겠구나.」

「오, 아버지, 그 애의 목이 훨씬 좋아져서 이제는 거의 걱정하지 않아요. 해수욕을 해서 큰 도움을 받았거나 아니면 윙필드 씨가 처방해 준 좋은 물약 덕분일 거예요. 지난 8월부터 가끔 그 약을 복용해 왔어요.」

「애야, 해수욕이 벨라에게 도움이 되었을 가능성은 별로 없단다. 그리고 네게 물약이 필요하다는 것을 알았더라면 내가 말했을…….」

「언니는 베이츠 부인과 베이츠 양을 잊은 것 같아.」 엠마가 말했다. 「그들에 대해서 한 번도 묻지 않았지.」

「아! 그 선량한 베이츠 모녀. 정말 부끄럽구나. 하지만 네가 편지를 보낼 때 대개 그분들의 소식을 알려 주었으니까. 그들이 건강하면 좋겠어. 선량한 베이츠 부인, 내일 아이들을 데리고 그 부인을 방문해야지. 그분들은 우리 아이들을 보면 늘 기뻐하시니까. 그리고 그 훌륭한 베이츠 양! 속속들이 유덕한 분들이지! 그분들은 어떻게 지내시나요, 아버지?」

「대체로 꽤 잘 지낸단다. 그런데 가엾은 베이츠 부인이 한 달 전 심한 감기에 걸렸었지.」

「정말 유감이에요! 그런데 올가을처럼 감기가 널리 퍼진 적도 없었어요. 독감이 돌았던 때를 제외하면 이렇게 심한 감기가 널리 퍼진 적이 없었다고 윙필드 씨가 말했어요.」

「감기에 걸린 사람들이 많았지만 그 정도는 아니었어. 페리 말로는 감기가 매우 널리 퍼지기는 했지만 11월에 종종 도는 감기처럼 심하지는 않다고 했어. 전체적으로 봐서 유행병이 돌았다고 말할 수는 없다는 거야.」

「네, 윙필드 씨도 심각한 유행병이 돌았다고 생각한 건 아니에요. 다만…….」

「아, 가엾은 내 딸아, 사실 런던에는 늘 유행병이 돌고 있단다. 런던에는 건강한 사람이 없어. 누구도 건강할 수 없지. 네가 그곳에서 살아야 하는 것이 몹시 걱정이야! 그렇게나 멀리 떨어져 있고! 공기도 너무 나쁘고!」

「아뇨, 사실, 저희는 나쁜 공기를 마시며 살고 있지 않아요. 저희가 사는 런던 구역은 대개의 다른 지역들보다 훨씬 낫거든요! 저희가 사는 곳을 런던 전체와 혼동하시면 안 돼요, 아버지. 브룬스윅 광장 주위는 여타의 곳들과 전혀 다르거든요. 저희가 사는 곳은 바람이 아주 잘 통해요. 런던의 다른 지역에서는 살고 싶지 않다고 저도 인정해요. 다른 곳이라면 우리 아이들을 키우면서 만족할 수 없을 거예요. 하지만 저희가 사는 지역은 유난히 바람이 잘 통하는 곳이에요. 윙필드 씨는 브룬스윅 광장 주변이 공기에 있어서는 단연 최고라고 생각하세요.」

「아, 그래도 그곳은 하트필드만 못하지. 너는 그곳을 될 수 있는 대로 좋게 말하지만, 하트필드에서 일주일을 지내고 나면 너희들 모두 달라진단다. 모두 다르게 보이지. 지금은 너희들 중 누구도 건강해 보인다고 말할 수 없구나.」

「그 말씀을 듣게 되어 유감이에요, 아버지. 하지만 어디를 가더라도 완전히 벗어날 수 없는 신경성 두통과 불규칙한 심장 박동을 제외하면 저는 꽤 건강해요. 그리고 아이들이 잠자러 가기 전에 약간 창백해 보였다면, 그건 들떠서 여행하느라 평소보다 조금 더 지쳐서 그럴 거예요. 내일은 아이들의 안색이 더 낫다고 생각하시길 바라요. 정말이지 윙필드 씨는 저희 모두를 이렇게 건강한 상태로 배웅한 적이 없었다고 말했거든요. 적어도 저이는 병색이 아니라고 생각하시리라 믿어요.」 그녀는 애정이 듬뿍 담긴 걱정 어린 시선으로 남편 쪽을 바라보며 말했다.

「그저 그런 것 같구나, 애야. 듣기 좋은 말을 해줄 수는 없겠다. 존 나이틀리가 썩 건강해 보이지는 않으니 말이다.」

「무슨 일이십니까? 제게 말씀하셨어요?」 존 나이틀리 씨가 자기 이름을 듣고 큰 소리로 물었다.

「유감스럽게도 아버지께서 당신이 건강해 보이지 않는다고 생각하세요, 여보. 아마 좀 피곤해서 그럴 거예요. 하지만 당신도 알다시피, 나는 집을 나서기 전에 당신이 윙필드 씨를 만나 보기를 바랐었어요.」

「이사벨라.」 남편이 성급히 외쳤다. 「내 안색에 대해서는 신경 쓰지 말아요. 당신과 애들이 의사의 치료와 보살핌을 받는 것으로 만족하고, 내 안색에 대해서는 내 마음대로 보이도록 내버려 둬요.」

「형부는 조금 전에 형님께 하신 이야기를 제대로 못 알아들었어요.」 엠마가 큰 소리로 말했다. 「친구분인 그레이엄 씨가 새로 구입한 토지를 감독하도록 스코틀랜드에서 토지 관리인을 데려올 생각이라는 것 말이에요. 그런데 그게 효과가 있을까요? 케케묵은 편견이 너무 강하지 않을까요?」

엠마는 이런 식으로 이야기를 한참 끌어가면서 화제를 바꿀 수 있었기에, 다시 아버지와 언니에게 관심을 쏟았을 때 들린 이야기는 고작해야 이사벨라가 친절하게 제인 페어팩스의 안부를 물어보는 말이었다. 엠마는 대체로 제인 페어팩스를 그리 좋아하지 않았지만 이 순간에는 아주 기쁜 마음으로 그녀를 칭찬하는 데 거들었다.

「그 상냥하고 사랑스러운 제인 페어팩스!」 존 나이틀리 부인이 말했다. 「그녀를 본 지도 꽤 오래되었어요. 런던에서 우연히 이따금 마주친 걸 빼고 말이죠! 그녀가 오면 그 선량하신 할머니와 그 훌륭한 이모는 얼마나 기뻐하실까요! 사랑하는 엠마를 생각하면 그녀가 하이버리에 더 많이 머물 수 없는 것이 늘 퍽 유감이었어요. 하지만 지금 캠프벨 부부는 딸을 결혼시켰으니 더욱이 제인과 헤어질 수 없겠지요. 그녀는 엠마에게 아주 좋은 벗이 될 텐데.」

우드하우스 씨는 그 말에 동의하고는 덧붙였다.

「우리의 어린 친구 해리엇 스미스가 바로 그런 예쁘장한 아가씨란다. 너도 해리엇이 마음에 들 거야. 엠마에게 해리엇보다 더 나은 친구는 없을 거란다.」

「정말이지 기쁜 일이에요. 하지만 다만 제인 페어팩스는 교양이 높고 탁월한 아가씨라고 알려져 있지요! 엠마와 나이도 같고요.」

매우 다행스럽게도 이 주제에 대한 이야기가 이어졌고, 다른 화제들도 비슷한 동기에서 시작되어 비슷한 조화를 이루고 사라졌다. 그러나 그날 저녁 시간이 다 가기 전에 갈등을 일으킬 만한 사소한 일이 또다시 일어났다. 묽은 죽이 등장하면서 얘깃거리가 풍성해졌다. 죽에 대한 갖가지 찬사와 의견들과 그것이 어떤 체질에나 유익하다는 절대적인 확신, 그리고 죽을 먹을 만하게 끓여 내지 못하는 많은 집안에 대한 꽤 가혹한 비난에 이르기까지. 그러나 불행히도 딸이 예로 들었던 실패 사례들 중에서 가장 최근에 있었던, 따라서 가장 두드러진 사례는 바로 사우스엔드에서 자신의 요리사가 끓인 것이었다. 잠시 고용했던 그 젊은 여자는 묽으면서도 지나치게 묽지 않은 부드러운 죽이 어떤 것인지를 전혀 이해하지 못했다. 이사벨라가 종종 죽을 먹고 싶어서 끓이게 했지만, 웬만큼 먹을 수 있는 정도가 아니었던 것이다. 바로 이것이 위험의 발단이었다.

「아!」 우드하우스 씨는 고개를 흔들고 다정하게 우려하는 눈으로 그녀를 바라보며 말했다. 그 감탄사가 엠마의 귀에는 이렇게 들렸다. 〈아, 네가 사우스엔드에 갔기 때문에 일어난 슬픈 일들은 한도 끝도 없구나. 하지만 그런 말을 하는 건 적합하지 않지.〉 잠시 그녀는 아버지가 그 이야기를 꺼내지 않기를, 그리고 그가 말없이 생각에 잠겨서 부드러운 죽을 음미

하는 것으로 충분하기를 바랐다. 하지만 몇 분이 지난 후 그가 다시 말을 꺼냈다.

「네가 올가을에 여기 오지 않고 바다에 간 일이 내게는 언제까지나 무척 유감스러울 거란다.」

「하지만 왜 그렇게 생각하셔야 해요, 아버지? 정말이지 아이들에게는 무척 유익했어요.」

「게다가 바다에 꼭 가야 했다면, 사우스엔드가 아니었더라면 더 나았을 거야. 그곳은 건강에 좋지 않거든. 네가 사우스엔드로 정했다는 말을 듣고 페리가 깜짝 놀랐단다.」

「많은 사람들이 그렇게 생각한다는 건 알고 있어요. 하지만 실로 그건 완전히 잘못된 생각이에요. 저희는 거기에서 더 할 나위 없이 건강하게 지냈어요. 진흙도 전혀 불편하지 않았고요. 그리고 윙필드 씨는 그곳이 건강에 좋지 않다고 여기는 건 전적으로 오해라고 생각하세요. 저는 그분의 말을 신뢰할 수 있다고 확신해요. 그분은 공기의 성질을 완벽하게 이해하고 있으니까요. 그리고 그분의 형제들과 가족들이 그곳에 몇 번이나 다녀왔고요.」

「네가 어디든 바다에 갈 생각이었으면 크로머[20]에 갔어야 해. 전에 페리가 크로머에서 일주일을 보냈는데, 그곳이 해수욕장들 가운데 최고라고 말하더구나. 탁 트인 멋진 바다에다 공기가 매우 깨끗하다고 말이야. 그리고 내가 알기로는, 그곳에서는 바다에서 꽤 먼, 4백 미터쯤 떨어진 곳에서 아주 편안한 숙소를 구할 수 있었을 거야. 네가 페리와 상의했어야 했는데.」

「하지만 아버지, 그 여행은 큰 차이가 있어요. 얼마나 다를

20 노퍽 주의 유명한 바닷가 휴양지.

지 생각해 보세요. 40마일을 가는 게 아니라 아마 1백 마일은 가야 했을 거예요.」

「아! 애야, 페리 말로는, 건강 문제가 걸려 있을 때는 다른 것을 조금도 고려하지 말아야 한다는 거야. 일단 여행을 하기로 했으면, 40마일이나 1백 마일이나 선택하고 말고 할 게 없지. 40마일을 여행해서 공기가 더 나쁜 곳으로 가려면 아예 움직이지 않는 편이 더 나을 테고, 차라리 런던에서 가만히 있는 편이 낫겠지. 페리가 그렇게 말하더구나. 그는 사우스엔드에 간 일이 무척 잘못된 판단이라고 생각했어.」

엠마는 아버지의 말을 중단시키려고 노력했지만 부질없었다. 그리고 아버지가 이런 주장에 이르렀을 때 형부가 버럭 소리를 지른 것도 놀라운 일이 아니었다.

「페리 씨는……」 그는 불쾌감을 확연히 드러내는 목소리로 말했다. 「남들이 의견을 알려 달라고 요청할 때까지 자기 의견을 혼자 간직하는 게 좋을 겁니다. 그는 왜 제가 하는 일에, 제가 제 가족을 바닷가로 데려가는 데 놀라워하면서 참견하는 겁니까? 페리 씨와 마찬가지로 저도 제 판단력을 행사할 수 있기를 바랍니다. 저는 그의 약도 바라지 않고 그의 지시도 바라지 않아요.」 그는 말을 멈추었다. 그러더니 금세 더 차가운 태도로 비꼬듯이 냉정하게 덧붙였다. 「페리 씨가 아내와 다섯 아이들을 40마일 대신 130마일을 데려가면서 비용도 더 들이지 않고 더 불편하지도 않은 방법을 알려 줄 수 있다면, 저도 그분처럼 사우스엔드 대신 크로머를 기꺼이 택할 겁니다.」

「그래그래.」 나이틀리 씨가 신속히 끼어들며 소리쳤다. 「맞는 말이야. 실로 고려할 만한 사정이지. 그런데 존, 그 길을 랭

엄으로 옮기는 것에 대해서 말인데, 그 길이 우리 목초지를 가로지르지 않도록 오른쪽으로 더 돌아가게 하는 일은 전혀 어려울 게 없어. 만일 그렇게 해서 하이버리 주민들에게 불편을 끼친다면 그렇게 하지 않을 생각이야. 그런데 네가 그 길의 현재 노선을 정확히 기억할 수 있다면……. 하지만 그걸 알아내려면 지도를 펼쳐 보는 수밖에 없겠군. 내일 오전에 애비에서 만날 수 있으면 좋겠군. 그때 지도를 살펴보고 의견을 알려 줘.」

우드하우스 씨는 자기의 벗 페리에 대한 그처럼 가혹한 비난에 다소 흥분했다. 사실 그는, 무의식적으로 그러긴 했지만, 자기 감정과 말들을 상당 부분 그의 탓으로 돌렸던 것이다. 하지만 딸들이 세심하게 관심을 기울여 마음을 진정시켜 주었기에 당장의 고약한 기분이 차차 사라졌고, 형제 중 한쪽이 얼른 주의를 기울이고 다른 한쪽이 마음을 가라앉히면서 그런 일은 다시 일어나지 않았다.

제13장

하트필드를 잠시 방문한 존 나이틀리 부인보다 더 행복한 사람은 세상에서 찾아보기 어려웠을 것이다. 아침마다 그녀는 다섯 아이를 데리고 옛 지인들을 방문했고 저녁에는 아버지와 엠마와 함께 낮에 있었던 일에 대한 이야기를 나누었다. 하루하루가 너무 빨리 지나가지 않았으면 하는 것 외에는 더 바랄 게 없었다. 즐거운 방문이었고, 너무나 짧았기 때문에 완벽했다.

대체로 저녁에는 오전 시간과 달리 벗들과 어울리는 일이 거의 없었다. 하지만 정찬 약속 한 가지만은 도저히 피할 수 없었다. 크리스마스 날이기도 하고 게다가 하트필드에서 열리는 것도 아니었지만 말이다. 웨스턴 씨는 거절을 받아들이지 않으려 했고, 하루 저녁만큼은 모두 자기들과 함께 랜달스에서 식사를 해야 한다고 주장했다. 그리고는, 가족이 나뉘는 것보다는 그편이 더 낫겠다고 생각하도록 우드하우스 씨를 설득했다.

할 수만 있다면 우드하우스 씨는 그들 모두를 실어 나르는 방법을 문제 삼았을 것이다. 그러나 사위와 딸의 마차와 말들이 실로 하트필드에 있었으므로 그 점에 관해서는 간단한 의문밖에 제기할 수 없었다. 사실 의혹을 품을 만한 문제도 아니었다. 또한 마차들 중 하나에 해리엇을 태울 공간도 있으리라고 엠마가 아버지를 설득하는 데도 오래 걸리지 않았다.

그들이 정찬 파티에서 만날 사람은 그들과 특히 가깝게 지내는 해리엇과 엘튼 씨, 나이틀리 씨뿐이었다. 초대된 손님들의 숫자도 적을 뿐 아니라 정찬도 꽤 이른 시간으로 정해졌다. 모든 점에서 우드하우스 씨의 습관과 기호를 고려한 것이었다.

이 중요한 사건이(우드하우스 씨가 12월 24일에 다른 집의 정찬 파티에 참석한다는 것은 대단히 중요한 사건이었으므로) 일어나기 전날 저녁에 해리엇은 하트필드에서 시간을 보냈고 감기 기운으로 몸이 찌뿌드드한 상태로 집에 돌아갔다. 그녀가 고다드 부인의 간호를 받고 싶다고 진심으로 원하지만 않았더라면, 엠마는 그녀를 돌아가지 못하게 했을 것이다. 다음 날 엠마는 해리엇을 방문했다. 랜달스의 정찬 파티에 참석하지 못할 운명이라는 것이 이미 확연히 드러났다. 해리엇은 고열에 심한 목감기로 시달리고 있었다. 고다드 부인은 다정하게 간호해 주면서 페리 씨를 불러와야겠다고 말했다. 해리엇은 너무 아프고 기운이 없어서, 그 즐거운 파티에 참석하는 것을 허락해 주지 않는 부인에게 저항할 수도 없었다. 자신이 놓칠 즐거움에 대해 말하면서 눈물을 줄줄 흘리기만 할 뿐이었다.

엠마는 될 수 있는 대로 오래 앉아서 고다드 부인이 어쩔 수 없이 자리를 비우는 동안 그녀를 돌봐 주었다. 그녀의 상태를 알게 되면 엘튼 씨가 얼마나 걱정할지를 이야기하면서 기분을 북돋워 주려 했고, 정찬 파티에서 그는 전혀 낙이 없을 것이며 모두들 그녀가 없어서 몹시 섭섭해하리라는 달콤한 위안으로 결국 그럭저럭 그녀의 마음을 편안하게 해주고 나올 수 있었다. 고다드 부인의 집을 나서서 몇 미터 지나지 않았을 때 엠마는 바로 그쪽으로 걸어오고 있던 엘튼 씨와 마주쳤다. 그는 해리엇이 상당히 아프다는 말을 듣고는 그녀의 상태를 알아보고 하트필드에 소식을 전해 주려고 병문안을 가는 길이었다. 그들이 환자에 대한 이야기를 나누며 천천히 걷고 있을 때, 큰아들 둘을 데리고 매일같이 돈웰을 방문하고 돌아오던 존 나이틀리 씨가 다가왔다. 발그레한 두 소년의 건강한 얼굴은 시골에서 마음껏 뛰어다니며 얻은 혜택을 모두 드러냈고, 서둘러 집에 가서 구운 양고기와 쌀가루로 만든 푸딩을 순식간에 먹어 치울 것 같았다. 그들은 함께 걸음을 옮겼고, 엠마는 친구의 병세를 설명하던 중이었다. 「목에 염증이 심하고, 열이 많이 나고 있어요. 맥박이 약하면서 빠르고요. 해리엇이 전에도 몹시 지독한 목감기를 앓곤 해서 고다드 부인이 종종 걱정했었다고 말씀하시더군요.」 엘튼 씨는 그 말에 무척 놀란 표정으로 소리쳤다.

「목감기라고요! 전염성이 아니겠지요? 고약하게 전염되는 병이 아니면 좋겠어요. 페리 씨의 진찰을 받았나요? 정말이지 당신은 당신 친구뿐 아니라 스스로도 조심해야 합니다. 제발 위험을 무릅쓰는 일은 하지 마세요. 왜 페리의 진찰을 받지 않았지요?」

사실 자신에 대한 걱정은 전혀 없었던 엠마는 고다드 부인이 오랜 경험으로 잘 간호해 주리라고 장담하면서 그의 지나친 걱정을 가라앉혔다. 하지만 합리적인 이야기로 그의 불안감을 다 떨쳐 내고 싶지는 않았고 오히려 그 불안감을 조금은 키우고 조장하고 싶었기에 그녀는 잠시 후 다른 이야기를 꺼내듯이 덧붙였다.

「날이 너무 춥군요. 몹시 추운 날씨예요. 게다가 꼭 눈이 내릴 것 같고요. 오늘 랜달스가 아닌 다른 집에 가야 한다거나 다른 파티에 가야 한다면 정말이지 저는 외출하지 않을 거예요. 아버지께도 집을 나서지 않으시도록 설득할 테고요. 하지만 아버지는 이미 랜달스에 가기로 마음을 굳히셨고 추위를 염려하지 않으시는 것 같으니 방해하지 않을 거예요. 웨스턴 씨 부부의 실망이 크리라는 것을 알고 있으니까요. 하지만 정말이지 엘튼 씨, 제가 당신의 입장이라면 분명히 초대를 사절할 거예요. 제가 보기에 당신은 벌써 목이 약간 쉰 것 같아요. 그리고 내일 당신이 목소리를 얼마나 많이 써야 할지, 얼마나 피로할지를 생각하면 오늘 밤에는 집에서 쉬면서 몸조리를 잘 하시는 편이 신중한 처사일 거라고 생각해요.」

엘튼 씨는 뭐라고 대답해야 할지 모르는 듯한 표정이었다. 사실이 그랬다. 아름다운 아가씨가 친절하게 관심을 기울여 줘서 무척 기뻤고 그녀의 충고라면 무엇이든 따르고 싶었지만, 실은 그 방문을 포기할 생각이 전혀 없었던 것이다. 하지만 엠마는 이미 머릿속에 있던 생각들과 관점에 정신이 팔린 나머지 그의 말을 제대로 알아듣지 못해 분명히 이해하지 못하고는, 그가 〈정말 춥군요. 확실히 매우 추운 날씨입니다〉라고 중얼거린 데에 그저 만족했다. 그러고는 그가 랜달스의 파티에서 벗어나 저녁 내내 매시간 해리엇의 안부를 물으러 사람을 보낼 수 있게 되었다고 속으로 기뻐했다.

「그렇게 하시는 편이 좋겠어요.」 그녀가 말했다. 「웨스턴 부부에게 당신의 사과를 전해 드릴게요.」

그러나 엠마가 이렇게 말하자마자, 존 나이틀리 씨가 엘튼 씨에게 문제되는 것이 오로지 날씨뿐이라면 자기 마차를 태워 주겠다고 정중하게 제안했고, 엘튼 씨는 즉시 기뻐하며 그 제안을 받아들였다. 이렇게 되어 결정지어지고 말았다. 엘튼 씨는 파티에 참석할 것이다. 만면에 미소를 띤 그의 잘생긴 얼굴은 그 어느 때보다도 즐거워하고 있었다. 그녀를 바라보는 그의 얼굴이 이렇게 만면에 미소를 띤 적도 없었고, 눈빛이 이보다 더 희희낙락했던 적도 없었다.

〈정말이지 몹시 이상한 일이야!〉 그녀는 생각했다. 〈파티에 참석하지 않을 수 있게 해주었는데도, 아픈 해리엇을 내버려 두고 사람들과 어울리려 하다니! 몹시 이상한 일이야! 하지만 많은 남자들은, 특히 독신 남자들은, 밖에서 식사하는 것을 좋아하는 모양이지. 그들의 오락이나 일거리, 품위, 의무, 이런 것들의 우선순위를 매길 때 정찬 약속이 무척 높은 자리를 차지하기 때문에 다른 일들은 죄다 그다음으로 밀려나는 거야. 엘튼 씨도 그렇겠지. 그는 의심할 바 없이 아주 훌륭하고 상냥하고 기분 좋은 젊은이고 해리엇을 무척 사랑하고 있어. 그래도 초대를 거절할 수 없는 거야. 어디서 초대를 받았든지 간에 그곳에 가서 식사를 해야 하고. 사랑이란 참으로 묘한 것이군! 그는 해리엇에게서 영민한 기지를 볼 수 있으면서도 그녀를 위해 혼자 저녁을 먹으려고 하지는 않다니.〉

곧 엘튼 씨는 그들과 헤어졌다. 헤어질 때 그가 매우 다정다감한 어조로 해리엇의 이름을 입에 올렸다는 점은 공정하게 인정해 주지 않을 수 없었다. 그는 엠마를 다시 만나는 기쁨을 맛볼 수 있도록 준비하면서 파티에 가기 직전 고다드 부인의 집을 방문해서 그 아름다운 친구의 병세를 물어보겠다고 말하며 엠마를 안심시켰고, 그때 그의 목소리에는 실로 다정함이 넘쳐흘렀다. 그는 더 나은 소식을 전할 수 있기를 바란다고 말하면서 한숨을 쉬고 미소를 지으며 걸어갔다. 그래서 그에 대한 평가는 그에게 훨씬 더 유리한 쪽으로 기울어졌다.

몇 분간 입을 꾹 다물고 있다가 존 나이틀리 씨가 말을 꺼냈다.

「내 평생 엘튼 씨처럼 기분을 맞춰 주려고 애쓰는 사람은 본 적이 없었소. 숙녀들이 관련된 곳에서는 아예 노골적으로 노력을 기울이는군. 남자들과 있을 때는 합리적이고 가식이 없는 사람인데, 기분을 맞춰 줄 여자가 있을 때는 얼굴 전체가 실룩거린단 말이야.」

「엘튼 씨의 매너가 완벽한 건 아니에요.」 엠마가 대답했다. 「하지만 즐겁게 해주기를 바라고 있다면, 부족한 점을 눈감아 줘야지요. 그리고 사실 많이 눈감아 주기도 하고요. 평범한 능력밖에 없는 사람이라도 최선을 다한다면, 탁월하더라도 태만한 사람보다는 더 나을 거예요. 엘튼 씨는 더없이 좋은 성격과 호의를 갖고 있고, 그 점은 존중하지 않을 수 없는 미덕이죠.」

「그렇지.」 존 나이틀리 씨는 이내 은근히 말했다. 「그는 처제에 대해서 특히 호의를 많이 품고 있는 것 같더군.」

「나에 대해서요?」 엠마는 깜짝 놀라 웃으면서 대답했다. 「엘튼 씨가 나를 목표로 삼고 있다고 생각하시는 거예요?」

「솔직히 말하자면, 그런 생각이 머리를 스쳤소, 엠마. 만일 처제가 그런 생각을 해본 적이 전혀 없다면, 이제 그 점을 고려해 보는 편이 좋을 거요.」

「엘튼 씨가 나를 사랑한다고요! 놀라운 이야기네요!」

「그렇다고 단정한 건 아니오. 하지만 실로 그런지 아닌지를 생각해 보고 그에 따라서 처신하는 게 좋을 거요. 내가 보기에는 처제의 태도가 엘튼 씨를 고무하고 있으니까. 벗으로서 충고하는 거요, 엠마. 주위를 잘 둘러보고 처제가 무엇을 하고 있는지, 무엇을 할 생각인지 확인하는 편이 좋겠소.」

「고마워요. 하지만 그건 형부의 착각이라고 장담해요. 엘튼 씨와 나는 아주 좋은 벗이지, 그 이상은 아니에요.」

걸음을 옮기면서 엠마는 상황을 부분적으로밖에 알지 못해서 일어나는 엄청난 실수와 판단력이 뛰어나다고 주장하는 사람들이 늘 빠지곤 하는 착각에 대해 생각하며 재미있어했다. 형부가 자신을 무분별하고 무지해서 조언이 필요한 사람으로 생각했다는 것은 그리 유쾌하지 않은 일이었다. 그는 더는 아무 말도 하지 않았다.

우드하우스 씨는 정찬에 참석할 마음을 확고히 굳혔으므로 날이 점점 추워졌음에도 불구하고 겁내지 않았고, 이윽고 정각에 큰딸과 함께 자기 마차로 출발했다. 날씨에 대해서 다른 사람들만큼 의식하는 것 같지도 않았다. 그 자신이 외출했다는 사실이 너무나 놀랍고 랜달스에서 무척 기뻐하리라는 생각에 빠져 있었기에 날이 춥다는 것도 알아차리지 못했고, 게다가 몸을 아주 잘 감쌌기에 추위를 느낄 수도 없었다. 하지만 살이 에일 듯이 차가운 날씨였고 두 번째 마차가 출발할 때쯤에는 눈송이가 떨어지기 시작했다. 하늘이 시커먼 구름들로 뒤덮여 있었기에 좀 더 공기가 따뜻하면 금세라도 새하얀 세상을 만들어 낼 것 같았다.

이내 엠마는 마차에 함께 탄 존 나이틀리 씨의 기분이 좋지 않다는 것을 알게 되었다. 이런 날씨에 외출하려고 준비해서 집 밖으로 나서고 게다가 정찬 후에 아이들도 보지 못하는 것은 재앙이었고, 적어도 몹시 불쾌한 일이었다. 존 나이틀리 씨는 그런 일을 전혀 좋아하지 않았다. 그 방문에서 시간을 들일 가치가 있으리라고 기대할 만한 것은 단 한 가지도 없었다. 목사관으로 마차를 달리는 동안 그는 내내 불평을 쏟아냈다.

「다른 사람들에게 따뜻한 자기 집 난롯가를 떠나서 이런 고약한 날씨를 무릅쓰고 방문하라고 하는 사람은 자기가 대단히 잘났다고 생각하는 거요. 자신이 더없이 유쾌한 사람이라고 생각하겠지. 나라면 그런 일을 할 수 없을 텐데. 이런 어처구니없는 일은 난생 처음이야! 바로 지금 정말로 눈이 내리고 있는데! 사람들이 집에서 편안히 쉬도록 내버려 두지 않다니 어리석은 일이지! 자기 집에서 편안히 지낼 수도 있는데 그렇게 하지 않는 사람들도 어리석기 짝이 없고! 의무나 사업 때문에 이런 저녁에 외출해야 한다면 끔찍한 고충이라고 생각하겠지. 그런데 우리가 이런 일을 하고 있단 말이야. 평소보다 더 얇은 옷을 입고는 꼭 그래야 할 이유도 없는데 자진해서 휘몰아치는 바람에 맞서면서 출발하고 있다고. 자연은 눈앞에 보이는 것들과 마음속에 일어나는 감정으로 알려주고 있어요. 집에 머물러 있으라고. 그리고 은신처에서 모든 것들을 되도록 잘 보호해 주라고. 그런데 남의 집에서 지루한 다섯 시간을 보내려고 출발하고 있다니! 이미 어제 말했거나 들은 얘기, 그리고 내일 또다시 말하거나 들을 얘기 외에는 할 말도, 들을 말도 없는데. 이런 끔찍한 날씨에 출발해서 더 고약한 날씨에 돌아올 테고. 와들와들 떨고 있는 게으른 인간

다섯 명을 집보다 더 추운 방에서 더 형편없는 사람들을 만나도록 데려다 주게끔 말 네 필과 하인 네 명을 쓸데없이 동원하다니.」

엠마는 그가 늘 듣곤 했을 유쾌한 동의를 해줄 수 없다고 느꼈다. 그의 아내가 언제나 해주었을 〈맞아요, 여보〉와 같은 말은 흉내 낼 수 없었다. 그녀는 아무 대답도 하지 않겠다고 결심했다. 그의 말에 동의할 수 없었고, 말다툼을 하게 될까 봐 두려웠다. 그녀의 용감한 결심은 그저 침묵으로 이어졌다. 그녀는 그가 말하도록 내버려 두었고, 한 번도 입을 열지 않은 채 안경을 매만지고, 덮개로 몸을 감쌌다.

목사관에 도착하자 마차가 멈추었고, 층계가 내려졌고, 말쑥하게 검은 옷을 차려입은 엘튼 씨가 미소를 지으며 냉큼 마차에 올라탔다. 엠마는 이제 화제가 좀 바뀔 거라고 가벼운 마음으로 기대했다. 엘튼 씨는 오로지 고맙고 유쾌한 기분이었다. 그가 매우 쾌활하게 인사를 건넸기에 엠마는 그가 해리엇에 관해서 자기가 들은 소식과 전혀 다른 이야기를 들은 모양이라고 생각했다. 그녀는 옷을 갈아입을 때 사람을 보냈었고, 〈거의 똑같아요. 차도가 없습니다〉라는 답을 들었던 것이다.

「고다드 부인에게서 제가 들은 소식은 기대만큼 고무적이지 않았어요. 제가 받은 답은 〈차도가 없습니다〉였거든요.」

그의 얼굴이 즉시 시무룩해졌다. 그리고 풍부한 감정이 담긴 목소리로 대답했다.

「아, 네. 슬프게도 그렇습니다. 막 이야기하려던 참이었어요. 제가 옷을 갈아입으려고 집으로 돌아가기 직전에 고다드 부인의 집을 방문했을 때 스미스 양의 상태가 나아지지 않았다는 말을 들었어요. 좋아지기는커녕 오히려 나빠졌다고요.

무척 걱정스럽고 가슴 아픈 일이에요. 오늘 아침에 그런 진심 어린 위로를 받았으니 틀림없이 나아질 거라고 믿었지요.」 그가 말했다.

엠마는 미소를 지으며 대답했다. 「바라건대, 제 방문으로 그 병의 신경성 증세에는 도움이 되었을 거예요. 하지만 저라도 목이 아픈 것을 신기하게 없애 버릴 수는 없어요. 게다가 무척 심한 감기니까요. 아마 들으셨겠지만, 페리 씨가 다녀가셨대요.」

「네…… 그러리라고 생각했습니다. 그러니까…… 듣지는 못했는데…….」

「페리 씨는 그녀의 병세를 잘 알고 계신대요. 내일 아침에는 더 나은 소식을 들을 수 있기를 바라요. 하지만 걱정이 가시지 않아요. 슬프게도 오늘 우리 파티에 큰 손실이고요.」

「몹시 큰 손실이지요 — 바로 그렇습니다 — 그녀가 없어서 매 순간 섭섭할 거예요.」

이 말은 매우 적절했고, 그와 함께 나온 한숨도 정말로 존중해 줄 만했다. 하지만 좀 더 오래 지속되어야 했을 텐데. 30초도 지나지 않아서 그가 다른 이야기를 꺼냈고, 그것도 시원시원하게 즐거운 목소리로 말할 수 있다는 사실에 그녀는 경악을 금치 못했다.

「마차에 양가죽을 사용하는 것은 대단히 훌륭한 방안입니다. 마차를 무척 편안하게 만들어 주니까요. 그런 예방책을 쓰면 추위를 느낄 수 없죠. 현대의 고안물들은 실로 신사들의 마차를 하나의 부족함도 없이 완벽하게 만들었어요. 바깥 날씨로부터 사람을 완벽하게 보호해 주어서 바람 한 점도 마음대로 들어올 수 없으니 말이죠. 날씨가 위세를 전혀 떨칠 수 없게 된 겁니다. 매우 추운 오후인데도, 이 마차 안에서는 추위를 전혀 느끼지 못하지요. 아, 눈발이 조금 날리는군요.」

「그렇소. 그리고 눈이 많이 내릴 것 같소.」 존 나이틀리 씨가 말했다.

「크리스마스 날씨지요.」 엘튼 씨가 말했다. 「시즌에 아주 어울리는 날씨입니다. 그리고 어제부터 눈이 내리지 않은 것을 무척 다행스럽게 여겨야겠습니다. 눈이 많이 쌓였더라면 우드하우스 씨께서 외출을 감행하지 않으셨을 테니 오늘 파티는 무산되고 말았겠지요. 하지만 지금 눈은 전혀 대수롭지 않습니다. 실로 친구들을 만나기에 적합한 계절이에요. 크리스마스에는 누구나 벗들을 초대하고, 사람들은 더 험악한 날씨에도 개의치 않습니다. 한번은 제가 눈 때문에 친구의 집에서 일주일간 갇혀 있었던 적이 있었어요. 그보다 더 즐거운 일은 없었습니다. 하룻밤을 묵으려고 갔다가 일주일이 지나도록 떠나올 수 없었지요.」

존 나이틀리 씨는 그런 즐거움을 도무지 이해할 수 없다는 표정으로 엘튼 씨를 바라보면서 그저 냉정하게 말했다.

「나는 랜달스에서 일주일간 눈에 갇혀 있기를 바랄 수 없소.」

다른 때라면 그 대화가 재미있었겠지만 엠마는 지금 엘튼 씨가 다른 감정을 느낄 수 있다는 사실이 그저 놀라울 뿐이었다.

「틀림없이 랜달스에는 난롯불이 활활 타오르고 있을 겁니다.」 그가 말을 이었다. 「모든 것이 최대한 안락하게 갖춰져 있겠지요. 웨스턴 부부는 매력적인 분들입니다. 웨스턴 부인에 대한 찬사는 이루 다 말할 수 없고, 웨스턴 씨는 존중받아 마땅한 분이고요. 그렇게나 호인이신 데다 무척이나 사교적이고 말이죠. 소규모의 파티겠지만, 정선된 소규모의 파티에는 누구보다도 기분 좋은 분들이 참석하시지요. 웨스턴 씨의 식당은 열 분 이상을 편안히 모시기 어려울 겁니다. 저로 말하자면, 그런 상황에서 두 사람이 초과되는 것보다는 두 사람이 부족한 쪽을 택하겠어요. (부드러운 태도로 엠마를 바라보며) 당신은 제 말에 동의하실 테지요. 틀림없이 수긍해 주실 겁니다. 나이틀리 씨는 런던의 대규모 파티에 익숙해서서 아마 저희들의 감정에 충분히 공감하지 못하시겠지요.」

「런던의 대규모 파티에 대해서는 아는 바가 전혀 없소. 나는 다른 사람들과 정찬을 함께하는 일이 전혀 없으니까.」

「(놀랍고 안됐다는 목소리로) 저런! 법조계가 사람을 그렇게나 혹사시키는지 몰랐어요. 그런 생활에 대해서 보상을 받을 때가 올 겁니다. 그때가 되면 노고를 들이지 않고 큰 즐거움을 누리실 수 있겠지요.」

「내가 이제부터 처음으로 느낄 큰 즐거움은……」 마차가 경내의 대문을 지나고 있을 때 존 나이틀리 씨가 대답했다. 「다시 하트필드에 안전하게 도착했음을 알게 되는 거요.」

제14장

 이제 웨스턴 부인의 응접실로 들어가면서 두 신사는 표정을 약간 바꿀 필요가 있었다. 엘튼 씨는 즐거운 표정을 억누르고, 존 나이틀리 씨는 고약한 기분을 떨쳐 내야 했다. 분위기에 적절히 맞추려면 엘튼 씨는 미소를 적게 지어야 하고, 존 나이틀리 씨는 더 많이 지어야 한다. 엠마는 웨스턴 부부를 만나는 것이 진정 즐거운 일이었으므로 마음에서 우러나오는 대로 기쁨을 드러내기만 하면 되었다. 그녀는 웨스턴 씨를 늘 좋아했고, 그의 아내에게는 솔직히 마음을 털어놓을 수 있었다. 아버지와 자신에게 일어나는 사소한 사건들이나 결정, 난처한 일들과 즐거운 일들을 이야기할 때 그 부인처럼 관심 있게 들어 주고 이해해 주고 늘 흥미를 느끼며 언제나 명확히 이해해 주리라고 믿을 수 있는 사람은 없었다. 엠마가 하트필드에 관한 어떤 이야기를 하더라도 웨스턴 부인은 생생한 관심을 느꼈다. 사적인 생활에서 일상적인 행복을 느끼게 하는 온갖 사소한 문제들에 대해 방해받지 않고 30분간 이야기를 나누는 것이 그 두 사람에게는 가장 흐뭇한 일들 가운데 하나였다.

아마 하루 종일 만나서는 이런 기쁨을 느낄 수 없을 것이고, 지금 같은 경우에는 30분간 이야기를 나누더라도 그 기쁨을 다 얻을 수 없을 것이다. 하지만 엠마는 웨스턴 부인을 보는 것만으로도, 그녀의 미소와 손길과 목소리를 느끼는 것만으로도 고마웠다. 그래서 엘튼 씨의 기묘한 행동이나 그 밖의 불쾌한 일들을 가급적 생각하지 않고 최대한 즐거움을 누리겠다고 작정했다.

해리엇이 안쓰럽게도 감기에 걸렸다는 소식은 그녀가 도착하기 전에 꽤 상세히 전해진 모양이었다. 우드하우스 씨는 이미 한참 전에 편안하게 자리를 잡고 앉아 그 이야기를 모두 들려주던 참이었다. 게다가 자신과 이사벨라가 오는 동안 겪었던 일이며 엠마가 곧 따라올 것이고 제임스가 들어와서 자기 딸을 만날 거라고 흐뭇하게 이야기를 끝내고 있을 때 다른 사람들이 들어섰다. 우드하우스 씨에게 온 관심을 쏟고 있었던 웨스턴 부인은 이제 몸을 돌려 사랑하는 엠마를 환영할 수 있었다.

엠마는 엘튼 씨를 잠시 잊으려고 마음먹었기에 그들 모두 자리를 잡았을 때 엘튼 씨가 옆자리에 앉은 것을 알고는 다소 유감스러운 기분이었다. 그는 바로 옆에 앉았을 뿐 아니라 끊임없이 행복한 얼굴을 눈앞에 들이대고 기회가 있을 때마다 말을 걸려고 했다. 엠마는 기이하게도 그가 해리엇에 대해서 무신경하다는 느낌을 떨쳐 내기 어려웠다. 그를 잠시 잊어버리기는커녕, 그의 희한한 행동 때문에 오히려 이런 생각마저 들었다. 〈형부의 상상이 실로 맞는 걸까? 이 남자가 해리엇에 대한 애정을 나에 대한 애정으로 바꿀 수 있는 걸까? 어처구니없고, 도저히 참을 수 없어!〉 그는 그녀가 춥지 않은지를 몹시 걱정했고, 그녀의 부친에게 지극 정성으로 관심을 쏟았고, 웨스턴 부인과 이야기를 나누면서 대단히 기뻐했고, 아는 것이 거의 없으면서도 그녀의 그림을 너무나 열성적으로 칭찬했기에, 끔찍하게도 장래의 연인처럼 행세하는 것 같았다. 엠마는 예의 바른 태도를 유지하려고 꽤 애를 써야 했다. 자신의 입장을 생각해도 무례하게 굴 수 없었지만, 해리엇을 위해서 아직은 모든 일이 잘 풀릴 수 있다는 희망을 갖고 적극적으로 예의 바르게 대해야 했다. 하지만 그것은 꽤나 노력해야 하는 일이었다. 엘튼 씨가 한창 허튼소리를 늘어놓고 있을 때 다른 사람들 사이에서 그녀가 특히 듣고 싶었던 어떤 이야기가 오가고 있었기에 더욱 그러했다. 그녀에게 들리는 말로는 웨스턴 씨가 자기 아들에 대해서 뭔가 이야기하고 있다는 것을 알 수 있을 뿐이었다. 〈내 아들〉, 〈프랭크〉, 〈내 아들〉이 여러 차례 되풀이되어 들려왔다. 몇 가지 단편적인 음절들로 미루어 보건대 그가 자기 아들이 조만간 방문하리라는 소식을 전하고 있다고 짐작했다. 하지만 그녀가 엘튼 씨의 말을 잠재우기 전에 그 이야기가 완전히 끝나 버렸기에, 그 얘기를 다시 꺼내기란 어색한 노릇이었다.

자, 절대로 결혼하지 않겠다고 결심했음에도 불구하고 프랭크 처칠이라는 이름은, 그 사람을 생각하면 어째서인지 늘 흥미로웠다. 특히 테일러 양이 그의 부친과 결혼한 후로 엠마는 만일 자기가 결혼한다면 나이나 성격이나 지위로 볼 때 자기에게 딱 적합한 사람이 바로 프랭크 처칠이라고 종종 생각해 왔다. 서로의 친지들이 혼사를 맺었기에 그는 자신과 가깝게 연결된 것 같았다. 자기와 그를 아는 사람들이 모두 틀림없이 그 혼사를 염두에 둘 거라고 상상하지 않을 수 없었다.

웨스턴 부부는 틀림없이 그 혼사를 기대하리라고 그녀는 믿었다. 그 남자든지 아니면 다른 누구에게든지 이끌릴 생각이 없었고, 결혼으로 어떤 지위를 얻게 되더라도 그보다 좋은 점들이 더 많은 현재의 처지를 포기할 생각은 전혀 없었지만, 그녀는 그를 만나 보고 싶은 호기심을 강렬하게 느꼈다. 그는 유쾌한 남자일 것이며 자기를 어느 정도 좋아하리라 확고하게 믿었다. 또한 벗들이 자기들을 짝지어 상상하리라는 생각에 약간 기쁘기도 했다.

이런 감정을 느끼고 있을 때 엘튼 씨의 친절한 행동은 끔찍이도 시의에 맞지 않는 것이었다. 그러나 그녀는 무척 화가 나 있으면서도 매우 예의 바르게 보였고, 매사에 솔직한 웨스턴 씨가 그 파티가 끝나기 전에 똑같은 이야기를 다시 한 번 요점이라도 되풀이할 거라고 생각하며 스스로를 위로했다. 실제로 그러했다. 다행히도 엠마가 식탁에서 엘튼 씨로부터 벗어나 웨스턴 씨 옆자리에 앉았을 때 그는 주인 노릇을 하느라 양고기를 나누어 주다가 쉴 틈이 생기자 즉시 말을 꺼냈던 것이다.

「손님들의 숫자가 딱 맞으려면 두 사람만 더 있으면 되겠소. 여기서 두 사람을 보고 싶군. 당신의 예쁘고 어린 친구 스미스 양하고 내 아들 말이오. 그러면 흠잡을 데 없이 인원이 갖춰졌다고 말할 수 있겠지. 응접실에 있을 때 프랭크가 곧 방문할 거라고 말했는데 당신은 아마 듣지 못했겠지? 오늘 아침에 편지를 받았는데 2주일 내로 올 거라오.」

엠마는 매우 적절히 즐거운 표정으로 대답했고, 프랭크 처칠 씨와 스미스 양이 파티 인원을 완벽하게 갖춰 주리라는 그의 말에 전적으로 동의했다.

「그 애는 우리를 만나러 오고 싶어 했었소.」 웨스턴 씨가 말을 이었다. 「지난 9월부터 말이지. 편지마다 그 얘기로 가득했었지. 하지만 그 애는 시간을 자기 마음대로 쓸 수 없어요. 그 애가 즐겁게 해줘야 하는 사람들이 있는데, (우리끼리 얘기지만) 때로 꽤 많은 것을 희생해야만 기쁘게 해줄 수 있는 사람들이거든. 하지만 이제는 틀림없이 1월 둘째 주에 여기서 그를 만나게 될 거요.」

「무척 기쁘시겠지요! 웨스턴 부인은 그를 무척 만나고 싶어 했으니까 당신 못지않게 기뻐할 거예요.」

「그래, 그럴 거요. 하지만 아내는 이번에도 방문이 연기될 거라고 생각해요. 그가 오리라는 것을 나만큼 믿지 못하지. 하지만 그녀는 그 사람들을 나처럼 잘 알고 있지 못하거든. 문제는, (하지만 이건 순전히 우리끼리만 하는 얘기요. 저 방에서는 그 일에 대해 입도 뻥긋하지 않았지. 어느 가족에게나 비밀이 있으니 말이오.) 어떤 친지들이 1월에 엔스콤을 방문하도록 초대되었다는 거요. 그리고 프랭크가 여기 오는 것은 그들의 방문이 연기되는지 아닌지에 달려 있소. 만일 그 방문이 연기되지 않는다면, 프랭크는 꼼짝달싹할 수 없겠지. 하지만 나는 연기될 거라고 믿고 있소. 왜냐하면 엔스콤에서 상당한 영향력이 있는 어떤 숙녀가 그 가족을 특히 싫어하거든. 2, 3년에 한 번씩은 그 가족을 초대해야 하지만, 막상 그때가 되면 늘 연기해 왔어요. 그러니 이번에도 그 결과에 대해서 전혀 의심할 여지가 없소. 그래서 1월 중순 이전에 프랭크를 여기서 보게 될 거라고 확신하고 있지. 내가 여기 있는 것처럼 말이오. 하지만 저기 있는 당신의 선량한 친구는 (식탁의 위쪽 끝을 향해 고개를 끄덕이며) 스스로도 변덕을 부릴 줄 모르는 데다 하트필드에서 변덕을 겪어 본 적이 없어서 그런 변덕의 결과를 기대하지 못해요. 나는 오랫동안 그렇게 해왔는데 말이지.」

「이번에도 약간 의혹이 있다니 유감이군요.」 엠마가 대답했다. 「하지만 저는 당신 편을 들고 싶어요, 웨스턴 씨. 당신이 그가 올 거라고 생각하신다면, 저도 그렇게 생각할 거예요. 당신은 엔스콤을 잘 아시니까요.」

「그렇소. 나는 그곳을 알 권리가 좀 있지. 그곳에 가본 적은 한 번도 없었지만. 그녀는 기묘한 여자라오! 하지만 나는 프랭크 때문에 그녀에 대해서 한 번도 나쁘게 말한 적이 없었소. 그녀가 프랭크를 무척 좋아한다고 믿고 있으니까. 그녀는 자기 자신을 제외하고 어느 누구도 좋아할 줄 모르는 사람이라고 생각했었소. 그런데 그녀가 프랭크에게는 (그녀가 사소한 변덕을 부리거나 종잡없이 굴고, 매사가 자기 뜻대로 되기를 바란다는 점을 참작하면 그래도 그녀 나름으로는) 늘 친절했소. 내 생각으로는, 프랭크가 그런 애정을 일으켰다는 건 적지 않은 공이라고 볼 수 있소. 왜냐하면, 다른 사람들에게는 절대 말하지 않을 얘긴데, 그녀는 대체로 사람들을 돌처럼 냉혹한 마음으로 대하거든. 게다가 성질은 무척 고약하고.」

엠마는 이 이야기에 기분이 무척 좋아서 식사가 끝난 후 응접실에 들어서자마자 웨스턴 부인에게 그 얘기를 꺼냈다. 그녀에게 축하 인사를 건네고는 첫 만남이 다소 걱정스럽겠다는 말을 덧붙였다. 웨스턴 부인은 그 말에 동의하고는, 불안하더라도 예정된 시간에 확실히 만날 수만 있다면 매우 기쁘겠다고 덧붙였다. 「그가 올 거라고 믿을 수 없거든. 웨스턴 씨처럼 낙관할 수 없어. 결국 아무 일도 없이 끝나 버릴까 봐 무척 걱정스러워. 지금 어떤 사정인지를 웨스턴 씨가 정확히 얘기해 주셨겠지.」

「그래요. 그 일은 오로지 처칠 부인의 고약한 성미에 달려 있는 것 같고, 그야말로 가장 확실한 것이라고 생각해요.」

「엠마!」 웨스턴 부인이 미소를 지으며 대답했다. 「변덕이 어떻게 확실하다고 말할 수 있지?」 그러고는 그때까지 이야기에 끼지 않았던 이사벨라에게로 몸을 돌리며 덧붙였다. 「아시다시피 나이틀리 부인, 나는 그 부친이 믿고 있듯이 우리가 프랭크 처칠을 만나리라고 확신할 수 없어요. 그건 전적으로 그 외숙모의 기분과 편의에 달려 있으니까. 간단히 말해서 그녀의 기질에 달려 있는 거지. 내 딸들이나 다름없는 당신들에게 솔직히 말하자면, 처칠 부인은 엔스콤을 완전히 좌지우지하고 있는데, 성격이 무척 기묘한 여자거든요. 이제 그가 올 수 있는지는 그녀가 그를 기꺼이 놓아줄 것인지에 달려 있어요.」

「아, 처칠 부인, 다들 그 부인을 잘 알아요.」 이사벨라가 말했다. 「그 가엾은 젊은이를 생각하면 난 언제나 더없는 동정심을 느껴요. 성질이 고약한 사람과 늘 함께 사는 것은 끔찍한 일일 거야. 다행히도 우리는 그런 것을 경험해 본 적이 없지만, 틀림없이 비참한 생활일 거예요. 그녀에게 아이가 없다는 것이 얼마나 다행스러운 일인지! 가엾은 어린애들이 있었다면 그녀가 그 애들을 얼마나 불행하게 만들었을까!」

엠마는 웨스턴 부인과 단둘이 있기를 바랐다. 그러면 더 많은 이야기를 들을 수 있으리라. 웨스턴 부인은 이사벨라가 옆에 있을 때는 털어놓지 않을 이야기들을 엠마에게는 솔직하게 말할 터이고, 처칠 집안과 관련된 사실을 숨기지 않을 터이다. 엠마가 이미 상상력을 발휘해 직감적으로 알고 있는,

그 청년에 관한 기대만 빼고 말이다. 그러나 지금 이 상황에서는 더 할 말이 없었다. 이제 우드하우스 씨가 숙녀들을 따라서 응접실로 들어왔다. 정찬이 끝난 후에도 식당에 오래 앉아 있는 것은 그에게 견딜 수 없는 감금이나 마찬가지였다. 남자들끼리 포도주를 마시면서 대화를 나누는 것을 중요하게 생각한 적이 없었다. 그래서 그는 가장 편안하게 어울릴 수 있는 사람들에게로 기꺼이 옮겨 온 것이다.

아버지가 이사벨라와 이야기를 하는 동안 엠마는 그 기회를 이용해서 말했다.

「그래서 당신은 그 아들이 방문할지 불확실하다고 생각한다는 거죠. 유감이에요. 서로 소개를 받는 일은 언제 일어나든지 불편할 거예요. 그 일이 빨리 끝날수록 더 낫겠죠.」

「그래, 연기될 때마다 또다시 연기될 거라고 생각하게 되니까. 그 가족, 브레이스웨이트 가족의 방문이 연기되더라도, 우리를 실망시킬 다른 핑곗거리를 찾아낼 거라고 걱정하게 되거든. 그가 여기 오기를 원하지 않는다고는 생각지 않아. 다만 처칠 집안에서 그를 독차지하려는 욕구가 강하다고 생각해. 질투심도 있고. 그들은 그가 자기 아버지에 대해서 느끼는 존중심도 질투하는 거지. 간단히 말해서 나는 그가 올 거라고 믿을 수 없어. 그리고 웨스턴 씨가 기대를 낮추면 좋겠어.」

「그는 와야 해요. 단 2주일밖에 머물지 못하더라도 와야 한다고요. 젊은 남자가 그 정도도 자기 뜻대로 할 수 없다고는 생각할 수 없어요. 나쁜 사람들의 수중에 빠진 젊은 여자라면 주위 사람들에게 시달려 가며 자기가 같이 있고 싶은 사람들에게서 멀리 떨어져 있어야 할지 모르지요. 하지만 젊은 남자가 자기 아버지와 일주일도 함께 지낼 수 없을 만큼 억류

되리라고는 생각할 수 없어요. 그가 원한다면 말이죠.」

「그가 무엇을 할 수 있을지를 판단하기 전에 먼저 엔스콤에서 살아 보고 그 가족의 습성을 알아야겠지.」 웨스턴 부인이 대답했다. 「어떤 가족의 한 개인의 행위를 판단할 때도 아마 똑같이 신중하게 생각해야 할 거야. 하지만 확실히 일반적인 기준으로는 엔스콤을 판단할 수 없다고 믿어. 그녀는 무척 변덕스러운 사람이고, 그녀를 이길 사람이 없으니까.」

「하지만 그녀는 그 조카를 무척 좋아하잖아요. 그는 큰 애정을 받고 있고요. 자, 처칠 부인에 대해서 나는 이렇게 생각해요. 그 부인은 모든 것을 누릴 수 있게 해준 남편의 안락함을 위해서는 조금도 희생하지 않고 그 남편에게 끊임없이 변덕을 부리는 반면, 자기에게 베풀어 준 것이 전혀 없는 조카에게 종종 좌우될 테고, 그것이 매우 당연하다고요.」

「사랑하는 엠마, 네 선량한 성격으로 성격이 나쁜 사람을 이해할 수 있다고 자부하지 마. 그리고 그런 성격에 원칙을 정할 수 있다고 생각하지도 말고. 그런 성격은 그냥 내버려 둬야 해. 나는 프랭크가 때로 상당한 영향력을 미칠 수 있으리라고 믿어. 하지만 그 때가 언제일지는 미리 알 수 없을 거야.」

엠마는 그 말을 듣고 냉정하게 말했다. 「그가 올 때까지는 내 의혹을 풀 수 없겠어요.」

「그가 어떤 점에서는 상당한 영향력을 미칠 수 있겠지.」 웨스턴 부인이 말을 이었다. 「그리고 다른 점들에서는 거의 그럴 수 없을 거야. 그가 우리를 방문하려고 그들을 떠나오는 이 문제는 그녀에게 영향력을 전혀 미칠 수 없는 부분에 속하리라고 생각해.」

제15장

곧 우드하우스 씨는 차를 마시려고 했다. 그리고 차를 마시자마자 집으로 돌아가려 했다. 다른 신사들이 응접실로 들어오기 전에 그와 얘기를 나누던 세 숙녀는 이미 밤이 늦었다는 그의 생각을 떨쳐 내려고 온 힘을 기울였다. 웨스턴 씨는 말하기를 좋아하고 연회를 좋아했으므로 어떤 모임도 일찍 끝나는 것을 좋아하지 않았다. 마침내 응접실에 신사들이 들어왔고, 엘튼 씨가 매우 좋은 기분으로 제일 먼저 들어왔다. 웨스턴 부인과 엠마는 소파에 나란히 앉아 있었는데 그는 즉시 그들에게 다가와서 권유받지 않고도 그들 사이에 끼어 앉았다.

프랭크 처칠에 대한 기대로 기분이 좋았던 엠마는 그가 조금 전에 저지른 부적절한 행동을 기꺼이 잊어 주려 했고 전처럼 편한 마음으로 대하려 했다. 그가 제일 먼저 해리엇에 대한 이야기를 꺼냈을 때 그녀는 더없이 다정한 미소를 띠고 그의 말을 들어 주려 했다.

그는 그녀의 예쁜 친구, 그녀의 예쁘고 사랑스럽고 상냥한 친구에 대해서 몹시 걱정이 된다고 말했다. 「혹시 들으셨어요? 랜달스에 온 다음에 다른 소식이 있었나요? 몹시 걱정스럽군요. 그 병의 증세에 무척 놀랐으니까요.」 이런 식으로 매우 적절하게 그는 얼마간 말을 이어 갔다. 어떤 대답에도 그리 관심을 기울이지 않았고, 오로지 심한 목감기의 무시무시한 해악을 경계하는 것 같았다. 그리고 엠마는 그를 무척 가엾게 여겼다.

그러나 조금 지나니 이야기가 이상하게 달라진 것 같았다. 심한 목감기를 염려하는 것이 해리엇 때문이 아니라 그녀 때문인 듯 들렸고, 그 병증에 전염성이 없어야 한다는 것보다는 그녀가 옮지 않아야 한다는 것을 더욱 염려하는 듯했다. 그는 당분간 그 병자를 방문하지 말아 달라고 아주 진지하게 그녀에게 간청하기 시작했다. 자기가 페리 씨를 만나 보고 그의 의견을 들을 때까지는 그런 위험을 무릅쓰지 않겠다고 약속해 달라고 청했다. 그녀는 그 말을 웃어넘기면서 다시 적절한 화제로 이끌어 가려 했지만, 그녀에 대한 그의 지극한 걱정은 한도 끝도 없었다. 그녀는 화가 났다. 그는 해리엇이 아니라 그녀를 사랑한다고 주장하는 것 같았고, 그것을 적나라하게 드러냈다. 만일 그게 사실이라면, 이는 한없이 경멸스럽고 혐오스러운 변절이었다! 그녀는 화를 내지 않으려고 무진 애를 썼다. 그는 웨스턴 부인에게 도와 달라고 청했다. 「좀 도와주시지 않겠어요? 우드하우스 양이 고다드 부인의 집에 가지 않도록 권하고 설득하는 데 힘을 보태 주시지 않겠어요? 스미스 양의 병이 전염되지 않는다는 것을 확인할 때까지만 말입니다. 약속을 받지 않으면 제가 안심할 수 없겠어요. 그 약속을 받을 수 있도록 부인이 영향력을 발휘해 주시지 않겠어요?」

「우드하우스 양은 다른 사람들에게 너무나 자상하세요.」 그가 말을 이었다. 「그러면서 자기 자신에 대해서는 너무나 무심하거든요! 제게는 오늘 집에서 쉬면서 감기를 치료하라고 하셨어요. 그러면서도 그녀 자신은 심한 목감기에 걸릴 위험을 피하겠다는 약속을 하지 않으려 하거든요. 이게 공정한 겁니까, 웨스턴 부인? 우리 사이에서 공정하게 판단해 주세요. 제게 불평할 권리가 있지 않나요? 부인이 친절하게 저를 지지하고 도와주시리라 믿습니다.」

엠마는 웨스턴 부인의 깜짝 놀란 얼굴을 보았다. 엠마에게 관심을 기울일 최우선적인 권리가 자기에게 있다고 가정하는 듯한 그의 말과 태도에 웨스턴 부인이 몹시 놀랐으리라고 느꼈다. 그녀 자신은 너무나 화가 나고 불쾌한 나머지 즉시 적절한 대꾸를 할 수 없었다. 그저 그를 힐끗 쳐다볼 수 있을 뿐이었다. 하지만 그가 제정신을 차리게 할 만한 시선이었다고 생각했다. 그녀는 소파에서 일어나 언니 옆으로 자리를 옮겼고 언니에게 관심을 쏟았다.

그 질책을 엘튼 씨가 어떻게 받아들였는지는 알아낼 새가 없었다. 곧 다른 화제가 이어졌던 것이다. 날씨를 보러 나갔던 존 나이틀리 씨가 이제 들어와서는 땅에 눈이 쌓였고, 세찬 바람에 눈발이 여전히 휘날리고 있다고 전해 주었다. 그러고는 우드하우스 씨에게 이렇게 말하며 끝을 맺었다.

「이 일을 계기로 장인어른의 활기찬 겨울철 사교가 시작되겠지요. 장인어른의 마부와 말들이 눈보라를 뚫고 나아가는 것은 새로운 경험일 겁니다.」

가엾은 우드하우스 씨는 너무 깜짝 놀란 나머지 아무 말도 못 했다. 하지만 모두들 할 말이 많았다. 놀란 사람도, 놀라지 않은 사람도 있었고, 물어볼 것이 있거나 위로해 주려는 사람도 있었다. 웨스턴 부인과 엠마는 우드하우스 씨의 기분을 북돋우려고 성심껏 노력했고, 다소 냉혹하게 의기양양한 기분을 만끽하고 있는 사위에게서 그의 관심을 돌리려고 애썼다.

「저는 장인어른의 결단력에 무척 탄복했습니다.」그가 말했다. 「이런 날씨에 외출을 감행하셨으니 말입니다. 물론, 곧 눈이 오리라는 것을 아셨을 테니까요. 모두들 눈이 오리라는 사실을 틀림없이 알았을 겁니다. 저는 장인어른의 기개에 감탄했습니다. 아마 우리는 집에 잘 도착할 수 있을 겁니다. 한두 시간 눈이 온다고 해서 길이 막히지는 않을 테니까요. 그리고 우리에게는 마차가 두 대 있어요. 마차 한 대가 바람에 날려 황량한 공유지의 어딘가로 굴러가다라도 바로 옆에 다른 마차가 있습니다. 아마도 자정 이전에는 하트필드에 모두 무사히 도착할 겁니다.」

웨스턴 씨는 눈이 오는 것을 조금 전부터 알고 있었지만 우드하우스 씨가 불안해하면서 서둘러 돌아가려 하실까 봐 한마디도 하지 않았다고 다른 식으로 의기양양하게 고백했다. 눈이 이미 상당히 쌓였거나 앞으로 계속 쌓여서 집으로 돌아갈 길이 막히리라는 것은 그저 농담일 뿐이다. 오히려 그들이 어려움을 전혀 겪지 않을 것이 걱정이었다. 그들 모두 랜달스에서 하룻밤을 지내도록 길이 막히기를 바랐으니까. 그는 모두에게 잠자리를 마련해 줄 수 있으리라고 믿었으며, 방법을 잘 궁리하면 모두들 묵을 수 있으리라는 자기 생각에 동조하도록 아내를 불렀다. 그녀는 그 집의 빈 방이 두 칸밖에 없다는 것을 생각하며 어찌해야 할지 몰랐다.

「어떻게 해야 할까, 엠마? 뭘 어떻게 해야 하지?」우드하우스 씨는 당장 이렇게 외쳤고, 한동안 그 말밖에 할 수 없었다. 불안한 마음을 달래기 위해서 그는 엠마를 찾았고, 그녀가 안전할 거라 장담하고 제임스와 말들이 훌륭하다 설명하고 또 주위에 친구들이 아주 많다고 거듭 말하고 나서야 약간 기운을 얻었다.

그의 맏딸이 느낀 경악은 그가 느낀 감정 못지않았다. 아이들이 하트필드에 있는데 자기는 랜달스에 갇혀 있다고 상상하면서 그녀는 무시무시한 공포에 사로잡혔다. 그리고 집으로 돌아가는 길이 지금은 모험심이 강한 사람들만 지날 수 있고 더 이상 머뭇거릴 수 없는 상태라고 상상하면서, 아버지와 엠마는 랜달스에 머물고 자신과 남편은 눈보라에 극심한 방해를 받더라도 즉시 출발해서 헤쳐 나가겠다고 결정하려 했다.

「즉시 마차를 준비시키는 게 좋겠어요, 여보.」 그녀가 말했다. 「우리가 당장 출발하면 간신히 갈 수 있을 거예요. 아주 나쁜 일이 생기면 난 마차에서 내려 걸을 수 있어요. 전혀 겁나지 않아요. 절반을 걸어가더라도 상관없어요. 집에 도착하자마자 신발을 갈아 신으면 되니까. 난 그런 일로는 감기에 걸리지 않아요.」

「설마!」 그가 대답했다. 「그렇다면, 이사벨라, 그건 이 세상 무엇보다도 특별한 일이 될 거요. 대체로 당신은 걸핏하면 어디에서나 감기에 걸리니 말이야. 집으로 걸어간다고! 걸어가기에 꽤 괜찮은 신발을 신었구려. 말들이 지나가기도 편치 않을걸.」

이사벨라는 웨스턴 부인에게 자기 계획에 찬성해 달라고 청했다. 웨스턴 부인은 찬성할 수밖에 없었다. 그런 다음에 이사벨라는 엠마에게 물었다. 하지만 엠마는 그들이 다 같이 출발할 수 있으리라는 기대를 완전히 버릴 수 없었다. 아직 그 문제로 한창 논의 중일 때, 눈이 온다는 소리를 동생한테서 처음 듣고 즉시 방을 나섰던 나이틀리 씨가 돌아와서는, 밖에 나가 살펴본 결과 그들이 집으로 돌아가는 데 전혀 어려움이 없다고 장담했다. 지금이든 한 시간 후이든 그들이 원할 때 언제라도 말이다. 그는 저택의 대문을 지나서 하이버리 로드를 따라 한참 걸어가 보았는데 그 어디에도 눈이 반 인치 이상 쌓이지 않았고, 눈이 하얗게 덮이지 않는 곳들도 많았다. 지금도 눈송이가 조금씩 날리고 있기는 하지만 구름이 흩어지고 있어서 눈이 곧 그칠 것 같았다. 마부들과도 얘기를 나누었는데 그들 둘 다 걱정할 일이 없으리라는 그의 의견에 동의했다.

그 소식에 이사벨라는 큰 안도감을 느꼈고, 엠마도 아버지 때문에 그 못지않게 기뻐했다. 우드하우스 씨는 그 문제로 일어난 불안감을 될 수 있는 대로 가라앉히려 했다. 하지만 랜달스에 머물러 있는 동안에는 이미 일어난 불안감을 쉽게 달랠 수 없었다. 집으로 돌아가는 데 현재로서는 위험이 없다는 사실에 안심했지만, 아무리 장담하는 말을 들어도 계속 머물러 있는 편이 안전하리라고는 확신할 수 없었다. 다른 이들이 여러 가지를 주장하고 권하는 동안에 나이틀리 씨와 엠마는 간단히 몇 마디 주고받고 나서 결정을 내렸다.

「부친께서 편치 않으실 거요. 출발하는 게 어떻겠소?」

「저는 출발할 준비가 되어 있어요. 다른 분들이 준비가 되면 말이죠.」

「내가 벨을 누를까?」

「네, 그렇게 해주세요.」

그래서 벨을 누르고 마차를 준비시켰다. 몇 분이 지나자 엠마는 이제 성가신 일행 한 명을 그의 집에 내려 주고 나서 마음이 차분하고 냉정해지기를 바랐다. 상대방도 이 고역스러운 방문이 끝나면 냉정을 되찾고 행복해지기를 바랐다.

마차가 도착했다. 이런 일에서 늘 첫 번째로 대접을 받는 우드하우스 씨는 나이틀리 씨와 웨스턴 씨의 세심한 보살핌을 받으며 자기 마차에 올랐다. 그러나 두 사람이 뭐라 말해도 그는 눈이 실제로 쌓여 있는 땅과 또 예상보다 훨씬 더 깜깜한 밤하늘을 보고 새로 일어난 불안감을 달랠 수 없었다. 「돌아가는 길이 무척 고역스러울 게 걱정이군. 가엾은 이사벨라의 마음이 편치 않을 것도 걱정이고. 게다가 가엾은 엠마는 뒤에 오는 마차에 탈 테고. 어떻게 하는 것이 제일 좋을지 모르겠소. 될 수 있는 대로 마차 두 대가 가까이 붙어서 가야겠지.」 그러고는 제임스에게 매우 천천히 달리고 다른 마차를 기다리라고 분부했다.

이사벨라는 아버지의 뒤를 이어 마차에 올랐다. 존 나이틀리는 그 마차에 타지 않기로 되어 있다는 것을 잊어버리고는 아주 자연스럽게 아내를 따라 올라탔다. 그래서 엘튼 씨의 시중을 받으며 두 번째 마차에 올라탄 엠마는 그들 두 사람만 태우고 문이 정중하게 닫히자 단둘이 마차를 타고 가야 한다는 사실을 알게 되었다. 바로 그날 들었던 의심만 아니었다면 어색하지 않았을 테고 오히려 즐거웠을 것이다. 엠마는 그에게 해리엇에 대한 이야기를 즐겁게 할 수 있었을 테고, 그러면서 4분의 3마일이 4분의 1마일처럼 느껴졌으리라. 그러나 지금은 이렇게 단둘이 대면하는 일이 없었더라면 더 좋았으리란 생각이 들었다. 그는 웨스턴 씨의 훌륭한 포도주를 너무 많이 마신 듯 보였고, 분명 헛소리를 하고 싶어 할 것 같았다.

자신의 태도로 그를 가급적 억제하기 위해서 그녀는 즉시 아주 차분하고 진지하게 날씨와 밤하늘에 대한 이야기를 하려고 마음먹고 있었다. 그러나 마차가 대문을 지나 다른 마차에 가까이 다가갔을 때 엠마가 입을 떼자마자 그는 말을 가로막더니, 갑자기 그녀의 손을 잡고 자기에게 관심을 기울여 주기를 바라면서 실로 자신의 격렬한 사랑을 고백하고 있었던 것이다. 이 소중한 기회를 이용해서 그녀가 이미 잘 알고 있을 감정을 고백한다, 바라고 두려워하고 흠모하고 있으며, 그녀가 자기를 받아들이지 않는다면 죽을 각오가 되어 있다, 하지만 자기의 열렬한 애정과 비길 데 없는 사랑과 유례없는 열정이 결실을 낳지 못할 리 없다고 자신하고 있으며, 간단히 말해서, 가급적 빨리 진지하게 받아들인다는 확답을 듣기로 결심했다는 것이다. 정말로 그런 말이었다. 망설이지도 않고, 사과의 말도 없이, 주저하는 기색도 없이 엘튼 씨가, 해리엇을 사랑하는 사람이, 자기를 사랑한다고 주장하고 있는 것이다. 엠마는 그의 말을 가로막으려 했지만 아무 소용 없었다. 그는 계속 말하려 했고, 할 말을 전부 다 하려고 했다. 비록 화가 났지만 그녀는 한순간 생각하고는 화를 억제하겠다고 결심했다. 이 어리석음의 절반은 술 때문이라고 느꼈고, 그러므로 시간이 흐르면 지나가 버릴 일이라고 바랄 수 있었다. 그래서 진지함과 장난기가 뒤섞인 태도로 그녀는 대답했고, 그런 태도가 그의 혼란스러운 상태에 가장 적절한 반응이기를 바랐다.

「정말 놀랐어요, 엘튼 씨. 내게 이런 말을 하시다니! 제정신이 아닌 거예요. 저를 제 친구로 착각하셨나 보죠. 스미스 양에게 보낼 전갈이라면 기쁘게 전하겠어요. 하지만 이런 말을 내게는 더 이상 하지 마세요.」

「스미스 양이라고요! 스미스 양에게 보낼 전갈이라니! 대체 무슨 말씀이신가요?」 그러고 나서 그가 자신 있게, 그리고 과시하듯이 놀란 척하면서 그녀의 말을 반복했기에 그녀는 재빨리 대답하지 않을 수 없었다.

「엘튼 씨, 이건 정말이지 대단히 이상한 행동이에요! 저는 당신의 행동을 딱 한 가지 이유로 설명할 수밖에 없어요. 당신은 제정신이 아니라는 거죠. 그렇지 않다면 당신이 저나 해리엇에 대해서 이런 식으로 말할 수 없어요. 자제하시고 더 이상 아무 말도 하지 마세요. 저는 이 일을 잊도록 노력하겠어요.」

그러나 엘튼 씨는 기분 좋을 정도로만 포도주를 마셨지 정신이 혼미할 정도로 마신 것은 아니었다. 그는 자기가 하는 말을 분명히 알고 있었고, 그녀의 의심이 몹시 부당하다고 열렬히 항의했다. 그녀의 친구로서 스미스 양에 대한 존중심을 갖고 있지만 스미스 양에 대해 언급해야 하는 것이 이상하다고 말하면서 자기 열정을 다시 토로하고는 긍정적으로 대답해 달라고 재촉했다.

그가 술에 취했다는 생각이 사라지자 그의 행동이 변덕스럽고 주제넘는다는 생각이 더욱 커졌다. 그녀는 예의 바르게 말하려고 그리 애쓰지 않고 대답했다.

「더 이상은 의심할 수 없군요. 너무나 분명히 의사를 밝히셨으니까요. 엘튼 씨, 뭐라 말할 수 없이 놀라워요. 스미스 양에게 그렇게 행동하시는 걸 지난달에 목격했는데, 또 그녀에게 큰 관심을 보여 주시는 것을 매일 보았는데, 내게 이런 식으로 말하다니 이건 변덕스럽기 짝이 없는 일이에요. 이런 일이 가능하리라고는 생각도 못 했어요. 정말이지, 저는 그런 고백을 받는 것이 전혀, 조금도 기쁘지 않아요.」

「맙소사!」 엘튼 씨가 큰 소리로 말했다. 「대체 무슨 말을 하시는 겁니까? 스미스 양이라니! 내 평생 스미스 양에 대해서는 단 한 번도 생각해 본 적이 없어요. 당신의 친구로 관심을 기울였을 뿐이죠. 당신의 친구가 아니었다면 그녀가 죽었든 살았든 전혀 개의치 않았을 겁니다. 만일 그녀가 다른 기대를 품었다면 자기 소망 때문에 잘못 판단한 것이지요. 그렇다면 무척 유감스럽게 생각해요. 대단히 유감스럽죠. 하지만 스미스 양이라니! 아니, 우드하우스 양! 우드하우스 양이 옆에 있을 때 어느 누가 스미스 양을 생각하겠어요! 아니, 맹세코, 변덕을 부린 적은 한 번도 없어요. 나는 오로지 당신만 생각했어요. 내가 다른 사람에게 조금이라도 관심을 보였다는 비난에 대해서는 전적으로 부정합니다. 지난 몇 주 동안 내 말과 행동은 오로지 당신을 사랑하는 마음을 드러내려는 것이었어요. 잘 생각해 보면 당신은 실로 그걸 의심할 수 없을 거예요. 아니, (은근히 암시하려는 어조로) 당신이 내 의도를 알아차렸고 이해했다고 난 믿습니다.」

이 말을 듣고 엠마가 어떤 감정이었는지, 오만 가지 불쾌한 감정들 중에서 어느 것이 가장 불쾌했는지는 알 수 없었을 것이다. 그녀는 이런 감정에 완전히 짓눌려서 즉시 대답하지 못하고 잠시 잠자코 있었다. 그러자 엘튼 씨는 용기를 얻어서 낙관적으로 다시 그녀의 손을 잡으려 하며 즐겁게 말했다.

「매력적인 우드하우스 양! 이 흥미로운 침묵을 해석해 볼게요. 그것은 당신이 내 의도를 오랫동안 알고 있었다는 고백이겠지요.」

「아뇨.」 엠마가 큰 소리로 말했다. 「그런 것을 고백하는 건 전혀 아니에요. 당신을 오랫동안 이해하고 있기는커녕 지금까지 당신의 의도에 대해서 완전히 착각하고 있었어요. 나로서는, 당신이 내게 어떤 감정이든 품게 되었다는 건 무척 유감이에요. 그건 전혀 바라지 않는 일이에요. 당신이 내 친구 해리엇을 사랑하고 얻으려(그렇게 보였어요) 했기에 나는 무척 기뻤고, 두 사람이 잘되기를 진심으로 바랐어요. 하지만 당신이 하트필드에 끌리는 것이 그녀 때문이 아니라고 생각했더라면, 당신이 그렇게나 자주 방문한 것은 옳지 않다고 생각했을 거예요. 그런데 당신이 특히 스미스 양의 호감을 사려고 애쓴 적이 없었다고, 그녀를 진지하게 생각한 적이 없었다고 믿어야 한다고요?」

「결코 없습니다, 마담!」 그는 이제 모욕감을 느끼며 말했다. 「확실히, 단 한 번도 없었어요. 내가 스미스 양을 진지하게 생각한다고요! 스미스 양은 매우 착한 아가씨이고, 그녀가 좋은 곳에 시집간다면 기쁠 겁니다. 그녀가 잘되기를 바라고요. 그리고 물론 개의치 않을 남자들도 있겠지요. 하지만 누구나 다 자기에게 맞는 수준이 있는 겁니다. 나로 말할 것 같으면 그 정도로 곤란한 지경은 아니라고 생각합니다. 스미스 양에게 구애할 정도로, 대등한 결혼을 할 수 없어 절망할 이유가 없다는 말이지요. 아뇨, 마담, 내가 하트필드를 방문한 것은 오로지 당신 때문이었어요. 그리고 나는 고무를 받았고……..」

「고무라고요! 내가 당신을 고무했다고요! 그렇게 생각하셨다면 순전히 착각이었어요. 나는 당신이 내 친구를 흠모한다고 생각했을 뿐이에요. 다른 점에서 보면 당신은 그저 아는 사람에 불과했어요. 무척 죄송하군요. 하지만 그 착각이 이제 여기서 끝나게 되어 다행이에요. 같은 행동이 지속되었다면 스미스 양은 당신의 의도를 착각하게 되었을 테니까요. 당신이 그렇게나 예리하게 의식하고 있는 그 엄청난 신분의 차이를 나처럼 전혀 깨닫지 못하고 말이죠. 하지만 지금으로서는 그 실망감이 상호적인 것이 아니니 오래가지 않으리라고 믿어요. 나는 현재 결혼할 생각이 전혀 없어요.」

그는 너무 화가 나서 한마디도 하지 않았다. 그녀의 태도가 너무 확고했기에 애원할 수도 없었다. 이처럼 분노가 끓어오르고 서로 깊은 굴욕감을 느끼는 상태에서 그들은 몇 분 더 앉아 있어야 했다. 우드하우스 씨가 걱정스러운 마음에 말들을 보통 걸음으로 걷도록 제한했기 때문이다. 만일 분노가 그렇게 크지 않았더라면 무척 어색했겠지만, 노골적으로 터져 나온 그 감정 때문에 들쑥날쑥 삐져나오는 사소한 당혹감도 느낄 여지가 없었다. 마차가 언제 목사관의 오솔길에 들어섰는지, 언제 멈추었는지도 모르는 사이에 그들은 갑자기 그의 집 앞에 이르렀고, 그는 말 한마디 없이 마차에서 내렸다. 엠마는 그에게 인사를 하지 않을 수 없다고 느꼈다. 그 인사에 냉정하고 거만한 답례 인사가 들려왔다. 엠마는 이루 말할 수 없이 짜증스러운 기분으로 하트필드에 돌아왔다.

집에 도착하자 그녀는 더없이 기뻐하는 아버지의 환영을 받았다. 그는 목사관의 오솔길에서부터 위험하게도 딸이 혼자 마차를 타고 오는 것을 생각하며 떨고 있었던 것이다. 생각만 해도 소름 끼치는 모퉁이를 돌아야 하고, 낯선 마부의 손에 맡겨져 있고, 게다가 그는 평범한 마부인 데다 제임스도 아니었다. 그러므로 딸이 돌아와야만 모두 마음을 놓을 수 있을 것 같았다. 존 나이틀리는 언짢게 행동했던 것을 부끄러워하면서 이제는 무척 자상하게 굴었다. 특히 장인이 편안한 상태인지를 염려하면서, 그와 함께 묽은 죽을 먹을 정도는 아니더라도 죽이 건강에 대단히 유익하다는 데 전적으로 동의하는 것 같았다. 그 가족에게 그날 하루가 평화롭고 편안하게 마무리되고 있었지만 엠마에게는 그렇지 않았다. 그녀의 마음이 그토록 극심한 혼란에 빠진 적은 없었다. 잠자리에 들 시간이 되어 혼자서 조용히 생각에 잠길 수 있을 때까지 상냥하고 쾌활하게 보이려고 무척 힘겹게 애써야 했다.

제16장

 하녀가 머리를 말아 주고 나간 다음에 엠마는 자리에 앉아서 생각에 잠겼고, 비참한 기분에 실컷 빠져들었다. 참으로 불쾌하기 짝이 없는 일이었다! 바랐던 모든 일이 이렇게 뒤집어지다니! 모든 일이 이렇게나 달갑지 않게 전개되다니! 해리엇에게 엄청난 타격을 주게 되다니! 그것이 가장 나쁜 점이었다. 그 사건은 어느 모로 보나 이런저런 고통과 수치심을 느끼게 했다. 하지만 해리엇에게 미칠 해악과 비교하면 다른 것들은 모두 하찮기만 했다. 자신이 저지른 실수가 자기에게만 영향을 미쳤더라면 이보다 더 큰 착각에 빠졌어도, 더 큰 잘못을 저질렀어도, 그릇된 판단으로 더 큰 창피를 당했어도 지금보다 더 기꺼이 참았으리라.
 〈그 남자를 좋아하도록 해리엇을 설득하지만 않았더라면 뭐든지 견딜 수 있었을 텐데. 그가 두 배로 주제넘게 굴어도 참을 수 있었을 텐데. 가엾은 해리엇!〉
 어떻게 그렇게까지 속을 수 있었을까! 그는 해리엇을 진지하게 생각해 본 적이 없다고 주장했다! 단 한 번도! 그녀는 지난날을 돌아보았지만 온통 혼란스러울 뿐이었다. 자신이 그 생각을 떠올리고는 모든 일을 거기에 맞춰 해석한 모양이었다. 하지만 그의 태도는 분명하지 않고 오락가락했으며 의심스러웠다. 그렇지 않다면 자신이 그렇게까지 착각했을 리가 없었다.

초상화! 그 초상화에 대해서 그가 얼마나 열광했는지! 그리고 그 수수께끼! 또한 수백 가지의 다른 상황들. 그런 것들이 얼마나 명확하게 해리엇을 가리키는 듯이 보였던가. 물론 그 수수께끼의 〈영민한 기지〉하며 그 〈부드러운 눈〉은 사실 어느 쪽에도 맞지 않았다. 판단력도 없고 진실도 없이 온통 뒤범벅이었다. 그렇게 어리석고 허튼소리를 누가 꿰뚫어 볼 수 있겠는가!

물론 자신에 대한 그의 태도가 지나치게 상냥하다고 특히 최근에는 종종 생각했었다. 하지만 그의 행동 방식이 원래 그렇다고, 그의 지식이나 감식력, 판단력이 부족하기 때문이라고 생각했었다. 무엇보다도 그가 늘 최고 상류 계층과 어울려 살아온 사람이 아니라는 것을 드러내고, 따라서 말하는 방식이 점잖기는 하지만 진정한 세련미는 결핍되어 있음을 보여 준다고 생각했었다. 바로 오늘까지도 그의 태도가 해리엇의 친구로서 자신에 대한 감사와 존중 외의 다른 의미를 담고 있으리라는 생각조차 해본 적이 없었다.

이 문제에 대해서 그런 가능성을 처음으로 떠올리고 제일 먼저 제기한 사람은 존 나이틀리 씨였다. 그 형제에게 통찰력이 있다는 점은 부정할 수 없었다. 전에 나이틀리 씨가 엘튼 씨에 대해 경고하면서 그가 경솔하게 결혼할 사람이 결코 아니라고 확언했던 일을 그녀는 기억했다. 엘튼 씨의 성격을 자신이 알고 있었던 것보다 훨씬 더 정확하게 알려 주었던 일을 생각하니 얼굴이 붉어졌다. 정말이지 부끄러운 일이었다. 하지만 엘튼 씨는 여러 가지 점에서 그녀가 생각하고 믿었던 것과는 정반대의 모습을 드러냈다. 거만하고 주제넘고 자만심이 강하고, 자기 권리는 대단하게 생각하면서 남들의 감정은 거의 개의치 않는 사람인 것이다.

엘튼 씨가 자기에게 구혼하고 싶어 했다는 사실은, 그런 사건의 일반적인 결과와 달리, 그에 대한 평가를 뚝 떨어뜨렸다. 그의 사랑 고백과 청혼은 그에게 전혀 득이 되지 않았다. 엠마는 엘튼 씨의 사랑을 대단하게 생각하지 않았고 그의 희망에 모욕을 느꼈다. 그는 유리한 결혼을 원했던 것이다. 그리고 오만하게도 감히 그녀를 넘보면서 사랑에 빠진 척했다. 그가 안쓰럽게 여길 만한 실망감으로 고통을 겪을 리가 없으므로 그녀는 조금도 걱정할 필요가 없었다. 그의 말이나 태도에는 진정한 애정이 담겨 있지 않았다. 한숨을 쉬고 멋진 말을 많이 늘어놓았지만, 그런 표현들이나 목소리는 진정한 사랑과는 거리가 멀었다. 애써 그를 동정해 줄 필요도 없었다. 그는 오로지 지위를 높이고 부자가 되려는 생각뿐이었다. 3만 파운드를 상속받을 하트필드의 우드하우스 양을 기대만큼 쉽게 얻을 수 없으면, 그는 곧 다른 곳에서 2만 파운드나 1만 파운드를 가진 아가씨에게 접근할 것이다.

하지만 자기가 고무를 받았다고 주장하고, 그녀가 자기 뜻을 알고 있었고 자기의 관심을 받아들였고 (간단히 말해서) 자신과 결혼할 의도였다고 생각하다니! 인척 관계나 마음에 있어서 자신이 그녀와 대등하다고 생각하다니! 자기보다 낮은 신분에 대해서는 그렇게나 잘 알고 있어 그녀의 친구를 경멸하면서, 그녀에게 청혼하는 것은 주제넘다고 생각하지 않을 만큼 자기보다 높은 신분에 대해서는 그렇게나 맹목적이라니! 견딜 수 없이 화나는 일이었다.

어쩌면 재능이나 세련된 마음에 있어서 그가 무척 열등하다고 느끼기를 기대하는 것은 옳지 않을지도 모른다. 이미 그런 자질이 결핍되어 있기 때문에 그런 사실을 깨닫지 못할 테니까. 하지만 재산과 사회적 지위에 있어서 그녀가 훨씬 우월하다는 점은 틀림없이 알고 있을 것이다. 우드하우스 집안은 하트필드에 정착한 지 여러 세대가 지났고 매우 유서 깊은 가문에서 유래했지만 반면, 엘튼 집안은 아무것도 아니라는 사실을 알고 있으리라. 물론 하트필드의 토지는 그리 많지 않았고, 하이버리의 다른 땅이 모두 속해 있는 돈웰 애비 영지에 새겨진 금에 불과하다고 볼 수 있었다. 하지만 그 밖의 다른 중요한 점에서 보자면, 다른 재원에서 들어오는 재산 덕분에 하트필드는 돈웰 애비에 버금가는 집안이었다. 우드하우스 집안이 오랫동안 큰 존경을 받으며 살아온 이 지역에 엘튼 씨가 온 지는 2년도 채 안 되었다. 그는 장사를 하는 친척밖에 없었고 목사라는 지위와 공손한 태도 외에는 봐줄 만한 점이 하나도 없이 자기 능력껏 출세해야 했다. 그런데도 그는 그녀가 자기를 사랑한다고 생각했던 것이다. 그렇게 믿었음이 분명했다. 공손한 태도와 어울리지 않는 자만심만 가득한 머리에 대해서 몹시 화를 내다가 엠마는 잠시 후 화를 억누르고 정직하게 인정해야 했다. 자신이 그에게 무척 사근사근하고 친절히 대했으며 예의 바르게 관심을 기울였기에 (그녀의 진정한 동기를 알아차리지 못했다고 가정한다면) 엘튼 씨처럼 관찰력이 예리하지 않고 섬세하지 못한 사람은 자신이 확고한 애정을 받고 있다고 착각할 수도 있었으리라고 말이다.

만일 그녀가 그의 감정을 그렇게나 잘못 해석했다면, 자기 이익에 눈이 먼 그가 그녀의 감정을 잘못 해석했더라도 놀랄 권리가 없었다.

제일 먼저 최악의 과오를 저지른 사람은 바로 자신이었다. 어떤 두 사람을 결합시키려고 그렇게 적극적으로 나서는 것은 어리석고 그릇된 일이었다. 그것은 지나친 모험을 무릅쓰는 일이었고, 지나치게 많은 것을 가정하고, 진지해야 할 일을 얕보고, 순수해야 할 것을 속임수로 만드는 일이었다. 너무나 걱정스럽고 부끄러운 나머지 그녀는 다시는 그런 일을 하지 않겠다고 결심했다.

〈가엾은 해리엇을 설득해서 이 남자를 사랑하도록 만든 사람은 바로 나야. 내가 그러지만 않았더라면 그녀는 그를 절대로 생각하지 않았을 테니까. 그의 애정에 대해서 장담하지 않았더라면 그녀는 그에 대한 희망을 절대 품지 않았겠지. 겸손한 아가씨니까. 난 그 남자도 그렇게 겸손한 줄 알았어. 아! 그녀가 마틴을 거절하도록 설득하는 데서 그쳤더라면! 그 부분에서는 내가 전적으로 옳았어. 그건 잘한 일이었어. 하지만 거기서 멈추고, 나머지 일들은 시간과 운에 맡겨야 했을 텐데. 그녀를 훌륭한 사람들에게 소개하고 바람직한 사람들의 호감을 받을 기회를 주었지. 그 이상은 시도하지 않았어야 했는데. 이제 그 가엾은 아가씨의 마음이 당분간은 평화롭지 못하겠지. 나는 그녀에게 절반의 친구밖에 되지 못한 거야. 혹시 그녀가 이 실망감을 지독히 느끼지 않는다면, 그녀에게 잘 어울릴 바람직한 사람이 누가 있을지 모르겠어. 윌리엄 콕스? 아, 아냐. 윌리엄 콕스는 참아 줄 수 없어. 시건방진 젊은 변호사니까.〉

이 부분에서 그녀는 생각을 멈추었고, 얼굴을 붉히면서 또다시 그런 생각에 빠져든 스스로를 비웃었다. 그리고 나서는 이미 일어난 일과 현재 일어날 수 있는 일 그리고 앞으로 일어날 일에 대해서 침울한 마음으로 더 진지하게 궁리하기 시작했다. 해리엇에게 설명해야 할 고통스러운 사건, 해리엇이 겪을 온갖 고통, 앞으로의 어색한 만남들, 친분을 유지하거나 끊는 일의 어려움, 감정을 억누르고 분노를 숨기고 나쁜 평판을 받지 않도록 처신하는 일이 얼마나 어려울지를 생각하다 보니 한없이 우울한 기분에 한참 동안 더 빠져들 수밖에 없었다. 마침내 잠자리에 들었을 때도 결정된 일은 아무것도 없었고, 다만 자신이 몹시 끔찍한 실수를 저질렀다는 확신뿐이었다.

엠마처럼 젊고 천성적으로 쾌활한 아가씨는 한밤중에 잠시 우울한 기분에 짓눌렸더라도 날이 밝으면 기운이 솟지 않을 수 없는 법이다. 젊음과 쾌활한 아침은 다행히도 서로 비슷하고 강력하게 작용한다. 뜬눈으로 밤을 지새울 만큼 통렬한 고뇌가 있는 경우가 아니라면, 아침에 눈을 떴을 때 고통이 가라앉고 더욱 희망찬 느낌이 들기 마련이다.

아침에 일어났을 때 엠마는 잠자리에 들었을 때보다 더 편안한 기분이었다. 자기 앞에 놓인 재앙이 줄었다고 느끼고 그 재앙에서 이럭저럭 빠져나올 수 있다고 믿고 싶었다.

엘튼 씨가 진심으로 그녀를 사랑하는 것이 아니고, 아니, 그를 실망시키는 것이 몹시 괴로울 정도로 호감이 가는 사람이 아니라는 점은 참으로 다행스러운 일이었다. 해리엇 또한 더없이 예리한 감정이 오래 지속되는 탁월한 성격을 가진 아가씨가 아닌 데다, 당사자 세 명을 빼면 무슨 일이 있었는지를 아는 사람이 없고, 특히 그녀의 아버지가 그 사건 때문에 불안해할 필요가 없다는 것은 불행 중 다행이었다.

이런 생각들이 기운을 북돋워 주었다. 땅에 잔뜩 쌓인 눈을 보자 기분이 한결 나아졌다. 현재로서 그들 세 사람이 서로 만나지 않을 구실이 되는 거라면 무엇이든 반가웠던 것이다.

날씨도 그녀에게는 더할 나위 없이 바람직했다. 크리스마스였지만 그녀는 교회에 갈 수 없었다. 딸이 교회에 가려고 했다면 우드하우스 씨는 몹시 괴로워했을 것이다. 그러므로 교회에 가지 않더라도 불쾌하거나 부적절한 생각을 불러일으킬 일도 없고, 그런 말을 듣게 될 일도 없어 안전했다. 땅은 눈에 덮여 있고 대기는 녹았다가 얼어붙는 불안정한 상태라서 산책하는 데 극히 부적절했고, 아침에는 비나 눈이 내리고 저녁마다 얼어붙었으므로 그녀가 며칠간 집에 갇혀 있어도 너무나 당연했다. 해리엇과는 쪽지로만 접촉할 수 있었다. 그녀는 크리스마스뿐 아니라 주일에도 교회에 갈 수 없었다. 그리고 엘튼 씨가 방문하지 않는 것에 대해서도 핑계를 댈 필요가 없었다.

사람들을 으레 집에 가둬 둘 만한 날씨였다. 그녀는 엘튼 씨가 사람들과 어울리며 위안을 얻기를 바랐고 그러리라고 믿었지만, 다행히도 아버지는 그가 현명한 사람이라 외출하지 않고 자기 집에서 혼자 지낼 거라고 생각하며 흐뭇해했다. 아버지는 아무리 궂은 날씨에도 방문을 거르지 않았던 나이틀리 씨에게 이렇게 말했던 것이다.

「아, 나이틀리 씨, 가엾은 엘튼 씨처럼 집에 머물러 있는 편이 어떻겠소?」

마음속의 동요만 아니었더라면 그녀는 이렇게 며칠 갇혀

있는 것이 무척 편안했으리라. 그녀의 형부는 이처럼 격리된 것을 좋아했고, 그의 감정 상태가 주위 사람들에게는 늘 무척 중요했으니 말이다. 게다가 그는 고약한 성미를 랜달스에서 완전히 털어 버렸기에 하트필드에 머문 남은 기간 동안 변함없이 친절했다. 늘 기분 좋고 자상하게 굴었고 누구에 대해서나 유쾌하게 이야기했다. 하지만 유쾌하기를 무척 바라고 있었음에도, 또한 현재로서는 다행히 미뤄지고 있음에도 불구하고 해리엇에게 모든 것을 설명해야 할 시간에 여전히 재앙이 드리워져 있으므로 엠마의 마음은 전적으로 편안할 수 없었다.

제17장

 존 나이틀리 부부는 하트필드에 오래 억류되지 않았다. 오래지 않아 날이 풀렸기에 떠나야 할 사람은 떠날 수 있었다. 우드하우스 씨는 늘 그랬듯이 아이들과 함께 남도록 딸을 설득하려고 애썼지만 그 가족이 다 같이 떠나는 것을 보아야 했고, 가엾은 이사벨라의 운명을 또다시 한탄했다. 이사벨라는 맹목적으로 사랑하는 가족과 함께 살아가면서 그들의 미덕을 최고로 생각하고 그들의 결함은 전혀 보지 못한 채 늘 순진하게 바쁜 나날을 보내고 있으니 여자에게 적절한 행복을 보여 주는 귀감이라고 할 수 있을 것이다.

 그들이 떠난 바로 그날 저녁 엘튼 씨가 우드하우스 씨에게 보낸 쪽지가 도착했다. 길고 공손한 어투로 격식을 차린 그 편지에서 엘튼 씨는 인사말과 더불어 다음과 같이 썼다. 〈내일 아침 하이버리를 떠나 바스로 갈 것이며, 몇몇 친구들의 절절한 요청에 따라 그곳에서 몇 주일을 보내기로 약속했습니다. 날씨와 일 때문에 여러 가지 상황으로 우드하우스 씨께 직접 작별 인사를 드리지 못함을 무척 큰 유감으로 여기고 있습니다. 우드하우스 씨의 친절한 접대에 늘 감사하는 마음을

갖고 있고, 우드하우스 씨께서 분부하실 일이 있으면 기쁜 마음으로 받들겠습니다.〉

엠마는 무척 기분 좋은 놀라움을 느꼈다. 바로 그 시점에 엘튼 씨가 하이버리를 떠나다니 더없이 바람직한 일이었다. 그가 그런 일을 궁리해 냈다는 것이 감탄스러웠다. 비록 그 사실을 알린 방식은 그리 칭찬할 수 없었지만 말이다. 그녀의 부친에게 보낸 인사말에서 너무나 두드러지게 그녀를 빼놓음으로써 그는 더없이 명확하게 분노를 드러냈다. 서두의 인사말에 그녀에 대한 언급은 전혀 없었다. 그녀의 이름도 거론되지 않았다. 이런 점들에서 너무나 확연히 달라졌고, 감사를 표하면서 무분별하게도 너무 엄숙한 작별 인사를 덧붙였기에 그녀는 처음에 아버지가 틀림없이 의아하게 여겼으리라고 생각했다.

하지만 아버지는 의심하지 않았다. 그런 갑작스러운 여행에 놀라고 엘튼 씨가 무사히 목적지에 이르지 못하리라는 걱정에 사로잡힌 나머지, 그의 언어에 있어서 이상한 점은 전혀 알아차리지 못했다. 그 쪽지는 매우 유용했다. 부녀가 단둘이 보내는 외로운 저녁 시간에 새로운 이야깃거리를 제공해 주었던 것이다. 우드하우스 씨는 거듭 엘튼 씨에 대한 걱정을 늘어놓았고, 엠마는 평소처럼 신속히 유쾌한 기분으로 그 불안감을 떨쳐 내도록 설득했다.

엠마는 이제 해리엇에게 더 이상 사실을 숨길 수 없다고 생각했다. 해리엇의 감기가 거의 나았다고 확신할 수 있었고, 그 신사가 돌아오기 전에 그녀가 마음의 고통을 극복할 수 있도록 충분히 시간을 두는 편이 바람직했다. 그래서 바로 다음 날로 엠마는 고다드 부인의 집에 갔고, 그 사건을 들려주면서 어쩔 수 없는 고통을 겪어야 했다. 실로 그것은 모진 시련이었다. 자신이 그렇게나 열심히 부채질했던 온갖 희망을 깨뜨려야 했고, 그의 애정을 받은 불쾌한 인물로 보여야 했고, 지난 여섯 주 동안 그 문제에 관한 자신의 생각과 관찰, 확신, 예측 그 모두가 엄청난 착각이었고 그릇된 판단이었음을 인정해야 했다.

그 고백을 하다 보니 처음에 느꼈던 수치심이 다시 일었다. 그리고 해리엇이 눈물을 흘리는 모습을 보자 엠마는 다시는 스스로를 용서하지 못할 것 같았다.

해리엇은 그 소식을 아주 잘 견뎌 냈다. 어느 누구도 탓하지 않았다. 그리고 모든 점에서 너무나 순진한 성격과 스스로에 대한 겸손함을 드러냈기에 그 순간 엠마의 눈에는 그녀가 유난히 선량한 인물로 돋보였다.

엠마의 마음은 소박함과 겸손함을 최고의 미덕으로 귀중하게 여길 수 있는 상태였다. 사랑스러운 것, 애정을 받아야 하는 것은 모조리 자기가 아니라 해리엇 쪽에 있는 듯했다. 자신은 불평할 것이 전혀 없다고 해리엇은 말했다. 엘튼 씨 같은 사람의 애정은 너무나 과분했고, 자신은 결코 그에게 걸맞지 않았을 것이다. 우드하우스 양처럼 자신을 편애하는 다정한 친구만이 그런 일이 가능하다고 생각할 것이다.

해리엇은 끊임없이 눈물을 흘렸다. 하지만 그녀의 슬픔에는 진정 가식이 없었기에, 엠마의 눈에는 그 어떤 품위 있는 행동도 그 슬픔을 더 존경스럽게 만들 수 없을 것 같았다. 엠마는 그녀의 말을 경청했고, 진심 어린 이해심으로 그녀를 위로하려고 노력했다. 정말로 그 순간은 해리엇이 자기보다 더 나은 인물이라고 믿었고, 온갖 재능이나 영리함보다도 그녀를 닮는 것이 자신을 더 평안하고 행복하게 해주리라고 믿었다.

소박하고 무지한 사람이 되려고 착수하기에는 이미 너무 늦은 시기였다. 하지만 해리엇을 두고 나오면서 엠마는 앞으로 겸손하고 신중해질 것이며 상상력을 억제하겠다고 다시 한 번 굳게 다짐했다. 이제 아버지의 권리에 대한 의무 다음으로 자신의 두 번째 의무는 해리엇이 편안하게 지낼 수 있도록 돕는 것이었고, 결혼을 주선하는 일보다 더 나은 방법으로 애정을 보여 주도록 노력하는 것이었다. 그녀를 하트필드로 데려와서 변함없이 친절하게 대하고 그녀의 마음을 사로잡아 즐겁게 해주도록 노력하며 책을 읽거나 대화를 하면서 엘튼 씨를 그녀의 마음에서 몰아낼 것이다.

엘튼 씨에 관한 생각을 완전히 몰아내려면 시간이 지나야 한다는 것을 그녀는 알고 있었다. 전반적으로 연애 문제에 있어서 자신은 그저 냉정하게 판단할 수 있을 뿐이고 특히 엘튼 씨에 대한 애정에 공감하기에는 매우 부적합하다고 생각했다. 하지만 희망이 다 꺼져 버린 상태에서 해리엇처럼 어린 나이의 아가씨는 엘튼 씨가 돌아올 때까지 평온한 상태를 회복할 수 있으리라고 생각해도 무방할 것 같았다. 마음이 평온한 상태가 되면 그들 모두 일상적으로 어울리는 과정에서 다시 만나더라도 감정을 드러내거나 감정이 더 커질 위험이 전혀 없을 것이다.

해리엇은 엘튼 씨를 완벽한 사람이라고 생각했고, 외모에 있어서나 선량함에 있어서나 그에 버금갈 만한 사람이 없다고 주장했으며, 그러면서 실로 엠마가 예상했던 것보다 더 확고한 사랑에 빠져 있음을 드러냈다. 하지만 엠마는 그런 식의 짝사랑을 하려는 성향을 스스로 억누르려고 애쓰는 것이 너무나 자연스럽고 당연한 일이라고 여겼으므로 그 사랑이 강렬하게 아주 오래 지속되리라고는 생각할 수 없었다.

엘튼 씨가 돌아와서 냉정한 태도를 확실하고 명백하게 보여 준다면 — 그가 그렇게 하기를 바라리라는 것은 의심할 수 없었다 — 해리엇이 그를 만나거나 회상하면서 계속 행복을 느낄 수는 없을 것이다.

그들이 같은 지역에 정착해서 살고 있다는 것, 확고하게 그 지역에 뿌리를 내리고 살아간다는 것은 세 사람 모두에게 고약한 일이었다. 그들 중의 누구도 이주할 능력이 없었고, 어울리며 교류하는 사람들을 대폭 바꿀 수도 없었다. 그들은 어쩔 수 없이 마주칠 수밖에 없으므로 어떻게든 참아야 한다.

해리엇은 고다드 부인의 집에서 친구들과 어울리며 그들의 말을 들어야 했기에 더욱 불운했다. 그 학교 교사들과 성숙한 아가씨들 모두가 엘튼 씨를 흠모하고 있었던 것이다. 엘튼 씨에 대해서 냉정하면서도 온건하고, 불쾌하지만 진실한 평가를 들을 수 있는 곳은 하트필드밖에 없었다. 상처를 준 곳에서 조금이라도 치유책을 찾아야 한다. 그리고 해리엇이 치유되는 것을 볼 때까지는 진정한 마음의 평화가 있을 수 없다고 엠마는 느꼈다.

제18장

프랭크 처칠 씨는 오지 않았다. 약속된 날짜가 다가왔을 때 사과 편지 한 통이 도착해서는 웨스턴 부인의 우려가 옳았음을 입증했다. 당분간은 〈몹시 부끄럽고 유감스럽게도〉 그 저택을 빠져나올 수 없으며, 〈하지만 머지않아 랜달스를 방문하리라는 희망을 품고 고대하고 있다〉는 것이었다.

웨스턴 부인은 몹시 실망했고, 실은 남편보다도 더 실망했다. 그 젊은이를 만나리라는 기대는 훨씬 적었지만 말이다. 낙관적인 기질은 늘 실제로 일어날 일보다 더 좋은 것을 기대하지만 그렇다고 해서 그 희망에 대한 대가를 늘 실망에 따른 침울함으로 치르는 것은 아니다. 그런 기질은 현재의 좌절을 딛고 그 너머로 금세 날아올라 다시 희망을 품기 시작한다. 30분간 웨스턴 씨는 놀랍고 유감스러운 기분에 잠겨 있었다. 하지만 그 시간이 지나자 프랭크가 두세 달 후에 오는 것이 더 나은 계획이라는 생각이 들었다. 계절도 더 낫고 날씨도 좋으리라. 그러면 더 일찍 방문했을 때보다 더 오래 머물 수 있을 것이 분명했다.

이런 생각으로 그는 금세 위안을 얻었지만, 걱정을 잘하는 성격이었던 웨스턴 부인은 앞으로도 변명과 지연이 반복되리라고 예상했다. 그러고는 결국에 남편이 느끼게 될 고통을 상상하면서 그녀 스스로가 훨씬 더 큰 고통을 겪었다.

이 시기에 엠마는 프랭크 처칠 씨의 방문이 연기된 사건에 대해서 랜달스에 실망을 안겨 줄 일이라는 것 외에는 별로 신경 쓸 기분이 아니었다. 현재로서는 그를 알게 되는 것은 전혀 매력적인 일이 아니었다. 그녀는 차라리 조용히, 유혹이 없는 상태로 지내고 싶었다. 하지만 대체로 평소처럼 보이는 게 바람직했으므로 그녀는 웨스턴 부부와의 우정에 따라 당연히 보여야 할 관심을 표현하려 했고 그 부부의 실망에 따뜻하게 공감하려 했다.

나이틀리 씨에게 그 소식을 처음 알려 주면서 엠마는 프랭크 처칠 씨의 방문을 방해한 처칠 부부의 소행에 대해 필요한 만큼 (아니면, 약간 연기를 하고 있었으므로 어쩌면 필요 이상으로) 큰 소리로 비난했다. 그러고 나서는 서리 주에 살고 있는 자신들의 한정된 사교계에 그런 인물이 더해질 때의 이점에 대해 실제로 느끼는 것보다 과장해서 말하기 시작했다. 새로운 인물을 만나는 즐거움이며 그가 오면 하이버리 전역에 축제일이 될 거라는 얘기를 하다가 다시 처칠 부부에 대한 비난으로 마무리를 짓다 보니 나이틀리 씨와 곧장 논쟁에 빠져들었음을 알게 되었다. 놀랍게도 그녀는 자신의 실제 생각과는 반대 입장을 취하면서 웨스턴 부인의 주장을 이용해 스스로에게 논박하고 있었다.

「아마 처칠 부부에게도 잘못이 있겠지.」 나이틀리 씨는 냉정하게 말했다. 「하지만 그가 오고 싶으면 올 수 있었을 거라고 장담할 수 있소.」

「왜 그렇게 말씀하시는지 모르겠어요. 그는 무척 방문하고 싶어 해요. 하지만 그의 외삼촌 내외가 그를 보내 주지 않는 거죠.」

「자기 의사를 분명히 밝혔으면 방문할 수 있었으리라고 믿어요. 그가 올 수 없다는 것은 도무지 있을 법하지 않은 일이라서, 증거가 없다면 믿을 수 없겠소.」

「당신은 정말 묘한 분이에요! 프랭크 처칠 씨가 무슨 일을 했기에 당신은 그를 그렇게 몰인정한 사람으로 생각하세요?」

「그가 자기 친지들을 개의치 않고 자기 쾌락 외에는 어디에도 관심을 갖지 않게 되었으리라 생각한다고 해서 그를 몰인정한 사람으로 생각하는 건 아니오. 함께 사는 사람들이 늘 그에게 그런 본보기를 보여 주었을 테니까. 거만하고 사치스럽고 이기적인 사람들이 키운 젊은이가 거만하고 사치스럽고 이기적으로 성장하리라는 것은 바람직하지는 않지만 당연한 결과요. 자기 아버지를 만나기를 바랐다면 프랭크 처칠은 9월에서 1월 사이에 방문할 방법을 궁리해 냈을 거요. 그 나이의 남자라면 ─ 그가 몇 살이라고? ─ 스물서넛 되었으면 그럴 만한 능력이 없을 리 없지. 그건 도저히 있을 수 없는 일이오.」

「당신이야 늘 마음대로 할 수 있었으니까 쉽사리 그렇게 말하고 느낄 수 있겠죠. 당신은 의존적인 생활의 고충을 판단하는 데는 전혀 적합하지 않은 사람이에요, 나이틀리 씨. 성미가 고약한 사람들을 상대하는 것이 어떤 건지 모르시잖아요.」

「스물서너 살이 된 남자가 자기 마음과 팔다리를 그 정도로도 자유롭게 쓰지 못한다는 건 생각할 수 없는 일이오. 그는 돈이 부족할 리가 없소. 여가가 부족할 리도 없소. 오히려 그에게 그 두 가지가 남아돌기 때문에 이 왕국의 가장 무익한 유흥지에서 그것들을 기꺼이 써버리곤 한다는 것을 우리는 알고 있소. 어떤 해수욕장이나 유흥지에서 그를 보았다는 소문이 끊임없이 들려오니까. 바로 얼마 전만 해도 그는 웨이머스에 있었소. 이것은 그가 처칠 가족을 두고 떠날 수 있다는 사실을 입증하는 거요.」

「그래요, 때로 그럴 수 있겠죠.」

「그리고 그 때란 그가 그럴 만한 가치가 있다고 생각하는 때, 즉 유혹적인 쾌락이 있을 때를 뜻하는 거요.」

「상황을 자세히 알지도 못하면서 어떤 사람의 행동을 판단하는 것은 공정하지 않아요. 속사정을 모르면 어떤 가족의 한 개인이 무슨 어려움을 겪을지 알 수 없으니까요. 엔스콤과 처칠 부인의 성미를 잘 알아야 그녀의 조카가 무엇을 할 수 있을지를 판단할 수 있을 거예요. 그가 어떤 때는 다른 때보다 훨씬 더 많은 일을 할 수 있겠죠.」

「남자가 언제라도 할 수 있는 것이 한 가지 있소, 엠마. 하려는 마음만 있다면 말이지. 그건 바로 그의 의무요. 교묘한 술책을 쓰는 게 아니라 활력과 결단력을 갖고 말이지. 프랭크 처칠의 의무는 바로 부친에게 존중심을 보이는 것이오. 그의 약속들이나 전갈들을 보면 그는 자신의 의무가 무엇인지를 알고 있소. 그가 의무를 다하려 했다면 그렇게 했을 거요. 진실한 감정을 가진 사람이라면 즉시 처칠 부인에게 소박하고 단호한 어조로 말할 거요. 〈외숙모님의 편의를 위해서 제가 사소한 즐거움을 언제라도 희생할 준비가 되어 있음을 아실 겁니다. 하지만 저는 당장 제 아버지를 가서 뵈어야겠어요. 지금과 같은 경우에 존중심을 보여 드리지 못하면 아버지께서 섭섭해하시리라는 것을 알고 있습니다. 그러니 내일 출발하겠어요.〉 그가 그녀 앞에서 당장 이처럼 남자답게 단호한 목소리로 말한다면 그의 출발에 전혀 반대할 수 없을 거요.」

「그렇겠죠.」 엠마가 웃으며 말했다. 「하지만 어쩌면 그가 다시 돌아가는 데 반대가 있을지도 몰라요. 전적으로 남들의 호의에 의존해서 사는 젊은이가 어떻게 그런 말을! 나이틀리 씨, 당신을 빼고는 어느 누구도 그런 일이 가능하다고 생각지 않을 거예요. 하지만 당신은 당신과 정반대의 상황에서 무엇이 필요한지 전혀 모르고 있어요. 지금까지 키워 주고 부양해 온 외삼촌 내외에게 프랭크 처칠 씨가 그런 말을 하다니! 방 한가운데 버티고 서서 가급적 큰 소리로 말이죠! 당신은 어떻게 그런 행동이 가능할 거라고 생각할 수 있어요?」

「정말이지, 엠마, 양식이 있는 사람이라면 그것을 전혀 어렵게 생각하지 않을 거요. 자신이 옳다고 느낄 거요. 물론 양식 있는 사람에게 적합한 태도로 그렇게 주장한다면 임시방편이나 편법을 쓰는 것보다 더 자신에게 득이 될 테고, 스스로를 더 높이 세울 수 있고, 자기가 의존하고 있는 사람들에게 자기 관심사를 더 강력하게 새겨 줄 거요. 애정을 받을 뿐 아니라 존중심도 받게 될 거요. 그들은 그를 신뢰할 수 있다고 느낄 테니까. 자기 아버지에게 올바로 처신하는 조카라면 자기들한테도 올바르게 처신할 거라고 말이오. 그뿐 아니라 온 세상 사람들이 알고 있듯이 그들도 그가 이번에는 자기 아버지를 방문해야 한다는 것을 알고 있소. 그 방문을 지연시키려고 심술궂게 굴더라도 마음속으로는 그가 자기들의 변덕에 순종한다고 해서 그를 더 낮게 생각하지는 않아요. 올바른 행위에 대한 존중심은 누구나 다 갖고 있소. 만일 그가 원칙에 따라서 늘 이런 식으로 행동한다면 그들의 편협한 마음은 그의 마음에 굴복할 거요.」

「과연 그럴지 의심스러워요. 당신은 편협한 마음을 굴복시키는 것을 무척 좋아하지요. 하지만 권세를 누리는 부자들이 편협한 마음을 갖고 있을 때 그 마음은 묘하게도 부풀어 올라서 위대한 마음과 마찬가지로 도무지 억제할 수 없게 되거든요. 만일 당신이 현재의 모습 그대로 당장 프랭크 처칠 씨의 상황에 놓인다면 당신은 그에게 권고했던 말과 행동을 하실 수 있을 거라고 상상할 수 있어요, 나이틀리 씨. 그건 상당히 효과적일 거예요. 처칠 부부는 한마디도 대꾸하지 못하겠지요. 하지만 만일 그렇다면 당신은 어린 시절부터 오랫동안 복종해 온 습관을 깨뜨릴 일도 없겠죠. 그러나 그처럼 복종적인 습관이 있는 사람이 갑자기 완전히 독립적인 태도를 취하고 감사와 존중을 받을 그들의 권리를 모두 무시해 버리는 건 그리 쉽지 않을 거예요. 그가 당신처럼 무엇이 옳은 일인지를 확실히 알고 있더라도 어떤 상황에서는 그에 따라서 행동할 능력이 없을 수도 있어요.」

「그렇다면 그건 확실히 알고 있는 게 아니오. 그에 버금가는 노력을 끌어내지 못한다면 그건 확신이랄 수 없소.」

「아! 상황과 습관이 다르잖아요! 상냥한 젊은이가 어렸을 때부터 줄곧 존경해 온 사람들에게 단도직입적으로 항의한다면 과연 어떤 감정을 느끼게 될지 당신이 이해해 주면 좋겠어요.」

「이것이 그가 난생처음 올바른 일을 하려고 다른 사람들의 의지에 저항하는 경우라면, 당신이 말하는 그 상냥한 젊은이는 매우 의지가 약한 젊은이요. 편의대로 행동하는 것이 아니라 자신의 의무를 따르는 것이 지금쯤은 그에게 습관이 되어 있어야 했소. 어린애가 두려움을 느낀다면야 참작해 줄 수 있지만 어른에 대해서는 그렇지 않아요. 합리적인 판단력을 갖게 되면서 그는 그들의 권위에서 존중할 가치가 없는 것을 인식하고 떨쳐 버려야 했소. 그들이 애초에 그의 부친을 등한시하도록 유도했을 때 반대했어야 했소. 마땅히 그래야 했을 때 시작했더라면 지금은 어려움이 전혀 없었을 거요.」

「그에 대한 우리 두 사람의 생각은 절대 일치하지 않을 거예요.」 엠마가 큰 소리로 말했다. 「하지만 그건 특별한 일도 아니죠. 저는 그가 의지가 나약한 젊은이라고는 전혀 생각하지 않아요. 그렇지 않다고 확신해요. 웨스턴 씨는 자기 아들이더라도 그에게서 어리석은 점을 보지 못할 리가 없어요. 그리고 그는 더 순종적이고 순응적이고 온유한 성격을 갖고 있어서 당신이 생각하는 완벽한 남자에 맞지 않을 수 있겠죠. 아마 그럴 거라고 생각해요. 그런 성격 때문에 몇 가지 장점이 부족할 수 있겠지만, 대신 다른 장점들이 많이 있을 거예요.」

「그래요. 움직여야 할 때 가만히 앉아 있는 장점과, 그저 나태하게 즐거움을 추구하면서 그 핑곗거리를 찾아내는 데는 스스로 선수라고 생각하는 장점이겠지. 그는 가만히 앉아서 이런저런 빈말과 거짓말로 편지를 멋지게 채우고는, 자기 집에서는 소란이 일어나지 않고 아버지는 불평할 권리가 없도록 막을 수 있는 최고의 방법을 생각해 냈다고 믿을 거요. 그의 편지는 혐오스럽기 짝이 없소.」

「당신은 참 특이하게 느끼시는군요. 그 편지에 다른 사람들은 모두 흐뭇해하는 것 같았어요.」

「웨스턴 부인은 흐뭇하지 않았을 거요. 그녀처럼 양식이 있고 감정이 민감한 여자들, 어머니의 처지에 있으면서도 맹목적인 애정이 없는 여자들은 그런 편지에 결코 만족할 수 없소. 그가 랜들스에 대해서 갑절로 관심을 느껴야 하는 것은 바로 그녀 때문이고, 그녀는 그의 소홀한 대접을 두 배로 느낄 게 분명해요. 부인의 사회적 지위가 높았다면 그는 틀림없이 왔을 거요. 만일 그랬더라면 그가 오든지 말든지 전혀 중요하지 않은 문제였겠지. 당신은 당신의 친구가 이런 배려에서 뒷전으로 밀리는 것을 생각할 수 있소? 그녀가 혼자서 종종 이런 생각을 하지 않으리라고 생각해요? 아니, 엠마, 당신의 상냥한 젊은이는 영어가 아니라 프랑스어[21]로 상냥한 거요. 그는 매우 〈상냥하고〉 매너가 훌륭하고 기분 좋게 굴 수 있겠지. 하지만 다른 사람들의 감정에 대한 영국식의 섬세함이 없는 거요. 그에게 진정으로 상냥한 점은 전혀 없소.」

「당신은 그를 나쁘게 생각하기로 작정하신 것 같아요.」

「내가? 천만에.」 나이틀리 씨는 다소 불쾌한 듯이 대답했다. 「나는 그를 나쁘게 생각하고 싶지 않소. 나는 다른 사람 못지않게 그의 장점을 기꺼이 인정할 거요. 하지만 내가 들은 얘기는 모두 다 그의 외모에 관한 것뿐이었소. 잘 성장했고 잘생겼고 말재주가 좋고 나긋나긋한 태도를 지니고 있다는 거지.」

「글쎄요, 그에게 봐줄 만한 다른 점이 없더라도 그는 하이버리에서 소중한 사람이 될 거예요. 가정 교육을 잘 받고 유쾌하고 멋진 젊은이를 자주 볼 수 있는 건 아니니까요. 그가 온갖 미덕까지 덤으로 갖추고 있기를 바랄 만큼 까다롭게 굴

---

21 여기서 〈상냥한〉에 해당되는 프랑스어는 〈aimable〉인데 그저 예의를 차려 공손하게 구는 태도를 뜻한다. 반면 오스틴 시대에 이 영어 단어는 타고난 따뜻한 기질이나 성향을 의미했다.

어서는 안 돼요. 그가 방문하면 얼마나 떠들썩할지 상상할 수 없으세요, 나이틀리 씨? 돈웰과 하이버리 교구에 얘깃거리는 단 하나밖에 없을 거예요. 흥미나 호기심이나 온통 한 가지에 쏠리겠죠. 오로지 프랭크 처칠뿐일 거라고요. 다른 사람들에 대해서는 말은커녕 생각조차 하지 않을 거예요.」

「당신은 내가 그런 관심에 휩쓸리지 않더라도 봐주겠지. 만일 그가 대화를 나눌 만한 사람이라면 나는 그와의 친분을 즐겁게 여길 거요. 그러나 그저 수다스러운 멋쟁이에 불과하다면 나는 그에게 시간도, 생각도 할애하지 않을 거요.」

「제가 생각하기에 그는 모든 사람의 취향에 맞춰 대화를 조절할 수 있고, 어디서나 호감을 사고 싶어 하고 그렇게 할 수 있는 능력도 있을 거예요. 당신에게는 농장에 관한 이야기를 할 테고, 제게는 그림과 음악에 대해서 말하겠지요. 모든 주제에 일반적인 지식을 갖고 있어서 예의에 맞게 선두를 따르거나 아니면 앞장서서 얘기를 끌어가며 그런 식으로 모든 사람에게 이야기를 할 테고, 각각의 주제에 관해서 말을 상당히 잘할 거예요. 제가 생각하는 그는 그런 사람이에요.」

「내가 생각하기에…….」 나이틀리 씨가 흥분해서 말했다. 「만일 그가 그 비슷한 사람이라면 세상에서 가장 참아 줄 수 없는 작자일 거요! 아니! 스물셋의 나이에 자기 무리의 왕이자 위인이고 숙련된 책략가라서, 모든 사람의 성격을 읽어 내고 다른 사람들의 재능을 이용해 자신의 우월성을 드러낸다고? 여기저기 아부를 하고 돌아다니면서, 자신과 비교해 다른 이들이 모두 바보로 보이도록 만들고 말이지! 친애하는 엠마, 당신의 분별력도 막상 그런 사람을 만난다면 그런 건방진 애송이를 참아 줄 수 없을 거요.」

「그에 대해서 더 이상 말하지 않겠어요.」 엠마가 큰 소리로 말했다. 「당신은 모든 것을 나쁘게 만들어 놓으니까요. 우리 둘 다 편견을 갖고 있어요. 당신은 그에 대해 비판적으로, 저는 옹호하는 쪽으로 말이죠. 그가 실제로 여기 올 때까지 우리는 서로 의견의 일치를 볼 수 없을 거예요.」

「편견이라! 나는 편견을 갖고 있지 않소.」

「저는 많은 편견을 갖고 있어요. 그리고 그것이 전혀 부끄럽지 않아요. 웨스턴 부부에 대한 사랑 때문에 그를 옹호하려는 확고한 편견을 갖고 있어요.」

「그는 내가 월초부터 월말까지 단 한 번도 생각하지 않는 사람이오.」 나이틀리 씨는 약간 화가 나서 말했고, 그래서 엠마는 즉시 다른 이야기를 꺼냈다. 하지만 왜 그가 화를 내는지 이해할 수 없었다.

어떤 청년이 자기와 성향이 다르다고 해서 그를 싫어한다는 것은 엠마가 나이틀리 씨에게서 늘 인정해 온, 진정으로 관대한 마음에 걸맞지 않았다. 그녀는 나이틀리 씨에게 스스로를 높이 평가한다고 종종 비난했었지만, 그가 다른 사람의 장점을 공정하게 평가하지 않을 수 있으리라고는 지금까지 한 번도 생각해 본 적이 없었다.

제2권

제1장

 어느 날 아침 엠마는 해리엇과 함께 산책을 하고 있었다. 엠마가 생각하기에 엘튼 씨에 대한 이야기는 이미 하루치로 충분할 만큼 나누었고, 해리엇을 위로하기 위해서나 자신의 죄를 속죄하기 위해서라도 더 이상의 이야기는 필요치 않았다. 그래서 산책에서 돌아오는 길에 주제로부터 벗어나려고 부단히 노력했다. 그러나 성공했다고 생각한 바로 그 순간 그 이야기가 다시 터져 나왔다. 가난한 사람들이 겨울을 나기가 무척 어려울 거라고 한참 얘기한 끝에 〈엘튼 씨는 가난한 사람들에게 무척 친절하시지요〉라는 애처로운 대답만이 돌아왔을 때 엠마는 뭔가 다른 일을 해야겠다고 생각했다.
 그때 그들은 베이츠 모녀의 집에 다가가고 있었다. 엠마는 그들을 방문해서 사람들 속으로 피신하겠다고 작정했다. 그 모녀를 배려해야 할 이유는 늘 여러 가지가 있었다. 베이츠 부인과 베이츠 양은 사람들이 찾아오는 것을 좋아했다. 그리고 엠마는 감히 자신의 결점을 찾을 수 있는 소수의 사람들이 그 점에 있어서 자신이 의무를 소홀히 한다고 생각하는 것을 알고 있었다. 그 모녀의 곤궁한 생활에 대해 마땅히 해야 할 만큼 도움을 주지 않는다는 것이었다.

그 결함에 대해서 나이틀리 씨가 자주 암시했고 자기 양심에도 좀 그렇게 느꼈지만, 그들을 방문하는 것은 무척 불쾌한 일이고 시간 낭비인 데다 지루한 여자들을 만나는 일이라는 생각을 지울 수 없었다. 게다가 그 모녀를 늘 찾아오는 하이버리의 이류, 삼류에 속하는 사람들과 마주칠 위험에 처하는 것도 두려웠다. 그래서 엠마는 그들에게 가까이 가는 일이 거의 없었다. 하지만 이제 갑자기 그들을 방문하겠다고 결심했고 해리엇에게 그 방문을 제안하면서, 자기가 따져 보기에는 지금이 제인 페어팩스의 편지가 올 때가 아니라서 안전하다고 말했다.

그 집은 장사하는 사람들의 소유였고, 베이츠 부인과 그 딸은 이층에 살고 있었다. 그 모녀에게는 매우 소중한 작은 방에서 방문객들은 진심 어린 환영을 받았고 고맙게 맞아들여졌다. 가장 따뜻한 구석 자리에 앉아서 뜨개질을 하고 있던 조용한 노부인은 심지어 엠마에게 자기 자리를 내주려 했다. 보다 활발하고 수다스러운 그 딸은 친절하게 관심을 쏟으면서 아가씨들의 방문에 대한 치사와 그들의 신발에 대한 걱정, 우드하우스 씨의 건강에 대한 진심 어린 안부 인사, 자기 어머니에 대한 쾌활한 이야기, 옆 테이블에 있는 달콤한 케이크 등으로 그들의 정신을 빼놓을 지경이었다. 「콜 부인이 방금 다녀가셨어요. 딱 10분만 머물려고 들르셨는데, 친절하게도 한 시간이나 함께 계셨죠. 그 부인께서 케이크 한 조각을 드시고는 너무 친절하게도 무척 맛있다고 말해 주셨어요. 그러니 우드하우스 양과 스미스 양도 호의를 베푸셔서 한 조각씩 드셔 보시면 좋겠어요.」

콜 씨 가족을 언급했으니 당연히 엘튼 씨에 대한 이야기가 이어졌다. 그들은 가깝게 지냈고, 엘튼 씨가 떠난 후 콜 씨가 그의 소식을 들었던 것이다. 엠마는 이제 어떤 일이 일어날지를 짐작했다. 그들은 그의 편지를 거듭 되풀이해서 이야기할 테고, 그가 떠난 지 얼마나 되었는지, 그가 얼마나 많은 사람들과 어울리고 있는지, 가는 곳마다 얼마나 인기를 누렸는지, 의전장의 무도회장이 얼마나 붐볐는지를 거듭 확인할 것이다. 엠마는 그 이야기를 매우 잘 참아 냈고, 필요할 때마다 관심을 보이고 찬사를 덧붙였으며, 해리엇이 한마디도 말할 필요가 없도록 늘 먼저 대답했다.

그 집에 들어설 때 엠마는 이런 일을 각오했었다. 하지만 엘튼 씨에 대한 이야기를 너그러이 참아 주고 나면 더 이상은 성가신 화제로 고통받지 않고 그저 하이버리의 부인들과 아가씨들, 그들의 카드 파티에 관한 이런저런 이야기를 듣게 되리라고 생각했다. 엘튼 씨에 이어 제인 페어팩스가 화제에 오르리라고는 생각도 하지 않았다. 하지만 베이츠 양은 실로 엘튼 씨의 이야기를 서둘러 끝내고는 갑자기 콜 씨네 이야기로 비약하더니 조카딸의 편지가 도착했음을 알려 주었다.

「네, 그래요, 엘튼 씨는……. 내가 알기로는 확실히, 무도회에 대한 얘기였죠. 콜 부인 말씀으로는 바스의 무도회장에서 춤추는 것은……. 콜 부인이 무척 친절하게도 얼마간 우리와 함께 앉아서 제인 이야기를 하셨어요. 들어오자마자 제인의 안부를 물으셨죠. 그 댁에서는 제인을 무척 좋아하시거든요. 제인이 우리와 함께 지낼 때마다 콜 부인은 제인에게 무척 친절하게 대해 주시면서도 충분치 않다고 생각하시죠. 제인은 누구보다도 그런 대접을 받을 만하다고 말씀드려야겠어요.

그래서 콜 부인은 곧장 제인의 안부를 물으시면서 말씀하셨어요. 〈최근에 제인 소식을 들으셨을 리 없겠지요. 제인이 편지를 보낼 때가 아니니까요.〉 그래서 즉시 말씀드렸죠. 〈그런데 실은, 소식을 들었답니다. 바로 오늘 아침에 편지를 받았거든요.〉 그보다 더 놀란 사람은 본 적이 없었어요. 〈아니, 정말로요?〉 부인이 말씀하셨죠. 〈아니, 전혀 뜻밖이에요. 제인이 뭐라고 말했는지 들려주세요.〉」

언제라도 준비된 예의 바른 태도로 미소를 짓고 관심을 보이면서 엠마가 즉시 말했다.

「바로 조금 전에 페어팩스 양의 소식을 들으셨다고요? 무척 기쁘군요. 그녀는 잘 지내고 있겠지요?」

「고마워요. 당신은 너무 친절하세요!」 기쁜 마음으로 속아 넘어간 그 이모는 열심히 편지를 찾으면서 대답했다. 「아, 여기 있군요. 이 편지가 멀리 있을 리 없다고 생각했어요. 그런데 나도 모르는 새에 편지 위에 반짇고리를 올려놓았네요. 그래서 보이지 않았어요. 하지만 조금 전에 편지를 손에 들고 있었기 때문에 틀림없이 탁자 위에 있을 거라고 생각했어요. 이 편지를 콜 부인께 읽어 드렸거든요. 부인이 가신 다음에는 어머니께 다시 읽어 드렸고요. 어머니께서 너무 기뻐하시니까요. 제인이 보낸 편지는 아무리 자주 들어도 충분치 않아 하시죠. 그래서 그 편지가 멀리 갔을 리 없다는 걸 알고 있었어요. 그런데 바로 여기 반짇고리 밑에 있었네요. 너무나 친절하시게도 그 애가 뭐라고 썼는지를 듣고 싶어 하시니까……. 그런데 먼저 부당하게 제인을 탓하시지 않도록 그 애의 편지가 무척 짧다는 것을 말씀드려야겠어요. 보시다시피 두 장밖에 되지 않거든요. 두 장도 채 되지 않아요. 대개 그 애는 한 장을 꽉 채워서 쓰고 옆으로 돌려서 다시 쓰거든요.[22] 어머니께서는 제가 그 글자들을 잘 알아보는 것을 종종 놀라워하시죠. 편지를 처음 뜯을 때 어머니께서 종종 이렇게 말씀하세요. 〈헤티, 바둑판처럼 보이는 편지의 글자들을 다 알아보려면 무척 고생하겠구나.〉 그러시죠, 어머니? 그러면 저는 이렇게 말씀드리죠. 만일 어머니께 그것을 읽어 드릴 사람이 없다면 어머니께서도 직접 알아보시게 되었을 거라고요. 모든 단어를 말이죠. 모든 단어를 다 알아보실 때까지 꼼꼼히 들여다보셨을 거예요. 그리고 실로, 어머니의 눈이 예전만 하지는 않지만, 감사하게도 안경을 쓰시면 아직 꽤 잘 보실 수 있답니다. 너무나 감사한 일이죠! 제인이 여기 있을 때는 종종 이렇게 말한답니다. 〈할머니께서는 그렇게 잘 보시니 눈이 무척 좋으신 것 같아요. 그리고 또 그렇게 섬세한 일을 많이 하시고요! 제 눈도 그렇게 오래도록 잘 보이면 좋겠어요.〉」

이 이야기를 단숨에 했기에 베이츠 양은 숨을 고르려고 잠시 멈춰야 했다. 엠마는 페어팩스 양의 필체가 훌륭하다고 예의 바르게 말했다.

「너무나 친절하세요.」 베이츠 양이 무척 고마워하면서 대답했다. 「무척 안목이 높으신 데다 스스로도 아름다운 필체로 쓰시는 분이니 말이에요. 어느 누구의 칭찬도 우드하우스 양의 칭찬만큼 큰 기쁨을 주지 못할 거예요. 어머니께서는 잘 듣지 못하세요. 약간 귀가 먹으셨거든요. 어머니!」 그러고는 자기 어머니에게 말했다. 「우드하우스 양이 너무나 감사하게

[22] 편지지와 우편 요금을 아끼기 위해서 오스틴 시대에 사용했던 방법으로, 종이에 편지를 쓰고 직각으로 돌려서 세로로 쓰인 글자 위에 가로로 다시 쓰는 것.

도 제인의 필체에 대해서 말씀하신 것을 들으셨어요?」

엠마는 자신의 어리석은 찬사가 노부인에게 이해될 때까지 두 번이나 반복되는 동안 무례하게 보이지 않으면서도 제인 페어팩스의 편지로부터 달아날 수 있는 방법을 궁리하고 있었다. 사소한 핑계를 대면서 곧장 서둘러 일어나야겠다고 결심하려는 찰나에 베이츠 양이 다시 그녀를 바라보며 말했다.

「어머니의 귀가 나빠진 것은 별일 아니에요. 전혀 아무 일도 아니죠. 내가 목소리를 조금 높이기만 하면, 그리고 두세 번 반복하기만 하면 틀림없이 들으시거든요. 하기야 어머니는 내 목소리에 익숙하시지요. 그런데 정말 놀랍게도 어머니는 내 목소리보다 제인의 목소리를 더 잘 알아들으세요. 제인은 발음이 아주 또렷하거든요. 하지만 제인은 할머니의 귀가 2년 전보다 더 나빠졌다고는 생각하지 않을 거예요. 어머니 연세에 이렇게 말할 수 있다는 건 대단한 일이지요. 정말이지 그 애가 전에 다녀간 후로 꼭 2년이 되었어요. 전에는 이렇게 오랫동안 그 애를 보지 못한 적이 없었어요. 조금 전에 콜 부인에게 말했듯이, 이제 어떻게 해야 제인과 잘 지낼 수 있을지 모를 지경이에요.」

「페어팩스 양이 곧 올 예정인가요?」

「네, 그래요, 다음 주에요.」

「정말이지, 무척 기쁘시겠어요.」

「고마워요. 정말 친절하세요. 네, 다음 주에요. 다들 놀라시고 똑같이 고마운 말씀들을 해주세요. 제인도 하이버리의 벗들을 만나서 기쁠 거예요. 그분들이 그 애를 보아서 기뻐하시는 것처럼 말이죠. 금요일이나 토요일에 온대요. 어느 날인지는 확실히 말할 수 없었어요. 캠프벨 대령이 그날들 중 하루에 마차를 써야 하거든요. 제인을 여기까지 태워다 주시다니 너무나 좋은 분들이에요! 하지만 아시다시피 그분들은 늘 그렇게 하셨지요. 아, 그래요, 다음 주 금요일이나 토요일에요. 그것 때문에 제인이 편지를 보낸 거였어요. 말하자면, 그 일 때문에 평소와 다른 때에 편지를 보낸 거였죠. 평소 같았으면 다음 화요일이나 수요일 이전에는 그 애의 소식을 듣지 못했을 테니까요.」

「네, 저도 그렇게 생각했어요. 오늘은 페어팩스 양의 소식을 들을 가능성이 없을 거라고 유감스럽게 생각했었지요.」

「너무나 친절하세요! 그래요, 그 애가 곧 돌아온다는 이 특별한 일만 아니었다면 소식을 듣지 못했을 거예요. 어머니께서는 너무나 기뻐하세요! 그 애와 적어도 석 달을 같이 지낼 테니까요. 석 달이라고 그 애가 분명히 말했어요. 이제 기쁘게도 곧 당신에게 그 편지를 읽어 드릴 테지만요. 실은 캠프벨 부부가 아일랜드에 가게 되었어요. 딕슨 부인이 부모님께 자기를 곧 보러 오시라고 설득했거든요. 그분들은 여름이 되어서야 그곳에 가실 생각이었지만 그녀가 부모님을 몹시 보고 싶어 했어요. 왜냐하면 지난 10월에 결혼할 때까지 단 일주일도 부모님 곁을 떠난 적이 없었으니까요. 그러니 딕슨 부인은 다른 왕국[23]에서, 아니 제 말은, 다른 지역에 가서 사는 것이 무척 낯설었을 거예요. 그래서 어머니에게, 아니면 아버지에게 — 어느 쪽인지는 모르겠어요. 하지만 제인의 편지에서 곧 알게 되겠죠 — 절절하게 간청하는 편지를 썼고, 자

---

[23] 1798년 아일랜드가 영국으로부터 독립하기 위해 폭동을 일으킨 후 1800년 선포된 연합령으로, 아일랜드는 독자적 왕국으로서의 위상을 상실했고 아일랜드 국회와 교회는 폐지되었다.

기 이름으로 또 딕슨 씨의 이름으로 곧 오시라고 재촉하는 편지를 보냈어요. 그 부부는 부모님을 더블린에서 만나 딕슨 씨의 고향인 발리크레이그라는 아름다운 시골 저택으로 모셔 갈 거예요. 제인은 그곳이 아름다운 곳이라는 이야기를 많이 들었대요. 딕슨 씨에게서 들었겠죠. 다른 사람에게서는 들어 본 적이 없었을 테니까요. 그가 구애를 하는 동안에 자기 고향에 대해서 이야기하고 싶어 한 것은 당연한 일이지요. 그리고 제인은 그들과 종종 산책을 하곤 했으니까요. 캠프벨 대령 부부는 따님이 딕슨 씨와 단둘이서 산책하는 일이 없도록 각별히 신경을 쓰셨거든요. 그 점에 대해서 제가 그분들을 탓하려는 건 아니에요. 물론 제인은 딕슨 씨가 캠프벨 양에게 아일랜드의 고향에 대해서 이야기하는 것을 모두 들었겠지요. 그리고 딕슨 씨가 직접 그린 그곳의 그림들과 풍경화를 보여 주었다는 말도 썼던 것 같아요. 그는 더없이 친절하고 매력적인 젊은이라고 믿어요. 제인은 그의 말을 듣고 아일랜드에 가 보고 싶어 했었어요.」

이 순간 제인 페어팩스와 매력적인 딕슨 씨, 그리고 제인이 아일랜드에 가지 않는 것에 대한 기발하고도 발랄한 의혹이 엠마의 머리에 스쳤다. 그래서 엠마는 더 자세히 알아보려는 은밀한 의도를 품고 말했다.

「그런데도 페어팩스 양이 당신을 만나러 오게 되어 무척 다행으로 여기시겠군요. 그녀와 딕슨 부인의 각별한 우정을 생각하면, 그녀가 캠프벨 부부를 따라가지 않을 수 없으리라고 예상하셨을 테니까요.」

「맞아요, 정말 그렇게 생각했었어요. 우리는 그 점을 늘 좀 염려했었지요. 그 애가 몇 달씩이나 그렇게 멀리 떨어진 곳에

가 있는 것을 좋아할 수 없었으니까요. 어떤 일이 일어나도 돌아올 수 없고 말이죠. 하지만 결국에는 전부 잘되었어요. 딕슨 부부는 제인이 캠프벨 부부와 함께 오기를 무척 바랐어요. 정말이지 더없이 친절하고 간곡하게 그 부부가 함께 초대했다고 제인이 말했어요. 곧 편지 내용을 들려 드리겠지만요. 딕슨 씨는 그 아내 못지않게 제인에게 관심을 보여 주고 있어요. 그는 더없이 매력적인 젊은이에요. 웨이머스에서 그가 제인을 도와준 적이 있었대요. 그 일행이 바다에 나갔을 때 돛들 사이에서 뭔가 갑자기 소용돌이치는 바람에 제인이 순식간에 바다에 빠질 뻔했다는 거예요. 그때 딕슨 씨가 침착하게도 제인의 옷을 붙잡아서 구해 주지 않았더라면 정말로 빠졌을 거예요. 그 일만 생각하면 온몸이 떨려요. 하지만 그 사건이 있었던 후로 나는 딕슨 씨를 무척 좋아하게 되었어요.」

「하지만 페어팩스 양은 벗들이 간곡하게 청하는 데다 자기도 아일랜드를 보고 싶었음에도 불구하고 여기 가족들과 함께 지내기로 선택한 것이지요?」

「네, 전적으로 제인이 선택한 일이에요. 캠프벨 부부도 제인이 그렇게 하는 것이 옳다고 생각하세요. 그분들도 그렇게 권하시겠다고요. 사실 그분들은 제인이 최근 평소보다 몸이 좋지 않았기 때문에 고향의 공기를 쐬기를 특히 바라세요.」

「그 말씀을 들으니 걱정이군요. 그분들이 현명한 판단을 내리셨으리라고 생각해요. 하지만 딕슨 부인은 무척 실망하겠어요. 딕슨 부인은 미모가 뛰어난 분은 아니라고 들었어요. 페어팩스 양과는 전혀 비교될 수 없다고요.」

「아, 네. 그렇게 말씀해 주시다니 너무 고마우세요. 네, 사실 그래요. 비교될 수 없지요. 캠프벨 양은 늘 평범했어요. 하지만 대단히 우아하고 상냥하지요.」

「물론 그렇겠지요.」

「제인은 오래전, 그러니까 지난 11월 7일에 독감에 걸렸는데 (곧 읽어 드릴 테지만) 그 후로 몸이 좋지 않았어요. 가엾은 것! 그렇게나 감기가 오래가다니. 그런데도 그 애는 우리가 걱정할까 봐 전에는 그 얘기를 전혀 하지 않았어요. 정말이지 그 애답죠! 너무나 사려 깊고요! 그런데 그 애의 몸이 너무 좋지 않기 때문에 그 친절한 캠프벨 부부께서는 그 애가 고향에 돌아와서 늘 그 애에게 잘 맞았던 공기를 마시는 편이 더 낫겠다고 생각하신 거예요. 하이버리에서 서너 달 지내면 건강이 완전히 회복될 거라고 믿으시고요. 건강하지 않은 상태로 아일랜드에 가느니 여기 오는 편이 훨씬 낫지요. 거기에는 우리처럼 그 애를 간호해 줄 사람이 없을 테니까요.」

「제 생각으로도 그 결정이 가장 바람직한 것 같아요.」

「그래서 그 애가 다음 주 금요일이나 토요일에 올 거랍니다. 캠프벨 부부는 그다음 월요일에 런던을 떠나서 홀리헤드로 가실 거고요. 제인의 편지에서 곧 알게 되실 거예요. 너무나 갑작스러운 일이죠! 이 편지를 받고 얼마나 정신이 없었는지 짐작하실 수 있을 거예요, 우드하우스 양. 그 애의 병이 장애가 되지 않았더라면……. 하지만 유감스럽게도 그 애가 마르고 몹시 초췌하게 보일 거라고 예상해야겠지요. 그와 관련해서 무척 불운한 일이 일어났음을 알려 드려야겠어요. 나는 늘 제인의 편지를 어머니에게 소리 내서 읽어 드리기 전에 먼저 끝까지 혼자서 읽어 보거든요. 어머니께서 고통스러울 내용이 들어 있을까 봐 염려되어서요. 제인이 그렇게 하기를 바랐기에 늘 그렇게 해왔어요. 그래서 오늘도 평소처럼 조심하면서 읽기 시작했죠. 그런데 그 애가 아프다는 말에 이르렀을 때 너무 놀라서 〈맙소사! 가엾게도 제인이 아프다니!〉라고 소리친 거예요. 어머니께서는 주의 깊게 지켜보시다가 그 말을 들으시고 몹시 놀라셨죠. 하지만 끝까지 읽어 보고는 처음에 생각한 것만큼 나쁘지 않다는 사실을 알게 되었어요. 그래서 어머니께 대단치 않은 걸로 말씀드렸기에 지금은 그리 걱정하지 않으세요. 하지만 내가 어쩌면 그렇게도 방심할 수 있었는지 모르겠어요! 제인의 몸이 곧 좋아지지 않으면 페리 씨의 왕진을 부탁할 거예요. 그 비용에 대해서는 개의치 않을 거예요. 페리 씨가 아주 너그러운 분이고 제인을 좋아하시기 때문에 왕진비를 청구하지 않으실 거라고 생각하지만 우리는 그렇게 내버려 둘 수 없지요. 아시다시피 그분은 아내와 아이들을 부양해야 하고 시간을 낭비해서는 안 되니까요. 아, 제인이 쓴 내용을 조금 알려 드렸으니 이제 편지를 읽어 드릴게요. 그 애가 직접 말하는 편이 내가 대신 말하는 것보다 훨씬 낫거든요.」

「죄송하지만 저희는 가야겠어요.」 엠마는 해리엇을 쳐다보고 일어서면서 말했다. 「아버지께서 기다리고 계시거든요. 여기 들어서면서 5분 이상은 머물 수 없을 거라고 생각했어요. 베이츠 부인의 안부를 여쭤 보지 않고는 그냥 지나칠 수 없어서 들렀을 뿐이에요. 하지만 너무 즐겁게 지체되었군요! 이제 인사를 드려야겠네요.」

그녀를 붙잡기 위해 어떤 말을 해도 소용이 없었다. 엠마는 거리로 나섰다. 원치 않는 많은 이야기를 어쩔 수 없이 들었고 사실 제인 페어팩스의 편지 내용을 전부 다 들었지만, 그래도 그 편지 자체를 피할 수 있었다는 사실에 기뻐했다.

제2장

 제인 페어팩스는 고아였고, 베이츠 부인의 막내딸이 낳은 외동아이였다. 제인 베이츠 양은 어느 보병 연대 소속의 페어팩스 중위와 결혼해서 그 나름대로 명예롭고 즐겁고 희망차고 흥미진진한 날들을 보냈지만, 결국 그 결혼에서 남은 것이라고는 외국에서 전투 중에 죽은 중위에 대한 우울한 기억과 그 후 오래지 않아 결핵과 슬픔으로 쇠약해진 미망인, 그리고 이 외동딸뿐이었다.

 제인은 하이버리에서 태어났다. 세 살에 어머니를 잃고 그녀는 할머니와 이모의 차지가 되어 부담이자 위안으로서 그들의 사랑을 독차지했다. 그녀는 십중팔구 그곳에 영원히 뿌리를 내리고 극히 한정된 수입으로 배울 수 있는 것만을 배우며 살 것 같았다. 그리고 자연이 베풀어 준 보기 좋은 외모와 훌륭한 이해력, 따뜻한 마음씨, 선량한 친척 외에 다른 인척 관계로 혜택을 누리지도 못하고 개선될 가능성도 없이 성장할 것 같았다.

 그런데 자비로운 마음을 지닌 아버지의 한 친구 덕분에 그녀의 운명이 달라졌다. 그 사람이 바로 캠프벨 대령이었다.

그는 페어팩스를 뛰어난 장교이자 훌륭한 젊은이로 존중했으며 더욱이 장티푸스가 돌았을 때 자신을 보살펴 주었기에 큰 신세를 졌고 생명의 은인이라고 생각했다. 그가 영국으로 돌아오기 몇 해 전에 이미 가엾은 페어팩스는 죽고 없었지만 그는 그 신세를 잊지 않았다. 영국으로 돌아와서 대령은 그의 딸을 찾아냈고 그녀에게 관심을 기울였다. 그는 결혼해서 제인 나이 또래의 외동딸을 두고 있었다. 제인은 손님으로 그 가족의 집에서 오래 머물며 모두의 사랑을 받았다. 그의 딸이 제인을 무척 좋아했고 그 스스로도 진정한 벗이 되고 싶었기에 캠프벨 대령은 제인이 아홉 살이 되기 전에 그녀의 교육을 전적으로 떠맡겠다고 제안했다. 그 제안은 수락되었다. 그때부터 제인은 캠프벨 가족의 식구가 되었고, 그들과 함께 살면서 이따금 할머니를 방문했을 뿐이다.

그녀는 가정 교사가 되도록 교육을 받았다. 그녀가 아버지에게 물려받은 몇 백 파운드로는 독립적인 생활이 불가능했다. 캠프벨 대령의 능력으로도 그녀를 다른 식으로 부양할 수 없었다. 그의 월급과 직책에서 나오는 수입은 넉넉했지만, 그 또한 재산이 많지 않았고 모두 자기 딸에게 물려줘야 했다. 그러므로 그는 제인을 교육시킴으로써 앞으로 버젓이 생계를 이어 갈 수단을 제공하고자 했다.

제인 페어팩스의 과거사는 이러했다. 그녀는 좋은 사람들의 손에 맡겨졌고, 캠프벨 가족에게서 오로지 친절한 대접과 훌륭한 교육을 받았다. 마음이 올바르고 지식이 풍부한 사람들과 늘 함께 지내면서 그녀의 마음과 이해력은 갖가지 이로운 훈육과 교화를 받았다. 캠프벨 가족은 런던에서 살았기에 일류 교사들의 가르침을 청해서 조금이라도 소질이 있으면 모두 충실히 개발시켜 주었다. 그녀의 성향과 능력은 그들이 호의적으로 베풀어 줄 수 있는 모든 것에 보답했다. 열여덟이나 열아홉쯤 되자 그녀는, 그렇게 어린 나이에도 아이들을 돌볼 수 있는 자격이 있다고 가정한다면, 가정 교사로 나설 만한 능력을 완전히 갖추었다. 그러나 그 가족은 그녀를 너무 사랑했기에 헤어질 수 없었다. 그 집안의 부친도, 모친도 그것을 촉구할 수 없었고, 그 딸은 견딜 수 없어 했다. 그 괴로운 날은 미뤄졌다. 그녀가 아직 너무 어리다고 결론짓기란 쉬운 일이었다. 그래서 제인은 또 다른 딸로 그 가족과 함께 살면서 품위 있는 사람들과 교류하며 합당한 즐거움을 누렸고, 가사와 오락이 적절하게 뒤섞인 생활을 함께 나눴다. 다만 장래의 일이 한 가지 장애였고, 그녀의 분별력은 이 모든 것들이 곧 끝나리라는 것을 상기시키며 마음을 울적하게 만들었다.

제인의 미모와 재능이 단연 우월했기에 그 가족의 애정과 특히 캠프벨 양의 따뜻한 애정은 더욱더 고귀했다. 자연이 제인에게 빼어난 미모를 선사했다는 사실을 그 아가씨가 보지 못했을 리 없고, 또한 제인의 뛰어난 마음의 능력을 그 부모가 느끼지 못했을 리 없다. 그들은 그녀를 늘 한결같은 애정으로 대하며 살아왔고, 마침내 캠프벨 양이 결혼하게 되었던 것이다. 결혼 문제에 있어서 종종 예상을 뒤엎고 탁월함보다는 평범함에 매력을 부여하는 그 기묘한 운, 순전히 우연적인 운으로 말미암아 캠프벨 양은 부유하고 쾌활한 청년 딕슨 씨를 알게 되자마자 그의 마음을 사로잡게 되었다. 그래서 그녀는 바람직한 상대를 만나 행복하게 정착한 반면, 제인 페어팩스는 여전히 밥벌이를 해야 할 운명이었다.

이것이 바로 최근에 일어난 사건이었다. 그 일이 일어난 지 얼마 되지 않았기에 운이 좋지 못한 그녀의 친구는 아직 의무의 길로 들어서려고 시도하지 못한 상태였다. 자신의 판단력이 그 일을 시작할 때라고 정해 놓은 나이가 되었지만 말이다. 그녀는 스물한 살이 적절한 때라고 오랫동안 생각해 왔다. 헌신적인 신참자의 불굴의 용기를 갖고, 스물한 살이 되면 희생의 길로 들어서겠다고 생각했었다. 삶의 모든 기쁨과 합리적인 교류, 대등한 교제, 평화와 희망에서 물러나 고행과 굴욕의 길로 영원히 들어서겠다고 결심했었다.

캠프벨 부부는 심정적으로야 말리고 싶었지만, 그들의 양식으로는 그런 결심에 반대할 수 없었다. 자신들이 살아 있는 동안에는 그녀가 힘겹게 고생할 필요가 없으며 자신들의 집은 영원히 그녀의 집이 될 것이다. 그리고 자신들의 안락을 위해서라면 그녀를 완전히 붙잡고 싶었을 것이다. 하지만 이것은 이기적인 소망일 뿐이다. 결국 일어나야 할 일은 일찍 일어나는 편이 좋으리라. 더 미루고 싶은 유혹을 뿌리치고, 그녀가 곧 단념해야 할 안락하고 여유로운 즐거움을 더 이상 누리지 않게 해주는 쪽이 더 친절하고 현명한 일일 거라고 그들은 느끼게 되었을 것이다. 그래도 그 비참한 순간을 앞당기지 않을 수 있도록 합당한 구실을 찾을 수 있어서 그나마 다행스러웠다. 그들의 딸이 결혼한 후로 제인의 건강이 좋지 않았던 것이다. 그녀가 평소의 체력을 완전히 되찾을 때까지 그들은 그녀가 의무에 종사하지 못하도록 금해야 한다. 그 의무란 약해진 몸과 들쭉날쭉한 기운으로 감당할 수 있기는커녕, 최적의 상황에서라도 웬만큼 편안히 수행할 수 있으려면 완벽한 몸과 마음으로도 부족할 것 같았다.

제인이 그 부부를 따라 아일랜드에 가지 않은 것에 대해서 이모에게 설명한 이유는 모두 사실이었다. 비록 말하지 않은 진실이 약간 있을 수도 있지만 말이다. 그 가족이 없는 시간을 하이버리에서 지내기로 한 것은 그녀의 선택이었다. 어쩌면 더없이 자유로이 지낼 수 있는 마지막 몇 달을 자기를 사랑하는 다정한 친지들과 함께 보내기로 한 것이다. 그리고 캠프벨 부부는 어떤 동기에서든 간에, 그 동기가 하나이든 둘이든 세 가지이든 간에 그 결정에 곧 찬성해 주었고, 건강을 회복하는 데 고향의 공기를 마시며 몇 달을 지내는 편이 무엇보다도 바람직할 거라고 말했다. 그래서 그녀가 고향에 돌아오는 것으로 결정되었다. 그리고 하이버리는 오랫동안 방문을 약속했던 새로운 인물 — 프랭크 처칠 씨 — 을 환영하지 못하고 대신에 고작 2년간 떠나 있다가 돌아오는 제인 페어팩스로 당분간 참아 주어야 했다.

엠마는 유감스러운 기분이었다. 좋아하지도 않는 사람을 석 달이라는 기나긴 기간 동안 예의 바르게 대해야 하다니! 늘 자기 마음이 내키는 것보다는 더 많이 해야 하고, 마땅히 해야 하는 것보다는 더 적게 하면서 말이다! 왜 제인 페어팩스를 좋아하지 않는가라는 물음에는 대답하기 어려웠으리라. 그것은 엠마가 자기 모습으로 생각하고 싶은, 진정한 교양을 갖춘 아가씨를 제인에게서 보았기 때문이라고 나이틀리 씨가 말한 적이 있었다. 그때는 그 말에 열렬히 반박했지만, 스스로를 돌아볼 때 양심적으로 그런 의혹을 전부 몰아낼 수 없는 순간도 있었다. 어떻든 엠마는 결코 제인과 친해질 수 없었다. 어찌된 일인지 모르지만, 제인은 너무 차갑고 과묵했으며 엠마가 호감을 사려고 하든지 말든지 극히 무관심해 보였다. 게다가 그 이모는 너무나 수다스러웠다! 그런

데다 모두들 제인에 대해서 지나치게 칭찬했다! 그리고 두 아가씨의 나이가 같기 때문에 무척 친하리라고 모두들 생각했다. 엠마가 생각한 이유는 이런 것들이었다. 더 나은 이유는 없었다.

 이런 이유로 싫어하는 것은 공정하지 않았고, 그녀의 결함으로 돌린 것들을 상상으로 너무 부풀렸었기에 엠마는 오래 떨어져 있다가 돌아온 제인 페어팩스를 처음 볼 때마다 그녀에게 해를 입혔다고 느끼지 않을 수 없었다. 그런데 이제 2년의 공백 후 그녀가 돌아왔으므로 인사차 당연히 방문해야 했을 때 엠마는 그 기간 동안 자신이 경시해 온 그녀의 외모와 매너에 특히 깊은 인상을 받았다. 제인 페어팩스는 무척 우아했는데, 놀라울 정도였다. 그런데 엠마 자신은 우아함을 가장 존중하는 사람이었다. 그녀의 키는 적당했다. 누구나 큰 키라고 생각하겠지만 지나치게 크다고는 아무도 생각하지 않을 키였다. 그녀의 몸매는 특히 우아했다. 뚱뚱하지도 마르지도 않은 가장 적절한 정도의 중간이었는데, 건강이 좋지 않아서 그 두 가지 불운 가운데 한쪽으로 기울어질 가능성을 약간 드러내는 것 같았다. 그런데 그녀의 얼굴, 이목구비를 전체적으로 보면 엠마가 기억했던 것보다 훨씬 더 아름다웠다. 균형 잡힌 얼굴은 아니었지만 매우 보기 좋은 아름다움이었다. 짙은 회색 눈과 검은 속눈썹은 찬사를 받을 만했다. 혈색이 부족하다고 엠마가 흠잡곤 했던 그녀의 피부는 투명하고 섬세해서 실은 더 발그레한 기미가 없어도 아름다웠다. 그 아름다움의 주조를 이룬 것은 우아함이었고, 엠마는 자기 원칙에 따라 도의상 그 우아함을 찬탄해야 했다. 하이버리에서는 외모에서건 마음에서건 우아함을 거의 찾아볼 수 없었다. 그곳에서는 천덕스럽지 않다는 것만으로도 기품이자 미덕이었다.

간단히 말해서, 엠마는 제인 페어팩스를 처음 방문해서 바라보았을 때 두 가지 만족스러운 기분, 즉 즐거움과 공정하게 평가하고 있다는 기분을 느꼈고, 그녀를 더 이상 싫어하지 않겠다고 결심했다. 그녀의 과거사를 생각해 보았을 때, 그녀의 미모뿐 아니라 처지를 생각해 보고, 이 우아함이 어떤 운명에 처할 것인지, 그녀가 어떤 수준에서 떨어져 앞으로 어떻게 살아갈 것인지를 생각해 보았을 때, 동정심과 존중심 외에는 다른 감정을 느낄 수 없었다. 특히나, 제인에 대한 관심을 불러일으키는 익히 알려진 세세한 일들에다 엠마가 너무나도 자연스럽게 혼자서 생각해 낸, 딕슨 씨에 대한 애정이라는 무척 그럴듯한 상황을 더해 볼 때 더욱 그러했다. 만일 그렇다면 제인이 결심한 희생은 그 무엇보다도 가련하고 명예로운 것이었다. 이제 엠마는 제인이 딕슨 씨의 애정을 그의 아내에게서 빼앗으려 했다거나 혹은 처음에 상상했던 대로 사악한 일들을 저지르려 했다는 혐의를 기꺼이 풀어 줄 마음이었다. 만일 거기에 사랑이 있었다면, 그것은 그녀가 혼자 느낀 소박하고 가망 없는 짝사랑이었으리라. 그녀는 딕슨 씨가 자기 벗과 나누는 이야기를 들으면서 무의식적으로 그 슬픈 독을 삼켜 왔을 것이다. 그리고 지금은 최선의 동기, 말하자면 가장 순수한 동기에서 아일랜드 방문을 포기하고 고된 의무의 길에 곧 들어섬으로써 그 남자와 그 친지들로부터 스스로를 확실히 떼어 놓으려는 것이다.

전체적으로 엠마는 더욱 다정한 마음으로 연민을 느끼면서 그 집을 나섰고, 집으로 돌아가는 길에 주위를 돌아보면서 하이버리에 제인에게 편안한 생활을 제공할 만한 젊은이가 없다는 사실을 탄식했다. 그녀의 짝으로 맺어 줄 만한 사람이 전혀 없었던 것이다.

이런 감정은 매혹적이었지만 오래가지 않았다. 엠마가 제인 페어팩스에 대한 영원한 우정을 선언하고 그 우정에 몰두하기 전에, 그리고 과거의 편견과 잘못을 철회하려고 나이틀리 씨에게 〈그녀는 정말이지 예뻐요. 예쁜 정도가 아니에요!〉라고 말한 것 외에 다른 시도를 하기도 전에, 제인이 할머니와 이모와 함께 하트필드에서 저녁 시간을 보냈고, 그러자 모든 것이 예전 상태로 되돌아간 것이다. 예전에 짜증스러웠던 일들이 다시 반복되었다. 그 이모는 예전처럼 지루하게 굴었고, 전보다 더욱 성가셔졌다. 제인의 재능에 대한 칭찬을 늘어놓는 데다 이제는 제인의 건강에 대한 걱정까지 보탰기 때문이다. 제인이 아침으로 버터 바른 빵을 얼마나 적게 먹는지, 저녁에는 양고기 조각을 얼마나 조금 먹는지를 들어야 했고, 그 할머니와 이모를 위해서 만든 새 모자와 새 바느질 가방을 봐야 했다. 제인도 또다시 엠마의 기분을 상하게 했다. 그들은 음악을 연주했고, 엠마는 어쩔 수 없이 피아노를 쳐야 했다. 그에 따라서 이어지기 마련인 감사와 칭찬의 말은 공정한 척하는 것 같았고 잘난 척하는 기색이 있었으며 매우 탁월한 자신의 연주를 고상하게 돋보이게 하려는 것 같았다. 게다가 가장 나쁜 것은 제인이 너무나 차갑고 지나치게 신중하다는 점이었다. 그녀의 진짜 생각이 무엇인지 도무지 알아낼 수 없었다. 그녀는 예절의 망토를 두르고는 어떤 위험도 무릅쓰지 않으려고 결심한 것 같았다. 그녀는 혐오스럽고 수상쩍게도 속마음을 드러내지 않았다.

어떤 화제에 있어서도 마음을 드러내지 않았지만, 다른 데

서보다 더 속마음을 털어놓지 않은 화제가 있었다면 그것은 웨이머스와 딕슨 부부에 관한 것이었다. 그녀는 딕슨 씨의 성격이나 그와의 친분에 대해서 어떻게 생각하는지, 그 혼사가 적합하다고 생각하는지에 대해 아무것도 알려 주지 않으려고 작정한 듯했다. 그저 전반적으로 부드럽게 인정할 뿐이었다. 그 무엇에 대해서도 묘사하거나 각별한 특징을 드러내지 않았다. 하지만 그런 태도는 그녀에게 전혀 도움이 되지 않았다. 그녀가 아무리 신중하게 처신했어도 헛수고였다. 엠마는 그 교묘한 술책을 꿰뚫어 보았고, 처음의 추측으로 되돌아갔던 것이다. 아마도 그녀 자신이 품고 있는 애정 외에도 숨길 것이 틀림없이 더 많이 있으리라. 어쩌면 딕슨 씨는 한 친구를 다른 친구와 바꿀 뻔했을 테고, 아니면 오로지 1만 2천 파운드를 얻기 위해서 캠프벨 양을 선택했을 것이다.

다른 화제에 대해서도 제인은 마찬가지로 마음을 털어놓지 않았다. 그녀는 프랭크 처칠 씨와 같은 시기에 웨이머스에 있었고, 약간 친분이 있다고 알려져 있었다. 하지만 그가 참으로 어떤 사람인지에 대해서 엠마는 진정한 답변을 전혀 얻어 들을 수 없었다. 「그분이 잘생겼나요?」 「매우 멋진 젊은이로 여겨졌다고 생각해요.」 「그가 유쾌한 사람인가요?」 「대체로 그렇게 간주되었어요.」 「분별력이 있고 지식이 풍부한 청년으로 보였나요?」 「바닷가의 행락지에서나 런던의 일상적인 지인들에 대해서 그런 점을 판단하기는 어렵지요. 우리가 처칠 씨를 훨씬 더 오래 알았더라도 확실하게 판단할 수 있는 것은 매너밖에 없을 거예요. 모두들 그의 매너가 호감을 준다고 생각했으리라 믿어요.」 엠마는 그녀를 용서할 수 없었다.

제3장

 엠마는 그녀를 용서할 수 없었다. 하지만 파티에 참석했던 나이틀리 씨는 그 두 아가씨에게서 적절한 관심과 유쾌한 태도만을 보았을 뿐 엠마의 짜증이나 분노를 전혀 알아차리지 못했다. 그래서 다음 날 아침에 우드하우스 씨와의 사업 문제로 하트필드에 들렀을 때 그는 전체적으로 찬사를 보냈다. 그녀의 아버지가 방에 없었더라면 더 솔직히 말했겠지만, 엠마가 분명히 이해할 수 있을 정도로 명료한 말이었다. 그는 엠마가 제인에게 공정하게 대하지 않는다고 생각했었고 이제 그녀의 태도가 나아졌기에 큰 기쁨을 느꼈던 것이다.

「매우 유쾌한 저녁이었소.」 나이틀리 씨는 우드하우스 씨에게 필요한 일을 하도록 설득하고 그가 알겠노라고 말한 다음 서류들을 치우고 나자 말을 꺼냈다. 「특히 즐거운 저녁이었지. 당신과 페어팩스 양이 훌륭한 음악을 들려주었고. 저녁 내내 편안히 앉아서 그런 두 아가씨가 음악으로, 대화로 들려주는 즐거움을 누리는 것보다 더 큰 호사를 누릴 수는 없다고 생각합니다, 어르신. 페어팩스 양도 저녁 시간을 즐겁게 보냈을 거요, 엠마. 당신은 더 바랄 나위 없이 완벽하게 해주었어요. 당신이 그녀에게 연주를 많이 하도록 부탁해서 기뻤소. 할머니 댁에 피아노가 없기 때문에 그녀는 마음껏 즐거움을 누릴 수 있었을 거요.」

「그렇게 인정해 주셔서 기뻐요.」 엠마가 미소를 지으며 대답했다. 「하지만 제가 하트필드의 손님들을 예의 바르게 대접하는 데 소홀한 적이 많지 않기를 바라요.」

「아니, 얘야.」 그녀의 아버지가 즉시 말했다. 「전혀 그렇지 않단다. 네 절반만큼도 자상하고 친절한 사람은 없거든. 혹시 탈이라면, 네가 너무나 친절한 거지. 어젯밤의 그 머핀 말이다. 그걸 한 번만 돌렸더라면 충분했을 거라고 생각했단다.」

「아니오.」 나이틀리 씨가 거의 동시에 말했다. 「당신이 소홀한 때가 종종 있는 것은 아니오. 매너나 이해심에 있어서도 종종 부족한 건 아니지. 그러므로 내 말을 이해할 거라고 생각해요.」

그녀는 장난기 어린 표정으로 〈당신 말을 아주 잘 이해해요〉라고 말했지만 겉으로는 그저 이렇게 말했다. 「페어팩스 양은 속마음을 드러내지 않아요.」

「그녀가 그렇다고 늘 당신에게 말했었소. 약간 그렇지. 하지만 당신은 그녀의 그런 과묵함에서 극복해야 할 부분을 곧 넘어서게 될 거요. 수줍음에서 비롯된 것 말이지. 분별력에서 나오는 과묵함은 존중해야 하고.」

「당신은 그녀가 수줍어한다고 생각하는군요. 나는 그렇게 생각하지 않아요.」

「친애하는 엠마.」 그는 자리에서 일어나 그녀 가까이 있는 의자로 옮기며 말했다. 「어젯밤에 즐겁지 않았다는 말을 하려는 게 아니라면 좋겠소.」

「아, 아뇨. 나는 내가 끈기 있게 질문하는 것이 즐거웠고, 내가 알아낸 사실이 거의 없다는 걸 생각하고 재미있었어요.」

「실망했소.」 그는 이렇게만 대답했다.

「모두에게 즐거운 저녁 시간이었기를 바라네.」 우드하우스 씨가 늘 그렇듯 조용히 말했다. 「나는 즐거웠거든. 처음에는 난롯불이 너무 활활 탄다고 느꼈지. 하지만 의자를 약간, 아주 조금 뒤로 옮겼더니 전혀 불편하지 않더군. 베이츠 양은 늘 그렇듯이 이야기를 많이 하고 명랑했는데, 말이 좀 빨랐어. 하지만 그녀는 아주 기분 좋은 사람이고, 베이츠 부인도 다른 식으로 그렇소. 나는 옛 친구들을 좋아하고, 제인 페어팩스 양은 아주 예쁜 아가씨야. 아주 예쁘고 품행이 바른 아가씨지. 그녀는 엠마와 함께 있어서 어제저녁을 즐겁게 보냈을 거요, 나이틀리 씨.」

「맞습니다, 어르신. 그리고 엠마는 페어팩스 양이 있어서 즐거웠을 겁니다.」

엠마는 그의 불안감을 눈치챘고, 적어도 지금은 그 불안감을 달래려고 누구도 의심할 수 없는 진심 어린 어조로 말했다.

「그녀는 도저히 눈을 뗄 수 없을 만큼 우아한 아가씨예요. 그녀를 바라보면 언제나 경탄하게 돼요. 그리고 나는 진심으로 그녀를 동정해요.」

나이틀리 씨는 이루 말할 수 없이 흐뭇한 표정이었다. 그가 대답을 하기 전에, 베이츠 가족을 생각하고 있던 우드하우스 씨가 말을 꺼냈다.

「그들이 그렇게 곤궁한 처지라는 건 꽤 유감스러운 일이야! 참으로 안된 일이지! 해줄 수 있는 게 별로 없기는 하지만 나는 종종 작고 간단하면서도 특별한 선물을 하기를 바랐지. 요새 우리 집에서 돼지를 한 마리 잡았는데 엠마는 그들에게 허리 부위나 다리 살을 보내려고 생각하고 있소. 아주 작고 맛이 있지. 하트필드의 돼지는 여타의 돼지들과 달라서 말이오. 그래도 돼지고기이지만. 그런데 엠마, 그분들이 그 고기를 볶지 않고 우리 집에서 하듯이 스테이크로 만들어 기름기 전혀 없이 근사하게 구울 거라고 확신할 수 없다면 다리 살을 보내는 편이 나을 것 같구나. 누구의 위라도 볶은 돼지고기는 견딜 수 없으니까. 그렇게 생각하지 않느냐, 얘야?」

「아빠, 궁둥이 살과 뒷다리 전체를 보냈어요. 아빠가 그걸 바라실 거라고 생각했거든요. 다리 살은 소금으로 절일 수 있을 거예요. 그러면 아주 맛있을 테고요. 그리고 허리 부위는 그분들이 원하는 방식으로 요리할 수 있고요.」

「그래, 잘했다, 얘야. 아주 잘했어. 미리 생각지 못했다만, 그게 제일 좋은 방법이겠구나. 그런데 다리에 소금을 너무 많이 치면 안 돼. 소금으로 너무 많이 절이지 않고, 아주 푹 삶는다면 ― 서를이 우리 돼지고기를 삶듯이 말이다 ― 그리고 삶은 순무와 당근이나 파스닙을 약간 곁들여서 아주 조금씩만 먹는다면 건강에 해롭지 않을 거란다.」

「엠마.」 나이틀리 씨가 곧 말했다. 「당신에게 들려줄 새로운 소식이 있소. 당신은 소식을 좋아하지. 여기 오는 길에 당신에게 흥미로울 소식을 들었소.」

「소식이라고요! 아, 네, 저는 늘 소식을 좋아해요. 무슨 소식인데요? 왜 그렇게 웃으세요? 어디서 들으셨어요? 랜달스에서?」

「아니, 랜달스가 아니오. 그 근처에도 가지 않았으니까.」 그가 이렇게 말하자마자 문이 열리더니 베이츠 양과 페어팩스 양이 들어섰다. 베이츠 양은 고마운 마음과 더불어 소식을 전하려는 생각으로 머릿속이 복잡해서 어느 쪽을 먼저 말해야 할지 몰랐다. 곧 나이틀리 씨는 자기가 기회를 놓쳤다는 것과 그 소식을 한마디라도 전하는 일은 자기 몫이 아님을 알게 되었다.

「아! 우드하우스 씨, 오늘 아침에도 건강하시지요? 친애하는 우드하우스 양, 정말 감격했어요. 그렇게 훌륭한 돼지 뒷다리 고기를 보내 주시다니! 너무나 인정이 많으세요. 그런데 소식 들으셨어요? 엘튼 씨가 결혼하신대요.」

엠마는 엘튼 씨에게까지 생각이 미칠 시간이 없었으므로 너무 놀라서 조그맣게 소리를 지를 수밖에 없었고, 그 소리에 약간 얼굴을 붉혔다.

「그게 바로 내가 전하려던 소식이었소. 당신에게 흥미로울 소식이라고 생각했지.」 그는 그들 사이에 뭔가 있었음을 확신하고 있다고 암시하는 미소를 지으며 말했다.

「하지만 그 소식을 어디서 들으실 수 있죠?」 베이츠 양이 큰 소리로 말했다. 「그 소식을 대체 어디서 들으셨어요, 나이틀리 씨? 제가 콜 부인의 쪽지를 받은 지 5분도 안 되었거든요. 아니, 5분이 넘었을 리 없어요. 아니면 최소한 10분이나. 왜냐하면 제가 모자와 재킷을 걸치고 외출할 준비를 마쳤는데 그 돼지고기 때문에 패티에게 다시 내려가서 말하려고 했거든요. 제인은 복도에 서 있었고. 그렇지 않았니, 제인? 어머니께서 소금으로 절이는 데 쓸 적절한 큰 냄비가 없다고 걱정하시기에 내려가서 보겠다고 말했죠. 그런데 제인이 말했어요. 〈제가 대신 갈까요? 이모님은 약간 감기 기운이 있으신 것 같고, 패티는 부엌을 청소하고 있어요.〉 〈아, 그래〉라고 내가 말했죠. 그런데 바로 그때 쪽지가 온 거예요. 호킨스 양이라고 하던데. 제가 아는 것은 그게 전부예요. 바스의 호킨스 양이라고. 하지만 나이틀리 씨, 어떻게 그 소식을 들으실 수 있죠? 왜냐하면 콜 씨가 부인에게 그 이야기를 해주자마자 부인이 곧장 앉아서 쪽지를 썼거든요. 호킨스 양은······.」

「1시간 반 전에 용무가 있어서 콜 씨를 만났어요. 내가 들어갔을 때 엘튼 씨의 편지를 읽고 있던 참이라 그 편지를 보여 주더군요.」

「아, 이것 참, 모두에게 이보다 더 흥미로운 소식은 없을 거예요. 우드하우스 씨, 정말 너무나 너그러우세요. 어머니께서 진심으로 최고의 찬사와 존경을 보내시고 감사의 말을 끝없이 전하고 싶어 하세요. 그리고 그 친절에 너무나 감격했다고 말씀하세요.」

「우리는 하트필드의 돼지고기가, 실로 분명히 그렇듯이, 다른 곳의 돼지고기보다 훨씬 낫다고 생각한다오.」 우드하우스 씨가 대답했다. 「그래서 엠마와 나는 매우 즐겁게도······.」

「아, 어르신, 어머니께서 늘 말씀하시듯이, 우리의 벗들은 너무나 친절하세요. 스스로 큰 재산을 갖고 있지 않아도 원하는 것을 죄다 가진 사람이 있다면, 그건 틀림없이 저희들일 거예요. 〈우리의 운명은 좋은 곳에 뿌리를 내려 훌륭한 유산을 얻었다〉[24]고 말할 수 있어요. 그런데 나이틀리 씨, 그래, 정말로 그 편지를 보셨단 말씀이죠? 그런데······.」

「그건 소식을 알리는 짧은 편지였어요. 물론 그는 쾌활하게 무척 기뻐하면서 편지를 썼더군요.」 이 부분에서 그는 엠마를 슬쩍 바라보았다. 「그는 운이 좋게도······ 그 표현을 정

24 구약 성서의 「시편」 16장 7절을 약간 다르게 인용했다.

확히 기억할 순 없지만…… 그런 것을 기억할 까닭이 없지요. 어떻든 그가 호킨스라는 아가씨와 결혼할 거라는 소식을 알리는 편지였소. 그의 말투로 보자면, 이미 완전히 결정된 일일 겁니다.」

「엘튼 씨가 결혼하다니!」 입을 뗄 수 있게 되자마자 엠마가 말했다. 「모두들 그의 행복을 기원할 거예요.」

「결혼해서 정착하기에는 너무 젊은 나이지.」 우드하우스 씨가 말했다. 「서두르지 않는 편이 나았을 텐데. 현재 상태로도 그는 아주 잘 살아가는 듯이 보였소. 하트필드에서 그를 만나면 늘 즐거웠는데.」

「우리 모두에게 새 이웃이 생기는 거예요, 우드하우스 양!」 베이츠 양이 즐겁게 말했다. 「어머니께서 무척 기뻐하세요. 그 옛 목사관에 안주인이 없는 것을 견딜 수 없다고 하셨거든요. 정말이지 대단한 소식이에요. 제인, 너는 엘튼 씨를 뵌 적이 없었지! 네가 그분에 대해서 큰 호기심을 느끼는 게 당연하지.」

제인의 호기심은 마음을 완전히 사로잡을 만큼 강렬한 것 같지 않았다.

「네, 엘튼 씨를 뵌 적이 없었어요.」 그녀는 동의를 구하는 이모의 말에 흠칫 놀라며 대답했다. 「그분은…… 그분은 키가 크신가요?」

「그 질문에 누가 대답할 수 있겠어요?」 엠마가 큰 소리로 말했다. 「아버지께서는〈그렇다〉고 대답하실 테고, 나이틀리 씨는〈그렇지 않다〉고 하실 거고, 베이츠 양과 나는 딱 적절한 중간 키라고 말할 테니까요. 당신이 여기 좀 더 오래 머무르면, 페어팩스 양, 엘튼 씨가 하이버리에서 완벽함의 척도라는 것을 알게 될 거예요. 외모와 심성 둘 다에 있어서 말이죠.」

「맞는 말이에요, 우드하우스 양. 제인은 알게 될 거예요. 그분은 가장 훌륭한 젊은이니까. 그리고 제인, 기억을 더듬어 보면 어제 내가 그분의 키가 정확히 페리 씨 정도라고 말한 것이 생각날 거야. 호킨스 양이라……. 그녀는 틀림없이 훌륭한 아가씨일 거예요. 엘튼 씨는 어머니께 무척 자상하게 관심을 기울여 주셨고, 어머니께서 더 잘 들을 수 있도록 목사 가족 자리에 앉기를 바라셨어요. 아시다시피 어머니는 귀가 좀 어두우신데, 그리 심한 것은 아니지만 아주 빨리 듣지는 못하시거든요. 제인은 캠프벨 대령도 약간 귀가 어둡다고 하더군요. 목욕이, 그러니까 따뜻한 물로 목욕을 하면 도움이 될 거라고 생각하셨대요. 하지만 그것이 지속적인 효과를 주지는 못했다고 제인이 말했어요. 아시다시피 캠프벨 대령은 정말이지 저희에게 천사 같은 분이랍니다. 그리고 딕슨 씨는 그분의 사위로 걸맞은, 무척 매력적인 젊은이인 것 같아요. 좋은 사람들이 서로 어울리는 것은 정말이지 행복한 일이에요. 그리고 늘 그렇게 어울리게 되지요. 자, 이제 여기에 엘튼 씨와 호킨스 양이 있고, 콜 씨 가족도 매우 좋은 분들이고, 페리 씨 가족도 있고요. 페리 씨 부부보다 더 행복하고 더 훌륭한 부부도 없다고 생각해요. 제 말씀은…… (우드하우스 씨에게 얼굴을 돌리면서) 하이버리처럼 이렇게 좋은 분들과 어울릴 수 있는 곳도 없다는 뜻이에요. 늘 말씀드리듯이, 저희는 좋은 이웃들로 축복을 듬뿍 받았어요. 어르신, 어머니께서 무엇보다도 좋아하는 것이 있다면 그건 돼지고기인데, 허리 부위 고기를 볶아서…….」

「호킨스 양이 누구인지, 어떤 사람인지, 혹은 엘튼 씨가 그녀와 얼마나 오랜 친분이 있었는지에 대해서는 전혀 알 수 없겠지요.」 엠마가 말했다. 「오랜 친분이 있었다고는 생각할 수 없을 거예요. 엘튼 씨가 떠난 지 4주밖에 되지 않았으니까요.」

그 점에 대해서는 누구도 더 알려 줄 것이 없었다. 잠시 더 곰곰이 생각하다가 엠마가 말했다.

「아무 말도 없네요, 페어팩스 양. 하지만 당신이 이 소식에 관심을 갖게 되기를 바라요. 최근에 이런 문제에 대해서 많이 듣고 보아 왔고, 캠프벨 양 덕분에 결혼 문제에 깊이 관여했을 테니까 당신이 엘튼 씨와 호킨스 양에 대해서 무관심하다면 우리는 너그러이 봐줄 수 없을 거예요.」

「제가 엘튼 씨를 만나게 되면……」 제인이 대답했다. 「물론 관심을 가질 거예요. 하지만 그 일이 먼저 있어야겠지요. 그리고 캠프벨 양이 결혼한 지 이미 몇 달이 지났기 때문에 그 인상은 약간 흐릿해졌어요.」

「맞아요, 우드하우스 양 말씀대로 그분이 떠난 지 4주가 되었어요.」 베이츠 양이 말했다. 「어제로 딱 4주였지요. 호킨스 양이라니, 저는 이 근방의 아가씨일 거라고 늘 상상했었어요. 제가 그랬던 건 아니고, 콜 부인이 한번 제게 귀띔하신 적이 있거든요. 하지만 저는 즉시 말했죠. 〈아뇨, 엘튼 씨가 대단히 훌륭한 젊은이이기는 하죠. 하지만……〉 간단히 말해서, 저는 그런 일에 특히 눈치가 빠른 건 아니거든요. 그렇다고 주장하지도 않고요. 저는 그저 제 눈앞에 있는 것만 보지요. 하지만 누구도 의심할 수 없었어요. 엘튼 씨가 열렬한 기대를 품었다는 것을……. 우드하우스 양께서는 너무나 친절하게도 제가 계속 수다를 떨도록 해주시네요. 다른 분에게 불쾌감을 주려는 의도가 절대로 없다는 것을 알고 계시는 거죠. 스미스 양은 어떻게 지내세요? 지금은 완전히 나은 것 같더군요. 최근에 존 나이틀리 부인의 소식을 들으셨어요? 아, 그 귀여운 아이들. 제인, 내가 딕슨 씨를 존 나이틀리 씨와 비슷하게 상상했다는 것을 알고 있니? 외모에 있어서 말이야. 키가 크고 표정이나 좀 과묵한 점이 비슷할 거라고.」

「전혀 달라요, 이모님. 비슷한 점이 전혀 없어요.」

「정말 묘하구나! 하지만 어떤 사람에 대해서든 올바른 선입견을 갖게 되는 일은 절대 없지. 어떤 생각을 떠올리면 그 생각에 이끌려서 지레 잘못 짐작하게 된단 말이야. 네가 말한 바로는, 딕슨 씨는 엄밀히 말해서 잘생기지 않았다는 거지.」

「잘생겼다고요! 아! 아뇨. 전혀 그렇지 않아요. 상당히 평범해요. 그분이 평범하게 생겼다고 말씀드렸잖아요.」

「애야, 캠프벨 양은 그가 못생겼다고는 생각하지 않을 거라고 네가 말했잖아. 그리고 너 스스로도…….」

「아, 제 판단은 전혀 중요하지 않아요. 제가 존중하는 사람에 대해서는 늘 잘생겼다고 생각하거든요. 하지만 그분이 평범하게 생겼다는 말은 일반적인 의견이라고 여겨지는 것을 말씀드린 거예요.」

「그래, 제인, 곧 가야겠구나. 날씨가 좋지 않아 보이고 할머니께서도 걱정하실 거야. 친애하는 우드하우스 양, 너무 감사해요. 하지만 정말로 가야겠어요. 이건 정말이지 가장 즐거운 소식이에요. 가는 길에 콜 부인의 집에 들러야겠어요. 하지만 3분도 있지 않을 거예요. 그리고 제인, 너는 곧장 집으로 돌아가는 편이 좋겠구나. 밖에 있다가 소나기를 맞으면 안 되니까! 하이버리에 돌아와서 제인의 건강이 벌써 좋아졌다고 생각해요. 고맙습니다, 정말이지 감사해요. 고다드 부인의 집에는 들르지 않겠어요. 그 부인은 삶은 돼지고기만 좋아하실 테니까요. 저희는 그 다리 살을 색다르게 요리할 거예요. 좋은 아침 보내세요, 어르신. 아, 나이틀리 씨도 함께 가시려고요? 정말이지 고마운 일이군요! 제인은 분명 피곤할 거예요. 친절하게도 그 애와 팔짱을 끼고 부축해 주시겠죠, 나이틀리 씨? 엘튼 씨와 호킨스 양이라! 즐거운 아침 보내세요.」

아버지와 단둘이 남은 엠마는 젊은이들이 결혼을 몹시 서두른다고, 그것도 낯선 사람들과 결혼하려 한다고 아버지가 탄식하는 동안 아버지에게 관심을 절반쯤 기울이면서 나머지 절반은 그 문제에 대한 생각에 쏟아 넣었다. 그 소식은 엘튼 씨가 오래 고통을 느낄 리 없다는 예상을 입증했으므로 매우 재미있고도 무척 반가웠다. 하지만 해리엇을 생각하면 유감이었다. 그녀는 그 소식에 큰 타격을 받을 것이다. 엠마가 바랄 수 있는 것은 그 소식을 직접 전해 줌으로써 남들에게서 갑자기 듣지 않도록 막는 일이었다. 이제 해리엇이 방문할 시간이 되었다. 오는 도중에 혹시 베이츠 양을 만난다면! 비가 쏟아지기 시작하자 엠마는 해리엇이 비 때문에 고다드 부인의 집에서 기다려야 했을 터이며 그 소식이 틀림없이 해리엇에게 예고 없이 닥치리라 예상할 수밖에 없었다.

소나기가 억세게 내렸지만 금방 그쳤다. 그리고 5분도 채 지나지 않아 해리엇이 들어섰다. 벅찬 가슴으로 서둘러 걸어올 때 떠오르기 마련인 발갛게 달아오른 얼굴에 잔뜩 흥분한 표정을 띠고 있었다. 그러고는 즉시 〈오, 우드하우스 양, 무슨 일이 있었는지 아세요?〉라고 와락 말을 내뱉으며 혼란스러운 심정을 드러냈다. 이미 그녀가 충격을 받았으므로, 엠마는 그녀의 말을 들어 주는 것이 가장 친절한 일이라고 느꼈다.

그래서 해리엇은 조금도 방해받지 않고 해야 할 말을 처음부터 끝까지 이어갔다. 「30분 전에 고다드 부인의 집에서 나섰어요. 비가 올까 봐 걱정이 되었어요. 금방이라도 비가 쏟아질 것 같았거든요. 하지만 처음에는 하트필드에 도착할 수 있을 거라고 생각했어요. 될 수 있는 대로 서둘러서 빨리 걸었어요. 그런데 어떤 젊은 여자에게 가운을 만들어 달라고 맡긴 곳을 지나면서 잠시 들어가 어떻게 되어 가고 있는지 알아봐야겠다고 생각했어요. 그곳에서 1분도 있지 않은 것 같았지만, 밖에 나오자마자 비가 내리기 시작했어요. 어찌해야 할지 몰랐지요. 그래서 곧장 빨리 뛰어 포드네 가게에서 비를 피했어요.」 포드네 가게는 모직 포목상과 리넨 포목상, 신사용품 가게를 합친 큰 가게였고, 그 도시에서 크기나 패션에 있어서 첫째로 치는 상점이었다. 「그래서 그곳에서 아무 생각 없이 아마 10분 정도 있었을 거예요. 그런데 갑자기 누가 들어오나 했더니…… 정말이지 그건 너무나 희한한 일이었어요! 하지만 그들은 늘 포드네 가게에서 물건을 샀죠. 누가 들어서나 했더니 글쎄 바로 엘리자베스 마틴과 그 오라버니인 거예요! 우드하우스 양, 생각 좀 해보세요. 저는 기절하는 줄 알았어요. 어떻게 해야 할지 몰랐고요. 저는 문 옆에 앉아 있었거든요. 엘리자베스가 금방 저를 알아봤지만, 그는 보지 못했어요. 그는 우산을 접느라 바빴거든요. 그녀가 저를 보았다고 확신해요. 하지만 그녀는 곧장 고개를 돌리고는 저를 모른 척했어요. 그들은 함께 가게의 다른 쪽 끝으로 걸어갔고, 저는 계속 문 옆에 앉아 있었어요! 아, 얼마나 비참했던지! 틀림없이 제 얼굴이 제 옷만큼이나 하얗게 질렸을 거예요. 비 때문에 밖으로 나갈 수도 없었고요. 하지만 정말 그곳만 아니었다면 세상 어디에 있어도 좋았을 거예요. 오! 우드하우스 양. 그런데 마침내, 제 생각으로는, 그가 주위를 돌아보다가 저를 본 거예요. 물건을 계속 고르지 않고 그들이 서로 귓속말을 하기 시작했거든요. 그들이 저에 대한 이야기를 하고 있다고 생각했어요. 저에게 말을 걸라고 그가 여동생을 설득하고 있다고 생각하지 않을 수 없었어요. (그가 그랬을 거라고 생각하세요, 우드하우스 양?) 곧 그녀가 앞으로 걸어오더니 제게로 다가와서 어떻게 지내느냐고 물었고, 제가 손을 내밀기만 하면 저와 악수할 것 같았으니까요. 그녀의 태도가 예전과 똑같지는 않았어요. 그녀가 달라졌다는 것을 알 수 있었죠. 하지만 그녀는 매우 다정하게 대하려고 애쓰는 것 같았어요. 그래서 우리는 악수했고 잠시 서서 이야기를 나눴어요. 하지만 제가 뭐라고 말했는지 하나도 모르겠어요. 온몸이 떨렸거든요! 그녀가 지금껏 만나지 못해서 섭섭했다고 말한 것이 기억나요. 그 말이 너무나 친절하다고 생각했어요! 친애하는 우드하우스 양, 저는 너무나 비참한 심정이었어요! 그때쯤 비가 그치기 시작하기에 무슨 일이 있어도 밖으로 나가겠다고 결심했어요. 그런데 그때, 글쎄 생각해 보세요! 그가 제게로 다가오는 것이 보였어요. 천천히, 무엇을 해야 할지 모르는 사람처럼 말이죠. 그렇게 그가 와서 말을 걸었고, 저는 대답했고, 이루 말할 수 없는 끔찍한 심정으로 1분간 서 있었어요. 그런 다음에 용기를 내서, 비가 내리지 않으니 가야겠다고 말했어요. 그러고 나서 출발했어요. 그런데 문에서 3미터도 떨어지지 않았을 때 그가 쫓아와서는 이렇게 말하더군요. 하트필드에 가는 길이라면 콜 씨의 마구간을 돌아서 가는 편이 좋을 거라고요. 가까운 길이 빗물에 잠겼다고 말이죠. 아,

맙소사, 저는 죽는 줄 알았어요. 그래서 그에게 무척 고맙다고 말했어요. 아시다시피 그 정도는 최소한의 예의니까요. 그러자 그는 엘리자베스에게 돌아갔고, 저는 마구간을 돌아서 왔어요. 아마 그랬을 거예요. 제가 어디를 걷는지도 몰랐고, 아무 생각도 할 수 없었으니까요. 오, 우드하우스 양, 그런 일만 아니라면 무엇이든 다른 일을 겪는 편이 한결 나았을 거예요. 하지만 그가 그렇게 유쾌하고 친절하게 행동하는 것을 보고 좀 흐뭇한 마음이 들었어요. 엘리자베스도 그렇고요. 오, 우드하우스 양, 제게 무슨 말이라도 좀 해주시고 제 마음을 다시 편안하게 해주세요.」

엠마는 진심으로 그렇게 하고 싶었다. 그러나 당장 그렇게 할 수는 없었다. 잠시 차분히 생각해 보아야 했다. 그녀의 마음도 전적으로 편치는 않았다. 이 젊은이의 행동과 그 누이의 행동은 진실한 감정에서 나온 것 같았고, 그녀는 그들을 동정하지 않을 수 없었다. 해리엇의 묘사에 의하면, 그들의 행동에는 상처받은 자존심과 진정으로 자상한 마음씨가 흥미롭게도 뒤섞여 있었다. 그러나 그녀는 전에도 그들이 선의가 있고 가치 있는 사람들이라고 생각했었다. 이 사건으로 인해서 그 불운한 관계에 어떤 차이가 생긴다는 말인가? 이런 일로 혼란을 느낀다면 어리석은 짓이다. 물론, 그는 해리엇을 얻지 못해서 무척 유감스러울 것이다. 그들 모두 유감스럽게 느낄 것이다. 사랑뿐 아니라 야심도 아마 꺾였다고 느꼈으리라. 그들 모두 해리엇과의 친분으로 신분 상승을 바랐을 것이다. 게다가 해리엇의 묘사가 무슨 가치가 있는가? 너무나 쉽게 기뻐하고 분별력도 거의 없는 그녀의 찬사가 무슨 의미가 있는가?

엠마는 마음을 다잡고 지금 일어난 일을 깊이 생각할 가치가 없는 사소한 사건으로 간주함으로써 해리엇을 달래려고 노력했다.

「지금은 고통스럽겠지.」 그녀가 말했다. 「하지만 네가 대단히 적절하게 행동한 것 같아. 그 일은 이미 끝났고, 다시는 그런 일이 첫 번째 만남처럼 일어나지도 않을 거고, 일어날 수도 없을 거야. 그러니 그 일에 대해서 생각할 필요가 없어.」

해리엇은 〈옳은 말씀이에요〉라고 말했고, 〈그 일에 대해서 생각하지 않겠어요〉라고 말했다. 하지만 그러고도 계속 그 이야기만 했고, 여전히 다른 이야기는 할 수 없었다. 결국 마틴 남매를 그녀의 머릿속에서 몰아내기 위해 엠마는 한층 다정하고 조심스럽게 알려 주려고 마음먹었던 그 소식을 서둘러 전해야 했다. 가엾은 해리엇의 그런 마음 상태에, 그러니까 엘튼 씨를 중요하게 생각하는 마음이 이런 식으로 정리되는 데 대해 기뻐해야 할지 아니면 화를 내야 할지, 부끄러워해야 할지 아니면 그냥 재미있어해야 할지 알 수 없을 지경이었다.

하지만 엘튼 씨의 권한이 차차 되살아났다. 그 소식을 처음 들었을 때, 그 전날이나 혹은 한 시간 전에 들었더라면 느꼈을 것과는 다른 감정이었지만, 그래도 그 소식에 대한 관심이 점점 커졌다. 그 이야기에 대한 첫 번째 대화가 끝나기도 전에 해리엇은 이 운 좋은 호킨스 양에 대한 호기심과 놀라움, 미련, 고통과 기쁨의 온갖 감정을 토로하게 되었고, 그래서 그녀의 관심사에서 마틴 남매는 그들에게 적절한 하위 자리로 내려갈 수 있었다.

엠마는 그들이 그렇게 마주친 것을 차라리 다행스러운 일이었다고 여기게 되었다. 그 일은 첫 충격을 줄이는 데 도움이 되었고, 그러면서도 경계심을 일으킬 소지가 없었다. 지금 해리엇이 생활하는 방식으로는, 마틴 남매가 일부러 그녀를 만나려고 시도하지 않는 한 그녀에게 접근할 수 없었다. 지금까지 그들은 용기가 부족해서인지 아니면 겸손함이 부족해서인지 그녀를 일부러 찾은 적이 없었다. 그녀가 그 오라버니를 거절한 후에 그 자매는 고다드 부인의 집을 한 번도 방문하지 않았다. 앞으로 열두 달이 지나더라도 그들이 우연히 다시 마주칠 일은 없을 것이며, 서로 이야기를 나눌 필요도 없고 그럴 수도 없을 것이다.

제4장

 인간의 본성은 흥미로운 상황에 처한 사람들에게 호의를 품는 경향이 있으므로, 결혼하거나 죽어 가는 젊은이에 대해서는 반드시 호의적으로 이야기하기 마련이다.

 호킨스 양의 이름이 하이버리에서 처음 언급된 지 일주일도 채 지나지 않아 그녀는 외모나 마음에 있어서 온갖 장점을 갖고 있는 아가씨라고 이런저런 통로를 통해 알려졌다. 예쁘고 우아하며 높은 소양을 쌓았을 뿐 아니라 더없이 사랑스러운 여자라는 것이었다. 엘튼 씨가 돌아와서 행복한 앞날을 자신하며 그녀의 장점을 널리 퍼뜨리려고 했을 때 그가 할 일이라고는 그저 그녀의 세례명과 누구의 음악을 주로 연주하는지를 말해 주는 것밖에 없었다.

 엘튼 씨는 대단히 행복한 남자가 되어 돌아왔다. 거절당하고 치욕을 느끼면서 떠났지만 — 그가 생각하기로는, 강렬한 고무를 지속적으로 받은 후에 매우 낙관적으로 품었던 희망이 수포로 돌아갔고, 바람직하게 여겼던 아가씨를 놓쳤을 뿐 아니라 자신에게 걸맞지 않은 아가씨의 수준으로 떨어졌음을 알게 되어 몹시 불쾌한 기분으로 떠났다 — 다른 여자와 약혼하고 돌아온 것이다. 그리고 그 다른 여자는, 물론, 첫 번째 여자보다 우월했다. 그런 상황에서는 손에 넣은 것이 놓친 것보다 늘 우월하기 마련이니까. 그는 명랑하고 흡족한 기분으로 돌아왔고, 열성적으로 바쁘게 일했으며, 우드하우스 양에 대해서는 전혀 개의치 않았고 스미스 양을 전적으로 무시했다.

그 매력적인 오거스타 호킨스 양은 완벽한 미모와 미덕이라는 흔해 빠진 온갖 장점에다가 편안히 지낼 수 있게 해주는 재산까지 갖고 있었다. 통상 1만 파운드라고 편리하게 얘기하기도 하고 품위 있는 액수로 일컬어지는, 몇 천 파운드에 달하는 재산이었다. 그것은 멋진 이야기였다. 엘튼 씨는 스스로를 내던져 버린 것이 아니었다. 그는 1만 파운드 정도의 돈을 갖고 있는 여자를 얻었을 뿐 아니라 그것도 매우 즐겁게도 신속히 얻었던 것이다. 처음 소개받자마자 곧 특별한 관심이 일었다. 그가 콜 부인에게 들려준 그 연애 사건은 너무나 멋지게 일어나고 전개된 것이었다. 처음 우연히 알게 된 다음 그린 씨 집에서의 정찬과 브라운 부인의 집에서 열린 파티에 이르기까지 각 단계가 너무나 신속히 이어졌고, 미소와 홍조가 더욱 큰 의미를 띠게 되었으며, 여기저기에서 서로를 강렬하게 의식하고 동요를 느끼는 일이 잦아졌고, 그 숙녀는 너무나 쉽게 깊은 인상을 받았을 뿐 아니라 너무나 다정한 마음을 갖고 있었다. 간단히 말해서, 가장 알기 쉽게 표현하자면, 그녀는 그와 결혼하는 데 당장이라도 응할 마음이었기에, 그의 허영심과 타산적인 고려 둘 다 충족된 것이었다.

그는 실체와 그림자, 재산과 애정 둘 다를 손에 넣은 것이었다. 그러므로 당연히 그래야 하듯이 행복했다. 그는 이제 오로지 자기 자신과 자기 관심사에 대해서만 이야기했고 축하받기를 기대했으며 기꺼이 놀림을 받을 마음이었다. 그리고 몇 주 전만 하더라도 더 신중하게 비위를 맞추었을 그 지역의 아가씨들에게 이제는 거침없이 상냥한 미소를 지으며 말을 걸었다.

결혼식은 머지않아 거행될 예정이었다. 당사자들이 고려해야 할 사람이 자기들밖에 없었고, 결혼식에 필요한 준비 외에는 기다릴 게 없었다. 그래서 그가 다시 바스로 출발했을 때 사람들은 그가 신부를 데리고 하이버리에 돌아오리라고 다들 예상했다. 콜 부인의 특별한 눈빛은 그 예상을 부정하지 않았다.

그가 잠시 머무는 동안 엠마는 그를 거의 만나지 않았지만, 이제는 첫 번째의 어색한 만남을 넘어섰다고 느꼈고, 악의와 가식이 뒤섞인 그의 태도를 보면서 그가 전혀 나아지지 않았다는 인상을 받을 수 있었다. 실은 예전에 그를 유쾌한 사람이라고 생각했다는 사실이 너무나 놀라울 지경이었다. 그리고 그의 모습은 무척 불쾌한 감정들과 떼려야 뗄 수 없이 연결되어 있었으므로 도덕적인 견지에서 속죄나 교훈, 혹은 그녀의 마음에 유익할 수치심을 일깨울 원천으로서가 아니라면, 그를 다시 만날 일이 없다고 믿을 수만 있었더라면 무척 감사했을 것이다. 그녀는 그가 잘되기를 바랐다. 그러나 그 사람 때문에 고통을 받았으므로, 그가 20마일 떨어진 곳에서 잘 살아간다면 가장 만족스러웠으리라.

하지만 그가 하이버리에 계속 거주하면서 일으킬 고통은 그의 결혼으로 확실히 줄어들 것이다. 그 결혼 덕분에 여러 가지 쓸데없는 염려를 하지 않아도 될 테고, 여러 가지 어색한 일들도 덮일 것이다. 엘튼 부인이라는 여자가 등장하면서 기존의 교제 방식을 바꿀 구실이 생길 것이다. 예전의 친밀한 관계는 별다른 주목을 받지 않고 차츰 소원해지리라. 형식적으로 예의를 차리는 관계를 다시 시작하는 거나 마찬가지일 것이다.

 그 숙녀에 대해서 엠마는 대수롭지 않게 생각했다. 의심할 바 없이 엘튼 씨에게 적합한 여자이리라. 하이버리에 적합할 소양을 갖추고 있고, 그 정도로 예쁘고······. 아마도 해리엇의 옆에 서면 못생겨 보일 것이다. 인척 관계라는 점에 있어서도 엠마는 전적으로 느긋하게 생각했다. 엘튼 씨가 자신의 권리에 대해 자만하고 해리엇을 경멸했음에도 불구하고 훌륭한 인맥을 맺을 수는 없다고 그녀는 확신했다. 이 문제에 대해서는 진실을 알아낼 수 있었다. 그녀가 어떤 여자인지는 확실치 않았지만, 그녀가 누구인지는 알아낼 수 있었으니까. 그리고 그 1만 파운드를 별도로 치면 그녀는 해리엇보다 조금도 우월할 것 같지 않았다. 그녀에게 딸려 오는 가문의 이름이나 혈통, 인척이 전혀 없었다. 호킨스 양은 어떤 브리스틀 사람 — 물론 그는 상인[25]이었음에 틀림없다 — 의 두 딸 가운데 막내였다. 그런데 그의 장사에서 얻은 이윤의 총합이 그저 수수한 액수로 보였으므로, 그의 직업 또한 꽤 수수했으리라고 짐작해도 틀리지 않을 것이다. 그녀는 겨울철을 바스에서 지내곤 했지만 고향은 브리스틀, 바로 브리스틀의 중심지였다. 그 부모는 여러 해 전에 죽었지만 삼촌 한 명과 함께 살았고, 그 삼촌은 법조계에 있었으며, 법조계에 있다는 것 외에

---

[25] 브리스틀은 서남부의 중요한 항구 도시로서 서인도 제도, 미국, 아프리카 등과의 교역의 중심지였으며 노예 무역으로 악명 높은 곳이었다.

더 두드러진 명예를 얻은 적이 없는 사람이었다. 엠마는 그가 단조로운 일을 꾸준히 하는 사무 변호사일 테고 너무 우둔해서 성공하지 못하리라 짐작했다. 그 인맥의 자랑거리는 맏딸에게 달려 있는 것 같았다. 그녀는 브리스틀 근방에 살고 있고 마차를 두 대나 갖고 있는 대단한 신사에게 시집을 무척 잘 갔던 것이다! 이것이 그들 가족사를 마무리하는 중요 사항이었고, 또한 호킨스 양의 자랑거리였다.

이런 것들에 대해서 해리엇으로 하여금 자신과 똑같이 느끼게 할 수 있었더라면! 자신이 해리엇을 사랑에 빠지도록 설득했었다. 그러나 슬프게도! 이제 그녀가 사랑에서 빠져나오도록 설득하는 일은 쉽지 않았다. 해리엇의 마음속에 있는 많은 빈방들을 채운 그 매력적인 대상은 어떤 말로도 물러나지 않았다. 다른 사람으로 대치될 수는 있을 것이다. 실로 분명 그렇게 되리라. 그 점은 더없이 분명했다. 하다못해 로버트 마틴이라도 충분할 것이다. 해리엇은 일단 사랑에 빠지면 늘 그 상태에 있으려는 아가씨였다. 가엾은 아가씨! 엘튼 씨가 돌아온 후 늘 여기저기에서 그와 얼핏 마주치면서 그녀는 더 나쁜 상태에 빠져들었다. 엠마는 그를 단 한 번밖에 보지 못했지만, 해리엇은 하루에도 틀림없이 몇 차례씩 그와 그저 마주치거나, 그저 그를 놓치거나, 그저 그의 목소리를 듣거나 그의 어깨만 보았고, 그저 어떤 일이 일어나서 그를 상상하고 따뜻한 호감을 품고 놀라워하며 추측했다. 게다가 그녀는 엘튼 씨에 관한 이야기를 끊임없이 듣고 있었다. 하트필드에 있을 때를 제외하면 늘 엘튼 씨를 완벽한 사람으로 생각하고 그에 관해서 얘기하는 것을 무엇보다도 흥미로워하는 아가씨들 사이에서 지냈으니까. 그러므로 그의 수입과 하인들, 가구

따위를 포함해 그에게 이미 일어난 사건이나 일어날지 모를 온갖 일들에 대한 소문과 추측이 끊임없이 주위에서 맴돌았다. 그에 대한 변함없는 찬사에서 그녀의 애정은 힘을 얻었고 미련이 계속 살아남았다. 호킨스 양의 행복에 대한 이야기와, 그가 얼마나 사랑에 빠진 듯이 보이는지에 대한 끊임없는 관찰로 그녀의 감정은 자극되었다. 집 주위를 산책할 때의 자세나 모자를 쓰는 방식까지도 모두 그가 무척 사랑에 빠져 있음을 입증했다!

엠마는 해리엇의 갈팡질팡하는 마음이 오락가락하는 것을 보면서 재미를 느꼈을 것이다. 그런 즐거움을 스스로에게 허용할 수 있거나, 그녀의 벗에게 고통이 없고 스스로에 대한 질책이 없었더라면 말이다. 때로는 엘튼 씨가 그녀의 마음을 지배했고, 때로는 마틴 가족이 우세했으며, 때로는 각각이 유용하게 서로를 억제했다. 마틴 씨를 마주쳤을 때의 동요는 엘튼 씨의 약혼으로 가라앉았다. 엘튼 씨의 약혼 사실을 알게 되면서 느낀 불행은 며칠 후 엘리자베스 마틴이 고다드 부인의 집을 방문한 사건으로 약간 잊혔다. 해리엇은 그때 집에 없었지만 쪽지가 남아 있었다. 무척 다정한 마음과 약간의 질책이 섞인 감동적인 쪽지였다. 엘튼 씨가 하이버리에 돌아올 때까지 그녀는 그 쪽지 생각에 빠져 있었고 그 답례로 무엇을 해야 할지를 끊임없이 궁리했고 감히 입 밖에 내놓지 못했지만 많은 것을 하고 싶어 했다. 하지만 엘튼 씨가 돌아와서는 그런 걱정을 모두 몰아내 버렸다. 그가 머무는 동안 마틴 가족은 완전히 잊혔다. 그리고 그가 다시 바스로 출발한 날 아침에 엠마는 그 사건으로 일어날 고통을 약간 없애기 위해서 해리엇이 엘리자베스 마틴에게 답례 방문을 하는 것이 제일 좋겠다고 생각했다.

 그 방문을 어떻게 받아들여지도록 할 것인지 — 무엇이 필요할까 — 어떻게 하는 편이 가장 안전할지는 좀 생각해 보아야 할 불확실한 문제였다. 방문을 받았음에도 그 모친과 자매들을 완전히 무시하고 답례 방문을 하지 않는다면 배은망덕한 일이 될 것이다. 그래서는 안 된다. 하지만 친분을 새로 이어 갈 때의 위험이란!······

 엠마는 심사숙고한 끝에 해리엇이 답례 방문을 하는 것이 제일 낫겠다고 결정할 수밖에 없었다. 하지만 그들에게 분별력이 있다면 그저 형식적인 친분에 불과함을 깨닫게 할 방법으로 해야 한다. 엠마는 해리엇을 마차에 태워 애비밀에 데리고 가서 그녀를 내려놓고 자신은 조금 더 멀리 마차를 타고 갔다가 잠시 후에 그녀를 데리러 가기로 결정했다. 그러면 은근슬쩍 강렬한 감정을 일으키거나 위험하게 과거를 회상할 시간이 없을 것이다. 그리고 앞으로 어느 정도의 친밀한 관계를 유지할 것인지를 더없이 분명하게 보여 주리라.

 그녀는 더 나은 방법을 생각할 수 없었다. 비록 그녀 스스로도 심정적으로 찬성할 수 없는 부분, 그럴싸하게 감춰진 배은망덕 같은 것이 있다고 느꼈지만, 그렇게 해야만 한다. 그렇지 않으면 해리엇이 어떻게 되겠는가?

제5장

해리엇은 애비밀을 방문할 마음이 거의 없었다. 엠마가 고다드 부인의 집으로 그녀를 찾아가기 30분 전에, 불운한 별자리에 이끌려 〈필립 엘튼 목사, 화이트하트, 바스〉라고 주소가 적힌 트렁크가 푸주한의 짐마차에 실리고 있던 바로 그 순간에, 그녀는 그곳을 지나쳤던 것이다. 짐마차는 그 트렁크를 역마차가 지나는 곳으로 운반할 것이다. 그것을 본 순간 그 트렁크와 거기 적힌 주소를 빼고는 이 세상 모든 것이 휑하니 지워지고 말았다.

하지만 그녀는 마틴 씨의 집에 갔다. 농장에 도착해서 사과나무 시렁들 사이 현관문으로 이어지는 넓고 말끔한 자갈길 끝에 그녀를 내려주었을 때, 지난가을 그녀를 무척 기쁘게 해주었던 모든 풍경이 봄철의 기운으로 되살아나면서 시골의 동요를 일으키고 있었다. 헤어질 때 해리엇이 겁먹고 호기심 어린 눈길로 주위를 돌아보는 것을 관찰한 엠마는 원래 제안했던 대로 그 방문을 15분을 넘기지 않게 하겠다고 결심했다. 그녀는 계속 마차를 달렸고, 결혼해서 돈웰에 정착한 옛 하인을 만나 잠깐 시간을 보냈다.

정확히 15분이 지나서 엠마는 흰 대문에 다시 도착했다. 그녀의 소환을 받은 스미스 양은 지체 없이, 그 걱정스러운 젊은이의 배웅을 받지 않은 채 곧 나왔다. 해리엇은 자갈길을 혼자서 걸어왔고, 마틴 양이 현관문에 서서 겉으로 격식을 차리며 예의 바르게 인사했을 뿐이었다.

해리엇의 말을 금방은 알아들을 수 없었다. 너무나 강렬한 감정에 압도되어 있었다. 하지만 마침내 그녀의 단편적인 말들을 모아서 엠마는 그 만남이 어떠했는지, 어떤 고통을 일으키고 있는지를 이해할 수 있었다. 그녀는 마틴 부인과 두 딸만 만났다. 그들은 냉정하지는 않더라도 주저하는 태도로 그녀를 맞았다. 거의 내내 그저 상투적인 말만 오갔고, 그러다가 방문이 끝날 즈음 마틴 부인이 스미스 양의 키가 더 큰 것 같다고 갑자기 말했을 때 이야기가 더 흥미로워졌고 태도도 더 다정해졌다. 작년 9월에 바로 그 방에서 그녀와 두 친구의 키를 쟀고, 창가의 징두리판벽에는 연필 자국과 메모가 남아 있었다. 그가 그것을 기록했었다. 그들 모두 그날과 그 시간, 그 일행, 그 일을 기억하는 것 같았고, 똑같은 의식과 똑같은 유감을 느끼면서 똑같은 호의적인 감정으로 되돌아가고 싶은 듯 보였다. 그들이 막 예전 같은 감정을 느끼려고 했을 때 (해리엇은 그들 가운데 가장 착한 사람 못지않게 진심으로 행복을 느꼈을 거라고 엠마는 짐작했다) 마차가 다시 나타났고, 모든 것이 끝나 버렸다. 그 방문이 이뤄진 방식과 방문 시간이 너무 짧다는 사실에 대해서 그 순간 의심의 여지가 없었다. 여섯 달도 지나지 않은 과거에 무척 감사하는 마음으로 6주를 함께 지낸 사람들에게 단 14분만 할애하다니! 엠마는 그 상황을 전체적으로 그려 보면서 마틴 가족이 화를 내는 것은 너무나 정당하고 해리엇이 고통을 느끼는 것도 너무나 당연하다고 느끼지 않을 수 없었다. 무척 고약한 일이었다. 만일 마틴 가족의 사회적 신분을 높일 수만 있다면, 그녀는 기꺼이 많은 것을 주고 많은 것을 견뎠으리라. 그들은 상당히 훌륭한 사람들이므로 조금만 지체가 높아졌더라면 충분했을 것이다. 그러나 현재의 상황에서 그녀가 어떻게 달리 행동할 수 있겠는가! 도저히 불가능했다! 그녀는 후회할 수 없었다. 그들은 헤어져야 한다. 그러나 그 과정에 고통스러운 점이 많았고, 이번에는 그녀 자신도 무척 고통스러웠다. 그래서 곧 그녀는 위안이 좀 필요하다고 느꼈고, 집으로 가는 길에 랜달스에 들러서 위로를 받아야겠다고 생각했다. 엘튼 씨와 마틴 가족이라면 지긋지긋했다. 반드시 랜달스에 들러서 기분 전환을 해야 했다.

그 생각은 좋았지만, 랜달스에 도착했을 때 〈주인님도 마님도 집에 계시지 않습니다〉라는 말밖에 들을 수 없었다. 그들 둘 다 외출한 지 한참 되었다는 것이다. 시종은 그들이 하트필드에 갔으리라고 생각했다.

「너무나 고약한 일이야.」 엠마는 돌아서며 큰 소리로 말했다. 「이제 우리는 그 부부를 간발의 차이로 놓칠 거야. 너무 짜증스러워! 이렇게 실망스러운 적이 없었어.」 그러고 나서 그녀는 구석 자리에 등을 기대고 앉아 마음껏 불평하거나 합리적으로 그 불평을 몰아내려 했고, 아마 그 두 가지를 조금씩 다 했을 것이다. 본성이 나쁘지 않은 사람들이 흔히 그렇게 하듯. 갑자기 마차가 멈췄다. 그녀는 고개를 들었다. 마차를 세운 것은 웨스턴 부부였고, 그녀에게 말을 걸고 서 있었다. 그들을 보자 엠마는 즉시 즐거운 기분이 들었고, 들려

오는 목소리에는 더 큰 즐거움이 실려 있었다. 웨스턴 씨가 즉시 그녀에게 이렇게 인사했던 것이다.

「어떠시오? 괜찮으시겠지? 우리는 당신 아버님과 이야기를 나누다 오는 길이라오. 아버님께서 건강하셔서 마음이 놓였지. 프랭크가 내일 도착할 거라오. 오늘 아침에 편지를 받았거든. 내일 정찬 시간이면 분명히 그를 만날 수 있을 거요. 오늘 그는 옥스퍼드에 있소. 2주일 내내 머물 예정이고. 이렇게 될 줄 알고 있었소. 만일 그 애가 크리스마스에 왔다면 사흘밖에 머물지 못했을 거야. 그 애가 크리스마스에 오지 않은 것이 다행이라고 늘 생각했었지. 이제 그 애를 위해서 아주 적절한 날씨가 이어질 테지. 맑고 건조하고 계속 날이 좋을 테니까. 우리는 그를 아주 즐겁게 해줄 거라오. 모든 것이 결국 우리가 바라는 대로 되었소.」

그런 소식에는 즐거움을 느끼지 않을 수 없었고, 웨스턴 씨처럼 행복한 얼굴에서 영향을 받지 않을 수도 없었다. 말수가 적고 차분하지만 그 못지않게 효과적인 그의 아내의 말과 표정에서 그 소식을 모두 확인할 수 있었다. 그녀가 그 방문을 확실한 것으로 간주한다고 느끼면서 엠마도 그 소식을 믿게 되었고, 그들의 기쁨을 진심으로 즐거워했다. 그것은 지친 영혼에 다시 생기를 불어넣는 즐거운 일이었다. 닳아빠진 과거는 다가오는 산뜻한 사건 속에 가라앉았고, 그녀는 이제 엘튼 씨 얘기가 더 이상 나오지 않기를 바랐다.

웨스턴 씨는 엔스콤의 사교적인 일정을 들려주었다. 그 덕분에 그의 아들은 꼬박 2주일을 마음대로 보낼 수 있을 뿐 아니라 여행의 노선과 방법까지 마음대로 결정할 수 있었다. 그녀는 귀 기울여 듣고 미소를 지으면서 축하했다.

「내가 곧 그를 데리고 하트필드에 갈 거요.」 그가 결론적으로 말했다.

엠마는 이 말에 그의 아내가 그의 팔을 살짝 잡는 것을 본 것 같았다.

「이제 그만 가는 게 좋겠어요, 웨스턴 씨.」 그녀가 말했다. 「아가씨들이 못 가도록 우리가 붙잡고 있어요.」

「아, 그래, 난 준비됐소.」 그러고는 엠마를 바라보며 말했다. 「하지만 대단히 멋진 청년을 기대해서는 안 돼요. 당신은 그저 내 말만 들었을 뿐이니까. 사실 그 애는 특별한 사람은 아니오.」 하지만 그 순간 그의 반짝이는 눈은 매우 다른 확신을 드러내고 있었다.

엠마는 아무것도 모르는 척 순진해 보이는 표정을 하고서 별다른 생각이 없는 듯한 태도로 대답할 수 있었다.

「내일 4시에 나를 생각해 줘, 엠마.」 헤어지면서 웨스턴 부인이 그녀에게만 특별한 의미를 전하며 약간 불안한 표정으로 말했다.

「4시라고! 그 애는 3시면 여기 도착할 거요.」 웨스턴 씨는 재빨리 수정했고, 이렇게 해서 매우 만족스러운 만남이 끝났다. 엠마의 기분은 행복하다고 느낄 정도로 좋아졌고, 주위도 완전히 달라 보였다. 제임스와 말들은 조금 전보다 절반도 굼떠 보이지 않았다. 산울타리를 바라보니 적어도 양딱총나무에서 곧 새싹이 나올 것 같았다. 몸을 돌려 해리엇을 바라보았을 때 거기에도 봄날의 모습처럼 부드러운 미소가 어려 있었다.

「프랭크 처칠 씨가 옥스퍼드뿐 아니라 바스를 거쳐서 올까요?」 하지만 이 질문은 그리 좋은 징조는 아니었다.

그 흥미진진한 날의 아침이 되었고, 웨스턴 부인의 충실한 제자는 4시에 그녀를 생각해야 한다는 사실을 10시에도, 11시에도, 12시에도 잊지 않았다.

〈내 사랑하는 벗은 늘 다른 사람의 안락을 지나치게 염려하면서 자신의 편안함에 대해서는 전혀 생각하지 않는단 말이야.〉 자기 방에서 아래층으로 내려가며 엠마는 속으로 말했다. 〈지금 안절부절못하고 수시로 그의 방을 드나들며 모든 것이 제대로 되어 있는지를 확인하는 그녀의 모습이 보이는 것 같아.〉 엠마가 홀을 지날 때 시계가 12시를 치고 있다. 〈이제 12시로군. 앞으로 네 시간 후에 잊지 말고 그녀를 생각해야지. 내일 이맘때나 좀 더 늦게 그들 모두 우리 집을 방문할 거야. 그를 곧 데리고 오겠지.〉

응접실 문을 열었을 때 아버지와 함께 앉아 있는 두 신사 — 웨스턴 씨와 그의 아들 — 가 눈에 들어왔다. 그들은 바로 몇 분 전에 도착했던 것이다. 웨스턴 씨는 프랭크가 하루 먼저 도착했다고 설명하는 중이었고 그녀의 아버지는 정중하게 환영하면서 축하의 말을 건네는 중이었다. 그 와중에 들어서서 그녀도 자기 나름대로 놀라고 소개를 받고 기쁨을 맛보게 된 것이다.

그렇게나 오랫동안 화제가 되고 큰 관심을 불러일으켰던 프랭크 처칠이 실제로 그녀의 앞에 서 있었다. 소개를 받으면서 엠마는 그에 대한 찬사가 과장된 것이 아니었다고 생각했다. 그는 무척 잘생긴 젊은이였다. 키나 분위기, 말하는 태도, 그 어느 하나 나무랄 데가 없었고 표정 또한 그의 부친처럼 생기와 활기에 넘쳤다. 그는 기민하고 분별력이 있어 보였다. 이내 그녀는 그를 좋아하게 되리라고 느꼈다. 그의 매너는 가정 교육을 잘 받은 사람의 느긋함이 배어 있었고, 기꺼이 대화를 나누고 싶어 했다. 그래서 엠마는 그가 자신과 친해지려는 의도를 갖고 있으며 곧 서로를 잘 알게 되리라고 생각했다.

그는 전날 저녁 랜달스에 도착했다. 그가 빨리 도착하고 싶은 마음에 계획을 바꾸어서 아침 일찍 출발하고 늦게까지 서둘러 말을 몰아 반나절을 앞당겼다는 말을 듣고 그녀는 즐거웠다.

「어제 당신에게 말했었지.」 웨스턴 씨가 의기양양하게 큰 소리로 말했다. 「이 애가 정한 시간보다 일찍 도착할 거라고 말이야. 내가 예전에 어땠는지를 기억했거든. 여행을 하면서 기어다닐 수는 없는 노릇이니까. 계획보다 더 빨리 가지 않을 수 없단 말이지. 벗들이 밖을 내다보면서 기다리기도 전에 그들한테 도착할 때의 기쁨이란 그에 필요한 사소한 노력보다 훨씬 더 소중한 것이거든.」

「그런 기쁨을 마음껏 누릴 수 있는 곳에서는 큰 기쁨입니다.」 그 젊은이가 말했다. 「제가 그런 기쁨을 감히 기대할 수 있는 집들이 많지 않습니다만. 하지만 집으로 오는 길이기 때문에 저는 어떻게 해도 괜찮다고 느꼈어요.」

집이라는 말에 그의 부친은 다시 흐뭇한 표정으로 그를 보았다. 즉시 엠마는 그가 다른 사람들의 기분을 잘 맞춰 주는 법을 알고 있다고 느꼈다. 얘기를 나누면서 이 확신은 더욱 커졌다. 그는 랜달스를 무척 마음에 들어 했고, 더할 나위 없이 잘 꾸며진 집이라고 생각했으며, 그 집이 매우 작다는 것을 인정하지 않으려 했고, 그곳의 위치와 하이버리로 이어지는 길, 하이버리 그 자체, 그리고 하트필드에 대해서는 더더욱 감탄했다. 하이버리에 대해서는 자신의 고향에 대해서만 느낄 수 있는 특별한 관심을 늘 느꼈으며, 이곳을 방문하고 싶은 호기심이 더없이 컸다고 말했다. 예전에는 그가 그런 다감한 감정에 빠져들지 않았을 거라는 의혹이 엠마의 뇌리에 스쳤다. 하지만 그것이 거짓말이라면 유쾌한 거짓말이었고, 듣기 좋게 표현되었다. 그의 태도에는 일부러 꾸미거나 과장하는 기색이 없었다. 그는 참으로 흔치 않은 즐거움을 느끼고 있는 것 같았고, 그렇게 말했다.

그들은 대개 처음 친분을 맺는 사람들이 흔히 나누는 이야기들을 화제로 삼았다. 그의 질문은 이런 것들이었다. 〈말을 타시나요? 쾌적한 승마로가 있습니까? 쾌적한 산책길은? 인근 지역이 넓은가요? 하이버리에 교류할 사람들이 충분히 있겠지요? 그 중심가와 주변에 매우 예쁜 집들이 몇 채 있더군요. 무도회, 무도회는 열리나요? 그것이 음악 모임이었습니까?〉

이런 문제들에 대한 대답을 듣고 그들의 친분이 그만큼 쌓였을 때 그는 부친들끼리 서로 이야기를 나누는 동안 기회를 보아 양어머니에 대한 이야기를 꺼냈다. 그녀에 대해 매우 멋진 찬사를 늘어놓고 열렬히 찬탄하면서, 그녀가 자기 아버지를 행복하게 해주어 무척 고마워했고, 자신을 매우 친절하게 맞아 준 데 대해 감사해했다. 이런 말은 그가 다른 사람을 즐겁게 해주는 법을 알고 있고, 특히 엠마을 기쁘게 해주기 위해 애쓸 만하다고 생각한다는 것을 다시 입증했다. 그의 찬사는 웨스턴 부인이 당연히 받을 만하다고 그녀가 생각하는 수준을 넘어서지 않았다. 하지만 물론 그는 그 문제에 대해서 거의 알 수 없을 것이다. 그는 어떤 말이 환영받을지를 알고 있었다. 그 외의 다른 것은 확신할 수 없었다. 「아버지의 결혼은 더없이 현명한 일이었어요. 벗들이 모두 기뻐할 겁니다.

그리고 그런 축복을 주신 가족은 아버지에게 최고의 은혜를 베풀어 주셨다고 늘 생각하게 될 겁니다.」

그는 테일러 양의 미덕에 대해서 엠마에게 고마워할 정도였다. 하지만 상식적으로 볼 때 우드하우스 양이 테일러 양의 성격을 형성한 것이 아니라 그 반대로 테일러 양이 우드하우스 양의 성격을 형성했다고 생각해야 한다는 점을 완전히 잊지는 않은 것 같았다. 그리고 마침내 자기 말이 정반대의 취지로 나간 것을 바로잡으려고 마음먹은 듯이 그는 테일러 양의 젊음과 아름다운 외모에 대한 찬사로 이야기를 마무리 지었다.

「우아하고 기분 좋은 매너에 대해서는 예상하고 있었습니다.」 그가 말했다. 「하지만 고백하건대, 모든 것을 고려하면 그 연령대의 꽤 보기 좋은 여성일 거라고 생각했지 그 이상은 기대하지 않았지요. 웨스턴 부인이 아름답고 젊은 여성일 거라고는 생각지 못했어요.」

「당신이 웨스턴 부인에게서 완벽한 점을 아무리 많이 찾아내더라도 저는 지나치다고 느끼지 않을 거예요.」 엠마가 말했다. 「당신이 그녀를 열여덟 살이라고 추측하더라도 즐겁게 들을 거예요. 하지만 그녀는 당신이 그런 단어를 사용했다고 말다툼을 벌이려 할 걸. 당신이 젊고 예쁜 여자라고 말했다고 그녀가 생각하지 않도록 하세요.」

「제가 그 정도로 분별력이 없지는 않기를 바랍니다.」 그가 대답했다. 「아뇨, 정말이지 (활달하게 고개를 숙여 절하며) 웨스턴 부인과 이야기를 나눌 때는 누구를 칭찬하더라도 지나친 찬사라고 여겨지지 않을지를 잘 알 겁니다.」

엠마는 웨스턴 부부가 그들의 친분에서 기대하고 있는 것에 대한 의혹, 그녀의 마음을 강렬하게 사로잡았던 그 의혹이 그의 마음에도 스친 적이 있었을지 궁금했다. 또한 그의 찬사를 그 기대에 대한 순응의 표시로 봐야 할지 아니면 도전의 증거로 봐야 할지 궁금했다. 그가 행동하는 방식을 이해하려면 그를 더 많이 만나 봐야 한다. 현재로는 그의 매너가 그저 유쾌하게 느껴졌다.

엠마는 웨스턴 씨가 종종 어떤 생각을 떠올리고 있는지를 조금도 의심할 수 없었다. 그는 행복한 표정에 예리한 눈으로 그녀와 프랭크를 자주 바라보았고, 보지 않으려고 작정했을 때도 그들의 이야기에 귀를 기울이고 있음이 분명했다.

엠마의 아버지는 이런 생각에서 완전히 벗어나 있을뿐더러 그런 종류의 통찰력이나 의혹이 전혀 없었기에 무척 편안한 심정이었다. 그는 결혼을 찬성하지 않았을 뿐 아니라 다행히도 결혼을 예감하지 못했다. 이미 정해진 결혼에 대해서는 늘 반대했지만, 결혼을 예상하면서 미리 고통을 겪는 일은 없었다. 마치 어떤 두 사람이 결혼을 하겠다고 작정할 만큼 판단력이 형편없으리라고, 그 판단력이 부정적으로 입증될 때까지는 생각할 수 없는 것 같았다. 그녀는 아버지의 호의적인 몰이해에 고마운 심정이었다. 지금 아버지는 단 한 번도 불쾌한 추측으로 주춤하지 않고, 그의 손님에게서 배신의 가능성을 한 번도 감지하지 못한 채, 타고난 친절하고 예의 바른 마음으로 프랭크 처칠 씨가 여행하는 동안 안쓰럽게도 이틀씩이나 노상에서 묶었던 일에 대해 근심스럽게 묻고 있었다. 그리고 그가 감기에 걸리지 않은 것이 확실한지를 진심으로 걱정하며 알고 싶어 했고, 하룻밤 더 지난 다음에야 이를 완전히 확신할 수 있다고 조언했다.

적절한 시간이 지나자 웨스턴 씨는 가려고 일어섰다. 「이제 가봐야겠습니다. 건초 때문에 크라운에 들를 일이 있거든요. 그리고 안사람이 포드네 가게에서 볼일을 많이 맡겼습니다. 하지만 저 때문에 다른 분들까지 서두를 필요는 없습니다.」 그의 아들은 이 암시를 듣고 너무 예의 바른 나머지 즉시 일어서며 말했다.

「아버지께서 일을 보러 가시니까 저도 이 기회에 방문하러 가야겠어요. 조만간 방문해야 할 곳이니까 지금 가는 편이 낫겠지요. 저는 (엠마를 바라보며) 당신의 이웃과 친분을 맺은 적이 있었어요. 하이버리 중심이거나 그 근방에 살고 있는 숙녀이고 페어팩스라는 이름이지요. 그 집을 어렵지 않게 찾을 수 있으리라고 생각합니다. 페어팩스라는 이름이 그 집안의 이름은 아닌 것 같습니다만. 아마 반즈나 베이츠일 겁니다. 그런 이름의 가족을 혹시 아시나요?」

「물론 알고 있지.」 그의 아버지가 큰 소리로 말했다. 「베이츠 부인, 우리가 그 집을 지나쳐 왔는데 창가에서 베이츠 양을 보았단다. 그래, 참, 네가 페어팩스 양을 알고 있지. 그녀를 웨이머스에서 만났다고 했었지. 멋진 아가씨지. 그래, 방문하러 가거라.」

「오늘 아침에 꼭 가야 할 필요는 없어요.」 그 젊은이가 말했다. 「다른 날이라도 괜찮을 겁니다. 하지만 웨이머스에서 그 정도의 친분은……」

「아, 오늘 가거라. 미루지 말고. 해야 할 옳은 일이라면 빨리 할수록 더 나으니까. 더욱이 한 가지 일러 줄 것이 있단다, 프랭크. 여기서 페어팩스 양에게 조금이라도 소홀히 하는 일이 없도록 신중히 처신해야 한단다. 너는 캠프벨 가족과 함께 있는 그녀를 보았을 테고 그곳에서 그녀는 주위 사람들과 대등했겠지만, 여기서는 먹을 것도 변변치 않은 가난한 할머니와 함께 지내고 있으니 말이다. 일찌감치 방문하지 않는다면 모욕으로 여겨질 거란다.」

그 아들은 마음을 굳힌 것 같았다.

「그녀가 당신을 알고 있다고 말하는 것을 들은 적이 있어요.」 엠마가 말했다. 「그녀는 무척 우아한 아가씨예요.」

그는 그 말에 동의했지만 너무나 조용히 〈그래요〉라고 말했기에 그가 진심으로 동의한 것인지 의심스러울 정도였다. 하지만 제인 페어팩스의 세련미가 그저 평범하다고 여겨질 정도라면 상류 사회의 우아함은 매우 정교한 것임에 틀림없다.

「전에 그녀의 매너에 특히 깊은 인상을 받으신 적이 없다면······.」 그녀가 말했다. 「오늘은 그러실 거예요. 그녀의 돋보이는 모습을 보실 거예요. 그녀를 보고, 그녀의 말을 듣고······ 아니, 유감스럽게도 그녀의 말을 전혀 듣지 못하실 거예요. 그녀의 이모님이 결코 입을 다물지 않으실 테니까요.」

「그래, 제인 페어팩스 양을 알고 있다는 말이오?」 대화에서 늘 마지막으로 말을 꺼내는 우드하우스 씨가 말했다. 「그렇다면 그녀가 매우 기분 좋은 아가씨라는 점을 알게 되리라고 장담할 수 있소. 그녀는 할머니와 이모를 방문해서 여기 머물고 있지. 아주 소중한 분들이라오. 나는 그분들을 평생 알고 지냈소. 그분들은 당신을 만나면 무척 기뻐할 거요. 내 하인을 보내서 길을 안내해 드리도록 하지.」

「아닙니다. 아버지께서 길을 가르쳐 주실 겁니다.」

「하지만 자네 부친은 그렇게 멀리 가지 않을 거요. 거리 반대편에 있는 크라운에 가실 테니까. 그리고 집들이 아주 많아서 길을 잃을 거요. 보도로 걷지 않으면 길이 매우 더러울 테고. 내 마부가 어디서 길을 건너는 편이 가장 좋을지 알려 줄 거요.」

하지만 프랭크 처칠 씨는 매우 진지하게 보이는 표정으로 거절했다. 그의 아버지는 큰 소리로 아들의 말을 지지했다. 「그렇게 하실 필요 없습니다. 프랭크는 물웅덩이를 보면 그것이 뭔지 알 겁니다. 그리고 베이츠 부인의 집은 크라운에서 세 번만 건너뛰면 도착할 수 있어요.」

그래서 그들끼리 갈 수 있었다. 한 사람은 진심 어린 따뜻한 마음으로 고개를 끄덕였고 다른 한 사람은 우아하게 고개를 숙여 절하고 두 신사는 출발했다. 엠마는 이렇게 시작된 친분에 무척 흐뭇했고, 어느 때라도 랜달스의 가족 모두를 생각하면서 그들이 평안하리라고 믿을 수 있었다.

제6장

다음 날 아침에 프랭크 처칠 씨는 다시 방문했다. 그는 웨스턴 부인과 함께 왔는데, 그녀와 하이버리를 진심으로 좋아하는 것 같았다. 집에서는 그녀가 산책할 시간이 될 때까지 함께 앉아서 말동무를 해준 모양이었다. 그리고 산책로를 선택하라는 요청을 받자 즉시 하이버리를 선택했다. 「어느 쪽으로 가더라도 쾌적한 산책로가 있으리라고 믿습니다만, 제 마음대로 선택할 수 있다면 언제나 똑같은 것을 선택하겠어요. 하이버리, 상쾌하고 유쾌하고 행복한 하이버리가 제게는 늘 매혹적일 겁니다.」 웨스턴 부인에게 하이버리는 곧 하트필드를 뜻했고, 그래서 그녀는 그도 똑같은 생각일 거라고 믿었다. 그들은 곧바로 하트필드 쪽을 향해 걸었다.

엠마는 그들의 방문을 예상하지 못했었다. 자기 아들이 매우 잘생겼다는 말을 들으려고 잠시 들렀던 웨스턴 씨는 그들의 산책 계획을 전혀 알지 못했던 것이다. 그러므로 그들이 함께 팔짱을 끼고 걸어오는 모습을 보자 놀랍고도 즐거웠다. 그녀는 그를 다시 보고 싶었고, 특히 그가 웨스턴 부인과 함께 있는 것을 보고 싶었다. 부인에 대한 그의 태도에 따라서 그에 대한 그녀의 평가가 달라질 것이다. 만일 웨스턴 부인에 대한 그의 태도에 부족한 점이 있다면, 그 무엇으로도 그 결함을 메울 수 없을 것이다. 그러나 그들이 함께 있는 모습을 보았을 때 엠마는 더 바랄 나위 없이 만족했다. 그는 그저 멋진 말이나 과장된 찬사로 경의를 표한 것이 아니었다. 웨스턴 부인에 대한 그의 태도는 더없이 적절하고 유쾌했으며, 새어머니를 벗으로 삼고 그녀의 애정을 받고 싶은 욕구를 무척 기분 좋게 드러냈다. 그들은 오전 내내 머물렀으므로 엠마가 합리적으로 판단할 만한 시간도 충분했다. 그들 세 사람은 한두 시간 함께 산책하면서 처음에는 하트필드의 관목 숲을 돌고 그 후에는 하이버리 거리를 걸었다. 그는 모든 것에 즐거워했으며, 우드하우스 씨가 흐뭇해할 정도로 하트필드에 대해서 찬사를 아끼지 않았다. 산책을 더 하기로 결정했을 때 그는 마을 전체를 돌아보고 싶다고 말했고, 엠마가 생각하지 못했던 여러 가지 것들에 대해 칭찬하고 흥미를 느꼈다.

그가 호기심을 느낀 몇 가지 것들은 매우 다정다감한 마음을 드러냈다. 그는 부친이 오랫동안 살았던 자기 조부의 집을 알려 달라고 했다. 그리고 자기를 키워 준 늙은 부인이 아직 살아 있다는 사실을 떠올리고는 그녀의 오두막을 찾아 거리의 한쪽 끝에서 다른 쪽 끝까지 걸어갔다. 그가 찾아보려 한 것이나 몇 가지 말에 명확히 미덕이 있는 것은 아니었지만 대체로 하이버리 전체에 대한 호의를 드러냈고, 그것은 그와 함께 있는 사람들에게 틀림없는 미덕으로 여겨졌다.

그를 관찰하고 나서 엠마는 속으로 생각했다. 그가 지금 드러내는 감정으로 볼 때 자진해서 하이버리에 오지 않았다고는 생각할 수 없으며, 그가 연기를 했거나 마음에 없는 말을 과시적으로 늘어놓았던 것도 아니고, 나이틀리 씨의 판단이 분명 공정하지 않았다고 말이다.

그들은 제일 먼저 크라운 인에서 걸음을 멈췄다. 그 주막은 그런 곳들 중에서 제일 컸지만 하잘것없는 집이었다. 거기에서 건사되고 있는 한 쌍의 역마는 파발마로 쓰이기보다는 이웃들의 편의를 도모하는 데 쓰이고 있었다. 프랭크 처칠의 동행들은 그가 그곳에 흥미를 느껴서 한참 지체하리라고는 생각지도 않았었다. 그러나 그곳을 지나면서 그들은 그 주막에 커다란 방을 덧붙여 지었던 과거사를 들려주었다. 여러 해 전 그 방은 무도회장으로 지어졌는데, 그 지역에 특히 사람들이 많았고 무도회가 유행했던 시절에 이따금 사용되었다. 그러나 그런 화려한 시절은 이미 오래전에 지나가 버렸고, 지금은 기껏해야 일류 신사들과 어중간한 신사들이 만든 휘스트 클럽의 모임 장소로 사용되고 있었다. 그는 그 이야기에 즉시 흥미를 느꼈고, 무도회장이었다는 사실에 관심을 느꼈다. 그래서 그냥 지나치지 않고 열려 있는 큰 창문에 멈춰 서서 몇 분간 그 안을 들여다보고 수용 인원을 생각해 보면서 원래의 목적이 폐기되었음을 아쉬워했다. 그는 그 방에 문제점이 전혀 없다고 생각했고, 그들이 제기한 문제점을 인정하지 않으려 했다. 아니, 길이도 충분하고, 넓이도 충분하고, 충분히 멋있는 방이었다. 적절한 인원을 편안하게 수용할 수 있을 것이다. 그들은 겨울 내내 적어도 2주에 한 번은 그곳에서 무도회를 열어야 한다. 우드하우스 양은 왜 그 무도회장의 좋았던 시절을 부활시키지 않는가? 그녀라면 하이버리에서 못 할 일이 없을 텐데! 그녀는 무도회에 참석할 만한 집안이 그 지역에 부족하고, 바로 인접한 지역을 넘은 곳에서는 아무도 참석하고 싶어 하지 않으리라고 분명히 말했다. 하지만 그는 납득하지 못했다. 그가 주위에서 본 무척 많은 멋진 집들에서 무도회에 적합한 인원을 제공할 수 있으리라고 생각했다. 그래서 구체적인 사실들을 알려 주고 그 집안들이 어떤 계층인지를 설명해 주어도, 그는 다양한 부류의 사람들이 뒤섞인다면 무척 불편할 수 있다는 지적이나 모두들 그 다음 날 자기들의 적합한 처지로 돌아가는 데 어려움이 있으리라는 지적을 여전히 수긍하지 않으려 했다. 그는 춤추려고 작심한 젊은이처럼 주장했다. 엠마는 웨스턴 집안의 기질이 처칠 집안의 습성에 강력히 저항하면서 우세하게 드러나는 것을 보고 약간 놀랐다. 그는 자기 아버지의 활기와 쾌활한 기분, 사교적 성향을 모두 물려받은 것 같았고, 엔스콤의 자부심이나 배타적인 성격이 전혀 없는 것 같았다. 실은 자부심이 좀 부족한 듯했다. 여러 계층의 사람들이 뒤섞이는 것에 대한 그의 무관심은 세련되지 못한 마음이라고 불릴 수 있을 정도였다. 하지만 그는 자신이 하찮게 여기는 해악을 제대로 판단할 수 없을 것이다. 팔팔한 기운이 솟구치는 것일 뿐이다.

마침내 숙녀들은 그를 설득해서 크라운을 지나 조금 더 걸어갔다. 이제 베이츠 가족이 살고 있는 집을 바라보게 되었을 때 엠마는 그가 전날 그곳을 방문하기로 했던 일을 기억하고 방문했는지를 물어보았다.

「아, 네, 그 이야기를 하려던 참이었어요. 아주 성공적인 방문이었지요. 세 숙녀 모두 뵈었어요. 귀띔해 주셔서 무척 고마웠지요. 끝없이 말씀하시는 그 이모님에게서 기습 공격을 받았더라면 지루해서 죽을 지경이었을 테니까요. 실은 어쩌다 보니 상식을 넘도록 오래 방문하게 되었어요. 10분이면 충분하고도 남았을 테고, 대단히 적절했을 겁니다. 그리고 사실 아버지보다 먼저 집에 돌아갈 거라고 아버지께 말씀드렸었거든요. 하지만 빠져나올 수가 없었어요. 틈이 전혀 없었지요. 결국에는 놀랍게도, 아버지께서 (저를 다른 곳에서 찾으실 수 없어서) 마침내 그 댁으로 오셨을 때 제가 거의 45분이나 있었다는 것을 알게 되었어요. 그 선량한 숙녀께서는 제가 미리 탈출할 기회를 주지 않으셨거든요.」

「페어팩스 양은 어떻게 보이던가요?」

「병자처럼 무척 아프게 보이더군요. 말하자면, 젊은 숙녀에게 병자처럼 보인다는 말을 쓸 수 있다면 말입니다. 하지만 그런 표현은 용납될 수 없겠지요. 그렇죠, 웨스턴 부인? 숙녀들은 절대로 병자처럼 보일 수 없지요. 솔직히 말해서 페어팩스 양은 원래 얼굴빛이 너무 창백해서 거의 언제나 병자 같은 인상을 주지요. 몹시 유감스럽게도 안색이 좋지 않아요.」

엠마는 이 말에 동의하지 않았고, 페어팩스 양의 안색을 열렬히 옹호했다. 「물론 그녀의 얼굴빛이 화사한 건 아니에요. 하지만 전체적으로 병색이 돈다고는 할 수 없어요. 그녀의 피부는 아주 부드럽고 섬세해서 얼굴에 특히 우아한 느낌을 주거든요.」 그는 적절히 예의를 차려서 경청했고, 많은 사람들이 그렇게 말하는 것을 들었다고 인정했다. 하지만 자기의 기준으로는 건강미가 넘치는 발그레한 빛깔이 부족한 것은 그 무엇으로도 메울 수 없다고 말했다. 이목구비가 평범할 때 섬세한 얼굴빛은 그 얼굴을 아름답게 보이도록 해준다. 그리고 이목구비가 훌륭할 때 그 효과는······. 다행히도 그는 그 효과가 어떤지를 묘사할 필요가 없었다.

「글쎄, 취향에 대해서는 말다툼을 해봐야 소용이 없겠죠.

적어도 당신은 그녀의 얼굴빛을 제외하고는 그녀를 흠모하시겠죠.」 엠마가 말했다.

그는 고개를 가로저으며 웃었다. 「저는 페어팩스 양을 그녀의 얼굴빛과 떼어 내서 생각할 수 없습니다.」

「웨이머스에서 그녀를 자주 만나셨어요? 같은 무리에서 종종 어울리셨나요?」

이 순간 그들은 포드네 가게에 가까워지고 있었고 그는 서둘러 큰 소리로 말했다. 「아, 바로 여기가 모두들 하루도 거르지 않고 들르는 상점이로군요. 아버지께서 알려 주셨어요. 아버지도 일주일에 엿새는 하이버리에 오시고 늘 포드네 가게에 들를 일이 있으시다고요. 불편하지 않으시면 함께 들어가시겠어요? 저도 하이버리의 진정한 주민이고 이곳에 속하는 사람이라는 것을 입증할 수 있도록 말이에요. 여기서 뭔가를 사야겠어요. 그렇게 하면 제 시민권을 받을 수 있겠지요.[26] 아마 여기서 장갑도 팔겠지요.」

「아, 네. 장갑뿐 아니라 없는 것이 없어요. 당신은 하이버리의 총아가 되겠군요. 웨스턴 씨의 아드님이라서 당신은 여기 오기 전에도 무척 유명했어요. 그런데 포드네 가게에서 반 기니를 내놓으면 당신 자신의 미덕으로 인기를 누리게 될 거예요.」

그들은 상점 안으로 들어섰다. 맵시 있고 말끔하게 포장된 〈맨스 비버〉와 〈요크 탠〉이 내려져서 카운터 위에 전시되는 동안 그가 말했다. 「죄송한데요, 우드하우스 양. 조금 전 제 애향심이 발현된 순간에 무언가 말씀하셨지요. 다시 들려주

---

26 중세 런던에서 기인한 전통으로, 상업에 종사하는 자유민이 도시 입장권, 즉 시민권을 얻기 위해 도제로 일하거나 보상금을 내곤 했다.

시겠어요? 장담컨대 공적 명성이 아무리 멀리 뻗어 나간다 해도 사적인 일상의 행복을 잃는다면 보상될 수 없답니다.」

「그저 웨이머스에서 페어팩스 양과 그 일행을 자주 만나셨는지를 물었을 뿐이에요.」

「이제 당신의 질문을 이해했으니, 그 질문이 공정치 못한 것이라고 주장해야겠네요. 친분의 정도를 결정하는 건 언제나 여성의 권리니까요. 페어팩스 양이 이미 말씀하셨을 테니 그녀가 인정한 것 이상으로 주장하는 일은 하지 않겠습니다.」

「정말이지! 당신도 그녀처럼 신중하게 대답하시는군요. 그녀는 너무나 과묵해서 누구에 대해서든 조금도 알려 주지 않아요. 그녀의 설명을 들으면 오히려 추측해야 할 것들이 너무 많다니까요. 그러니 당신은 그녀와의 친분에 대해서 내키는 대로 말씀하셔도 된다고 생각해요.」

「그런가요? 그럼 사실을 말씀드리죠. 저도 그것이 제일 좋고요. 그녀를 웨이머스에서 자주 만났어요. 캠프벨 가족은 런던에서 약간 알고 있었고요. 웨이머스에서 우리는 같은 무리에서 어울리는 일이 많았지요. 캠프벨 대령은 무척 유쾌한 분이고, 그 부인은 친절하고 마음이 따뜻한 여성이지요. 저는 그 가족을 모두 좋아합니다.」

「그럼 페어팩스 양의 상황을 아시겠군요. 그녀가 앞으로 무엇이 될 운명인지.」

「네. (다소 주저하면서) 알고 있다고 생각합니다.」

「넌 지금 미묘한 주제를 건드리고 있어, 엠마.」 웨스턴 부인이 미소를 지으며 말했다. 「내가 여기 있다는 것을 기억해야지. 프랭크 처칠 씨는 네가 페어팩스 양의 상황에 대해서 이야기할 때 뭐라고 대답해야 할지 모를 거야. 내가 조금 멀리가 있을게.」

「저는 정말이지 웨스턴 부인이 가장 사랑하는 벗이 아닌 다른 존재였던 때를 완전히 잊고 있어요.」 엠마가 말했다.

그는 그런 감정을 전적으로 이해하고 존중하는 듯 보였다.

장갑을 사고 가게에서 나왔을 때 프랭크 처칠이 말했다. 「우리가 이야기하던 그 숙녀의 연주를 들은 적이 있으신가요?」

「들은 적이 있느냐고요!」 엠마가 말했다. 「그녀가 하이버리 사람이라는 사실을 잊으셨군요. 우리가 피아노를 배우기 시작한 후로 해마다 그녀의 연주를 들었어요. 그녀의 연주는 매혹적이에요.」

「그렇게 생각하세요? 진정한 감식력이 있는 분의 의견을 듣고 싶었어요. 제가 보기에는 그녀가 연주를 참 잘하고, 말하자면, 상당한 취향이 있는 것 같은데 저는 그런 문제를 전혀 모르거든요. 음악을 무척 좋아하기는 하지만 누군가의 연주를 판단할 만한 재주도, 권리도 전혀 없습니다. 그녀의 연주에 대한 찬사를 듣곤 했었지요. 그녀의 연주가 훌륭하다고 평가되었다는 증거가 한 가지 기억나는군요. 음악적 재능이 풍부한 어떤 사람이 있었는데, 다른 여자를 사랑해서 약혼하고 결혼하기 직전이었는데도 그는 페어팩스 양의 연주를 들을 수만 있다면 자기 약혼녀에게 피아노 앞에 앉아 달라고 절대로 청하지 않더군요. 그녀의 연주를 들을 수 있다면 약혼자의 연주를 절대로 듣지 않으려는 것 같았어요. 음악적 재능이 있다고 알려진 남자가 그렇게 한다는 것은 증거가 된다고 생각했죠.」

「증거라고요! 그렇군요!」 엠마는 대단히 재미있게 생각했다. 「딕슨 씨는 음악적 재능이 많은 분이군요, 그렇죠? 페어팩스 양이 반년 동안 알려 주는 것보다 당신이 30분 동안 들려주는 얘기에서 그들에 대해 더 많이 알게 되겠어요.」

「네, 그들은 바로 딕슨 씨와 캠프벨 양이었어요. 그리고 저는 그것이 매우 강력한 증거라고 생각했어요.」

「물론이죠. 매우 강력한 증거이지요. 솔직히 말씀드리면, 제가 캠프벨 양이었다면 유쾌하게 받아들이기 어려울 만큼 강력한 것이죠. 남자가 사랑보다 음악에, 눈보다 귀에, 제 감정보다 섬세한 소리에 더 민감하게 반응하는 감수성을 갖고 있다면 저는 너그러이 봐줄 수 없을 거예요. 캠프벨 양은 그것을 어떻게 받아들였나요?」

「아시다시피 그녀는 캠프벨 양의 각별한 친구였지요.」

「그건 보잘것없는 위안이에요!」 엠마가 웃으며 말했다. 「호감을 받는 사람이 각별한 친구이기보다는 차라리 낯선 사람인 편이 더 나을 거예요. 낯선 사람의 경우에는 두 번 다시 되풀이되지 않을 테니까요. 하지만 매우 각별한 친구가 늘 옆에서 모든 일을 자기보다 더 잘할 때의 참담한 심정이란! 가엾은 딕슨 부인! 자, 그녀는 아일랜드에 정착하게 되어 즐겁겠어요.」

「맞습니다. 캠프벨 양에게 그리 기분 좋은 일은 아니었겠지요. 하지만 그녀는 그 일을 그리 심각하게 느끼지 않는 것 같았어요.」

「그럴수록 더 낫겠죠. 아니면 그럴수록 더 나쁘거나. 어느 쪽인지 모르겠어요. 그녀의 성격이 좋거나 아니면 감정이 둔해서, 열렬한 우정 때문이거나 아니면 무뎌진 감정 때문이겠지요. 어떻든 그 점을 분명히 느꼈을 한 사람이 있다고 생각해요. 페어팩스 양 말이지요. 그녀는 자신이 받는 각별한 대접이 틀림없이 부적절하고 위험하다고 느꼈을 거예요.」

「그 점에 대해서……. 그게 아니라…….」

「아! 당신이나 어느 누구든지 페어팩스 양의 감정을 설명해 줄 수 있으리라고는 기대하지 않아요. 그 감정은 그녀 자신을 빼고는 누구도 알지 못할 거예요. 그러나 그녀가 딕슨 씨의 요청을 받을 때마다 계속 연주했다면, 누구라도 자기 마음대로 짐작할 수 있겠지요.」

「그들은 서로를 완벽하게 잘 이해하는 듯 보였어요…….」 그는 다소 재빨리 말을 꺼냈지만 자제하고는 이렇게 덧붙였다. 「하지만 그들이 실로 어떤 관계였는지는 제가 말할 수 없습니다. 그 이면에서 어떤 상황이었는지 말이죠. 다만 겉으로 볼 때 평온했다고 말할 수 있습니다. 하지만 당신은 어렸을 때부터 페어팩스 양을 알아 왔으니 저보다 그녀의 성격을 더 잘 판단하시겠지요. 그녀가 중대한 상황에서 어떻게 처신할지도 말입니다.」

「물론 어렸을 때부터 그녀를 알았어요. 우리는 같이 어린 시절을 보냈고 같이 어른이 되었어요. 그러니 우리가 친할 거라고, 그녀가 친지들을 방문할 때마다 우리가 서로 좋아했을 거라고 가정하는 게 당연하겠지요. 하지만 결코 그렇지 않았어요. 왜 그렇게 되었는지는 잘 모르겠어요. 아마 약간은 그 이모와 할머니, 그리고 그 무리에서 늘 치켜세우고 칭찬하는 아가씨에 대해 넌더리를 내는 내 고약한 성격 때문일 거예요. 그리고 그녀의 과묵함도 한몫하고요. 그렇게나 마음을 털어놓지 않는 사람에게는 애정을 느낄 수 없었어요.」

「그런 성격은 무척 불쾌하지요.」 그가 말했다. 「과묵함은 때로 편리하기는 하지만 절대로 즐거움을 주지 않습니다. 안전하지만 매력이 없어요. 과묵한 사람을 사랑할 수는 없습니다.」

「그 과묵함이 사라질 때까지는 사랑할 수 없겠지요. 하지만 그렇게 되면 매력이 더 커질 거예요. 하지만 저는 지금보다 친구가 부족하든지 아니면 더 쾌활해지든지 해야만 그 매력을 얻기 위해서 누군가의 과묵함을 극복하려고 애쓸 거예요. 페어팩스 양과 저는 친구가 될 수 없었어요. 그녀를 나쁘게 생각할 이유는 조금도 없어요. 전혀 없죠. 다만 늘 말과 행동을 극히 조심하고 누구에 대해서든 분명한 의견을 밝히기 두려워한다면 뭔가 숨길 것이 있다는 의심을 주거든요.」

그는 그녀의 말에 전적으로 동의했다. 함께 오래 걸으면서 너무나 똑같은 생각을 확인한 후에 엠마는 그를 아주 잘 알고 있다고 느꼈고, 이번이 고작 두 번째 만남이었다는 사실을 믿을 수 없었다. 그는 그녀가 예상했던 바에 꼭 들어맞지는 않았다. 그의 어떤 생각을 보면 그리 세속적인 사람이 아니었고, 부잣집의 버릇없는 아이도 아니었다. 그러므로 그녀의 예상보다는 훨씬 더 나았다. 그의 생각은 더 온건하고 그의 감정은 더 따뜻해 보였다. 그녀는 특히 엘튼 씨의 집에 대한 그의 태도에 깊은 인상을 받았다. 그는 교회뿐 아니라 목사관을 보고 싶어 했고, 숙녀들과 달리 그 집의 많은 결함을 인정하지 않으려 했다. 아니, 그는 그 목사관이 추레하다고 생각할 수 없었다. 그런 집을 갖고 있다고 해서 동정을 받을 만한 집은 아니었다. 만일 사랑하는 여자와 그 집을 공유할 수 있다면 누구라도 그 집을 갖고 있다고 해서 동정받을 이유는 없다고 생각했다. 그 안에는 진정한 안락을 누릴 공간이 충분히 있을 것이다. 그 이상을 원하는 사람이라면 틀림없이 얼간이다.

웨스턴 부인은 웃으면서 그가 스스로 무슨 말을 하고 있는지를 모른다고 말했다. 그 자신이 큰 저택에서만 살아왔기 때문에, 그리고 저택의 크기에 얼마나 많은 이점들과 편리함이 결부되어 있는지를 생각해 본 적이 없으므로, 작은 집에 따르기 마련인 결핍을 판단할 수 없다는 것이었다. 그러나 엠마는 그가 자신이 하는 말을 실로 잘 알고 있고, 바람직한 동기에서 일찌감치 결혼하고 정착하려는 매우 다정다감한 성향을 드러냈다고 생각했다. 가정부의 방이 없거나 집사의 식료품 저장실이 형편없기 때문에 가정의 평화가 깨질 수 있다는 것을 그는 알지 못하리라. 그러나 의심할 바 없이 그는 엔스콤에서 행복해질 수 없으며, 자신이 사랑에 빠지면 언제든지 일찌감치 정착할 수 있도록 많은 재산을 기꺼이 포기하겠다고 느낄 것이다.

제7장

 다음 날 프랭크 처칠이 오로지 머리를 자르기 위해 런던에 갔다는 이야기를 들었을 때 그에 대한 엠마의 호감은 약간 흔들렸다. 아침 식사 시간에 그는 갑자기 변덕에 사로잡힌 듯했고 이륜마차를 준비시키더니 출발했다는 것이다. 정찬 시간까지는 돌아올 생각이었지만, 머리를 자르는 일 말고 더 중요한 목적이 있는 것 같지는 않았다. 물론 그런 일로 16마일을 왕복한다고 해서 해로울 건 없었다. 하지만 거기에는 겉치장을 부리며 터무니없는 일을 하려는 기미가 보였고, 그녀는 그런 점을 납득할 수 없었다. 그것은 합리적인 계획이나 검소한 지출, 그리고 그녀가 어제 그에게서 보았다고 믿었던 이타적인 따뜻한 마음과도 일치하지 않았다. 허영심과 방종함, 변화의 추구, 좋은 일이든 나쁜 일이든 가리지 않고 무엇이든 하고 있어야 하는 불안정한 기질, 자기 아버지와 웨스턴 부인의 바람에 대한 무관심, 자신의 행동이 전반적으로 어떻게 보일지에 대한 무신경함, 그는 이런 온갖 비난들을 받을 수 있었다. 그의 아버지는 그를 멋쟁이라고 부르면서 그저 재미있는 이야깃거리로 치부했지만, 웨스턴 부인이 이를 마음에 들어

하지 않았다는 점은 분명했다. 그 이야기를 가급적 빨리 넘겨버리면서 그저 〈젊은이들은 누구나 사소한 변덕이 있기 마련이니까〉라고 말했던 것이다.

머리를 자르겠다는 이 사소한 오점을 제외하면 지금까지 웨스턴 부인은 그에 대해 좋은 인상만 받았다는 것을 엠마는 알았다. 부인은 그가 얼마나 세심하고 유쾌한 말벗인지, 그의 성격에서 좋은 점을 얼마나 많이 보았는지를 기꺼이 이야기했다. 그는 매우 솔직하고, 분명 매우 쾌활하고 활기찬 성격을 갖고 있는 것 같았다. 그의 생각에서 그릇된 점은 전혀 찾을 수 없었고, 분명히 옳은 점은 무척 많이 찾아낼 수 있었다. 그는 자기 외삼촌에 대해서 따뜻한 존중심을 품고 이야기했고 그에 대해서 말하기를 좋아했으며, 외삼촌이 자기 뜻대로 할 수 있었으면 세상에서 제일 좋은 사람이었을 거라고 말했다. 또한 외숙모에 대해서 애정을 느끼지는 않았지만 고마운 마음으로 그녀의 친절을 인정했고 그녀에 대해서 늘 존중심을 갖고 말하려는 것 같았다. 이것은 모두 고무적인 이야기였다. 머리를 자르겠다는, 그 유감스럽게도 기발한 생각만 아니었다면 그녀의 상상력이 그에게 부여한 걸출한 명예에 걸맞지 않는 점이 하나도 없었다. 그 명예란, 지금 그녀를 사랑하고 있지는 않더라도 적어도 곧 사랑에 빠질 수 있는 명예, 하지만 그녀 자신의 무관심 때문에 보류되고 있는(결혼을 절대로 하지 않겠다는 그녀의 결심은 아직도 유효하므로) 명예였고, 간단히 말해서 그들의 공동의 지인들에 의해서 그녀의 남편감으로 인정될 수 있는 명예였다.

이러한 생각에 웨스턴 씨는 자기 나름대로 약간 중요한 점을 덧붙여 주었다. 프랭크가 엠마를 몹시 흠모하며 그녀를 매우 아름답고 대단히 매력적이라고 생각한다고 알려 주었던 것이다. 그래서 전체적으로 보면 그에 대해서 할 말이 많이 있지만, 그를 너무 가혹하게 판단해서는 안 된다고 그녀는 생각했다. 웨스턴 부인이 말했듯이 〈젊은이들은 누구나 사소한 변덕이 있기 마련이니까〉.

서리 주에서 프랭크가 새로 사귀게 된 지인들 가운데 그에 대해서 그렇게 너그럽게 생각하지 않는 사람이 한 명 있었다. 대체로 프랭크는 돈웰과 하이버리 교구에서 대단히 공정하게 평가되었다. 그렇게 잘생긴 데다 웃기도 잘하고 고개 숙여 인사도 잘하는 젊은이의 약간 지나친 면은 너그럽게 참작되었다. 하지만 그들 가운데 한 사람은 인사나 미소를 받아도 질책의 화살을 누그러뜨리지 않았다. 바로 나이틀리 씨였다. 하트필드에서 그 이야기를 들었을 때 그는 잠시 잠자코 있었다. 하지만 곧 그가 들고 있던 신문 너머로 혼자서 중얼거리는 소리가 엠마에게 들려왔다. 「흠, 예상대로 경박하고 어리석은 친구로군.」 그녀는 화를 낼까 하는 생각이 절반쯤 들었지만, 잠시 그를 바라보고는 그것이 화를 돋우려는 의도에서가 아니라 자기 감정을 풀어 놓으려는 말이었음을 알고 그냥 넘어가기로 했다.

그날 아침 웨스턴 부부는 좋지 않은 소식을 가져오기는 했지만 다른 점에서 볼 때 그들의 방문은 특히 시의적절했다. 그들이 하트필드에 있는 동안 그들의 조언을 듣고 싶은 일이 일어났던 것이다. 그들은 바로 엠마가 원했던 조언을 해주었기에 더욱 운이 좋았다.

바로 이런 일이 있었다. 콜 씨 가족은 하이버리에 정착한 지 꽤 오래되었고, 친절하고 너그럽고 허세를 부리지 않는 매우 선량한 사람들이었다. 그러나 다른 면에서 보면 장사를 통해 삶의 터전을 마련한 신분이 낮은 사람들로서 그저 점잖은 중간 계층에 속했다. 처음 이 지방에 왔을 때 그들은 자기들의 수입에 비례해서 소수의 사람들과 조용히 어울리며 사치스럽지 않게 살았다. 그러나 작년과 재작년 사이에 그들의 재산이 대폭 증가했다. 런던의 저택에서 큰 이윤을 남겼고 전반적으로 행운의 미소를 듬뿍 받았다. 재산이 늘면서 눈도 높아졌다. 더 큰 집을 원하고 더 많은 사람들과 어울리고 싶어 하게 되었다. 그들은 집과 하인들의 숫자와 온갖 지출을 늘렸고, 이제는 재산과 생활 방식에 있어서 오직 하트필드에만 미치지 못하는 집안이 되었다. 그들은 사교를 좋아했고 새 식당을 마련했기에 정찬을 함께할 온갖 사람들을 초대하려 했고, 주로 독신 남자들 사이에서 벌써 파티가 몇 번 열리기도 했다. 엠마는 그들이 최고 가문들을 감히 초대할 수 없으리라고 생각했다. 돈웰이나 하트필드, 랜달스는 초대할 수 없을 것이다. 만일 그들이 초대한다면, 그녀는 절대로 가지 않을 것이다. 부친의 습관이 잘 알려져 있기 때문에 그녀가 거절하더라도 바라는 만큼의 의미를 전하지 못할 것이 유감이었다. 콜 씨네 가족은 자기들 나름대로는 매우 존중받을 만한 사람들이지만, 더 우월한 집안들의 방문을 요청하면서 마음대로 관계를 설정할 수 없다는 점을 배워야 한다. 그들에게 이런 교훈을 줄 사람이 오직 자신밖에 없다는 것이 그녀는 무척 걱정스러웠다. 나이틀리 씨에 대해서는 거의 희망을 품을 수 없었고, 웨스턴 씨에 대해서는 전혀 바랄 수 없었다.

하지만 그녀는 실로 이 주제넘은 초대장이 오기 몇 주일 전에 이 일을 어떻게 처리할 것인지 마음을 정했었기에, 급기야 그 모욕적인 일이 닥쳤을 때 그녀의 감정은 매우 달라져 있었다. 돈웰과 랜달스는 그들의 초대를 받아들였고, 그녀의 부친과 그녀에게는 초대장이 오지 않았었다. 웨스턴 부인은 그 일에 대해서 〈그들이 너에게 무례하게 굴지 않으려는 거야. 그들은 네가 다른 집의 정찬 파티에 가지 않는 것을 알고 있어〉라고 설명했지만 그것만으로는 충분치 않았다. 엠마는 거절할 기회가 있었더라면 좋았을 거라고 느꼈다. 그 후에 그곳에 모일 사람들, 그녀가 가장 소중하게 여기는 사람들로 구성된 파티를 이따금 떠올릴 때마다, 그녀는 그 초대를 받아들이고 싶은 유혹을 느끼지 않으리라 자신할 수 없었다. 해리엇은 저녁때 그 파티에 참석할 테고, 베이츠 가족도 그러했다. 그들은 전날 하이버리에서 거닐며 그 이야기를 했었고, 프랭크 처칠은 그녀가 참석하지 않는 것을 진심으로 애석해했다. 그 저녁 파티가 무도회로 끝나지 않을까요? 그는 이렇게 물었다. 그 가능성만으로도 그녀는 더욱 초조한 기분이 들었다. 자기를 빼놓은 것을 경의의 표시라고 생각하더라도, 고귀하게 외따로 남겨지는 것은 보잘것없는 위안에 불과했다.

웨스턴 부부가 하트필드를 방문했을 때 문제의 그 초대장이 도착했기 때문에 그들이 옆에 있는 것이 더욱 반가웠던 것이다. 초대장을 읽자마자 그녀는 당장 〈물론 이건 거절해야지요〉라고 말했지만 곧이어 어떻게 하는 편이 좋을지를 그들에게 물어보았다. 그들은 그녀에게 참석하라고 신속히 조언했고 그 뜻을 이룰 수 있었다.

모든 점을 고려해 보건대 그 파티에 갈 생각이 전혀 없는 것은 아니라고 그녀는 고백했다. 콜 씨 부부는 대단히 예의 바르게 자기들의 의사를 표현했고, 그 표현 방식에 매우 진심 어린 관심이 담겨 있었으며, 그녀의 부친을 극진하게 배려했다. 〈저희는 이 영광스러운 일을 더 일찍 간청하고 싶었습니다만, 런던에서 병풍이 도착하기를 기다리고 있었습니다. 우드하우스 씨께서 외풍을 쐬시지 않을 수 있기를 바랐거든요. 우드하우스 씨께서 저희에게 동석해 주시는 영광을 기꺼이 베풀어 주실 수 있도록 말이지요.〉 대체로 그녀의 마음은 기꺼이 설득에 따를 태세였다. 그래서 그들은 우드하우스 씨를 최대한 편안하게 해드리면서 초대를 수락할 수 있을 방법 — 베이츠 부인이 안 된다면 고다드 부인은 틀림없이 그의 말벗이 되어 주리라고 확신할 수 있었다 — 을 간단히 결정한 다음, 우드하우스 씨에게 그의 딸이 이제 임박한 어느 날의 정찬 파티에 참석해서 그와 떨어져 저녁 시간을 보내는 데 어쩔 수 없이 동의하도록 설득했다. 엠마는 아버지가 참석할 수 없다고 생각하기를 바랐다. 시간이 너무 늦을 테고, 사람들이 너무 많을 것이다. 그는 곧 단념했다.

「나는 정찬 방문을 좋아하지 않네.」 그가 말했다. 「예전에도 그랬지. 엠마도 그렇고. 늦은 밤 시간은 우리에게 잘 맞지 않거든. 여름철의 어느 오후에 그들이 방문해서 우리와 함께 차를 마시고 함께 산책을 한다면 훨씬 더 나을 게야. 우리의 하루 일과가 적절하게 잡혀 있기 때문에 그렇게 하더라도 그들은 저녁 이슬에 젖지 않고 집으로 돌아갈 수 있겠지. 나는 어느 누구도 여름날에 저녁 이슬을 맞지 않기를 바란다네. 어떻든, 그들은 우리 귀여운 엠마가 정찬에 참석해 주기를 무척 바라고 있고, 당신들 두 사람과 나이틀리 씨도 거기서 엠마를 돌봐 줄 테니 반대할 수 없겠군. 날씨가 적당하다면 말이지. 습하지도 않고, 춥지도 않고, 바람도 불지 않는다면.」 그러고는 부드럽게 비난하는 표정으로 웨스턴 부인을 바라보며 말했다. 「아, 테일러 양, 당신이 결혼하지 않았더라면 나와 함께 집에 있었을 텐데.」

「자.」 웨스턴 씨가 큰 소리로 말했다. 「제가 테일러 양을 데려갔으므로, 제 의무는 할 수 있다면 그녀의 빈자리를 채워 주는 것입니다. 원하신다면 제가 당장 고다드 부인에게 가서 여쭤 보지요.」

그러나 무슨 일이든지 그 자리에서 당장 결정하는 것은 우드하우스 씨의 불안감을 가라앉히기는커녕 더 고조시켰다. 숙녀들은 그 불안감을 달래는 법을 더 잘 알고 있었다. 웨스턴 씨는 잠자코 있어야 했고, 모든 일이 신중하게 처리되었다.

이렇게 처리하자 우드하우스 씨는 곧 마음을 가라앉히고 평소처럼 말할 수 있었다. 「고다드 부인을 만나면 기뻐하실 거야. 고다드 부인을 무척 존중하니 말이지. 엠마가 부인을 초대하는 편지를 보내야겠구나. 제임스가 그 쪽지를 전달해 주겠지. 하지만 제일 먼저 콜 부인에게 답장을 써야지.」

「내 사과를 되도록 정중하게 써야 할 거란다, 애야. 내가 환자나 다름없어서 어디에도 가지 못하니 그들의 고마운 초대를 거절해야겠다고 쓰려무나. 물론 내 인사말로 시작해야겠지. 하지만 너는 무슨 일이든 잘하니까, 뭐라고 써야 할지 일러 줄 필요도 없겠지. 잊지 말고 제임스에게 화요일에 마차를 준비하라고 알려 줘야지. 제임스가 마차를 모는 한 네 걱정은 하지 않아도 될 거야. 새로운 진입로가 만들어진 후로 우리는 그곳에 한 번밖에 가보지 않았지만, 제임스는 틀림없이 아주 안전하게 데려다 줄 테니까. 그리고 거기 도착하고 나서 몇 시에 너를 데리러 와야 하는지 제임스에게 말해 줘야지. 이른 시간을 일러 주는 편이 좋을 거란다. 네가 늦게까지 머물고 싶지 않을 테니까. 차를 마시고 나면 무척 피곤할 거야.」

「하지만 제가 피곤해지기 전에 돌아오기를 바라시지는 않겠죠, 아빠?」

「아, 그럼! 하지만 너는 곧 피곤해질 거란다. 많은 사람들이 한꺼번에 말을 할 테니 그 소음을 참기 어려울 거야.」

「하지만 어르신.」 웨스턴 씨가 말했다. 「엠마가 일찍 돌아오면 파티가 끝날 겁니다.」

「그렇더라도 큰 해가 될 건 없소.」 우드하우스 씨가 말했다. 「파티라는 건 죄다 일찍 끝날수록 더 나으니까.」

「하지만 콜 씨 부부에게 그 일이 어떻게 보일지를 고려하지 않으셨어요. 차를 마시자마자 엠마가 곧장 돌아온다면 모욕으로 여겨질 겁니다. 그들은 선량한 사람들이고 자신들의 권리에 대해서는 하찮게 생각합니다. 하지만 그래도 누군가 서둘러 돌아간다면 자기들을 존중하지 않는 것으로 느낄 겁니다. 우드하우스 양이 그렇게 한다면 다른 사람들이 그렇게 했을 때보다 훨씬 더 심각하게 생각할 테고요. 어르신께서는 콜 씨 가족을 실망시키고 굴욕감을 느끼게 하고 싶지 않으시겠지요. 누구보다도 친절하고 선량한 사람들이고, 이미 10년이나 어르신의 이웃으로 지내 왔는데요.」

「그럼, 절대로 그런 일은 없어야지. 웨스턴 씨, 그걸 상기시켜 줘서 무척 고맙소. 그들에게 조금이라도 고통을 준다면 무척 유감일 거요. 그들이 대단히 가치 있는 사람들이라는 것을 잘 알고 있소. 콜 씨는 맥주에 손도 대지 않는다고 페리가 말하더군. 콜 씨를 보면 그런 생각이 들지 않겠지만, 그는 담즙에 이상이 있다오. 담즙 이상이 심각하다더군. 아니, 나는 그들에게 조금도 고통을 주지 않을 거라오. 귀여운 엠마야, 우리가 이 점을 생각해 봐야겠구나. 콜 씨 부부의 마음을 상하게 하기보다는 네가 원하는 것보다 좀 더 오래 머무는 편이 좋겠다. 좀 지치더라도 괘념치 않겠지. 알다시피, 너는 네 벗들 사이에서 더할 나위 없이 안전할 테니까.」

「아, 그럼요, 아빠. 저에 대한 걱정은 전혀 없어요. 아빠를 위해서만 아니라면, 웨스턴 부인이 파티에 남아 있을 때까지 저도 망설이지 않고 남아 있겠어요. 다만 아빠가 저를 위해서 깨어 계실까 봐 걱정이에요. 아빠가 고다드 부인과 아주 편안하게 시간을 보내실 거라고 믿어요. 그 부인은 피켓 카드놀이를 좋아하시죠. 하지만 부인이 집에 돌아가신 다음 아빠가 평소 시간에 잠자리에 들지 않으시고 혼자 일어나 계실까 봐 걱정이에요. 그 생각을 하면 제가 몹시 불안해질 거예요. 아빠가 일어나 계시지 않겠다고 약속하셔야 해요.」

그는 약속했다. 다만 그녀도 몇 가지를 약속해야 한다는 조건을 붙였는데, 그것은 집에 돌아왔을 때 으슬으슬하면 반드시 몸을 따뜻하게 할 것과, 배가 고프면 무언가를 먹을 것, 하녀에게 자지 말고 그녀를 기다리게 할 것, 그리고 서를과 집사에게 평소처럼 집안이 안전한지를 살펴보게 할 것 등이었다.

제8장

 프랭크 처칠이 돌아왔다. 그가 부친의 정찬 식사를 기다리게 했어도, 그 사실은 하트필드에 알려지지 않았다. 웨스턴 부인은 그가 우드하우스 씨의 마음에 들기를 무척 바랐기에 숨길 수 있는 결함이라면 그 어떤 것도 누설하지 않았다.

 그는 머리를 자르고 돌아왔고 아주 우아하게 스스로를 비웃었지만, 실은 자기 행동을 전혀 부끄러워하지 않는 것 같았다. 그는 난처한 얼굴을 감추려 머리를 길러야 할 까닭도 없었고, 기분 전환을 위해 돈을 쓰지 않을 이유도 없었다. 그는 여전히 기가 죽지 않았고 여전히 활발했다. 그를 본 후에 엠마는 속으로 이렇게 해석할 수밖에 없었다.

 〈과연 꼭 그런지는 모르겠지만, 어리석은 행동이라도 분별력 있는 사람이 당당한 태도로 하면 어리석어 보이지 않는 게 분명해. 사악한 행동은 늘 사악하지만, 어리석은 행동은 언제나 어리석은 것은 아니야. 그 일을 하는 사람의 성격에 따라서 달라지거든. 나이틀리 씨, 그는 경박하고 어리석은 젊은이가 아니에요. 만일 그렇다면 이번 일을 이렇게 하지 않았을 거예요. 그 일을 하고 우쭐해하거나 부끄러워했겠죠. 멋쟁이들처럼 거들먹거리거나 아니면 아둔한 마음으로 자기 허영심을 변명하지도 못하면서 어물쩍거렸겠죠. 아뇨, 그는 경박하지도 않고 어리석지도 않은 사람이라고 믿어요.〉

화요일이 되자 프랭크를 다시 만날 수 있고, 지금까지보다 더 오래 볼 수 있으리라고 즐겁게 기대할 수 있었다. 그의 전반적인 태도를 평가하고, 자신에 대한 그의 태도의 의미를 추측하고, 자신이 언제 냉정한 태도를 취할 필요가 있을지를 따져 보고, 이제 자기들 두 사람이 함께 있는 것을 처음으로 보는 사람들이 뭐라고 말할지를 상상하면서 즐거울 것이다.

콜 씨의 집에서 만나는 것이었지만 그녀는 아주 즐거운 시간을 보낼 생각이었다. 엘튼 씨에 대해 호감을 느끼던 때에도 그의 결함 중에서 가장 그녀의 마음을 어지럽힌 것이 바로 그가 콜 씨와 정찬을 함께하려는 버릇이었음을 잊지 않았지만 말이다.

고다드 부인뿐 아니라 베이츠 부인도 올 수 있었으므로 아버지가 더욱 편안하리라고 안심할 수 있었다. 집을 나서기 직전에 즐거운 마음으로 그녀는 정찬 후 함께 앉아 있는 그들에게 인사했다. 아버지가 다정하게 그녀의 드레스가 아름답다고 말하는 동안 그녀는 두 숙녀에게 커다란 케이크 조각들과 포도주를 가득 따라 대접함으로써, 식사 중 그들의 체질을 염려하는 아버지 때문에 그들이 어쩔 수 없이 자제해야 했던 것에 대해서 할 수 있는 보상을 다 해주었다. 그녀는 그 부인들을 위해 풍부한 정찬 식탁을 마련했었다. 그들이 과연 그 음식을 먹을 수 있었는지 궁금했다.

콜 씨의 집으로 가는 길에 다른 마차가 앞서 가고 있었는데, 바로 나이틀리 씨의 마차라는 것을 알고 엠마는 기뻤다.

나이틀리 씨는 말들을 건사하지 않았고, 여분의 돈이 많지 않고 대단히 건강하고 활동적이며 독립적이었기에, 엠마가 생각하기에는 지나치게 많이 걸어다녔고 돈웰 애비의 주인에게 어울릴 만큼 마차를 자주 이용하지 않았다. 이제 그가 마차를 멈추고 그녀의 손을 잡아서 내려 주는 동안에 그녀는 그 기회를 이용하여 진심으로 열렬하게 인정해 주며 말할 수 있었다.

「당신은 당연히 이렇게 와야 해요.」그녀가 말했다.「신사답게 말이죠. 당신을 만나서 무척 기뻐요.」

그는 고맙다고 하면서 말했다.「우리가 동시에 도착한 것이 다행이었군! 거실에서 처음 보았더라면 나를 평소보다 더 신사답다고 생각하지 않았을 테니까. 당신은 내 외모나 매너를 보고 내가 어떻게 왔는지 알아낼 수 없었을 거요.」

「아뇨, 알았을 거예요. 알았을 거라고 믿어요. 사람들은 자기들 품위에 맞지 않는다고 생각하는 방식으로 오면 늘 겸연쩍은 표정을 짓거나 부산을 떨거든요. 당신은 그런 것에 태연하다고 생각하겠지요. 하지만 그것은 일종의 허세고, 무관심한 척하는 거예요. 그런 상황에서 당신을 만날 때마다 난 늘 그걸 알아차리거든요. 지금은 당신이 허세를 부리려고 애쓸 일이 전혀 없어요. 부끄럽게 보일 것을 걱정하지도 않고요. 다른 사람들보다 더 커 보이려고 노력하지도 않아요. 자, 이제 당신과 같이 방으로 걸어간다면 정말이지 나는 무척 행복할 거예요.」

「터무니없는 아가씨!」그는 이렇게 대답했지만 화가 난 목소리는 아니었다.

엠마는 나이틀리 씨 외에 그 파티에 참석한 다른 사람들에게도 여러 가지 이유에서 즐거움을 느꼈다. 진심 어린 존중의 태도로 영접을 받았기에 즐겁지 않을 수 없었고, 더 바랄 나위 없이 각별한 대접을 받았다. 웨스턴 가족이 도착했을 때는 그 부부에게서 더없이 다정한 사랑과 강렬한 찬탄이 어우러진 눈길을 받았다. 그 아들은 쾌활하고 열성적인 태도로 다가와서 그녀를 특별한 사람으로 여기고 있음을 드러냈다. 정찬 식탁에서 그는 그녀의 옆자리에 앉았는데, 아마도 그가 교묘한 솜씨를 발휘해서 그렇게 했으리라고 그녀는 확신했다.

정찬 파티에는 콜 씨 가족이 다행히 지인이라고 부를 수 있었던, 흠잡을 데 없고 예의 바른 어떤 시골 가족과 하이버리의 변호사인 콕스 씨네 남자들이 참석했기에 다소 사람이 많았다. 그보다 못한 여자들은 베이츠 양, 페어팩스 양, 그리고 스미스 양과 함께 저녁에 오기로 되어 있었다. 하지만 정찬에 참석한 사람들만으로도 너무 많아서 어떤 화제든지 다 같이 이야기를 나누기란 불가능했다. 정치와 엘튼 씨에 대한 이야기가 오가는 동안 엠마는 당연히 옆에 앉은 쾌활한 사람에게 온 관심을 쏟았다. 하지만 제인 페어팩스라는 이름이 처음에 어렴풋이 들려왔을 때 엠마는 그쪽에 관심을 기울여야 한다고 느꼈다. 콜 부인이 페어팩스 양에 대해서 아주 흥미롭게 들리는 이야기를 하고 있었다. 엠마는 귀를 기울였고, 꽤 들을 만한 가치가 있는 이야기라고 생각했다. 엠마에게 매우 소중한 부분, 즉 그녀의 상상력을 발휘할 만한 재미있는 소재가 제공되었던 것이다. 콜 부인은 베이츠 양을 방문했던 일을 이야기하고 있었는데, 그 집에 들어섰을 때 피아노를 보고 깜짝 놀랐다고 했다. 그랜드 피아노는 아니었지만 꽤 큰 사각형 피아노로 매우 우아하게 보였다. 그녀는 놀라서 축하하며 물어보았고 베이츠 양이 설명한 바에 따르면, 이 피아노가 바로 전날 브로드우즈[27]에서 도착하는 바람에 그 이모와 조카딸이 몹시 놀랐다는 것이다. 전혀 예상치 않았던 일이었다. 제인은 누가 그런 것을 주문했는지 몰라서 당황하고 어리둥절했지만, 지금은 그것을 보낼 만한 유일한 곳에서 왔을 거라고, 물론 캠프벨 대령이 보냈을 거라고 모두들 믿고 있다는 것이었다.

「달리 가정할 수 없으니까요.」 콜 부인이 덧붙였다. 「의혹을 품을 수 있다는 것이 오히려 놀라웠어요. 그런데 제인은 최근 그들의 편지를 받았는데 피아노에 대한 이야기가 한마디도 없었던 것 같아요. 그녀가 그들의 행동 방식을 제일 잘 알고 있겠지요. 하지만 그들이 아무 말도 하지 않았다고 해서 그런 선물을 할 의도가 없었다고 생각할 이유는 없을 거예요. 그녀를 놀래 주려고 했을 수도 있으니까요.」

콜 부인의 말에 많은 사람들이 동의했다. 그 얘기에 끼어든 사람들은 모두 그것이 캠프벨 대령에게서 온 거라고 확신했고, 그런 선물을 했다는 사실에 다 같이 기뻐했다. 그리고 그 얘기를 하려는 사람들이 많았기에 엠마는 자기 나름대로 생각을 정리하면서 콜 부인의 말에 귀를 기울일 수 있었.

「정말이지, 이보다 더 흐뭇한 이야기는 들어 본 적이 없었어요! 연주를 너무나 잘하는 제인 페어팩스에게 피아노가 없다는 점이 늘 마음 아팠거든요. 그건 정말이지 창피한 일이에요. 멋진 피아노들이 그저 무용지물로 먼지만 쌓이고 있는 집들이 얼마나 많은지를 생각하면 더욱더 그렇죠. 이건 정말이지 우리를 질책하는 거나 마찬가지예요! 바로 어제 제가 콜

[27] 런던의 유명한 피아노 제조 회사.

씨에게 말했어요. 응접실에 있는 새 그랜드 피아노를 보면 정말 부끄럽다고요. 저는 음을 구별하지 못하고, 제 어린 딸들은 이제 막 배우기 시작했는데, 아마 결코 대단한 연주를 할 수 없을 거예요. 그런데 가엾은 제인 페어팩스는 음악의 대가인데도 혼자서 즐기도록 칠 수 있는 악기 하나 없으니 말이죠. 보잘것없는 낡은 소형 피아노도 없고요. 바로 어제 제가 콜 씨에게 이렇게 말했어요. 남편은 제 말에 전적으로 동의했죠. 다만 남편은 음악을 무척 좋아하기 때문에 우리의 좋은 이웃들이 때로 고맙게도 피아노를 더 잘 사용해 주시기를 바라면서 큰마음 먹고 살 수밖에 없었어요. 정말이지 그런 이유로 저 악기를 샀답니다. 그렇지 않으면 피아노를 산 것을 부끄러워했을 거예요. 우드하우스 양께서 오늘 저녁에 저희들의 청을 들어 주셔서 저 피아노를 연주해 주시기를 저희는 바라고 있답니다.」

우드하우스 양은 예의 바르게 승낙했다. 그러고는 콜 부인의 이야기에서 더 이상 들을 만한 내용이 없다고 생각하고 프랭크 처칠에게로 몸을 돌렸다.

「왜 웃으세요?」 그녀가 말했다.

「아니, 당신은 왜 웃으세요?」

「제가요! 캠프벨 대령이 부유하고 그렇게 너그러운 것이 기뻐서 그랬나 봐요. 멋진 선물이니까요.」

「정말 그렇습니다.」

「그 선물을 예전에 하지 않은 것이 좀 의아하군요.」

「어쩌면 페어팩스 양이 전에는 이렇게 오래 여기 머문 적이 없겠지요.」

「아니면 그가 그녀에게 자기들의 악기를 사용하지 못하게 했던지요. 그 피아노는 지금 아무도 손대지 않은 채 런던에 갇혀 있겠지요.」

「그건 그랜드 피아노예요. 대령은 그 피아노가 베이츠 부인의 집에 너무 크다고 생각했을 겁니다.」

「당신은 내키는 대로 말씀하실 수 있겠죠. 하지만 표정을 보면 이 문제에 관해서 당신의 생각이 내 생각과 똑같다는 것을 알 수 있어요.」

「글쎄요. 아니, 당신은 저를 실제보다 더 영리하게 생각하시는 것 같습니다. 저는 당신이 웃기 때문에 웃었어요. 당신이 수상하게 생각하신다면 저도 의심할 겁니다. 현재로는 문제될 게 없어 보이지만요. 만일 피아노를 보낸 사람이 캠프벨 대령이 아니라면, 누구일까요?」

「딕슨 부인은 어떨까요?」

「딕슨 부인이라고요! 정말 그렇겠군요. 딕슨 부인에 대해서는 생각지 못했어요. 그녀의 부친 못지않게 그녀도 페어팩스 양이 악기를 받으면 무척 기뻐하리라는 것을 알고 있을 테니까요. 이처럼 놀랍게도 비밀리에 보낸 것을 보면 나이 든 신사보다는 젊은 여성의 계획 같군요. 그러면 딕슨 부인이라고 하겠습니다. 말씀드렸듯이 당신의 의심이 제 의심을 이끌어 갈 겁니다.」

「그렇다면 당신의 의심을 확대해서 딕슨 씨를 그 안에 넣을 수 있겠지요.」

「딕슨 씨라. 좋습니다. 맞아요, 그것이 딕슨 부부 공동의 선물임에 틀림없다는 생각이 드는군요. 그가 페어팩스 양의 연주를 열렬히 찬탄했다고 일전에 말씀드렸었지요.」

「네, 그 이야기로 제가 전에 떠올렸던 생각을 확인할 수 있었어요. 저는 딕슨 씨나 페어팩스 양의 선의를 헐뜯을 생각은 없어요. 하지만 딕슨 씨가 그녀의 친구에게 청혼한 후에 불행히도 그녀와 사랑에 빠졌거나 아니면 그녀가 애정을 품고 있다는 것을 의식하게 되었으리라고 생각해요. 스무 가지를 추측하면서 단 한 가지도 올바로 추측하지 못할 수도 있죠. 하지만 저는 그녀가 캠프벨 씨 부부와 함께 아일랜드에 가지 않고 하이버리에 오기로 선택한 데는 특별한 이유가 있다고 생각해요. 여기서 그녀는 궁핍과 고행을 겪어야 하거든요. 거기에 가면 온통 즐거운 일뿐이었을 테고요. 고향의 공기를 마신다는 건 그저 핑계일 뿐이라고 생각해요. 여름이라면 그 핑계가 통할 수도 있겠죠. 하지만 1월과 2월, 3월에 고향의 공기가 무슨 소용이 있겠어요? 허약한 몸에는 대체로 따뜻한 난롯불과 마차가 훨씬 더 도움이 되죠. 그녀의 경우도 그럴 거예요. 당신에게 제 의심을 모두 수긍해 달라고 청하는 건 아니에요. 그렇게 하시겠다고 당당히 선언하셨지만요. 다만 저는 의심스러운 점들을 솔직히 말씀드리는 거예요.」

「맹세코, 그 의심은 대단히 그럴듯하게 보이는군요. 딕슨 씨가 페어팩스 양의 연주를 그 약혼녀의 연주보다 더 좋아한 것은 분명하다고 장담할 수 있습니다.」

「게다가 그분이 그녀의 생명을 구했잖아요. 그 이야기를 들으셨어요? 어떤 수상 파티에서 우연히 그녀가 갑판 너머로 떨어지려 할 때 그가 그녀를 붙잡았대요.」

「그랬어요. 저도 거기 있었죠. 그 일행에 끼어 있었으니까요.」

「정말 그러셨어요? 자! 그런데 당신은 물론 아무것도 알아차리지 못하셨군요. 이런 생각을 해보신 적이 없는 것 같으니까요. 제가 거기 있었더라면 뭔가 알아챘을 거예요.」

「틀림없이 그러셨을 겁니다. 하지만 저는 워낙 단순해서 그저 사실만을 보았어요. 페어팩스 양이 배에서 떨어질 뻔했고 딕슨 씨가 그녀를 잡았고⋯⋯ 순식간에 일어난 일이었죠. 그 후에 극심한 충격을 받았고 그 놀라운 충격이 아주 오래 가기는 했지만 ─ 실로 30분이 지날 때까지 저희들 중 누구도 진정되지 않았어요 ─ 그건 모두 다 함께 느낀 감정이라서 특이한 불안감 같은 것은 관찰할 수 없었어요. 하지만 당신이 알아내지 못했으리라고 말하려는 건 아닙니다.」

여기서 대화가 중단되었다. 그들은 코스 사이[28]의 다소 길고 어색한 분위기에 동참하면서 다른 사람들처럼 격식을 차려 조용히 있어야 했다. 그러나 다시 식탁보가 덮이고 구석의 접시까지 정확히 올바로 놓여서 편안하게 이야기에 집중할 수 있게 되었을 때, 엠마가 말했다.

「이 피아노 선물이 제게는 확증을 주었어요. 저는 조금 더 알고 싶었는데, 이것이 꽤 분명히 알려 준 셈이죠. 정말이지, 오래지 않아 이것이 딕슨 씨 부부의 선물이라는 얘기를 듣게 될 거예요.」

「그리고 만일 딕슨 씨 부부가 전혀 알지 못하는 사실이라고 말한다면, 캠프벨 부부의 선물이라고 결론을 내려야겠군요.」

「아뇨, 저는 그것이 캠프벨 부부의 선물이 아니라고 확신해요. 페어팩스 양은 그 사실을 알고 있어요. 그렇지 않았더라면 처음부터 그들일 거라고 짐작했을 거예요. 그들의 선물이라고 확실히 알고 있었다면 어리둥절하지 않았을 테고요.

---

28 오스틴 시대의 예법에 따라 〈두 코스〉 식사의 경우에는 코스 사이에 테이블의 세팅을 완전히 새로 해야 했다. 신흥 부유층인 콜 씨 가족은 상류층의 매너와 관습을 모방하기 위해 이처럼 더 정교한 식사를 제공하고 있다.

아마 당신에게 확신을 주지 못했더라도, 저는 이 선물을 준 사람이 딕슨 씨라고 확신하고 있어요.」

「제가 확신하지 못한다고 생각하신다면 저를 폄훼하시는 겁니다. 당신의 추론이 제 판단을 전적으로 이끌어 가고 있으니까요. 처음에는 피아노를 준 사람이 캠프벨 대령이라고 당신이 믿는 줄 알고 그것을 그저 아버지다운 정에서 우러난 친절한 행위로 받아들였어요. 그리고 그것이 세상에서 가장 자연스러운 일이라고 생각했습니다. 그런데 당신이 딕슨 부인을 언급했을 때는 따뜻한 우정의 선물일 가능성이 더 크다고 느꼈어요. 그런데 이제는 그것을 오로지 사랑의 선물로 볼 수 있게 되었어요.」

그 문제를 더 이상 강조할 필요가 없었다. 그는 정말로 확신하는 것 같았고 정말로 그렇게 느끼는 듯이 보였다. 엠마는 더 이상 말하지 않았고 다른 화제들이 이어졌다. 정찬의 나머지 순서가 끝났다. 디저트가 이어졌고, 아이들이 들어왔고, 늘 그렇듯이 이야기가 이어지는 가운데 아이들에게 말을 걸고 경탄했고, 재기 넘치는 말들이 몇 가지 있었고, 너무나 어리석은 말들도 꽤 많았지만 대개는 이도 저도 아닌, 기껏해야 일상적인 얘기들과 지루하게 반복되는 이야기들, 케케묵은 소식, 그리고 재미없는 농담이었다.

숙녀들이 응접실에 들어온 지 오래지 않아 또 다른 무리의 숙녀들이 제각기 도착했다. 엠마는 자기의 각별한 친구가 들어오는 것을 바라보았다. 희열감을 느낄 만한 품위와 우아함은 없더라도 발그레한 혈색이 도는 예쁜 얼굴과 가식 없는 매너를 사랑하지 않을 수 없었고, 실연의 고통을 겪는 와중에도 그 고통을 줄여 줄 즐거운 일을 받아들일 수 있었던 그 가

법고 쾌활하며 비감상적인 성향을 엠마는 진심으로 다행스럽게 여겼다. 거기 그녀가 앉아 있었다. 그녀가 최근에 얼마나 많은 눈물을 흘렸는지 어느 누가 짐작이나 할 수 있을까? 멋진 옷을 입고 멋지게 차려입은 다른 사람들을 보면서 그들과 어울리는 것, 가만히 앉아서 미소 짓고 예쁘게 보이며 아무 말도 하지 않는 것, 이것만으로도 지금은 행복을 느끼는 데 충분했다. 제인 페어팩스는 더 우월하게 보였고, 그녀의 거동도 그러했다. 하지만 엠마는 그녀가 해리엇과 감수성을 맞바꿀 수 있었더라면 기뻐했을 거라고 생각했다. 친구 남편의 사랑을 받고 있다는 그 위험한 쾌감을 모두 내던져 버리고 그 대신 사랑했다는 — 그래, 하다못해 엘튼 씨라도 헛되이 사랑했다는 — 굴욕감을 얻을 수 있었더라면 무척 기뻐했을 것이다.

이처럼 큰 파티에서 엠마가 그녀에게 가까이 다가갈 필요는 없었다. 그녀는 그 피아노에 대해 말하고 싶지 않았고, 자신이 비밀을 너무 많이 알고 있기 때문에 호기심이나 흥미를 드러내는 것은 온당치 않다고 생각해서 일부러 거리를 유지했다. 그러나 다른 사람들은 즉시 그 이야기를 화제로 꺼냈다. 축하를 받으면서 제인의 얼굴은 겸연쩍은 홍조를 띠었다. 〈제 훌륭한 벗 캠프벨 대령〉이라고 그의 이름을 입에 올리면서 떠오른 죄의식의 홍조였다.

마음이 다정하고 음악을 좋아하는 웨스턴 부인은 그 사건에 특별한 관심을 느꼈고 그것에 대해서 계속 곰곰 생각했기에 엠마는 재미있게 느끼지 않을 수 없었다. 그리고 엠마가 그 아름다운 여주인공의 얼굴에서 분명히 읽어 낼 수 있었던, 그 문제에 대해서 가급적 말하고 싶지 않은 제인의 마음을 전혀 알아차리지 못한 채 부인은 피아노의 음조와 터치, 페달에 대해서 궁금한 점이라든지 이것저것 할 말이 너무 많았다.

이내 신사들 몇 명이 응접실로 들어와 여자들과 어울렸는데, 먼저 온 남자들 중에서도 바로 첫 번째는 프랭크 처칠이었다. 제일 먼저, 제일 잘생긴 그가 들어섰다. 그는 지나치면서 베이츠 양과 그녀의 질녀에게 인사하고는 곧장 그 무리의 반대쪽으로 걸어왔다. 그곳에 우드하우스 양이 앉아 있었다. 그는 그녀의 옆자리에 앉을 수 있을 때까지 앉으려고도 하지 않았다. 엠마는 사람들이 뭐라고 생각할지를 추측했다. 그가 목표로 삼은 사람은 그녀였고, 모두들 그 사실을 알아차렸을 것이다. 그녀는 그를 스미스 양에게 소개했고, 얼마 후 적절한 시간이 지난 다음 서로에 대한 각자의 생각을 들었다. 「저는 그렇게 사랑스러운 얼굴은 본 적이 없습니다. 그녀의 천진난만한 성격에 즐거움을 느꼈어요.」 해리엇은 이렇게 말했다. 「분명히 지나친 칭찬이겠지만, 그분의 외모가 엘튼 씨와 약간 닮은 점이 있다고 생각했어요.」 엠마는 치미는 화를 억누르며 그저 말없이 얼굴을 돌렸다.

엠마와 그 신사는 페어팩스 양 쪽을 처음 바라보면서 서로 뭔가를 알고 있다는 미소를 나누었다. 하지만 극히 신중하게도 아무 말도 하지 않았다. 그는 서둘러 식당에서 나오려 했다고 말했다. 오래 앉아 있는 것을 싫어해서 가능하면 늘 제일 먼저 일어났고, 자기 아버지와 나이틀리 씨, 콕스 씨, 콜 씨는 교구 문제에 대해 열심히 토론하고 있으며, 그래도 자기가 식당에 있는 동안에는 그럭저럭 유쾌한 분위기였다고 말했다. 그들이 대체로 신사답고 양식이 있는 분들이라는 점을 알았다는 것이다. 그리고 나서 하이버리에 대해 전반적으로 칭찬하면서 기분 좋은 가족들이 무척 많다고 생각했기에, 엠마는 자신이 하이버리를 지나치게 경멸해 온 것이 아니었는지를 생각하게 되었다. 그녀는 요크셔의 사교계와 엔스콤 주위에 이웃이 얼마나 많은지 등에 대해서 물어보았다. 그리고 엔스콤에서는 거의 아무 일도 일어나지 않는다는 것을 그의 대답으로 알게 되었다. 그들은 매우 높은 상류층 가문들과 교류하는데, 그들 중 가까운 곳에 사는 집안은 전혀 없고, 심지어 방문 날짜가 정해지고 초대를 수락했을 때라도 처칠 부인의 건강이 좋지 않거나 기분이 좋지 않아서 가지 못하는 경우가 태반이라는 것이었다. 그들은 새로운 사람을 절대로 방문하지 않으며, 그가 따로 약속이 있어서 혼자 떠나거나 하루 저녁이라도 아는 사람을 초대하려면 어려움이 없지 않았고, 때로 상당히 말재주를 부려야 했다.

엠마는 어쩔 수 없이 집에 머물러야 하는 젊은이가 엔스콤에 만족할 리 없으며 하이버리에서는 최고의 사람들과 교제하면서 그럭저럭 즐거움을 얻을 수 있으리라고 생각했다. 그가 엔스콤에서 중요한 인물이라는 점은 분명했다. 스스로 자랑한 것은 아니었지만, 외삼촌이 속수무책이었던 문제에서 그가 외숙모를 설득했던 일이 자연스럽게 드러났다. 그녀가 웃으며 그 점을 지적했을 때 그는 시간만 들이면 (한두 가지만 제외하고) 거의 어떤 문제에서든지 외숙모를 설득할 수 있으리라고 인정했다. 그가 설득할 수 없는 점들 중 한 가지는 바로 이것이었다. 그는 외국에 가기를 무척 바랐고, 여행을 허락해 주기를 진심으로 열망했지만, 외숙모는 절대 들어주려 하지 않았다. 바로 작년에 그런 일이 있었다. 이제는 더 이상 그 소망을 갖지 않게 되었다고 그가 말했다.

그가 설득할 수 없는 것으로서 언급하지 않은 문제는 그의 아버지에 대한 배려일 거라고 엠마는 짐작했다.

「몹시 고약한 사실을 알아냈어요.」 그가 잠시 멈추었다가 말을 이었다. 「내일이면 여기 머문 지 벌써 일주일이 됩니다. 절반의 시간이 지났어요. 이렇게 시간이 빨리 흐른 건 처음이에요. 내일이면 일주일이라니! 이제 막 즐겁게 지내기 시작했는데요. 이제야 웨스턴 부인과 다른 분들을 알게 되었고요! 생각하기도 싫은 일입니다.」

「어쩌면 그 며칠 안 되는 날들 가운데 하루를 머리 자르는 데 써버려서 이제 후회하시겠군요.」

「아뇨.」 그가 웃으며 말했다. 「그건 전혀 후회할 문제가 아닙니다. 벗들에게 보여 주기에 적합한 모습이라고 생각할 수 없으면 벗들을 만날 때 기쁨을 느낄 수 없거든요.」

이제 다른 신사들이 방으로 들어오고 있었고, 엠마는 몇 분간 그에게서 몸을 돌려 콜 씨의 말을 들어야 했다. 콜 씨가 간 다음 다시 관심을 돌릴 수 있었지만 프랭크 처칠 씨는 방 건너편의 반대쪽에 앉아 있는 페어팩스 양을 뚫어지게 바라보고 있었다.

「무슨 일이 있나요?」 그녀가 물었다.

그는 깜짝 놀랐다. 「정신 차리게 해주셔서 감사합니다.」 그가 대답했다. 「제 행동이 너무나 무례했을 거예요. 그런데 페어팩스 양의 헤어스타일이 너무 이상해서, 너무나 기묘한 스타일이라서 눈을 뗄 수 없었어요. 저렇게 별난 모양은 본 적이 없었어요! 머리카락을 저렇게 말다니! 그녀의 변덕인 것 같아요. 그녀처럼 머리를 올린 사람은 전혀 없거든요! 그녀에게 가서 그것이 아일랜드에서 유행하는 스타일인지 물어봐야겠어요. 그럴까요? 네, 그렇게 하겠어요. 정말이지 그렇게 할 겁니다. 그녀가 그 말을 어떻게 받아들이는지 보실 수 있을 거예요. 그녀가 얼굴을 붉히는지 말이죠.」

그는 즉시 걸어갔다. 그리고 엠마는 곧 그가 페어팩스 양 앞에 서서 이야기하는 것을 보았다. 하지만 그가 방심하고는 정확히 두 아가씨의 사이에, 바로 페어팩스 양 앞을 가로막고 섰기 때문에 그 아가씨에게 미친 영향을 엠마는 전혀 알아낼 수 없었다.

그가 자기 자리로 돌아오기 전에 웨스턴 부인이 그 자리에 와서 앉았다.

「큰 파티는 이런 점에서 좋구나.」 그녀가 말했다. 「누구에게나 가까이 가서 무슨 말이든지 할 수 있으니. 엠마, 네게 하고 싶은 말이 있거든. 내가 몇 가지 사실을 알아내고 계획을 세웠단다. 너처럼 말이야. 그 참신한 생각이 아직 생생하게 떠오르는 동안에 말해야겠어. 베이츠 양과 조카딸이 여기에 어떻게 왔는지 알고 있어?」

「어떻게라뇨! 초대를 받았겠죠. 그렇지 않아요?」

「아, 물론! 하지만 여기까지 어떻게 왔는지? 그들이 온 방식 말이야.」

「걸어왔겠지요. 그렇지 않으면 어떻게 올 수 있겠어요?」

「맞아. 그런데 제인이 다시 걸어서 집에 돌아가리라는 생각을 좀 전에 떠올리고는 무척 슬픈 느낌이 들었단다. 밤늦은 시간에, 더욱이 이렇게 추운 밤에 말이지. 그리고 그녀를 보았더니, 전보다 더 예쁘게 보였지만 열이 좀 있는 것 같았어. 감기에 걸리기 쉬울 것 같았고. 가엾은 아가씨! 그 생각을 하니 견딜 수 없더구나. 그래서 웨스턴 씨가 여기 들어오자마자 마차에 대해서 얘기했단다. 남편이 내 바람에 얼마나 기꺼이 동의했는지 짐작할 수 있겠지. 그가 승낙했기에 내가 곧장 베이츠 양에게 가서 말했단다. 우리가 집으로 돌아가기 전에 우리 마차를 사용하시라고. 그렇게 하면 베이츠 양이 곧 마음을 놓을 거라고 생각했거든. 선량한 분이지! 그녀는 정말이지 몹시 고마워하셨어. 〈저처럼 운이 좋은 사람은 없어요!〉라고 하면서. 하지만 거듭 고맙다고 하시고 이렇게 말씀하시더구나. 〈하지만 폐를 끼치지 않아도 되겠어요. 나이틀리 씨의 마차를 타고 왔는데, 집으로 돌아갈 때도 태워 주실 거예요.〉 나는 깜짝 놀랐단다. 물론 무척 기쁜 일이었지만, 정말 놀라웠어. 그렇게나 친절하고 그렇게나 자상하게 신경을 써주시다니! 그런 일에 대해 생각할 수 있는 남자는 거의 없는데 말이야. 게다가, 간단히 말해서, 나이틀리 씨의 습관을 잘 알기 때문에 그분이 오늘 마차를 사용한 것은 순전히 그들의 편의를 도모하기 위해서라고 생각하게 되었지. 자기 자신을 위해서라면 말 한 쌍을 구비하지 않으셨을 거야. 그건 오로지 그들을 도와주기 위한 것이었다고.」

「그랬을 거예요.」 엠마가 말했다. 「정말로 있을 법한 일이에요. 그런 일을 할 사람은 나이틀리 씨밖에 없어요. 어떤 일이든 참으로 선량하고 유용하고 사려 깊고 너그럽게 하는 것 말이에요. 그는 여자들에게 사근사근한 사람은 아니지만 매우 인간적인 분이지요. 제인 페어팩스가 몸이 아프기 때문에 배려해 주어야 한다고 생각했을 거예요. 남들에게 드러내지 않고 친절을 베풀 사람이라면 나이틀리 씨밖에 꼽을 사람이 없어요. 오늘 그가 말을 몰고 온 것은 알고 있었어요. 그와 같은 시간에 도착했거든요. 그리고 그것에 대해서 그를 놀렸는데, 그는 그 사실에 대해 한마디도 하지 않았어요.」

「그래.」 웨스턴 부인이 웃으며 말했다. 「이 경우에는 네가 나보다 더 그분이 순수하고 사심 없이 너그럽다고 생각하는구나. 왜냐하면 베이츠 양의 말을 듣는 동안 내 머릿속에 스친 의혹을 떨칠 수 없었거든. 생각하면 할수록 더 그럴듯하게 보이니까 말이야. 간단히 말하면, 나이틀리 씨와 제인 페어팩스의 결혼을 생각했단다. 오랫동안 너의 말벗으로 지내 오면서 어떤 영향을 받았는지 알 수 있겠지! 어떻게 생각하니?」

「나이틀리 씨와 제인 페어팩스라고요!」 엠마가 큰 소리로 외쳤다. 「웨스턴 부인, 어떻게 그런 일을 생각할 수 있어요? 나이틀리 씨라니! 나이틀리 씨는 결혼하면 안 돼요! 어린 헨리가 돈웰을 이어받지 못하게 할 생각은 아니겠죠? 아, 아뇨, 안 돼요. 헨리는 돈웰을 물려받아야 해요. 나는 나이틀리 씨의 결혼에 절대 찬성할 수 없어요. 그리고 그럴 가능성은 전혀 없다고 믿어요. 당신이 그런 생각을 하다니 너무 놀라워요.」

「사랑하는 엠마, 나는 어떻게 해서 그런 생각이 들었는지를 말한 거야. 내가 그 혼사를 바라는 것이 아니고. 사랑스러운 어린 헨리에게 해를 주고 싶지도 않아. 다만 그 상황에서 그런 생각이 들었다는 거지. 만일 나이틀리 씨가 진정으로 결혼하기를 원한다면, 헨리 때문에 그분이 그만둬야 한다고 생각하는 건 아니겠지? 그런 문제에 대해서 아무것도 모르는 여섯 살 난 아이 때문에.」

「아뇨, 그럴 거예요. 나는 헨리가 밀려나는 걸 참을 수 없어요. 나이틀리 씨가 결혼한다고요! 아니, 지금까지 그런 생각은 해본 적도 없고, 이제 와서 그런 생각을 할 수도 없어요. 게다가 하고많은 여자들 중에서 제인 페어팩스라니!」

「아니, 너도 알다시피 그분은 늘 그녀를 아주 좋게 생각했어.」
「하지만 그런 혼사는 경솔한 거예요!」
「나는 그것의 신중함에 대해서 말하는 게 아니야. 오로지 그 가능성에 대해서 말하는 거지.」
「나는 그 가능성을 조금도 볼 수 없어요. 부인이 지금 말한 것보다 더 나은 근거가 없다면요. 이미 말했듯이, 그 말들을 구입한 것은 그의 선량한 성품과 인간성으로 충분히 설명할 수 있는 일이에요. 그는 또, 아시다시피, 제인 페어팩스와 무관하게 베이츠 모녀를 무척 존중하고 있고요. 늘 즐거운 마음으로 그들을 배려하지요. 친애하는 웨스턴 부인, 중매를 서려고 하지 마세요. 너무나 잘못하실 테니까요. 제인 페어팩스가 돈웰 애비의 안주인이 된다고! 아, 안 돼요. 온통 불쾌할 뿐이니까. 그를 위해서 나는 그가 그런 정신 나간 일을 하지 못하게 할 거예요.」
「어쩌면 경솔한 일일지 모르지만 정신 나간 일은 아니야. 재산 차이가 있다는 것과 나이 차이가 좀 있다는 점을 제외하면 적합하지 못한 점을 찾을 수 없으니까.」
「하지만 나이틀리 씨는 결혼을 원하지 않아요. 그에게 그럴 생각은 전혀 없다고 믿어요. 그의 머릿속에 그 생각을 불어넣지 마세요. 그가 무엇 때문에 결혼해야 해요? 그는 자기 농장과 양, 서재, 교구의 일만으로도 혼자서 더없이 행복하게 지내고 있어요. 그리고 자기 동생의 아이들을 무척 사랑하고요. 시간을 채우기 위해서든, 마음을 채우기 위해서든 그는 결혼할 이유가 전혀 없어요.」
「사랑하는 엠마, 그가 그렇게 생각하는 한은 그렇겠지. 하지만 그가 진심으로 제인 페어팩스를 사랑한다면……」

「말도 안 돼요! 그는 제인을 좋아하지 않아요. 사랑하는 식으로 좋아하는 건 아니라고 믿어요. 그는 그녀나 그녀의 가족에게 무엇이든 좋은 일을 해주려고 하겠죠. 하지만…….」

「글쎄.」 웨스턴 부인이 웃으며 말했다. 「어쩌면 그가 그들에게 해줄 수 있는 가장 좋은 일은 제인에게 대단히 훌륭한 가정을 제공하는 일일 거야.」

「그것이 그녀에게 좋은 일이라면, 그에게는 재앙이 될 거라고 확신해요. 몹시 수치스럽게도 품위를 떨어뜨리는 결합이죠. 베이츠 양이 친척이 된다면 그것을 어떻게 참을 수 있겠어요? 그녀가 돈웰 애비에 늘 드나들면서 제인과 결혼해 준 그의 친절함에 대해 하루 종일 고마워하며 늘어놓는 얘기를 들어야 한다면? 〈너무나 친절하시고 너무 고마우세요! 하지만 당신은 늘 너무나 친절한 이웃이셨지요!〉 그러다가 문장의 절반쯤 지나가서 갑자기 자기 어머니의 낡은 페티코트 얘기로 비약하는 거예요. 〈그 페티코트가 몹시 낡았다는 얘기가 아니라, 아직 앞으로도 오래 입을 수 있으니까, 정말이지 감사하게도 저희들의 페티코트가 매우 질기다고 말해야겠어요.〉」

「부끄러운 줄 알아야지, 엠마! 그녀의 말을 흉내 내지 마. 네 말에 웃음이 절로 나오지만 양심에 걸리니 말이야. 그리고 정말이지, 나이틀리 씨가 베이츠 양 때문에 큰 불편을 겪지는 않을 거야. 그분은 사소한 일에 화를 내지 않거든. 그녀야 끊임없이 이야기를 늘어놓겠지. 하지만 그분이 뭔가 할 이야기가 있으면 그저 더 큰 소리로 말해서 그녀의 목소리를 제압하면 될 테니까. 문제는 그 혼사가 그에게 나쁜 결합인가 아닌가가 아니라 그가 그 혼인을 원하는가 하는 것이지. 나는 그렇다고 생각해. 그분이 제인을 아주 높이 평가하는 이야기를 들었는데 너도 틀림없이 들었을 테지! 그분은 그녀에 대해서 관심을 갖고 있고, 그녀의 건강을 염려하고, 그녀의 앞날이 행복하지 못할 것을 우려하고 있어! 그녀의 피아노 연주와 목소리에 열렬한 찬사를 보내고 말이지. 그녀의 목소리라면 평생 들어도 좋겠다고 말한 적도 있었어. 아, 참, 또 한 가지 생각이 떠올랐었는데 잊을 뻔했구나. 누군가 보낸 그 피아노 말이야. 우리 모두 그것이 캠프벨 씨의 선물이라고 생각하지만, 혹시 나이틀리 씨가 보낸 것이 아닐까? 그런 의심이 들지 않을 수 없었어. 그분은 사랑에 빠지지 않고도 그런 일을 할 수 있는 분이잖아.」

「그렇다면 그건 그가 사랑에 빠져 있다는 증거가 될 수 없어요. 하지만 나는 그것이 그가 할 법한 일이라고 생각하지 않아요. 나이틀리 씨는 어떤 일도 비밀로 하지 않으니까요.」

「그녀에게 악기가 없다고 그분이 애석해하시는 말을 여러 차례 들었어. 내 생각으로는, 일반적으로 그 생각을 떠올릴 수 있는 것 이상으로 자주 말씀하셨지.」

「좋아요. 그런데 그가 피아노를 선물할 생각이었다면 그녀에게 그렇게 말했을 거예요.」

「섬세한 마음으로 삼갈 수도 있겠지, 사랑하는 엠마. 난 틀림없이 그분이 보냈으리라고 생각해. 식사 중에 콜 부인이 그 얘기를 했을 때 그분이 특히 입을 다물고 계셨다고 믿는단다.」

「웨스턴 부인, 당신은 어떤 생각을 떠올리고는 그것으로 지레짐작하는 거예요. 내가 그렇게 한다고 당신이 여러 차례 질책했듯이 말이죠. 나는 애정의 증거를 조금도 보지 못했어요. 그 피아노에 대한 얘기는 전혀 믿을 수 없어요. 그리고 증거가 있어야만 나이틀리 씨가 제인 페어팩스와 결혼할 의향이 있다고 믿을 거예요.」

그들은 이런 식으로 얼마간 더 그 문제에 대해 논란을 벌였다. 엠마의 말이 벗의 마음을 약간 압도하고 있었다. 둘 중에서 양보하는 데 익숙한 사람은 웨스턴 부인이었기 때문이다. 응접실에 약간 소음이 일면서 티타임이 끝났음을 알려 주었고 악기가 준비되었다. 그리고 콜 씨가 다가와서 연주를 해달라고 우드하우스 양에게 청했다. 웨스턴 부인과 이야기하는 데 열중하느라 프랭크 처칠이 페어팩스 양의 옆자리에 앉았다는 것 외에는 전혀 볼 수 없었는데 이제 그가 다가와서 콜 씨에 이어 매우 간곡하게 청했다. 어떤 점에서 따져 보더라도 자신이 선두에 나서는 것이 적절했으므로 그녀는 아주 적절한 태도로 수락했다.

엠마는 자기 능력의 한계를 잘 알고 있었으므로 자신 있게 연주할 수 있는 것 이상은 시도하지 않았다. 그녀는 대체로 듣기 좋은 가벼운 곡들을 취향이나 활력의 부족함 없이 연주할 수 있었고, 노래의 반주도 잘할 수 있었다. 노래를 부르고 있을 때 누군가 노래를 함께 불러 줘서 놀랍고도 즐거웠다. 프랭크 처칠이 작은 소리로 정확하게 부르고 있었다. 그 노래가 끝났을 때 그는 정중히 사과했고, 그런 다음에는 흔히 벌어지는 일이 이어졌다. 그의 목소리가 매우 듣기 좋고 음악을 완벽하게 이해하고 있다고 장난조로 나무라자 그는 예의 바르게 그것을 부정했고 자기는 음악을 전혀 모르고 목소리도 좋지 않다고 단호히 주장했다. 그들은 한 곡을 더 불렀고, 그런 다음에 엠마는 페어팩스 양에게 자리를 양보했다. 그녀의 노래와 피아노 연주가 자기보다 탁월하다는 것을 엠마는 스스로에게도 숨길 수 없었다.

복잡한 심정으로 엠마는 피아노 주위에 몰려 있는 많은 사람들에게서 조금 떨어진 곳에 앉아 귀를 기울였다. 프랭크 처칠은 다시 노래했다. 그들은 웨이머스에서 함께 노래를 부른 적이 한두 번 있는 것 같았다. 하지만 가장 진지하게 듣고 있는 사람들 중에서 나이틀리 씨의 모습이 곧 엠마의 관심을 끌었다. 그녀는 웨스턴 부인이 품었던 의혹에 대한 생각에 빠져들었고, 두 목소리가 결합된 아름다운 소리가 이따금 그 생각을 방해했다. 나이틀리 씨의 결혼에 대한 반감은 조금도 가라앉지 않았다. 그 사건에서 예상할 수 있는 것은 오로지 재앙밖에 없었다. 존 나이틀리 씨는 몹시 실망할 테고, 따라서 이사벨라도 그럴 것이다. 조카들에게도 정말로 큰 해를 미칠 터이고, 그들 모두에게 몹시 굴욕적인 변화이자 물질적 손실이 될 것이다. 자기 아버지의 일상적 안락도 많이 줄어들 테고, 그녀 자신으로 보자면, 돈웰 애비에 제인 페어팩스가 있다는 것은 생각만 해도 견딜 수 없었다. 나이틀리 부인이라는 여자에게 그들 모두가 양보해야 하다니! 아니, 나이틀리 씨는 절대로 결혼해서는 안 된다. 어린 헨리가 계속 돈웰의 상속자로 남아야 한다.

오래지 않아 나이틀리 씨가 뒤를 돌아보더니 그녀에게 다가와서 옆자리에 앉았다. 그들은 처음엔 연주에 대한 이야기만 나누었다. 그의 찬사가 무척 열렬한 것은 사실이었다. 하지만 웨스턴 부인의 말만 아니었더라면, 그 찬사가 유별나게 느껴지지 않았을 거라고 그녀는 생각했다. 그렇지만 시험 삼아 그녀는 그가 그 이모와 질녀를 친절하게 마차에 태워 준 일에 대해 말을 꺼냈다. 그는 그 화제를 간단히 끝내려는 듯이 대답했지만, 그것은 자기가 베푼 친절에 대해 구구절절 말하기를 싫어하기 때문일 뿐이라고 그녀는 생각했다.

「저는 우리 마차를 그런 경우에 유용하게 쓰지 못해서 종종 미안해요.」 그녀가 말했다. 「제가 그걸 바라지 않는 건 아니에요. 하지만 아시다시피 아버지께서는 제임스에게 그런 일을 시킬 수 없다고 생각하세요.」

「전혀 불가능하지. 생각할 수도 없는 일이오.」 그가 대답했다. 「하지만 당신은 그렇게 하기를 종종 바란다고 믿소.」 그가 그런 확신에 즐거운 듯이 미소를 지었기에 그녀는 조금 더 나아갔다.

「캠프벨 가족이 보낸 선물 말이에요.」 그녀가 말했다. 「피아노를 보내 주다니 무척 친절하신 분들이에요.」

「맞소.」 그는 이렇게 대답했는데, 당황하는 기색이 전혀 없었다. 「하지만 그녀에게 그 사실을 미리 알려 줬더라면 더 나았을 거요. 갑자기 놀라게 하는 것은 어리석은 일이니까. 캠프벨 대령은 판단력이 더 나은 사람일 거라고 생각했었소.」

이 순간부터 엠마는 나이틀리 씨가 그 선물과 전혀 관련이 없다고 맹세라도 할 수 있었다. 하지만 그에게 각별한 애정이 전혀 없는지, 편애하는 마음이 실로 없는지는 아직 의심스러운 문제였다. 두 번째 노래가 끝날 즈음에 제인의 목소리가 탁해졌다.

「이것으로 충분해.」 그 노래가 끝났을 때 그는 생각을 입 밖에 내듯이 말했다. 「당신은 하루 저녁 치로 노래를 충분히 불렀으니 이제는 쉬어야겠소.」

하지만 노래를 더 불러 달라는 청이 이어졌다. 「하나만 더 불러 줘요. 절대로 페어팩스 양을 지치게 하지 않을게요. 그저 한 곡만 더 부탁할게요.」 그리고 프랭크 처칠의 목소리가 들려왔다. 「이 노래는 힘들이지 않고도 부를 수 있을 거예요. 첫 번째 부분은 아주 쉬우니까요. 두 번째 부분에 노래의 무게가 실려 있죠.」

나이틀리 씨는 화가 났다.

「저 친구는 그저 자기 목소리를 과시할 생각만 하고 있군. 이래서는 안 되지.」 그가 화가 나서 말하더니 그 순간 옆을 지나던 베이츠 양을 붙잡고 말했다. 「베이츠 양, 조카딸이 목이 쉬도록 노래하게 내버려 두다니 제정신이에요? 가서 말리세요. 사람들이 동정심이 없어.」

제인이 걱정되자 베이츠 양은 고맙다고 말할 겨를도 없이 당장 걸어가서 노래를 중단시켰다. 피아노를 연주할 수 있는 아가씨는 우드하우스 양과 페어팩스 양뿐이었으므로 그날 저녁의 연주회는 여기서 끝났다. 그러나 곧(5분도 지나지 않아) 어디서 나온 말인지는 정확히 알 수 없지만 춤을 추자는 제안이 나왔고, 콜 씨 부부가 그 제안을 고무하면서 방을 급히 치우고 적절한 공간을 만들었다. 컨트리댄스 음악을 아주 잘 연주하는 웨스턴 부인이 피아노 앞에 앉아서 매혹적인 왈츠를 치기 시작했다. 프랭크 처칠이 매우 잘 어울리는 정중한 태도로 절하고는 엠마의 손을 잡고 그녀를 선두로 이끌었다.

다른 젊은이들이 짝을 지어 정렬할 때까지 기다리는 동안 엠마는 자신의 노래와 취향에 대한 찬사를 들으면서도 짬을 내어 주위를 돌아보았고 나이틀리 씨가 무엇을 하고 있는지 살펴보았다. 이것이 시험대가 될 것이다. 그는 대개 춤을 추지 않았다. 만일 지금 그가 신속히 제인 페어팩스와 춤추려 한다면, 그것은 어떤 전조가 되리라. 당장은 아무 일도 일어나지 않았다. 아니, 그는 콜 부인과 이야기하고 있었고 무관심한 표정이었다. 누군가 다른 사람이 제인에게 춤을 청했지만 그는 여전히 콜 부인과 이야기하고 있었다.

엠마는 더 이상 헨리에 대해서 걱정할 필요가 없었다. 그 아이의 이익은 아직 안전했다. 그녀는 진심으로 활기차고 즐겁게 춤을 이끌었다. 다섯 쌍밖에 되지 않았지만, 뜻밖에 벌어진 흔치 않은 일이었기에 그 무도회는 무척 즐거웠다. 엠마는 자기 파트너와 잘 어울린다는 것을 알았다. 그들은 바라볼 만한 커플이었다.

아쉽게도 두 번의 춤으로 끝나야 했다. 밤이 깊어 가고 있었고, 베이츠 양은 모친 때문에 빨리 돌아가려고 조바심을 내고 있었다. 그러므로 다시 춤을 시작하게 해달라고 몇 번 부탁한 후에 그들은 웨스턴 부인에게 고마워하고 아쉬운 표정으로 끝내야 했다.

「어쩌면 차라리 잘되었어요.」 프랭크 처칠이 엠마를 마차로 데려다 주면서 말했다. 「페어팩스 양에게 춤을 청해야 했을 테니까요. 당신과 춤을 춘 후에 무기력한 그녀와 춤을 추는 것은 고역이었을 거예요.」

제9장

 엠마는 자신의 품위를 낮추면서 콜 씨 집을 방문한 것을 후회하지 않았다. 그 방문으로 인해 다음 날 즐겁게 회상할 일들이 많이 생겼던 것이다. 그리고 품위 있게 은둔하는 방식을 고수하지 못함으로써 잃은 것들을 화려한 인기로 풍부히 보상할 수 있다고 생각하게 되었다. 그녀는 콜 씨 가족 — 행복하게 해줄 가치가 있는 사람들! — 을 무척 기쁘게 해주었음이 틀림없다. 그리고 곧 사라지지 않을 이름을 그들에게 확실히 각인시켰다.
 완벽한 행복이란 기억 속에서조차 흔치 않다. 두 가지 점에서 엠마의 마음은 전적으로 편치 않았다. 제인 페어팩스에 대한 의혹을 프랭크 처칠에게 누설하면서 여자가 다른 여자에게 지켜야 할 의무를 저버린 것이 아니었을지 의심스러웠다. 그것은 옳은 행동이라고 볼 수 없었다. 하지만 그 생각이 너무 강렬했기에 자기도 모르게 흘러나왔다. 그리고 그는 그녀의 온갖 이야기를 받아들이면서 그녀의 통찰력을 칭찬했다. 그래서 그녀는 자기가 입을 다물고 있어야 했는지 전적으로 확신하기 어려웠다.

또 하나 유감스러운 상황도 제인 페어팩스와 관련되어 있었다. 그 점에 있어서는 의심의 여지가 없었다. 엠마는 자기의 연주와 노래가 그녀만 못하다는 것을 거짓 없이 유감스럽게 여겼다. 어린 시절을 나태하게 보낸 것을 진심으로 한탄했고, 그러고는 피아노 앞에 앉아서 1시간 반 동안 열심히 연습했다.

그때 해리엇이 들어오는 바람에 연습이 중단되었다. 해리엇의 칭찬이 흡족했더라면 그녀는 곧 위안을 얻었을 것이다.

「아, 제가 페어팩스 양과 당신처럼 연주를 잘할 수 있다면!」

「우리를 같은 수준에 놓지 마, 해리엇. 내 연주는 그녀의 연주와 전혀 다르니까. 램프 불빛과 햇빛이 다른 것처럼 말이지.」

「아! 저는 두 분 가운데 당신이 연주를 더 잘하신다고 생각해요. 당신이 그녀처럼 아주 잘 연주하신다고요. 저는 당신의 연주를 듣는 것이 정말 훨씬 더 좋아요. 어젯밤에 모두들 당신이 연주를 잘하신다고 말했어요.」

「음악에 대해서 잘 아는 사람이라면 그 차이를 틀림없이 느꼈을 거야. 실은 말이야, 해리엇, 내 연주는 그냥 칭찬받을 정도지만, 제인 페어팩스는 그 정도를 훨씬 능가하고 있어.」

「글쎄요, 저는 늘 당신이 그녀만큼 연주를 잘하신다고 생각할 거예요. 어떤 차이가 있더라도 그걸 알아낼 사람은 없을 거라고요. 콜 씨는 당신의 취향이 무척 높다고 말했어요. 프랭크 처칠 씨도 당신의 취향에 대해서 많이 말씀하셨고, 연주 솜씨보다 취향을 더 높이 산다고 하셨어요.」

「그래! 하지만 제인 페어팩스는 그 두 가지를 다 갖고 있어, 해리엇.」

「정말 그런가요? 그녀에게 연주 솜씨가 있는 것은 알았지만 취향이 있다고는 생각하지 않았어요. 누구도 그런 이야기는 하지 않았거든요. 그리고 저는 이탈리아 노래를 싫어해요. 한마디도 알아들을 수 없으니까요. 게다가 그녀가 연주를 잘 한다면, 아시다시피, 그녀는 당연히 그렇게 해야죠. 앞으로 학생들을 가르쳐야 할 테니까요. 콕스 씨네 가족은 어젯밤에 그녀가 어떤 대단한 집안으로 가게 될지 궁금해하셨어요. 콕스 씨네 아가씨들이 어떻게 보였다고 생각하세요?」

「늘 그렇듯이 아주 천박해 보였어.」

「그 아가씨들이 어떤 얘기를 해주었어요.」 해리엇은 다소 주저하며 말했다. 「하지만 전혀 중요하지 않은 일이에요.」

엠마는 엘튼 씨 얘기가 나올까 봐 걱정이었지만 그들이 무슨 이야기를 했는지 묻지 않을 수 없었다.

「그들은 마틴 씨가 지난 토요일에 그들과 정찬을 함께했다고 말했어요.」

「아!」

「사업 문제 때문에 그들의 부친을 뵈러 왔는데, 그 아버지가 정찬을 같이하자고 청하셨대요.」

「그래?」

「그 아가씨들은 마틴 씨에 대한 얘기를 많이 했어요. 특히 앤 콕스가. 무슨 뜻으로 그랬는지는 모르겠는데, 그녀가 제게 다음 여름에도 그곳에 가서 머물 생각이냐고 물었어요.」

「그녀가 건방지게도 호기심을 드러낸 거야. 앤 콕스 같은 아가씨라면 당연히 그렇겠지.」

「그 댁에서 그가 식사했을 때 무척 호감을 주었다고 말했어요. 정찬 식탁에서 그녀의 옆자리에 앉았다고요. 내쉬 양은 콕스 씨네 아가씨들 중 누구라도 마틴 씨와 결혼한다면 매우 기뻐할 거라고 말했어요.」

「그럴 가능성이 높지. 나는 그들이 전혀 예외 없이 하이버리에서 가장 천박한 아가씨들이라고 생각해.」

해리엇은 포드네 가게에 갈 일이 있었다. 엠마는 그녀와 같이 가는 편이 안전하겠다고 생각했다. 우연히 마틴 가족과 다시 마주칠 수도 있고, 그렇게 되면 현재 그녀의 상태로는 위험할 것이다.

해리엇은 어떤 물건에나 마음이 끌렸고 별것 아닌 말에도 흔들렸기 때문에 물건을 사는 데 늘 오래 걸렸다. 해리엇이 모슬린을 놓고 계속 망설이면서 이랬다저랬다 하는 동안 엠마는 재미 삼아 문간으로 걸어갔다. 하이버리에서 가장 번화한 곳이라 해도 많은 사람이 왕래하리라고 기대할 수는 없었다. 그녀가 예상할 수 있는 가장 활기찬 움직임은, 서둘러 걸어가는 페리 씨, 사무실 문으로 들어서는 윌리엄 콕스 씨, 운동하고 돌아오는 콜 씨의 말들, 혹은 고집 센 노새에 앉아 있는 길을 잃은 소년 집배원이었다. 그리고 그저 쟁반을 들고 있는 고깃간 주인, 가게에 갔다가 물건들이 꽉 찬 바구니를 들고 집으로 돌아가는 자그마한 노파, 더러운 뼛조각을 놓고 싸우고 있는 잡종 개 두 마리, 빵집의 작고 둥근 창문 주위에서 어슬렁거리며 생강 빵을 눈여겨보고 있는 어린애들에 눈길이 닿았을 때 그녀는 불평할 까닭이 없었고 충분히 재미있다고 느꼈다. 문간에 가만히 서 있기에 충분했다. 활기차고 편안한 마음이라면 아무것도 보지 않아도 그런대로 견딜 수 있고, 그 무엇을 보아도 쓸모가 있는 법이다.

그녀는 랜달스 가를 내려다보았다. 그 광경이 확대되면서 두 사람이 나타났다. 웨스턴 부인과 그녀의 양아들이 하이버리로 걸어오고 있었다. 물론 하트필드로 가는 길일 것이다.

하지만 그들은 먼저 베이츠 부인의 집에서 걸음을 멈추었다. 그들의 집은 포드네 가게보다 랜달스 쪽에 조금 더 가까웠다. 그들은 노크를 하려는 순간에 엠마를 보았고, 즉시 길을 가로질러서 그녀에게 다가왔다. 어제의 유쾌한 모임이 현재의 만남을 다시 즐겁게 해주는 것 같았다. 웨스턴 부인은 새 피아노 소리를 들어 보려고 베이츠 부인의 집에 가는 길이었다고 말했다.

「내가 오늘 아침 방문하기로 어젯밤에 베이츠 양에게 굳게 약속했다고 여기 내 벗이 말하잖아. 나는 그걸 알지 못하고 있었어. 내가 날짜를 정한 줄은 몰랐는데, 그렇게 하기로 했다고 그가 말하기에 지금 가는 길이었어.」

「웨스턴 부인께서 방문하시는 동안 저는 우드하우스 양의 일행에 끼어 하트필드에서 부인을 기다리면 좋겠어요. 우드하우스 양이 집으로 돌아가신다면 말이죠.」 프랭크 처칠이 말했다.

웨스턴 부인은 실망했다.

「나는 너와 함께 가는 줄 알았는데. 그분들이 무척 기뻐하실 거야.」

「제가요! 저는 방해가 될 겁니다. 그런데 어쩌면 여기서도 방해가 되겠군요. 우드하우스 양은 제가 없기를 바라시는 표정이네요. 외숙모님께서는 쇼핑하실 때 늘 저를 멀리 보내시지요. 제가 옆에 있으면 늘 안절부절못하게 되신다고요. 우드하우스 양도 거의 같은 말씀을 하실 것 같군요. 제가 어떻게 해야 할까요?」

「여기 볼일이 있는 건 아니에요.」 엠마가 말했다. 「친구를 기다리고 있거든요. 아마 곧 끝날 거예요. 그런 다음에는 집으로 돌아갈 거고요. 하지만 당신은 웨스턴 부인과 함께 가서 피아노 소리를 들어 보시는 게 좋겠어요.」

「글쎄, 그렇게 권하신다면야. 하지만 (미소를 지으며) 만일 캠프벨 대령이 서툰 친구를 시켜서 피아노를 구매했고 그래서 피아노의 음질이 좋지도 나쁘지도 않다면, 뭐라고 말해야 할까요? 저는 웨스턴 부인의 의견을 지지할 수 없을 거예요. 부인께서는 혼자서도 아주 잘하실 거예요. 불쾌한 진실이라도 부인의 입술에서 나오면 듣기 좋게 들릴 거예요. 하지만 저는 예의 바른 거짓말을 하는 데는 이 세상 누구보다도 형편없답니다.」

「그런 말은 믿을 수 없어요.」 엠마가 대답했다. 「필요할 때면 당신도 이웃들처럼 거짓말을 잘할 수 있으리라고 생각하니까요. 하지만 그 악기가 형편없다고 생각할 이유는 전혀 없을 거예요. 실은 정반대일 거예요. 어제 페어팩스 양의 말을 제가 제대로 이해했다면요.」

「나와 같이 가도록 하자.」 웨스턴 부인이 말했다. 「그리 불쾌한 일이 아니라면 말이지. 오래 있을 필요는 없을 거야. 그런 다음 하트필드에 가도록 하고. 이 아가씨들을 따라서 하트필드에 갈 거야. 네가 나와 함께 방문하면 좋겠어. 무척 큰 배려라고 여기실 거야! 나는 네가 그렇게 할 생각인 줄 알았어.」

그는 더 이상 아무 말도 할 수 없었고, 하트필드에서 보상을 받기 기대하며 웨스턴 부인과 함께 베이츠 부인의 집으로 돌아갔다. 엠마는 그들이 들어가는 것을 보고는 아직도 카운터에서 흥미진진한 일에 몰두하고 있는 해리엇에게 돌아갔다. 그리고는 해리엇이 원하는 것이 수수한 모슬린이라면 무늬가 있는 모슬린을 볼 필요가 없고, 파란 리본이 아무리 아름답더라도 그녀의 노란 옷감과는 절대로 어울리지 않을 거라고 최대한 설득하려고 애썼다. 마침내 꾸러미를 보낼 곳까지 모두 다 결정되었다.

「이것을 고다드 부인의 집으로 보낼까요?」 포드 부인이 물었다. 「네, 아뇨, 네, 고다드 부인의 집으로 보내 주세요. 그런데 제 견본 가운은 하트필드에 있어요. 아니, 괜찮으시면 하트필드로 보내 주세요. 그런데 고다드 부인이 그걸 보고 싶어 하실 거예요. 그 견본 가운은 언제든지 집에 가져갈 수 있고요. 하지만 그 리본은 당장 필요할 텐데. 그러니 하트필드로 가는 편이 좋겠어요. 적어도 리본은 말이죠. 그것을 두 꾸러미로 만들어 주실 수 있겠지요, 포드 부인?」

「해리엇, 포드 부인이 꾸러미를 두 개로 만드느라 고생하실 만한 가치가 없어.」

「정말 그래요.」

「전혀 수고스러운 일이 아니에요, 마담.」 사근사근한 포드 부인이 말했다.

「아, 그렇지만 그걸 한 꾸러미로 하는 편이 더 좋겠어요. 그리고 괜찮으시면 고다드 부인 집으로 보내 주세요. 아니, 잘 모르겠어요. 아니, 우드하우스 양, 그것을 하트필드로 보내는 쪽도 괜찮을 것 같아요. 그러면 밤에 제가 집으로 가져가고요. 조언을 좀 해주시겠어요?」

「그 문제에 30초도 더 낭비하지 말라고 조언하겠어. 괜찮으시면 하트필드로 보내 주세요, 포드 부인.」

어떤 목소리들이 가게에 가까워지고 있었다. 아니 한 목소리와 두 숙녀라고 할까. 웨스턴 부인과 베이츠 양이 문간에 들어섰다.

「친애하는 우드하우스 양.」 베이츠 양이 말했다. 「저희 집에 잠깐 들러 주십사 하고 호의를 청하러 달려왔어요. 새 피아노에 대한 의견을 들려주십사 하고요. 스미스 양과 함께 말이죠. 잘 지내세요, 스미스 양? ─ 아주 좋아요. 고맙습니다 ─ 웨스턴 부인께 여기 함께 와달라고 청했어요. 제 뜻을 확실히 이룰 수 있도록 말이죠.」

「바라건대 베이츠 부인과 페어팩스 양의 건강은……」

「아주 좋아요. 무척 고맙습니다. 어머니께서는 다행히도 건강하시고요. 제인은 어젯밤 감기에 들지 않았어요. 우드하우스 씨께서는 어떠신가요? 좋은 소식을 들어서 무척 기쁘군요. 웨스턴 부인께서 당신이 여기 있다고 하셨어요. 아! 그래서 제가 말했지요. 그럼 달려가 봐야겠어. 내가 뛰어가서 들어와 주십사고 청하면 우드하우스 양께서 틀림없이 승낙해 주실 거야. 어머니께서도 우드하우스 양을 만나면 무척 기뻐하실 테고. 그리고 지금 훌륭한 손님들이 계시니 거절하지 않으실 거야. 〈아, 그렇게 하시지요〉라고 프랭크 처칠 씨가 말씀하셨어요. 〈피아노에 대한 우드하우스 양의 의견은 경청할 가치가 있을 거예요.〉 그렇지만 당신들 중 한 분이 나와 함께 가주시면 확실히 성사될 거라고 내가 말했죠. 〈오!〉 처칠 씨가 말했어요. 〈제 일을 끝낼 때까지 잠시 기다려주세요.〉 왜냐하면, 우드하우스 양, 믿으실 수 있겠어요? 그분은 너무나 자상하게도 어머니 안경의 리벳을 조이고 계시거든요. 너무나 친절하게도! 그 리벳이 오늘 아침에 빠져나왔어요. 어머니께서는 안경을 사용하지 못하셨고, 쓰실 수 없었답니다. 그리고 말이 나왔으니 말이지, 안경이 두 개는 있어야 해요. 정말로 그렇다고요. 제인도 그렇게 말했어요. 나는 그 안경을 먼저 존 손디스에게 가져갈 생각이었어요. 그런데 이런저런 일 때문에 오전 내내 미루게 되었죠. 처음에는 뭔가 일이 있었고 그런 다음에 다른 일이 있었는데, 아시다시피, 뭐가 뭔지 모르겠어요. 한번은 패티가 와서 부엌 굴뚝을 소제해야 한다고 말했죠. 오, 패티! 제가 말했어요. 나쁜 소식을 가져오지 말아 줘. 여기 어머니 안경의 리벳이 빠졌다고. 그다음에는 구운 사과가 도착했어요.[29] 월리스 부인이 꼬마를 시켜서 보냈더라고요. 그들은 저희에게 극히 예의 바르고 친절하게 대해 주세요. 월리스 가족은 늘 그러시죠. 어떤 사람들은 월리스 부인이 무례하고 무뚝뚝하게 대답할 때가 있다고 하더라고요. 하지만 우리는 늘 더없이 친절한 대접만 받았어요. 그건 우리가 단골로 귀중한 손님이어서는 아닐 거예요. 아시다시피 우리가 빵을 얼마나 먹겠어요? 고작해야 세 사람이고, 게다가 지금은 제인이 있지만 그 애는 사실 먹는 게 없거든요. 아침 먹는 것을 보면 너무나 놀랍답니다. 보시면 기겁하실 거예요. 나는 그 애가 얼마나 조금 먹는지를 어머니께서 모르시게 하려고 한답니다. 그래서 이 말을 했다가 저 말을 하고 그러면서 그럭저럭 넘어가지요. 그렇지만 한낮이 되면 배가 고파지는데 그때 그 애가 제일 좋아하는 것이 구운 사과예요. 그것은 건강에도 아주 좋지요. 요전에 우연히 거리에서 페리 씨를 만났을 때 여쭤 보았어요. 내가 예전에 의심을 품었다는 것이 아니라 우드하우스 씨께서 종종 구운 사과를 권

---

29 당시 오븐이나 땔감이 없는 사람들은 흔히 음식 재료를 근처 빵집에 보내서 구웠다. 18세기에 영국인들은 과일을 날로 먹는 것이 소화가 안 될뿐더러 질병을 야기할 수 있다고 믿었고, 그래서 베이츠 양은 두 번 구운 사과를 좋아한다고 말한다.

해 주셨으니까요. 우드하우스 씨께서는 과일을 건강에 좋게 만드는 방법이 그것뿐이라고 생각하시지요. 하지만 우리는 종종 사과 파이를 만든답니다. 패티가 사과 파이를 아주 맛있게 만들거든요. 자, 웨스턴 부인, 바라건대 설득해 주시겠지요. 이 숙녀들께서 우리의 청을 들어 주시겠지요.」

엠마는 〈베이츠 부인을 뵙게 되면 매우 기쁠〉 거라는 등의 말을 했고, 그들은 마침내 가게에서 나올 수 있었다. 베이츠 양은 더 지체하지 않고 이렇게만 말했다.

「안녕하세요, 포드 부인? 죄송해요. 당신을 미리 보지 못했군요. 런던에서 온 새 리본들을 매력적으로 진열해 놓으셨다고 들었어요. 제인이 어제 집에 와서 즐거워하더라고요. 고맙습니다. 그 장갑들이 참 좋아요. 다만 손목 부분이 약간 커요. 하지만 제인이 그것을 줄이고 있어요.」

「내가 무슨 말을 하고 있었지요?」 그들 모두 거리에 나섰을 때 그녀가 다시 말을 꺼내기 시작했다.

엠마는 그 잡다한 얘기들 중에서 어느 것을 고를지 생각했다.

「정말이지 무슨 이야기를 하고 있었는지 모르겠네요. 아! 어머니의 안경. 프랭크 처칠 씨는 정말이지 너무나 친절하세요! 〈아, 제가 리벳을 고정시킬 수 있을 겁니다. 저는 이런 종류의 일을 무척 좋아하거든요.〉 이렇게 말씀하시더라고요. 그 말씀을 들어 보면 알 수 있죠. 그분이 무척…… 실로 이렇게 말씀드려야겠어요. 그분에 대한 얘기를 전에 많이 들었고 기대가 컸지만, 그분은 그 모든 것을 훨씬 능가한다고요……. 웨스턴 부인, 정말이지 진심으로 축하드려요. 그는 다정다감한 부모가 바랄 수 있는 모든 것을……. 〈오, 제가 그 리벳을 고정시킬 수 있을 겁니다. 저는 그런 종류의 일을 무척 좋아하거든요.〉 이렇게 말씀하셨어요. 나는 절대로 그분의 말을 잊지 않을 거예요. 그리고 내가 벽장에서 구운 사과를 꺼내 와서 우리 벗들에게 친절하게 몇 개 드셔 보시라고 청했을 때 그분이 당장 말씀하시더라고요. 〈아! 과일 중에서 이것의 절반만큼도 좋은 것이 없지요. 그리고 이처럼 맛있게 보이는, 집에서 구운 사과는 본 적이 없어요.〉 아시다시피, 이 말씀은 너무도……. 그리고 그분의 태도로 보아 그것은 찬사가 아니었다고 믿어요. 사실 그것은 무척 맛있는 사과이고 월리스 부인이 잘 구워 주셨지요. 다만 두 번 이상 굽지는 못했어요. 우드하우스 씨께서는 저희에게 사과를 세 번 굽기로 약속하게 하셨거든요. 하지만 우드하우스 양께서는 친절하게도 이 사실을 부친께 말씀드리지 않으시겠죠. 틀림없이 그 사과는 굽기에 가장 좋은 종류였어요. 모두 돈웰에서 온 것이거든요. 나이틀리 씨께서 무척 친절하게도 보내 주신 사과의 일부였죠. 그분은 매년 저희에게 사과를 한 자루씩 보내 주세요. 그리고 그분의 사과나무들 중 한 그루 — 아마 두 그루일 거예요 — 에서 열리는 사과는 좀처럼 썩지 않는답니다. 어머니께서는 그 과수원이 당신의 젊은 시절에도 늘 유명했다고 말씀하세요. 그런데 정말 얼마 전에 충격을 받은 일이 있었답니다. 나이틀리 씨가 어느 날 아침에 방문하셨는데 제인이 사과를 먹고 있었어요. 우리는 사과에 대한 이야기를 나누다가 그 애가 사과를 무척 좋아한다고 말했지요. 그랬더니 그분이 저희 사과가 바닥나지 않았는지를 물으셨어요. 〈틀림없이 그럴 겁니다.〉 그분이 말씀하셨죠. 〈사과를 다시 보내 드릴게요. 다 먹을 수 없을 정도로 아주 많거든요. 윌리엄 라킨스가 올해는 사과를 평소보다 더 많이 수확했어요. 그 사과들이 상하기 전에 더 보내 드리지요.〉 그래서 저는 그러시지 말라고 간청했어요. 그렇다고 저희에게 사과가 없는데 사과가 많이 남았다고 말씀드릴 수는 없었죠. 실은 여섯 개밖에 없었거든요. 그것들 모두 제인을 위해서 남겨 둬야 했죠. 그렇지만 그분이 이미 너무 후하게 베풀어 주셨기에 더 보내시게 할 수는 없었어요. 제인도 그렇게 말씀드렸지요. 그분이 가신 다음에 제인과 저는 말다툼을 할 뻔했어요. 아니, 말다툼이라고 해서는 안 되지요. 우리는 평생 말다툼을 한 적이 없었으니까요. 하지만 사과가 거의 없다는 것을 제가 인정했다고 그 애는 무척 속상해했어요. 남은 사과가 많다고 그분이 믿도록 말씀드리기를 바란 거였어요. 〈아, 얘야, 나는 최대한 그렇게 말씀드렸어〉라고 내가 말했어요. 그런데 바로 그날 저녁에 윌리엄 라킨스가 큰 사과 바구니를 들고 왔어요. 똑같은 종류의 사과였고, 적어도 두 말은 되었을 거예요. 나는 너무 고마웠어요. 그래서 내려가 윌리엄 라킨스에게 말을 걸고 이런저런 이야기를 했지요. 윌리엄 라킨스는 오래 알고 지낸 사람이거든요. 그를 보면 언제나 반가웠어요. 그런데 글쎄 패티에게서 나중에 들었는데, 그의 주인님에게 있는 그 종류의 사과로는 그게 전부였다고 윌리엄이 말했다는 거예요. 그 사과를 죄다 가져온 거였어요. 그래서 그의 주인님에게는 굽거나 삶을 사과가 하나도 남지 않았다는 거죠. 윌리엄은 그걸 그리 개의치 않는 것 같았어요. 자기 주인님이 그 많은 사과를 팔았다고 생각하고 기분이 좋았거든요. 아시다시피, 윌리엄은 자기 주인님의 이익을 무엇보다도 중요하게 생각하니까요. 하지만 호지스 부인은 사과를 모두 가져가서 몹시 기분이 상했다고 그가 말했다더군요. 올봄에 주인님께 사과 타르트를 만들어

드릴 수 없어서 화가 났다고요. 윌리엄은 패티에게 이 이야기를 들려주면서 그녀에 대해 신경 쓰지 말라고 하고, 우리에게는 한마디도 말하지 말라고 했대요. 호지스 부인은 이따금 성을 내곤 한다고요. 그리고 사과를 많이 팔았으니까 그 나머지를 누가 먹든지 중요하지 않다고요. 패티가 이 얘기를 들려주어서 저는 실로 큰 충격을 받았죠! 나이틀리 씨에게는 절대로 말씀드리지 않을 거예요. 그분은 너무나…… 저는 제인에게도 알려 주지 않으려고 했어요. 그런데 불행히도 나도 모르게 벌써 말해 버리고 말았지 뭐예요.」

베이츠 양이 막 말을 끝냈을 때 패티가 문을 열었다. 그녀의 손님들은 늘 이어지는 이야기에 더는 관심을 기울일 필요 없이 위층으로 올라갔다. 그저 호의적인 그녀의 목소리가 뒤에서 종작없이 들려왔을 뿐이다.

「조심하세요. 웨스턴 부인. 굽은 곳에 계단이 있어요. 조심하세요, 우드하우스 양, 우리 계단은 좀 어둡거든요. 생각보다 더 어둡고, 더 좁아요. 스미스 양, 조심하세요. 우드하우스 양, 정말 걱정스럽네요. 발을 부딪히실 것 같아요. 스미스 양, 굽은 곳의 계단 조심하세요.」

제10장

 그들이 들어섰을 때 그 작은 응접실은 평온하기 그지없어 보였다. 베이츠 부인은 평소에 하던 일을 할 수 없어서 난롯가 한쪽에 앉아 졸고 있었고, 프랭크 처칠은 그녀 가까이 있는 탁자에서 그녀의 안경을 고치는 데 열중하고 있었다. 제인 페어팩스는 그들에게 등을 돌린 채 피아노에 여념이 없었다.
 그 젊은이는 그 일에 몰두하고 있었지만 그래도 엠마를 다시 보자 무척 즐거운 표정을 지었다.
 「반갑습니다.」 그가 다소 나지막하게 말했다. 「예상보다 10분이나 일찍 오셨어요. 보시다시피 저는 유용한 일을 하려고 애쓰고 있습니다. 제가 잘 해낼 거라고 생각하시는지 말씀해 주세요.」
 「아니!」 웨스턴 부인이 말했다. 「아직도 끝내지 못했다고? 이런 속도로 일하면 은세공사로 밥벌이를 할 수는 없겠구나.」
 「하다가 중단하기도 했어요.」 그가 대답했다. 「피아노를 고정시키느라 페어팩스 양을 도왔고요. 피아노가 조금 흔들렸거든요. 아마 바닥이 고르지 못해서 그럴 거예요. 보시다시피 한쪽 다리 밑에 종이를 끼워 넣었어요. 여기에 오시다니 무척 친절하세요. 당신이 서둘러 집으로 가실까 봐 걱정이었거든요.」

그는 용케도 엠마를 옆자리에 앉게 했고, 꽤 시간을 들여서 그녀에게 제일 잘 구워진 사과를 골라 주었고, 또 자기 일을 도와달라거나 조언을 해달라고 했다. 마침내 제인 페어팩스는 다시 피아노 앞에 앉을 수 있었다. 그녀가 곧 준비되지 않은 것은 불안정한 감정 때문일 거라고 엠마는 생각했다. 그 악기를 소유한 지 아직 얼마 되지 않았기에 그것을 연주하려면 격한 감정이 일지 않을 수 없을 것이다. 그녀는 차분하게 마음을 가라앉히고 연주해야 한다. 그런 감정이 무엇 때문에 일어났건 간에 엠마는 그 감정을 동정하지 않을 수 없었고, 다시는 옆에 앉은 사람에게 그것에 대해 누설하지 않겠다고 결심하지 않을 수 없었다.

마침내 제인이 연주를 시작했다. 처음 몇 마디는 기운 없이 들렸지만, 그 피아노의 역량이 점차 충실히 발휘되었다. 웨스턴 부인은 이전에도 기뻐했었고, 다시 즐거워했다. 그녀의 찬사에 엠마도 경탄하는 말을 덧붙였다. 적절한 식별력으로 판단할 때, 그 피아노는 최고 수준을 기대할 수 있다고 단언할 수 있었다.

「캠프벨 대령이 누구를 시켰든지 간에……」 프랭크 처칠이 엠마에게 미소를 보이며 말했다. 「그 사람이 피아노를 잘못 선택한 건 아니군요. 캠프벨 대령이 취향이 있는 분이라는 얘기를 웨이머스에서 많이 들었어요. 고음부의 부드러운 소리는 그분과 모든 관계자들이 특히 높이 평가할 거라고 단언할 수 있습니다. 페어팩스 양, 그분이 친구에게 매우 상세하게 지시했거나 아니면 브로드우드에 직접 편지를 쓰셨을 것 같은데요. 그렇게 생각하지 않으세요?」

제인은 돌아보지 않았다. 그녀는 그 말을 듣지 않아도 되었다. 웨스턴 부인이 동시에 그녀에게 말을 걸고 있었던 것이다.

「이건 옳지 않아요.」 엠마가 속삭이며 말했다. 「제 마음대로 추측한 거였어요. 그녀를 괴롭히지 마세요.」

그는 미소를 띠며 고개를 가로저었고, 의혹이 없고 자비심도 거의 없는 듯이 보였다. 곧 그가 다시 말했다.

「아일랜드에 있는 당신의 벗들은 지금 당신이 느낄 즐거움을 생각하며 얼마나 기뻐하고 있을까요, 페어팩스 양? 그들은 종종 당신을 생각하면서 이 악기가 정확히 언제 도착할지를 궁금해할 겁니다. 캠프벨 대령이 바로 지금쯤 도착했으리라는 것을 알고 계실 거라고 생각하세요? 대령께서 그것을 직접 위탁하셨다고 생각하세요? 아니면 대령은 그저 전반적인 지시 사항만 보냈고 배달될 날짜에 대해서는 우발적인 상황이나 편리에 따라서 결정되도록 불확실하게 내버려 두셨을까요?」

그는 말을 멈추었다. 그녀는 듣지 않을 수 없었고, 대답하지 않을 수 없었다.

「캠프벨 대령의 편지를 받기 전까지는……」 그녀는 억지로 침착한 목소리를 내며 대답했다. 「그 무엇도 확실하게 생각할 수 없습니다. 그건 모두 짐작일 뿐이니까요.」

「짐작이라. 그렇죠. 사람들은 때로 올바로 짐작하고, 때로는 틀리게 짐작합니다. 이 리벳을 얼마나 빨리 고정시킬 수 있을지 짐작할 수 있으면 좋겠군요. 열심히 일하면서 말을 하다 보면 터무니없는 말을 하게 되지요, 우드하우스 양. 진짜 일꾼은 입을 열지 않을 겁니다. 하지만 우리 같은 신사들이 일을 할 때 말꼬투리를 잡으면……. 페어팩스 양은 짐작에 대해서 말씀하셨죠. 자, 끝났습니다. 기쁘게도, 마담, (베이츠 부인에게) 안경을 돌려 드리겠어요. 당분간은 쓰실 수 있을 겁니다.」

모녀는 그에게 진심으로 감사하다고 말했고, 그는 그 딸에게서 약간 벗어나려고 피아노 가까이 가서는 아직 거기 앉아 있던 페어팩스 양에게 조금 더 연주해 달라고 청했다.

「우리가 어젯밤에 춤추었던 왈츠 곡을 연주해 주시면 좋겠어요. 그 곡들을 다시 감상할 수 있게 해주세요. 당신은 저처럼 즐겁게 춤을 추지 못하셨지요. 내내 피곤해 보이셨어요. 당신은 춤이 끝나서 기쁘셨겠지만, 저는 30분만 더 춤을 출 수 있었더라면 뭐든지 다 주었을 겁니다. 할 수만 있다면 온 세상이라도 주었을 거예요.」

그녀는 연주했다.

「행복을 느끼게 해주었던 곡조를 다시 듣는 것은 더없는 행복입니다! 제가 잘못 기억하는 것이 아니라면 웨이머스에서 그 곡에 맞춰 춤추었죠.」

그녀는 잠시 그를 올려다보았고, 얼굴이 몹시 붉어지더니 다른 곡을 연주했다. 그는 피아노 옆의 의자에서 어떤 악보를 집고는 엠마에게 몸을 돌리며 말했다.

「처음 보는 곡이군요. 혹시 아시나요? 크라머.[30] 그리고 새로 출판된 아일랜드 곡들도 있군요. 그곳에서 왔다고 예상할 수 있겠지요. 피아노와 함께 왔으니까요. 캠프벨 대령은 매우 사려 깊은 분이시지요? 페어팩스 양에게 악보가 없으리라는 것을 알고 계셨으니까요. 그 부분까지 관심을 기울인 데

---

30 요한 바티스트 크라머 Johann Baptist Cramer(1771~1858). 런던의 피아노 연주자이자 작곡가.

대해 특히 높이 생각합니다. 진심에서 우러나온 선물이라는 것을 알려 주니까요. 급하게 서두른 부분도 없고, 부족한 것도 없어요. 진정한 애정이 있어야만 그런 일을 할 수 있을 겁니다.」

엠마는 그의 말이 그렇게나 명백한 의미를 드러내지 않기를 바랐지만 그래도 재미있게 느끼지 않을 수 없었다. 그리고 제인 페어팩스의 얼굴에서 미소의 흔적을 보았을 때, 자의식으로 얼굴을 붉히면서도 은밀히 즐거운 미소를 짓는 것을 보았을 때, 엠마는 재밌게 느끼면서 양심의 가책을 덜 받을 수 있었고 그녀에게 미안한 마음을 훨씬 줄일 수 있었다. 이 사랑스럽고 정직하고 완벽한 제인 페어팩스는 무척 혐오스러운 감정을 소중히 간직하고 있음이 분명했다.

그는 악보들을 엠마에게 가져왔고 그들은 함께 훑어보았다. 엠마는 이 기회를 이용해서 작게 속삭였다.

「당신의 말은 너무나 분명해요. 그녀가 틀림없이 그 의미를 알아차릴 거예요.」

「그러기를 바랍니다. 그녀가 제 말뜻을 알아들으면 좋겠어요. 저는 그 얘기를 꺼낸 것이 전혀 부끄럽지 않습니다.」

「하지만 정말이지 저는 좀 부끄러워요. 그런 생각을 안 했더라면 좋았을 거예요.」

「저는 당신이 그런 생각을 하시고 제게 알려 주셔서 무척 기쁩니다. 그녀의 기묘한 표정이나 행동을 이해할 수 있는 단서를 이제 갖고 있으니까요. 그녀가 수치심을 느끼도록 내버려 두세요. 잘못한 일이 있으면 수치심을 느껴야지요.」

「그녀가 수치심을 전혀 느끼지 않는 건 아니라고 생각해요.」

「제게는 그런 징후가 그리 보이지 않는데요. 지금 그녀는

〈로빈 어데어〉³¹을 치고 있어요. 그가 좋아하던 곡이죠.」

곧 베이츠 양은 창가를 지나다 멀지 않은 곳에서 말을 타고 지나가는 나이틀리 씨를 보았다.

「분명히 나이틀리 씨예요. 가능하면 그분과 얘기를 나눠야겠어요. 그저 고맙다는 말씀을 드리려고요. 여기 창문은 열지 않겠어요. 모두들 추우실 테니까. 대신 어머니 방으로 가겠어요. 여기 누가 계신지를 아시면 아마 들어오실 거예요. 모두들 이렇게 만나시게 되다니 너무 기뻐요! 이 작은 우리 방에 이런 영광스러운 일이 생기다니!」

이렇게 말하면서 그녀는 옆방으로 갔고 그곳의 창문을 열고는 즉시 나이틀리 씨를 불러 관심을 끌었다. 그들의 대화는 집 안에서 나누는 것처럼 전부 다 또렷하게 들렸다.

「안녕하세요? — 어떠세요? — 아주 좋아요. 감사합니다. 어젯밤에 태워다 주셔서 정말 감사해요. 우리는 알맞게 도착했어요. 어머니께서 막 기다리려던 참이셨죠. 제발 들어오세요. 들어오셨다 가세요. 여기 벗들이 몇 분 계시거든요.」

이렇게 베이츠 양은 시작했다. 그리고 나이틀리 씨는 자기 차례가 되어 자기 말을 분명히 들리게 할 생각인 것 같았다. 그는 단호하고 당당하게 말했다.

「조카딸은 어떤가요, 베이츠 양? 모두의 안부를 묻고 싶습니다만, 특히 조카딸의 안부가 궁금하군요. 페어팩스 양은 어떤가요? 어젯밤 감기에 걸리지 않았기를 바랍니다. 오늘 그녀는 어떤가요? 페어팩스 양이 어떤지 알려 주세요.」

---

31 Robin Adair(1755). 레이디 캐롤라인 제펠의 가사를 〈에일린 아룬〉이라는 곡조에 붙인 노래. 이 가사는 젊은 아가씨가 어떤 남자에게 느끼는 은밀한 사랑을 묘사한다.

그래서 베이츠 양은 다른 이야기를 하기 전에 그 대답부터 해야 했다. 듣고 있던 사람들 모두 재미있어했다. 그리고 웨스턴 부인은 특별한 의미를 담은 표정으로 엠마를 바라보았다. 하지만 엠마는 여전히 믿지 않으며 고개를 가로저었다.

「너무나 고맙습니다! 마차를 보내 주셔서 너무나 감사해요.」 베이츠 양이 다시 시작했다.

그는 그녀의 말을 가로막았다.

「저는 킹스턴에 가는 길입니다. 뭔가 해드릴 일이 있을까요?」

「오! 킹스턴이라고요. 그러세요? 콜 부인이 일전에 킹스턴에서 필요한 것이 있다고 말했어요.」

「콜 부인은 자기 하인들을 보내면 됩니다. 당신에게 해드릴 일이 있을까요?」

「아뇨, 감사합니다. 하지만 들어오세요. 누가 계신지 아세요? 우드하우스 양과 스미스 양이에요. 그러니 친절하게 들어오셔서 새 피아노 소리를 들어 주세요. 말을 크라운에 매어 놓으시고 들어오세요.」

「글쎄요.」 그는 주저하듯이 말했다. 「그럼 5분 정도만.」

「그리고 웨스턴 부인과 프랭크 처칠 씨도 계세요! 아주 즐거운 일이죠. 벗들이 이렇게나 많이 오셔서 말이에요!」

「아, 지금은 안 되겠어요. 단 2분도 머물 수 없겠어요. 되도록 빨리 킹스턴에 가야 합니다.」

「오, 제발 들어오세요. 모두들 당신을 만나면 매우 기뻐하실 거예요.」

「아니, 안 되겠어요. 당신의 방은 이미 꽉 차 있을 겁니다. 다음에 방문해서 피아노 소리를 들어 보도록 하지요.」

「아, 정말 유감이네요! 오, 나이틀리 씨, 어젯밤은 정말이지 즐거운 파티였어요. 더없이 유쾌했고요. 그런 무도회를 보신 적이 있으세요? 무척 즐겁지 않았어요? 우드하우스 양과 프랭크 처칠 씨! 그런 춤에 버금가는 것은 본 적이 없었어요.」

「아, 대단히 즐거웠죠. 그보다 못한 말은 할 수 없겠지요. 우드하우스 양과 프랭크 처칠 씨가 지금 이 말을 모두 듣고 있을 테니까요. 그리고 (목소리를 조금 더 높이면서) 페어팩스 양을 언급하지 않을 이유가 없겠지요. 페어팩스 양도 춤을 무척 잘 춘다고 생각하니까요. 웨스턴 부인은 영국에서 단 하나의 예외도 없이 최고의 컨트리댄스 음악 연주자이고요. 이제 당신의 벗들이 조금이라도 고마운 마음이 있다면, 그 보답으로 당신과 나에 대해서 큰 소리로 멋진 말을 해주겠죠. 하지만 그 찬사를 들으려고 여기 머물러 있을 수는 없겠군요.」

「오, 나이틀리 씨, 잠깐만요. 중요한 일이에요. 너무 충격적이었어요! 제인과 저는 정말이지 사과 때문에 충격을 받았어요!」

「무슨 말씀이신가요?」

「당신이 저장된 사과를 모두 보내 주신 것을 생각하고 말이에요. 사과가 무척 많다고 말씀하셨는데 이제 남은 것이 하나도 없다면서요. 우리는 정말이지 너무나 충격을 받았어요! 호지스 부인이 화를 내는 게 당연하죠. 윌리엄 라킨스가 그 이야기를 해주었어요. 그렇게 하지 않으셨어야 했어요. 정말이지 그렇게 하시면 안 돼요. 아, 벌써 가버리셨네. 나이틀리 씨는 고맙다는 말을 절대 듣지 않으려 하신다니까. 잠시 계실 거라고 생각했는데. 그리고 그 말을 하지 않았더라면 유감이었을 거야……. 자, (방으로 들어오면서) 제 뜻을 이룰 수 없었어요. 나이틀리 씨는 들어오실 수 없었어요. 킹스턴에 가시는 길이래요. 제게 해줄 수 있는 일이 있는지를 물으셨어요······.」

「네.」 제인이 말했다. 「그분의 친절한 제안을 우리도 들었어요. 이야기를 모두 다 들었어요.」

「오, 그래, 애야. 틀림없이 들었겠지. 문도 열려 있고 창문도 열려 있었으니. 그리고 나이틀리 씨가 크게 말씀하셨으니 말이야. 물론 이야기를 전부 다 들었겠지. 〈당신에게 해드릴 일이 있을까요?〉 그렇게 말씀하셨지. 그래서 내가 방금 말했고······. 아, 우드하우스 양, 가시려고요? 방금 오신 것 같은데. 너무나 고맙습니다.」

엠마는 정말로 집에 갈 시간이 되었다는 것을 알았다. 이미 꽤 긴 시간 동안 있었던 것이다. 시계를 보고 오전 시간이 상당히 지나갔음을 알고, 웨스턴 부인과 그녀의 벗도 작별했고 랜달스로 돌아가기 전에 두 아가씨를 하트필드 대문까지만 배웅했다.

〈하권에 계속〉

열린책들 세계문학 179 엠마 상

옮긴이 이미애 현대 영미 소설로 서울대학교 영어영문학과에서 박사 학위를 받았고, 동 대학교에서 강사 및 연구원으로 가르쳤다. 조지프 콘래드, 제인 오스틴, 존 파울즈, 카리브 지역의 영어권 작가들에 대한 논문을 썼고, 역서로는 버지니아 울프의 『자기만의 방』, 조지 엘리엇의 『아담 비드』, J. R. R. 톨킨의 『호빗』, 『반지의 제왕』(공역), 제인 오스틴의 『설득』 등이 있다.

지은이 제인 오스틴 **옮긴이** 이미애 **발행인** 홍예빈
발행처 주식회사 열린책들 **주소** 경기도 파주시 문발로 253 파주출판도시
전화 031-955-4000 팩스 031-955-4004
홈페이지 www.openbooks.co.kr 이메일 literature@openbooks.co.kr
Copyright (C) 주식회사 열린책들, 2011, *Printed in Korea*.
ISBN 978-89-329-1179-3 04840 ISBN 978-89-329-1499-2 (세트)
발행일 2011년 7월 15일 세계문학판 1쇄 2025년 5월 30일 세계문학판 6쇄

이 도서의 국립중앙도서관 출판예정도서목록(CIP)은 서지정보유통지원시스템 홈페이지(http://seoji.nl.go.kr)와 국가자료공동목록시스템(http://www.nl.go.kr/kolisnet)에서 이용하실 수 있습니다.(CIP제어번호:CIP2011002736)